SUSAN CARLISLE

Leur bébé surprise

Traduction française de
ÉVELINE CHARLÈS

HARLEQUIN

Titre original :
THE NEONATAL DOC'S BABY SURPRISE

Ce roman a déjà été publié en 2020

HARPERCOLLINS FRANCE
83-85, boulevard Vincent-Auriol, 75646 PARIS CEDEX 13
Service Clients — www.harlequin.fr
ISBN 978-2-2805-1545-0

Édité par HarperCollins France.
Composition et mise en pages Nord Compo.
Imprimé en décembre 2024 par CPI Black Print (Barcelone)
en utilisant 100% d'électricité renouvelable.
Dépôt légal : janvier 2025.

FSC
www.fsc.org
MIXTE
Papier issu de sources responsables
FSC® C159065

Pour limiter l'empreinte environnementale de ses livres, HarperCollins France s'engage à n'utiliser que du papier fabriqué à partir de bois provenant de forêts gérées durablement et de manière responsable.

1

Sa valise à la main, Amanda Longstreet quitta l'aéroport Kingsford Smith de Sydney. L'air chaud caressa sa peau, lui faisant aussitôt oublier la température hivernale qui régnait à Atlanta. Bien qu'elle adorât voyager, elle n'était jamais allée aussi loin et elle avait hâte d'oublier les vingt-deux heures passées sur un siège étroit entre deux inconnus.

Mais pour l'instant, elle n'éprouvait que de l'excitation.

Comme elle traversait la route pour gagner le point de rendez-vous, elle se rappela que dans ce pays, on conduisait à gauche. Dès qu'elle eut repéré le point de rendez-vous, elle attendit près du panneau qu'on vienne la chercher.

D'après le Dr Kirri West, Sydney était une ville extraordinaire et Amanda avait bien l'intention de la visiter dès qu'elle aurait pris un peu de repos et commencé à travailler.

Après tout, si elle était là, c'était d'abord pour occuper un poste temporaire au centre néonatal et de fertilité. En attendant qu'on vienne la chercher, elle sortit de son sac la liste des choses qu'elle voulait faire et voir à Sydney. Enfant, elle était déjà focalisée sur ses objectifs, elle avait planifié sa vie. Et jusqu'à maintenant, elle avait réalisé ses rêves… Tous, sauf un.

Amanda rejeta ses cheveux en arrière. Travailler avec Kirri avait été un vrai plaisir, et continuer sous l'égide de son frère, le Dr Lucius West, serait encore plus enrichissant. Kirri lui avait dit qu'il consacrait tout son temps à son métier, une véritable vocation pour lui.

En principe, ils devraient bien s'entendre.

Où est cette voiture ? Est-ce que je me suis trompée d'endroit ?

Quelques minutes plus tard, un véhicule noir portant le logo du centre s'arrêta près d'elle. Amanda sourit au conducteur, un homme corpulent au visage rougeaud.

— Mademoiselle Longstreet ? demanda-t-il en sortant de la voiture.

— Oui.

— Je viens vous chercher.

— Je suis contente de vous voir !

Il lui adressa un bref sourire, prit ses bagages pour les déposer dans le coffre et lui ouvrit la portière. Pendant qu'elle s'installait, il se glissa derrière le volant et démarra rapidement.

Amanda frissonna. Le climatiseur diffusait un air frais qui la garderait éveillée jusqu'à ce qu'elle ait regagné son appartement.

Un déplacement rapide, sur le trottoir, attira l'attention d'Amanda. Un homme blond courait en direction de la voiture à longues enjambées. Il portait un cartable en bandoulière et un sac de voyage. Sa veste sur un bras et sa cravate défaite, il paraissait au comble de l'exaspération.

Amanda sentit son cœur bondir dans sa poitrine.

Le Dr Lucius West...

Elle avait vu sa photo sur Internet, en effectuant des recherches sur le centre. Il leva la main et le conducteur se gara dans un tournant avant de baisser la vitre côté passager.

Le Dr West jeta un coup d'œil à Amanda.

— Je suis le Dr West, dit-il au chauffeur, et je vous attends depuis une demi-heure. Pourquoi êtes-vous en retard ?

— J'allais justement vous chercher, monsieur, répondit le chauffeur, mais j'avais quelqu'un d'autre à récupérer, auparavant.

Le Dr West n'attendit pas que le chauffeur vienne lui ouvrir la portière. Il déposa son sac à l'avant et rejoignit Amanda à l'arrière. Elle se décala à la hâte, craignant qu'il ne s'asseye sur ses genoux si elle ne bougeait pas. L'espace se rétrécit étrangement dans l'habitacle...

Elle ne s'était pas attendue à ce qu'il soit aussi large d'épaules, et elle devait admettre que les photos ne lui rendaient pas justice. Il était bien plus beau en vrai ! Quelques fils argentés, au niveau des tempes, lui donnaient un air distingué conforme à sa réputation. Sur l'un des sites qu'elle avait consultés, il était considéré comme l'un des célibataires les plus convoités d'Australie.

Elle se surprit à le fixer avec étonnement.

— Vous êtes… ? demanda-t-il en posant son cartable sur ses genoux.

— Amanda Longstreet.

Le Dr West l'observa un long moment. Ses yeux couleur de l'océan semblaient fatigués.

— Vous êtes américaine ?

— En effet.

Pourquoi n'avait-il pas reconnu son nom ? N'était-il pas au courant de sa venue ?

Il continua de la regarder, comme s'il cherchait à se rappeler un détail qui lui échappait.

Enfin, il hocha lentement la tête.

— Ah oui ! je me souviens, maintenant. Vous êtes l'infirmière clinicienne qui va travailler avec nous dans le cadre d'un programme d'échange. Kirri m'a parlé de vous.

Il aurait dû être au courant, puisqu'il avait lui-même lancé cette procédure. Leurs deux établissements, situés à Sydney et à Atlanta, étaient à la pointe dans le domaine de l'infertilité et de la maternité. C'était la raison pour laquelle Kirri était venue à Atlanta pour six semaines ; maintenant, c'était le tour d'Amanda.

Elle adressa au médecin un grand sourire.

— C'est moi, oui.

— Je suis Lucius West.

— Je sais. Vous ressemblez à votre sœur.

Elle avait regardé plus d'une fois sa photo, sur Internet, et considérait comme un honneur cette occasion de travailler avec le fameux Dr Lucius West. Mais Kirri avait prévenu Amanda que son frère n'était pas quelqu'un de facile, et elle venait d'en avoir un aperçu.

— Je suis ravie de faire votre connaissance, ajouta-t-elle après un bref silence.

Mais l'attention du médecin était déjà concentrée sur la tablette qu'il venait de sortir de son cartable.

— Mmm... Désolé, j'ai du travail en cours.

— Je comprends.

Elle était sincère. En tant que directeur du centre, il devait avoir peu de temps disponible.

Un instant plus tard, Lucius West jeta un coup d'œil à la jolie jeune femme blottie contre la portière, les bras croisés sur la poitrine et les yeux fermés. Est-ce qu'elle dormait ?

Il avait complètement oublié ce programme d'échange, pourtant plusieurs fois évoqué dans des réunions. Absorbé par ses mails, il écoutait les discussions d'une oreille distraite et la date de son arrivée lui avait échappé.

En réalité, il avait cru accueillir un homme, bien que cela n'ait aucune importance. Il n'avait que peu de relations avec le personnel de la maternité et, si sa mémoire était bonne, c'était dans ce service que cette jeune femme était affectée.

Elle était très séduisante, avec ses courts cheveux bruns, sa peau claire légèrement hâlée. Elle avait aussi des courbes intéressantes...

Ses yeux beaux verts s'étaient illuminés quand elle avait su qui il était. Pour l'instant, ils étaient soulignés par des cernes rappelant qu'elle venait de faire un long trajet en avion.

Elle semblait pressée de travailler avec lui, mais il aurait vraisemblablement peu de contacts avec elle, pendant son séjour. Il passait le plus clair de son temps dans ses laboratoires, même s'il lui arrivait de suivre certaines de ses patientes jusqu'à l'accouchement.

Comment s'appelait-elle, déjà ?

Amanda...

Il la regarda de nouveau. Ses cheveux masquaient en partie son visage et, dans son sommeil, elle s'était affaissée davantage contre la portière, dans une position peu confortable.

Se penchant vers elle, il la redressa doucement jusqu'à ce qu'elle pose la tête sur son épaule. Laissant échapper un petit soupir, elle s'appuya contre lui.

Lucius retourna à ses mails. Il avait beaucoup de travail en attente et c'était ce qu'il aimait. Son métier était toute sa vie et la question de l'infertilité, un domaine dans lequel il excellait. Autrefois, il avait tenté d'avoir une vie privée, mais il n'y avait gagné qu'un divorce et un cœur en miettes.

Lucius sourit en la regardant dormir. Il était fatigué, lui aussi. Après trois jours de congrès, à Melbourne, il avait appris que son avion avait du retard. Pour comble, le chauffeur n'était pas au rendez-vous à l'arrivée, ce qui avait accentué sa mauvaise humeur. Les imprévus affectant son emploi du temps étaient son cauchemar, comme sa visiteuse n'avait certainement pas manqué de le remarquer.

Malgré la densité de la circulation, le chauffeur roulait à bonne allure. Ils ne tardèrent pas à s'arrêter devant un petit immeuble situé dans un quartier que Lucius ne connaissait pas très bien.

— Qu'est-ce qu'on fait ici ?

— C'est ici que mademoiselle descend, répliqua le chauffeur en croisant le regard de Lucius dans le rétroviseur.

— Amanda, réveillez-vous, dit-il en lui serrant légèrement l'épaule. Vous êtes arrivée.

— Quoi ?

Lucius la regarda battre des cils, comme hypnotisé. Il n'avait pas réagi de cette façon à la vue d'une femme depuis sa rupture avec son ex-épouse.

— Il y a un problème ? demanda-t-elle.

Sa voix, au sortir du sommeil, était un peu enrouée et très sexy. Lucius déglutit... Ce n'était pas le genre de pensée qu'il aurait dû avoir à propos d'une femme qu'il venait de rencontrer.

— Aucun. Mais nous sommes devant chez vous.

Le regard d'Amanda croisa le sien. Rougissant légèrement, elle repoussa en arrière sa chevelure soyeuse et se redressa.

— Désolée. Je ne voulais pas m'endormir sur votre épaule.

— Pas de souci ! Je connais les effets du décalage horaire, répondit-il en souriant.

Lucius ouvrit sa portière et sortit de la voiture. Le trouble d'Amanda ne la rendait que plus charmante... Sans compter son délicieux accent.

Quand Amanda quitta l'habitacle, le chauffeur avait déjà posé sa grosse valise sur le trottoir.

— Je reviens tout de suite, lui dit Lucius.

Prenant la poignée, il traîna le lourd bagage en direction de la porte d'entrée. Surprise que ce médecin renommé prenne la peine de l'escorter, Amanda demeura immobile. Au bout de quelques pas, il se tourna vers elle.

— Qu'est-ce que vous faites ?

— Vous n'avez pas besoin de m'accompagner.

— On m'a enseigné qu'un gentleman n'abandonne pas une femme sur le bord de la route, rétorqua-t-il. Surtout quand elle vient de si loin.

Amanda battit des paupières. Au premier abord, il lui avait paru imbu de lui-même, mais ensuite, il l'avait laissée dormir sur son épaule et maintenant, il insistait pour porter sa valise jusqu'à son appartement.

Qui était donc le vrai Dr Lucius West ? Elle le suivit jusqu'à l'entrée.

— Vous avez une clé ? demanda-t-il.

— Oui. On me l'a envoyée avec toutes les informations nécessaires. J'ai l'appartement 203.

Elle poussa la porte vitrée et la lui tint ouverte pour qu'il franchisse le seuil. Ne voyant pas d'ascenseur, elle précéda Lucius dans l'escalier.

— Le centre est loin d'ici ? demanda-t-elle en gravissant les marches.

— Un peu moins d'un kilomètre, je pense.

— Génial ! Ce sera une marche agréable, tous les matins.

— Je ne connais pas bien le quartier, mais soyez prudente, quand vous rentrez chez vous la nuit. Demandez à quelqu'un de vous raccompagner ou prenez un taxi.

Parvenue au premier étage, Amanda s'arrêta devant sa porte et chercha les clés dans son sac.

— Merci pour le conseil, mais je suis parfaitement capable de veiller sur moi-même.

Il la jaugea du regard.

— Si vous le dites...

Amanda n'apprécia pas le ton, légèrement sarcastique. Par bonheur, elle trouva son trousseau, orné d'un minuscule koala.

— Je vois que vous avez déjà adopté nos mœurs, dit-il.

— J'étais tellement contente de venir que je n'ai pas pu résister. Je l'ai acheté sur Internet.

— C'est votre premier séjour en Australie ?

— Oui.

Amanda ouvrit la porte. Lucius n'avait pas besoin de savoir que cet échange lui avait fourni l'occasion inespérée de fuir Atlanta. Deux mois auparavant, John avait rompu avec elle. Jusqu'à cette malheureuse soirée, elle avait cru qu'il était l'homme de sa vie. Et tout d'un coup, il lui annonçait que tout était fini parce qu'il ne pouvait pas rivaliser avec elle et qu'elle l'intimidait.

Après cette scène atroce, Amanda avait décidé de se focaliser sur ses objectifs professionnels et ce séjour lui en offrait justement l'occasion.

Passant devant elle, Lucius posa sa valise par terre, près d'un petit canapé qui trônait au milieu de la pièce.

Amanda entra lentement dans l'appartement fonctionnel mis à sa disposition. La salle de séjour était spacieuse. Il y avait un coin-cuisine et une porte donnait sur la chambre à coucher.

— Je dois dire que c'est à peu près ce à quoi je m'attendais, murmura Lucius.

— C'est tout ce qu'il me faut pour la durée de mon séjour. Je n'ai pas beaucoup mieux à Atlanta, dit Amanda en posant son sac sur le comptoir de la cuisine. De toute façon, j'ai l'intention de passer plus de temps au centre qu'ici. Je vous remercie d'avoir porté ma valise, en tout cas. J'ai hâte de travailler avec vous.

Lucius lui tendit la main.

— Je suis ravi d'avoir fait votre connaissance.

Dès que leurs paumes entrèrent en contact, Amanda éprouva une curieuse impression qui suscita un prompt retrait.

— Euh… Comme je le disais, je suis pressée de découvrir le centre. On m'a dit des choses extraordinaires, à votre propos.

— J'espère que vous ne croyez pas tout ce qu'on raconte.

— En tout cas, je pense que la rumeur comporte une grande part de vérité.

Amanda se dirigea vers la porte. Elle avait besoin d'être seule pour analyser ce qu'elle avait ressenti, pendant qu'ils échangeaient une poignée de main.

— Encore merci.

— Au revoir, mademoiselle...

— Longstreet.

— Mademoiselle Longstreet. J'espère que vous vous plairez parmi nous.

Après son départ, il sembla à Amanda que la pièce s'était assombrie. Chassant de son esprit cette idée bizarre, elle tira sa valise dans sa chambre meublée d'un grand lit et d'une table de chevet. Sur la gauche, une porte donnait sur la salle de bains.

Elle rangerait ses affaires plus tard, mais pour l'instant, elle devait faire quelques courses. Ensuite, elle prendrait une douche et elle se mettrait au lit. Une grosse journée l'attendait, le lendemain.

Reverrait-elle Lucius, au centre ?

Cela n'avait aucune importance ! Retournant dans la salle de séjour, elle vit un calepin, sur le comptoir de la cuisine, qui contenait toutes les informations dont elle avait besoin : l'épicerie la plus proche, la laverie et la pharmacie, ainsi que quelques renseignements concernant le quartier.

Elle allait pouvoir explorer brièvement son environnement pour les futures semaines, parce qu'elle n'en aurait peut-être pas l'occasion de sitôt.

Toute sa vie, elle avait été du genre à tout prévoir, tout anticiper. Parmi ses camarades, elle était même connue pour cela. À l'université, l'étudiante avec qui elle partageait sa chambre lui avait demandé un jour une agrafeuse. Aussitôt, Amanda lui avait indiqué le tiroir où elle se trouvait.

— Comment fais-tu ça ? avait lancé la jeune fille.

— Je remets toujours les objets à leur place.

Cet aspect de sa personnalité n'avait pas plu à son beau-père. Malgré les efforts d'Amanda pour tout faire bien, cela n'était jamais suffisant pour lui. Heureusement, le reste de sa famille l'aimait et la soutenait.

Après s'être rafraîchi le visage et avoir brossé ses cheveux,

Amanda se changea et posa des lunettes de soleil sur son nez avant de sortir pour visiter le quartier.

Après quelques erreurs de parcours, elle trouva une épicerie, non loin de chez elle. Elle acheta des pâtes et du fromage râpé pour les urgences, ainsi que quelques plats préparés.

Lourdement chargée, Amanda quitta l'épicerie et regagna son appartement. Une fois rentrée, elle déposa ses sacs par terre et s'effondra sur le canapé. Elle avait beau être en forme, physiquement, elle avait peut-être présumé de ses forces, après un aussi long trajet en avion.

Elle plaça les produits frais dans le réfrigérateur, puis prit une douche rapide et se coucha.

Quand ses yeux se fermèrent, elle se fit la réflexion que le lit était confortable, mais que l'épaule de Lucius l'avait été tout autant.

2

Trois jours plus tard, de bon matin, Lucius se dirigeait vers la salle dédiée au transfert d'embryons tout en pensant à Amanda Longstreet. Son image s'imposait à lui plus souvent qu'il n'était prêt à l'admettre. Apparemment, elle lui avait fait forte impression, durant leur brève rencontre ! Mais pour l'instant, il devait se concentrer sur sa patiente, qui tentait en vain d'avoir un enfant depuis trois ans.

Cette femme incarnait pour lui le combat qu'il menait sans relâche en tant que spécialiste de l'infertilité. Et en tant qu'être humain, sa souffrance lui fendait le cœur. Il ne voyait que des femmes souhaitant désespérément être mères. Soit il y avait un problème de conception, soit elles ne menaient pas la grossesse à terme. Mais quelle que soit la raison qui les amenait à le consulter, ces rencontres impliquaient invariablement de fortes émotions.

C'était pour cette raison qu'il commençait toujours par parler avec les patientes, au lieu de s'en tenir à l'intervention. Elles étaient souvent stressées, ce qui pouvait affecter la réussite de la procédure. Plus elles étaient calmes et confiantes, meilleures étaient les chances de réussite.

Il entra dans la salle où la patiente l'attendait, étendue sur la table d'examen. Un grand sourire aux lèvres, il s'approcha d'elle. Lucy, son infirmière, était en train de disposer les instruments sur un plateau. Remarquant la présence d'une autre personne, il se rembrunit.

Amanda.

Il répondit par un hochement de tête au sourire qu'elle lui adressait.

Qu'est-ce qu'elle fait là ?

Il avait cru comprendre qu'elle travaillait à la maternité...

— Comment allez-vous ? demanda-t-il à Nancy Davis, sa patiente du jour.

— Bien. Je suis juste un peu nerveuse.

Lucius serra la main du mari, qui se tenait dans un coin de la salle.

— Il faut que ça marche, cette fois ! s'exclama Nancy.

— Je sais que c'est votre troisième tentative, mais ne vous inquiétez pas. Je vais essayer quelque chose d'un peu innovant, durant cette intervention. Je pense que c'est ce qui fera la différence, puisque ça a fonctionné en laboratoire. J'ai donc toutes les raisons d'être optimiste. Nous n'allons pas seulement *espérer* que ça marche, nous allons y *croire*.

Nancy sourit faiblement.

— C'est ce que je souhaite de tout mon cœur, docteur.

— Vous avez bien suivi votre traitement ?

— Oui.

— Nous allons commencer dans un instant, dès que je me serai lavé les mains.

Quand Lucius revint, Lucy se préparait pour l'intervention et Amanda se tenait à côté de Nancy, au bout de la table. Elle parlait avec la patiente, qui émit un petit rire et parut se détendre.

Il appréciait ce qu'Amanda avait fait. Pour une raison inconnue, les femmes concevaient plus facilement un enfant quand elles cessaient d'être obsédées par leur future grossesse.

Prenant son siège à roulettes, il s'assit et vint se poster près des pieds de sa patiente.

— Je vais vous dire ce qui se passe, étape après étape. Si vous éprouvez la moindre douleur, dites-le-moi.

— D'accord, dit Nancy d'une petite voix.

— Ça ne devrait pas prendre plus de quelques minutes, ensuite vous vous reposerez un instant.

Le mari se rapprocha de son épouse et lui prit la main.

— Ce sera comme la dernière fois ? demanda Nancy.

— Oui.

Lucius prit dans l'incubateur que Lucy venait d'approcher le long cathéter souple contenant les embryons. Il tenait littéralement les espoirs de ce couple entre ses mains et si tout allait bien, ils auraient bientôt un bébé.

— La sensation va être un peu différente des autres fois, précisa-t-il. Les embryons ne sont pas encore à la bonne température. Je veux que ce soit votre corps qui les réchauffe.

Concentré à l'extrême, il oublia tout ce qui l'entourait pour placer les embryons dans la cavité utérine.

Un instant plus tard, il écartait son siège de la table pour voir le visage de sa patiente.

— C'est terminé. Nous allons vous laisser vous reposer pendant une trentaine de minutes. Rappelez-vous que vos seins seront peut-être sensibles, vous pourrez vous sentir ballonnée, avoir des crampes ou être constipée la semaine prochaine. Je veux vous voir dans deux semaines, pour faire un test de grossesse.

— Merci, docteur West, murmura Nancy avant d'adresser à son mari un sourire empli d'espoir.

Lucy sortit de la salle. Pendant qu'il ôtait ses gants et sa tenue stérile, Lucius se tourna vers Amanda.

— Mademoiselle Longstreet…

— Bonjour, docteur West, dit-elle sur un ton presque aussi glacial que le sien.

— Vous vous adaptez bien au centre ?

— Très bien. J'ai fait la connaissance de gens formidables, répliqua-t-elle en retirant elle aussi sa tenue.

— Je suis ravi de l'apprendre, dit-il en gagnant la sortie.

— Docteur West ! Est-ce que vous pouvez m'accorder une minute ? J'aurais une ou deux questions concernant l'intervention.

— Bien sûr…

— Je sais qu'on transfère normalement les embryons dans la cavité utérine quand ils sont à la bonne température, alors je me demandais pourquoi vous ne respectiez pas cette procédure.

Lucius serra les dents. Il n'était pas habitué à ce qu'on utilise ce ton avec lui, dans le cadre du travail.

— Je vois... Et d'où tirez-vous ces connaissances ?

— J'ai passé plusieurs jours à lire votre guide clinique.

Ce n'était pas la réponse qu'il attendait.

— Vous êtes consciencieuse.

— J'essaie de l'être.

Lucius se raidit. Les membres de ses équipes ne posaient jamais de questions sur ses méthodes. Ils avaient tellement confiance en lui qu'ils le suivaient, quelles que soient ses décisions.

— Ma technique vous inspire des inquiétudes ?

— Pas vraiment. En fait, je voudrais comprendre pourquoi vous procédez de cette façon. Et si les embryons ne tenaient pas à cause de la température ? Les couples investissent trop d'espoir, de temps et d'argent pour que vous agissiez sous le coup d'une simple intuition.

Agacé, Lucius s'approcha d'Amanda.

— Une intuition ? Sachez que j'utilise cette méthode depuis longtemps. Dans tout ce que je fais, je m'appuie sur l'expérience et la connaissance. Je ne me fie pas à des *intuitions*. Les couples viennent me voir pour une seule raison : ils veulent un enfant et je parviens souvent à exaucer leur vœu.

Amanda le foudroya du regard.

— Je n'avais pas l'intention de vous blesser. Si je vous ai posé cette question, c'était pour mieux comprendre votre démarche.

— Ce n'est pas ainsi que je l'ai comprise. Il m'a plutôt semblé que vous mettiez en doute mes compétences et mon jugement.

— Je suis ici pour apprendre les procédures, depuis la conception jusqu'à l'accouchement.

— J'apprécie cet engagement, mais si vous devez me faire subir un interrogatoire à chacune de mes interventions, cet échange ne pourra pas fonctionner.

Il dirigeait ce centre et il ne permettrait à personne de douter de son éthique.

— Je suis désolée si je vous ai offensé, et je comprends votre position, docteur, mais cela n'implique pas que je ne veuille pas acquérir des connaissances. Et cela suppose que je pose des questions. Je n'apprendrai rien, si on me l'interdit.

— Vous en avez le droit. En revanche, il ne vous est pas permis de réagir à ce que je fais ou dis en présence d'une patiente. Pas plus que vous ne pouvez sous-entendre que je fais quelque chose de mal.

Décidément, cette jeune femme ne manquait pas d'un certain culot !

— Si je comprends bien, « l'homme qui murmure à l'oreille des bébés » n'a pas à s'expliquer, quand il ne respecte pas le protocole, dit Amanda sur un ton sarcastique. Pas plus qu'il n'a à répondre aux questions, quand il fait quelque chose qui ne correspond pas à la norme. Je vous ai bien compris ?

Lucius s'approcha d'Amanda, qui ne bougea pas d'un pouce. Malgré lui, il ne put s'empêcher d'admirer son audace.

— C'est exactement cela, répliqua-t-il.

Amanda se redressa de toute sa taille. Elle avait beau être grande, elle ne lui arrivait qu'à l'épaule.

— Désolée, docteur, mais là d'où je viens, les médecins et les infirmières sont partenaires. Nous avons les mêmes objectifs et si nous posons des questions, c'est dans l'intérêt de nos patients. L'ego des médecins n'est pas prioritaire.

Lucius pinça les lèvres. Comment osait-elle sous-entendre qu'il ne se préoccupait pas avant tout de ses patientes ?

— Je peux vous assurer que mes patientes passent en premier.

— Ravie de l'apprendre. En ce cas, je ne vois pas en quoi j'ai pu vous froisser.

— C'est peut-être le ton que vous avez utilisé.

— Je ne m'étais pas aperçue que je parlais sur un ton particulier.

Lucius recula d'un pas.

— Je pense que cette discussion est devenue improductive. Excusez-moi, mais j'ai du travail qui m'attend, déclara-t-il avant de tourner les talons.

Pour qui se prenait-elle, pour oser l'interroger la première fois qu'elle assistait à un transfert d'embryons ?

Lucius secoua la tête. En réalité, le culot d'Amanda l'impressionnait.

Une heure plus tard, il ressassait encore sa discussion avec elle. Il s'était peut-être montré un peu sec, mais les questions d'Amanda lui rappelaient son père, qui l'avait toujours contraint à expliquer ses décisions. Il l'avait tellement poussé à justifier ses méthodes que Lucius en était venu à douter de lui-même.

Aujourd'hui, son père était en maison de retraite et une petite Américaine parvenait à ranimer les incertitudes de sa jeunesse.

Quand on exerçait son métier, on devait avoir conscience de sa propre valeur, sinon on abandonnait. Trop souvent, les échecs l'emportaient sur les succès. La vie entière de Lucius tournait autour de ces moments de joie et d'excitation, quand une femme était enceinte. Il en avait besoin pour rester fort, s'il devait annoncer à un couple que la procédure avait échoué. Il adorait se rendre dans la nurserie pour voir des parents tenir un bébé dans leurs bras, après en avoir rêvé si longtemps.

Lorsqu'il était marié, il avait envisagé d'avoir lui-même des enfants, mais il pensait avoir du temps devant lui. Le centre venait d'ouvrir et il avait privilégié son travail, pensant que sa femme était heureuse. Au lieu de cela, elle avait souffert de ses longues heures d'absence.

Mélanie avait été trop souvent abandonnée à elle-même.

Il savait qu'elle appréciait d'être mariée à un médecin, star montante dans le domaine de la lutte contre la stérilité. En revanche, il avait sous-estimé sa solitude.

Il n'avait pas souffert de leur séparation autant qu'il l'aurait dû. Il s'était dit qu'elle avait raison de penser qu'il était davantage marié à son métier qu'à elle. Depuis, il avait eu quelques liaisons, mais il n'avait pas commis l'erreur de s'installer dans une relation durable.

Il lui aurait fallu une compagne qui comprenne l'importance de son travail et n'exige pas de lui une attention constante. Mais ce genre de femmes était rare et il n'avait pas le temps de chercher la perle rare.

Amanda ne comprenait pas pourquoi Lucius avait aussi mal supporté qu'elle lui pose des questions. Elle était habituée à ce que les protocoles soient rigoureusement suivis, c'est pourquoi elle avait voulu savoir pourquoi il s'en éloignait.

Elle souhaitait juste comprendre la logique qui se cachait derrière la décision qu'il avait prise. Mais apparemment, elle avait dépassé les bornes.

Ça recommençait ! Un homme de plus la trouvait *arrogante*. Ceux avec qui elle était sortie la jugeaient trop rigide, trop inquisitrice. Après sa dernière rupture avec celui qu'elle considérait comme l'homme de sa vie, elle avait mis de côté son rêve de se marier et d'avoir des enfants pour se consacrer à sa carrière.

Et elle comptait beaucoup sur l'expérience acquise à l'occasion de cet échange pour devenir infirmière en chef, à Atlanta.

D'une façon ou d'une autre, elle devait gagner le respect de Lucius et neutraliser son animosité. En dehors de lui, tout le monde l'avait accueillie très amicalement. Ses collègues répondaient volontiers à ses questions, et s'ils ignoraient la réponse, ils s'efforçaient de la trouver pour elle.

Lucius était un médecin remarquable, dévoué à sa mission, et le centre faisait de l'excellent travail, comme Kirri le lui avait assuré. Mais quand Lucius lui avait dit que l'échange ne fonctionnerait pas, elle avait été choquée, d'autant qu'elle n'appréciait pas d'être menacée.

Elle devait absolument améliorer ses relations avec lui. Après une bonne nuit de sommeil, elle pensa avoir trouvé le moyen de lui prouver qu'à l'avenir, elle ne ferait plus d'intrusion dans son espace professionnel.

Dès qu'elle eut un moment de libre, elle le chercha dans les couloirs pour apprendre finalement qu'il était à la nurserie, ce qui la surprit.

En effet, elle le trouva assis dans un rocking-chair, un bébé endormi dans les bras. Le souffle coupé, elle observa cet homme athlétique en train de bercer tendrement un nourrisson. Elle ne lui avait jamais vu cette expression...

Il était différent de celui qu'elle avait affronté la veille, à tel point qu'il lui fallut un instant pour recouvrer son sang-froid. Elle resta là, fascinée. Elle aurait voulu graver cette scène dans sa mémoire.

En passant à côté d'elle, une infirmière brisa le charme.

Amanda fit quelques pas dans la nurserie.

— Docteur West ? Lucius ?

Il leva vers elle un regard soucieux.

L'idée qu'il ferait un bon père traversa l'esprit d'Amanda, ce qui n'était vraiment pas adapté à la relation professionnelle qu'elle voulait instaurer avec lui.

— Mademoiselle Longstreet ?

— Euh... Je me demandais si vous auriez un moment à m'accorder.

— J'ai un transfert d'embryons dans vingt minutes.

— Je pourrais vous offrir un café ?

— Désolé, je n'en bois pas à cette heure de la journée.

Il ne lui rendait pas la tâche facile.

— Un soda ?

— Comme vous le voyez, je suis un peu occupé. De quoi voulez-vous parler ?

Nouant ses mains devant elle, Amanda s'approcha de Lucius.

— De ce qui s'est passé hier, si cela ne vous ennuie pas.

Il désigna du menton un bébé qui pleurait dans son berceau.

— Prenez-le et asseyez-vous.

Amanda prit le nourrisson dans ses bras et s'assit dans un autre rocking-chair, près de Lucius. Dès qu'elle commença à le bercer, le bébé se calma.

— On dirait que vous avez le truc, avec eux, remarqua Lucius.

Son approbation réchauffa le cœur d'Amanda.

— Je peux faire davantage que les aider à naître, dit-elle. Et j'ai bercé plus d'un bébé, dans ma vie, ce qui inclut une nièce et un neveu.

Une ombre passa dans les yeux de Lucius. Super ! Elle avait encore fait une gaffe, alors qu'elle tentait de gagner sa confiance.

— Je croyais que les nourrissons restaient dans la chambre de leur mère, dit-elle doucement.

— La plupart, en effet, mais nous accueillons aussi des enfants non désirés, abandonnés. Nous en avons aussi un ou deux dont les mères ont eu des problèmes au moment de l'accouchement et ont besoin de se reposer. C'est la raison pour laquelle vous en voyez autant.

Le bébé qu'il berçait laissa échapper un soupir satisfait.

— Je crois que vous êtes doué, vous aussi, remarqua Amanda.

— Merci. Ici, c'est le bon endroit pour décompresser.

Lucius avait besoin de décompresser ? Il donnait pourtant l'impression de tout contrôler à chaque instant de la journée.

— Écoutez... je tiens à m'excuser, pour hier. Je ne voulais pas mettre en cause votre autorité et surtout pas la saper devant une patiente. Je suis désolée, si vous pensez que c'est ce que j'ai fait.

— J'apprécie votre démarche, mais après réflexion, j'ai compris que j'avais réagi de façon excessive.

Amanda eut du mal à cacher son étonnement.

— J'ai été élevé par un homme qui m'interrogeait sans cesse à propos de mes décisions, continua Lucius. Depuis, je supporte mal qu'on me questionne à ce sujet.

Il fronça les sourcils, comme si ce qu'il venait de dire le troublait.

— Merci de partager ce souvenir avec moi, dit Amanda. Je comprends mieux votre réaction. Ce programme d'échange est important pour moi, et j'ai besoin qu'il fonctionne.

— Pourquoi ?

Devait-elle lui révéler ses projets et ses rêves ? Mais après tout, ce n'était pas un secret.

— Parce que c'est une occasion pour moi d'obtenir une promotion importante à mon retour. Le fait que je vous observe pendant que vous exécutez des procédures innovantes, que je comprenne comment et pourquoi vous effectuez ces transferts ne peut que m'aider dans mon travail. Ça peut vous paraître prétentieux, mais je veux aider les femmes en souffrance à avoir des bébés.

— Nous sommes d'accord sur ce point.

Une infirmière passa la tête dans l'embrasure de la porte.

— Docteur, on vous attend dans la salle de transfert.

— Dites à l'équipe que j'arrive.

Lucius se leva lentement et déposa le bébé dans son berceau, puis il se tourna vers Amanda.

— Je veillerai à ce que vous ayez toutes les occasions d'apprendre pendant votre séjour. Ce qui inclut le droit de poser des questions.

— Merci beaucoup.

D'un mouvement souple, il lui prit le nourrisson et le déposa à son tour dans son petit lit.

Quand Amanda se fut levée, il lui tendit la main.

— On est d'accord ?

Dès qu'elle glissa sa main dans celle de Lucius, Amanda éprouva la même impression que la première fois... une sorte de choc électrique.

Trop vite, ou peut-être pas assez, il lâcha ses doigts et gagna la porte.

— À bientôt, dit-il en lui adressant un sourire par-dessus son épaule puissante.

Amanda resta un instant immobile, perplexe. La veille, il avait été furieux contre elle, et aujourd'hui il se montrait compréhensif, voire agréable.

Elle aimait les défis... surtout quand ils étaient beaux et mystérieux.

Le lendemain après-midi, Amanda s'apprêtait à faire naître un bébé, fruit d'une seconde fécondation in vitro. La première fois, la mère avait fait une fausse couche dès le premier trimestre.

Elle parcourut rapidement son dossier médical et sentit l'excitation monter en elle : c'était son premier accouchement depuis son arrivée au centre.

La naissance d'un bébé était toujours exaltante pour les parents, mais l'équipe éprouvait également une forte émotion. Un nouvel être humain venait au monde, véritable miracle pour des parents qui avaient soulevé des montagnes pour le concevoir, ce qui rendait sa naissance encore plus extraordinaire.

Amanda enfila sa tenue et ses gants stériles pendant qu'on installait la maman sur la table. C'était le Dr Leah Johannsson qui serait aux commandes. C'était une petite femme d'une quarantaine d'années, à la voix douce et aux grands yeux bruns sérieux. Amanda pouvait comprendre qu'elle figure parmi les médecins préférés des patientes. Un instant plus tard, elle entra dans la salle de travail. L'infirmière avait dit à Amanda que la mère était restée couchée les trois derniers mois de sa grossesse et elle venait de passer deux semaines au centre, le but étant de prévenir un accouchement prématuré.

Dès qu'elle entra, Amanda s'approcha de la table et sourit à la patiente.

— Je suis Amanda Longstreet, une infirmière clinicienne venue des États-Unis. Je suis honorée de vous assister et j'ai hâte de faire la connaissance de votre bébé.

— Moi aussi, j'aimerais bien connaître Alease, dit la maman en souriant.

— Quel joli prénom !

— C'est celui de sa grand-mère.

— Je crois qu'Alease pense qu'il est temps pour elle de rencontrer ses parents.

Amanda leva les yeux vers l'homme qui se tenait près de son épouse et lui prenait la main.

Quand la patiente gémit sous l'effet d'une contraction, Amanda s'écarta pour laisser la place au Dr Johannsson.

— J'ai l'impression que nous n'allons plus attendre très longtemps, dit-elle.

Une nouvelle contraction fit grimacer la patiente.

— À la prochaine, je vous demanderai de pousser, dit le médecin.

Plusieurs secondes s'écoulèrent, chargées de tension.

— Allez-y ! C'est le moment.

Lentement, la petite Alease fit son apparition dans le monde, tandis que la mère pleurait et riait à la fois. Se détournant d'elle, Amanda se concentra sur le nourrisson. Elle retint son souffle... Quelque chose n'allait pas. Le bébé était bleu et ne respirait pas, son petit corps était flasque. Une flaque de sang se dessina sur le sol.

— J'ai besoin d'un peu d'aide, dit calmement le Dr Johannsson en tendant le bébé à Amanda.

La mère saignait et l'enfant ne respirait pas... Amanda se précipita vers la couveuse, tout en appuyant sur le bouton d'urgence, puis elle stimula la respiration du bébé. Elle palpa ses pieds, espérant trouver un pouls.

Rien.

Elle vérifia ensuite le rythme cardiaque en posant deux doigts sous la base du cordon ombilical. Dans le même temps, elle sentit qu'on entrait dans la salle.

Le rythme cardiaque était de moins de cent par minute et le bébé n'avait pas encore crié. Comme elle attrapait le masque à oxygène, une grande main la devança et commença à pomper.

Levant les yeux, Amanda vit Lucius.

Mais le bébé ne respirait toujours pas. Il fallait procéder à des compressions thoraciques.

— Occupez-vous de l'oxygène, dit-elle à Lucius.

Sans attendre sa réponse, elle enveloppa le bébé de ses deux mains et effectua les compressions avec ses pouces.

— Je compte ! annonça-t-elle. Un, deux, trois, ventilez !

Lucius pressa le sac.

— Un, deux, trois, ventilez !

Ils travaillèrent ensemble pendant une minute, puis Amanda cessa les compressions et vérifia les constantes. Le bébé bougeait… Elle eut l'impression de pouvoir respirer elle-même. Lucius retira le masque et le bébé émit un cri puissant.

Amanda adressa à Lucius un sourire qu'il lui rendit. Un long frisson la parcourut.

— Bien joué, Amanda, dit-il doucement.

Elle hocha la tête et se tourna vers le nourrisson, qu'elle enveloppa dans une couverture avant de poser un bonnet rose sur sa petite tête. Pendant que le Dr Johannsson s'occupait de la maman, elle vérifia une fois de plus les constantes du bébé. Lucius se tenait près d'elle, mais il n'intervint pas.

— Mademoiselle Longstreet, dit le Dr Johannsson, je crois que les parents voudraient voir leur petite fille.

Toute souriante, Amanda posa la fillette sur la poitrine de sa mère. Les parents pourraient câliner leur enfant pendant une minute, après quoi elle serait emmenée aux soins intensifs pédiatriques.

Un instant plus tard, la mère posa sur Lucius un regard mouillé de larmes.

— Merci, docteur West.

Il se tenait contre le mur et ne bougea pas.

— Il n'y a pas de quoi, répliqua-t-il.

Bien qu'il ait adopté une posture nonchalante, Amanda remarqua ses yeux humides. Une minute plus tard, il avait disparu.

Tiens, tiens ! C'est la deuxième fois en une semaine que j'entrevois le côté sensible du Dr West.

3

Lucius sortit du parking et se dirigea vers la plage. Le pique-nique annuel du centre avait lieu ce jour-là. Toutes les familles que l'établissement avait aidées étaient invitées. Beaucoup de parents venaient montrer les enfants dont ils étaient si fiers. Il attendait toujours avec impatience cette journée. Les membres du personnel amenaient aussi leurs familles.

Après le repas, il y aurait des concours, comme celui du bébé le plus mignon ou du plus beau château de sable, ainsi que des jeux imaginés par le comité qui organisait la fête.

Ensuite, on prendrait une photo de groupe des enfants. Elle serait encadrée et affichée sur un mur du hall.

Il y avait beaucoup de monde. Les adultes formaient des groupes et bavardaient. Certains portaient des bébés dans leurs bras, d'autres surveillaient les bambins qui couraient en tous sens. Les voir donnait à Lucius un sentiment d'accomplissement, lié à la certitude qu'il avait contribué à créer tout ce bonheur.

De nombreux parents s'approchèrent de lui pour le remercier. Il devait parfois leur rappeler qu'il était assisté par une équipe médicale excellente et investie.

En ce qui le concernait, c'était son but dans la vie, mais pour eux, c'était un rêve devenu réalité. Il se lassa rapidement de toute cette adoration. Il souhaitait seulement profiter de cette journée ensoleillée sur la plage, en compagnie de gens heureux.

Il s'approcha de la tente, érigée sur une pelouse où l'on avait installé une longue table. Il y en avait une autre au soleil, pour que les gens puissent choisir. Elles étaient recouvertes de nappes colorées et c'était le centre qui fournissait le repas. Un cuisinier veillait sur un barbecue, et cela sentait si bon que l'eau lui vint à la bouche.

Sous la tente, il remarqua Amanda, qui bavardait avec deux personnes, dans un coin. Elle portait une robe jaune qui laissait ses épaules nues. La brise qui plaquait le tissu contre son corps mettait en valeur ses courbes… De jolies courbes, à vrai dire. Elle avait un rire cristallin, étrangement apaisant… Décidément, cette femme lui faisait un peu trop d'effet.

Un infirmier posa la main sur l'épaule d'Amanda, qui lui sourit. Cette camaraderie troubla Lucius. Elle ne l'avait jamais regardé de cette façon, mais peut-être ne lui avait-il donné aucune raison de le faire.

C'était le genre de pensées qu'il aurait dû éviter. Cela faisait bien longtemps qu'il ne se souciait plus de la manière dont une femme lui souriait. Son travail lui donnait toutes les satisfactions affectives dont il avait besoin dans la vie.

D'ailleurs, Amanda ne resterait pas longtemps en Australie et il n'était pas tenté par une aventure sans lendemain. Et quand bien même l'aurait-il été, il ne souhaitait en aucun cas mêler travail et sentiments.

En revanche, il pouvait comprendre pourquoi les hommes étaient attirés par Amanda. Il n'y avait rien de plus fascinant qu'une femme qui savait qui elle était et ce qu'elle voulait. Et Amanda semblait être ce genre de femme. Elle avait l'air forte et indépendante, comme si elle n'avait pas besoin d'un homme sur qui s'appuyer… contrairement à son ex-épouse.

À un moment, Amanda se retourna et l'aperçut. Dès que leurs regards se croisèrent, elle lui sourit et quitta le groupe pour venir vers lui.

— Je suis surprise de vous voir, dit-elle. Je ne pensais pas que ce genre d'événements vous intéressait.

— Où avez-vous été chercher cette idée ?

— Auprès de Kirri, sans doute. Elle m'a laissé entendre que vous étiez peu sociable, peut-être un peu rigide.

Elle avait dit cela comme si elle était d'accord avec sa sœur.

— Est-ce que vous dites toujours ce qui vous passe par la tête ? lui demanda Lucius. Je précise que je suis très sociable, du moins quand je veux l'être.

Amanda fit une petite grimace.

— Je suis ravie de l'apprendre. Et oui, je dis toujours ce que je pense. Sinon, comment ferais-je pour apprendre ?

— Et qu'avez-vous appris, aujourd'hui ?

— Que vous êtes sociable, en dépit de votre expression revêche. Vous pouvez sourire, docteur, personne ne vous le reprochera.

Elle l'exaspérait, mais il ne put empêcher ses lèvres de frémir.

— Sachez que j'adore cette fête. C'est agréable de voir comme les bébés ont grandi, sont devenus des enfants.

Amanda regarda autour d'elle.

— Vous devez vous sentir très fier et vous avez le droit de l'être.

— J'avoue que j'aime voir toutes ces familles dont j'ai favorisé la création. Mais assez parlé de cela. Est-ce que votre clinique d'Atlanta organise ce genre d'événement ?

— Non, mais je vais le leur conseiller. Cela donne au personnel l'occasion de constater les effets bénéfiques de leur action. Sans compter qu'on s'amuse bien.

Nancy, l'infirmière de Lucius, entra dans la tente.

— Lucius ! Je suis contente que vous soyez venu.

— Je n'aurais manqué ça pour rien au monde.

— Vous voulez dire quelque chose, avant le repas ?

Lucius aurait préféré rester dans la foule.

— Vous pourriez le faire vous-même.

— Vous savez très bien que c'est vous qu'ils veulent entendre, répliqua Nancy. Vous pourriez leur souhaiter la bienvenue ?

Lucius jeta un coup d'œil à Amanda. Elle le fixait comme si un refus de sa part l'aurait déçue.

— D'accord.

Quelques minutes plus tard, Nancy avait fait en sorte que tout le monde se rapproche. Lucius déclara combien il était heureux qu'ils soient tous venus et leur souhaita une très belle journée. Dès qu'il eut terminé, il se glissa de nouveau parmi la foule.

— Très beau discours, docteur West !

Il reconnut la voix d'Amanda. Elle se tenait près de lui et le fixait avec une intensité troublante.

— J'avoue avoir manqué d'inspiration, répliqua-t-il.

— Vous n'appréciez pas d'être sous le feu des projecteurs, n'est-ce pas ?

— Pas vraiment. Vous avez faim ?

À son grand étonnement, Lucius s'aperçut qu'il avait envie de bavarder avec elle.

— Très.

— Alors approchons-nous du barbecue avant qu'il ne reste plus rien !

Il la guida jusqu'au buffet, où ils se servirent.

— Vous êtes censé déjeuner avec quelqu'un en particulier ? lui demanda Amanda.

— Non. J'espérais que vous vous joindriez à moi.

Il donnait l'impression de lui accorder une attention particulière. Était-ce vraiment ce qu'il voulait ? Oui ! Il était fatigué de sa propre compagnie et la perspicacité d'Amanda l'obligeait à rester sur le qui-vive. En quoi serait-ce mal, s'il apprenait à mieux la connaître ?

— C'est ma serviette que vous voyez, dit-elle en désignant la plage. Celle qui ressemble au drapeau australien.

— Pourquoi ne suis-je pas surpris ?

— Je l'ai achetée hier, sachant que j'en aurais besoin aujourd'hui, expliqua-t-elle avec un sourire. Ce sera un souvenir de mon séjour en Australie.

Amanda lui tendit son assiette.

— Je vais nous chercher de quoi boire. Qu'est-ce que vous voulez ?

— Une boisson sans alcool.

— Je reviens dans une minute. Ne mangez pas mon déjeuner !

Un grand sourire aux lèvres, Amanda s'éloigna. Mais le plus étonnant, c'était qu'il souriait aussi. Il devait avoir l'air d'un lycéen amoureux de sa professeure, mais Amanda lui faisait cet effet, et il découvrait avec effarement qu'elle lui transmettait un peu de sa joie de vivre.

Nancy et quelques membres de l'équipe vinrent s'installer

auprès d'eux. D'un côté, Lucius se réjouit de cette distraction, de l'autre, il regretta de perdre l'attention exclusive d'Amanda.

— Amanda, commença Nancy, vous êtes ici depuis une semaine... Dites-nous ce que vous pensez de l'Australie et du centre.

— J'adore l'Australie et tout le monde s'est montré très accueillant envers moi.

Elle jeta un coup d'œil espiègle à Lucius, comme pour lui signifier qu'il était l'exception qui confirmait la règle.

— Et j'apprécie beaucoup de travailler au centre, continua-t-elle. Ce programme d'échange est exceptionnel.

Lucius adorait l'accent légèrement traînant d'Amanda. Est-ce qu'il était plus marqué... dans l'intimité ?

Amanda le fixa avec inquiétude, tandis qu'il toussotait pour s'éclaircir la voix.

— Mon appartement est très sympa, continua Amanda. Il y a une épicerie tout près et un grand magasin un peu plus loin, où je trouve tout ce dont j'ai besoin. La seule chose qui m'ennuie, c'est que je n'ai pas encore eu le temps de visiter la ville. Je compte commencer demain, comme une vraie touriste. Je grimperai sur le Harbor Bridge, je veux aussi contempler l'opéra de Sydney et peut-être aller au zoo. Je ne rentrerai pas chez moi sans avoir vu un koala. Ils sont si mignons !

Elle ressemblait à une petite fille parlant de sa poupée préférée, à Noël. Lucius trouvait fascinant que cette même femme soit aussi une infirmière exceptionnelle. Qui était la vraie Amanda ? Et pourquoi exerçait-elle sur lui une telle séduction chaque fois qu'il la voyait ?

— Il y a un zoo plus petit où vous pourrez en prendre un dans vos bras, intervint un infirmier. C'est à quelques heures de la ville, en train.

— Génial ! Je le ferai sûrement. Oh ! J'allais oublier. J'ai l'intention de traverser le port en ferry, pour voir Sydney depuis la mer... Je pourrais même le faire cet après-midi.

Lucius faillit lui proposer de jouer les guides touristiques pour elle, mais il se retint à temps.

— Vous êtes allée au Strand ? demanda Nancy. C'est un

immense bâtiment victorien rempli de boutiques. À lui seul, il vaut le coup d'œil, mais c'est bien aussi pour faire du shopping.

Lucius et deux autres hommes émirent un soupir d'ennui. Amanda les regarda avec désapprobation, avant de se focaliser sur Lucius.

— Tout le monde n'est pas obsédé par le boulot à chaque minute de la journée !

Un silence pesant s'installa. Peu de gens se permettaient de se moquer de lui ou de critiquer la façon dont il occupait son temps, voire personne, en dehors de sa sœur. Amanda parut soudain très gênée.

Pour alléger l'atmosphère, Lucius reprit le cours de la conversation :

— Je trouve aussi ce bâtiment exceptionnel, dit-il. Les vitraux sont magnifiques, quand il y a du soleil.

Tout le monde se détendit, y compris Amanda. Mais il savait que les membres de son équipe continueraient de suivre leurs échanges avec attention.

Il se déplaça légèrement pour mieux la voir.

— Vous savez qu'il existe des sites moins touristiques ?

Amanda se raidit, comme si cette remarque avait pour objet de la remettre à sa place.

— Lesquels ?

— Les piscines publiques à l'eau de mer, par exemple, dit-il avec un haussement d'épaules. Elles sont situées au bord de l'océan et c'est une expérience extraordinaire que d'y nager de très bonne heure et d'observer le lever du soleil.

Les autres le fixèrent comme s'ils ne savaient plus qui il était.

— Ça a l'air génial.

La voix légèrement essoufflée d'Amanda fit naître une étrange chaleur dans tout son corps.

— Je vais sûrement y aller, continua-t-elle.

— Vous savez quoi ? Je passerai vous prendre samedi à 7 heures du matin et nous irons nager.

Lucius jeta un coup d'œil aux personnes présentes, qui avaient du mal à dissimuler leur surprise.

Par bonheur, quelqu'un les appela :

— Les jeux commencent dans un quart d'heure. Finissez votre repas, mais gardez de la place pour les glaces !

Tout le monde se remit à manger, mais Lucius surprit plus d'un regard amusé. Nancy arborait un petit sourire entendu. Fort heureusement, Amanda semblait ne rien remarquer.

Quelques minutes avant le début des jeux, le groupe se dispersa, les laissant seuls, Amanda et lui. Lucius se leva et lui tendit la main. Il la lâcha dès qu'elle fut debout, et tous deux rejoignirent la foule.

— Je veux voir le jeu de la tarte à la crème ! déclara Amanda. Et il y a quelqu'un qui devrait y participer, selon moi, ajouta-t-elle en le fixant.

Lucius n'avait pas envisagé de jouer lui-même, et il n'avait vraiment pas envie de recevoir de la crème chantilly en plein visage.

Comme Amanda s'immobilisait, il l'imita.

— Vous allez le faire ? demanda-t-elle. Je crois que parents et enfants seraient ravis. Et votre personnel aussi.

Il plissa les yeux.

— Ça veut dire quoi, exactement ?

— À mon avis, ils croient que vous êtes du genre coincé, mais je sais que c'est faux.

Retirant ses lunettes de soleil, Lucius se pencha pour la regarder dans les yeux.

— Et comment le savez-vous ?

— Je vous ai vu, dans la nurserie. Sous des dehors revêches, vous êtes un tendre.

Rejetant la tête en arrière, Lucius éclata de rire.

— Mademoiselle Longstreet, je n'ai jamais rencontré une femme comme vous.

— C'est un compliment, ou une critique ?

— Franchement, je n'en sais rien. Mais aujourd'hui, je vais prouver à mon personnel que je ne suis pas coincé.

— Si je comprends bien, vous allez faire quelque chose dont Nancy vous croyait incapable. Et tout ça, grâce à moi !

Et voilà ! Il s'était fait manipuler. Et le pire, c'était qu'il s'en moquait royalement.

Pendant l'heure suivante, ils suivirent le déroulement des jeux. Amanda riait, applaudissait et criait. Lucius remarqua que beaucoup de gens bavardaient avec elle en passant ou restaient à côté d'elle. Elle était très populaire.

Malheureusement pour lui, vint le moment où elle se tourna vers lui.

— Il est temps de vous préparer.

Ils se dirigèrent vers le panneau de bois sur lequel un médecin clown avait été peint. Il y avait un trou au niveau du visage.

Amanda plongea la main dans un sac.

— Vous allez enfiler un sac de plastique, pour protéger vos vêtements. Approchez, dit-elle en lui adressant un signe de la main.

Il lui jeta un regard méfiant.

— C'est vous qui avez eu cette idée, c'est ça ?

— Bien sûr.

Elle sortit un grand sac-poubelle et fit un trou à l'extrémité.

— Vous aviez prévu de faire de moi votre victime ?

Elle haussa les épaules avant de se dresser sur la pointe des pieds pour glisser le sac par-dessus sa tête. Se penchant en avant, il émergea pour se retrouver quasiment face à face avec elle. Ils étaient si proches qu'il sentit son parfum, qui lui rappela les roses de son jardin. Ses beaux yeux étaient parsemés de paillettes d'or et des taches de rousseur piquetaient son nez.

Il se pencha davantage avant de se raviser brusquement. Ce n'était ni le lieu ni le moment de l'embrasser, malgré l'envie qui le taraudait.

— Vous savez que j'aurai ma revanche ? demanda-t-il.

Elle eut un sourire malicieux.

— C'est une promesse, docteur West ?

Avançant d'un pas, il la coinça contre le panneau de bois. L'atmosphère se chargea soudain d'électricité.

— Tout à fait, dit-il finalement.

— J'aime que les promesses soient tenues.

Des gens approchaient et Lucius recula. Qu'était-il en train de faire ? N'avait-il rien de mieux à faire que de flirter avec Amanda en public ? Mais il s'amusait beaucoup et cela faisait longtemps qu'il ne s'était pas senti aussi vivant.

— Je vais faire des trous pour vos bras, annonça-t-elle. Ensuite, j'irai de l'autre côté et vous n'aurez qu'à passer la figure dans l'ouverture. Et n'oubliez pas de sourire !

Un instant plus tard, Lucius était en position. Des enfants de toutes tailles faisaient la queue en face de lui. Des tartes généreusement garnies étaient posées sur une table.

Amanda en donna une à un petit garçon d'une dizaine d'années.

— Vas-y ! dit-elle.

Au grand soulagement de Lucius, la tarte atteignit le bas du panneau.

— Ce sera mieux la prochaine fois, remarqua-t-il.

Ensuite, les lancers se succédèrent, le ratant à chaque fois.

— Nous allons avancer la ligne de tir pour vous aider, annonça Amanda.

La foule rugit de joie et applaudit. Lucius lança un regard furieux à Amanda, qui lui répondit par un sourire suave.

Les premiers enfants le manquèrent de nouveau, puis l'un d'entre eux parvint à atteindre un côté de son visage. Les deux suivants, son front. Le quatrième lui décocha son « arme » en pleine figure et fut salué par des applaudissements. Quand le dernier enfant passa, il ne voyait plus rien.

Enfin, Amanda déclara :

— Je pense que le Dr West mérite nos acclamations.

Ce n'était pas trop tôt !

Des hourras accompagnèrent les bravos. Nancy s'avança, faisant écran entre le public et lui.

— Merci à tous d'être venus. Et à l'année prochaine…

Lucius recula et entreprit de se nettoyer. Amanda s'approcha de lui, un sac à la main.

— Je n'arrive pas à croire que vous m'ayez persuadé de faire ça, grommela-t-il.

— Vous aviez l'air tellement étonné, quand la première tarte vous a atteint, répliqua-t-elle en riant.

— Ce n'est pas drôle.

— Bien sûr que si !

— Je vais vous montrer à quel point c'est drôle.

La prenant par la main, Lucius frotta sa joue contre celle d'Amanda, puis il toucha son front, laissant un large sillon de crème. Pendant tout ce temps, elle poussa des cris stridents tout en se contorsionnant pour lui échapper, ce qui ne fit qu'aggraver les choses. Pour finir, il frotta son nez contre le sien avant de s'arrêter brusquement et fixer sa bouche. Du bout de la langue, il lécha un coin de ses lèvres. Elle se figea aussitôt et leva vers lui un regard étonné.

— Vous avez bon goût, dit-il.

Elle effleura du doigt la mâchoire de Lucius. Des étoiles dans les yeux, elle le porta ensuite à sa bouche pour en sucer la crème.

Lucius sentait son sang bouillir dans ses veines. Entre eux, l'attirance venait de se déclarer publiquement, au vu et au su de toute son équipe. Ce n'était ni le lieu ni le moment.

Lucius recula.

Amanda fouilla frénétiquement dans le sac et en sortit un rouleau de papier. Elle déchira quelques feuilles, qu'elle lui tendit. Après s'être essuyé le visage, il tira sur sa protection de plastique pour la faire passer par-dessus sa tête.

— Laissez-moi vous aider, dit Amanda.

— Non.

Si elle le touchait encore, ils offriraient un véritable spectacle à l'assemblée.

— Je vais me débrouiller, dit-il plus doucement. Ensuite, je rentrerai chez moi prendre une douche.

Visiblement blessée, elle hocha la tête.

— D'accord. Merci de nous avoir aidés aujourd'hui. Vous avez fait un tabac et prouvé que vous avez le cœur tendre.

— Le cœur tendre ?

— Vous devez penser que c'est un défaut, mais ça fait de vous quelqu'un de spécial. Désolée… Je n'aurais pas dû dire ça, mais sachez que je ne trahirai jamais votre secret. Encore merci.

— Il n'y a pas de quoi.

En s'éloignant, il pensa un instant lui proposer de la raccompagner chez elle. Il soupçonnait qu'elle n'était pas le genre de femme à avoir des aventures d'un soir et de toute façon, ils vivaient sur deux continents différents. De surcroît, ils étaient collègues et il y avait certaines règles qu'il ne souhaitait pas enfreindre.

Mais en dépit de toute raison, c'était plutôt chaud, entre eux.

Il sentait encore le contact de son doigt, sur sa joue, et aurait bien voulu prolonger cet instant.

Hélas, se comporter selon ses désirs était dangereux, et mieux valait les oublier. Ce qu'il se promit de faire sans tarder.

Tremblante, Amanda demeura un instant sur place. Qu'est-ce qui lui avait pris de taquiner Lucius de cette façon ? De se comporter comme une séductrice et de porter un tel jugement sur la personnalité de son patron ?

Elle devait certainement avoir perdu l'esprit !

L'espace d'une seconde, elle avait craint qu'il l'embrasse. Pire encore, elle savait qu'elle se serait laissé faire, alors que son avenir dépendait de son professionnalisme.

Autour d'elle, les invités se dirigeaient vers le parking. Elle devait rentrer chez elle, oublier les beaux yeux bleus du Dr West.

Hélas ! Elle avait accepté de nager avec lui le samedi suivant.

Une très mauvaise idée.

Vingt-quatre heures plus tard, elle tenta de chasser Lucius de son esprit en visitant la ville. Elle passa un long moment devant l'opéra, à observer son étonnante architecture. De là, elle gagna ensuite le Harbor Bridge, qu'elle gravit courageusement. Parvenue au sommet, elle contempla le panorama, fière d'elle-même.

Trop fatiguée pour en faire davantage, elle rentra ensuite chez elle. Le ferry attendrait un autre week-end.

Le dimanche soir, elle décida qu'il vaudrait mieux éviter Lucius pendant la semaine. D'ailleurs, il avait peut-être déjà oublié sa proposition d'aller nager avec elle dans une piscine d'eau de mer. Vu la façon dont il l'avait quittée, sur la plage, il ne voulait sûrement plus rien avoir à faire avec elle.

De toute manière, elle pouvait toujours décliner son invitation. Le problème, c'était qu'elle avait envie de passer du temps avec lui. Pourraient-ils être amis, sans céder à la force sensuelle qui les poussait l'un vers l'autre ?

À sa grande surprise, la fin de la semaine arriva sans qu'elle le voie et elle commença à ressentir un état de manque. Très stressée, elle se demanda comment tenir plus longtemps quand une infirmière lui lança :

— Amanda ! fit une infirmière. Le Dr West a appelé. Il voudrait que vous veniez dans son bureau.

— Tout de suite ?

Baissant les yeux, elle vit que ses mains tremblaient.

— Dites-lui que je suis avec une patiente et que j'irai dès que possible, s'il vous plaît.

Sur ces mots, elle vérifia les constantes de la jeune femme qu'elle examinait, heureuse de profiter de ce délai pour se calmer.

Lorsqu'elle eut terminé, elle s'adressa à une autre infirmière.

— Je dois voir le Dr West. Bipez-moi, si vous avez besoin que je revienne.

— D'accord. N'ayez pas l'air aussi effrayée, il n'a jamais mordu personne.

— Il y a toujours une première fois et j'aimerais bien savoir ce qu'il me veut.

— Vous le trouverez au labo.

Un instant plus tard, Amanda poussait la porte du laboratoire. Elle aperçut Lucius derrière une paroi de verre. Vêtu d'une blouse blanche, il se tenait devant une rangée de tubes à essai, une grosse seringue à la main.

Lorsqu'elle frappa à la vitre, il leva la tête et leurs regards se croisèrent. Elle avait oublié l'effet puissant qu'il avait sur elle et une bouffée de désir envahit son corps.

Il désigna une porte derrière laquelle elle découvrit un vestiaire. Hochant la tête, elle revêtit à son tour une tenue adéquate avant de le rejoindre en passant par un sas ventilé.

— Vous vouliez me parler ?

Levant les yeux, il parut satisfait de ce qu'il voyait.

— J'ai pensé que vous pourriez être intéressée par mon travail. Vous avez dit que vous vouliez comprendre la procédure du début jusqu'à la fin.

L'envie d'apprendre l'emporta aussitôt sur tout le reste :

— Oh oui ! Merci beaucoup.

— Prenez ce tabouret et approchez, pour que je puisse vous donner des explications.

L'enthousiasme qu'il éprouvait à l'idée de partager ses recherches avec quelqu'un faisait vibrer la voix de Lucius. Amanda prit soin de ne pas s'asseoir trop près de lui tandis qu'il lui détaillait d'une voix douce, presque respectueuse, l'objet de ses recherches.

— Je procède à deux essais en même temps. Celui-ci concerne les femmes qui ont un cancer de l'utérus et dont la fécondité est sévèrement compromise.

Il développa les particularités de la recherche, précisant où il en était dans ses découvertes.

— Vous avez des questions ? demanda-t-il.

Il répondit patiemment à toutes celles qu'Amanda lui posa.

— Maintenant, parlons de l'autre essai. Je travaille sur l'utilisation de la kisspeptine-LH, comparée à celle de l'hormone hCG. Nous espérons de gros succès, dans ce domaine.

La voix de Lucius vibrait de fierté.

— Mon but est d'accroître de cinquante pour cent les chances de mes patientes d'avoir des enfants.

Amanda écarquilla les yeux.

— C'est un objectif ambitieux.

Elle se rappela que Kirri ne quittait pratiquement jamais le laboratoire. Qu'était-il arrivé, dans leur vie, pour susciter un tel investissement ?

— J'en ai conscience, répliqua Lucius, mais c'est ce que j'exige pour considérer que mes recherches sont couronnées de succès.

— Vous êtes peut-être un peu trop perfectionniste.

— En dessous de ce taux de réussite, j'estimerai que j'ai échoué, affirma sèchement Lucius.

— D'où vous vient une telle détermination ?

— Mon père était un homme très exigeant. Il était très déçu si je ne parvenais au bout d'une entreprise. Il ne supportait pas l'échec.

— Je crois qu'il était médecin, lui aussi ?

— Oui, et il n'aurait pas accepté que nous ne suivions pas son exemple, Kirri et moi. Pourtant, ne vous y trompez pas : j'adore ce que je fais. Mais mon refus de choisir sa spécialité a rendu nos relations difficiles, parfois. Pire encore, Kirri en a fait autant.

Cette exigence a peut-être contribué à faire de vous un médecin exceptionnel, remarqua Amanda.

— C'est votre façon de voir le verre à moitié plein ?

— C'est mieux qu'à moitié vide, en tout cas. Vous n'avez qu'à regarder toutes ces photos, dans votre bureau, pour savoir que vous avez eu raison.

Lucius lui adressa un sourire. Ils passèrent la demi-heure suivante à examiner les avantages et les inconvénients de ses expériences. Enfin, Lucius posa sa seringue et recula son tabouret, puis il se leva.

— J'ai une réunion dans quelques minutes, alors ce sera tout pour aujourd'hui. Si nous ne nous revoyons pas, je passerai vous prendre à 7 heures samedi, comme convenu.

— Vous le voulez toujours…

— Mais oui, pourquoi ? Pas vous ?

— J'ai juste peur de vous déranger.

— Ce n'est pas le cas. Je vais nager souvent.

Donc, il ne lui accordait pas une faveur spéciale en l'emmenant.

— Ça explique que vous soyez en aussi bonne forme physique, dit-elle sans réfléchir.

— Vous me trouvez en forme ? répliqua-t-il, les yeux brillants.

Amanda se sentit rougir. Pourquoi avait-il fallu qu'elle le provoque ainsi ?

— Je serai prête à 7 heures.

4

Le samedi matin, Lucius arriva à l'heure dite. Évidemment, il avait envisagé d'annuler la sortie, mais les discours de sa mère, à propos des bonnes manières, lui étaient revenus en mémoire.

Il avait conscience d'être déstabilisé pour la première fois depuis bien longtemps, mais il avait vraiment envie d'aller nager avec elle…

Il n'était pas du genre à avoir de longues relations, son divorce le prouvait. Ses propres besoins et son travail avaient toujours été prioritaires et aucune femme ne pouvait supporter un tel investissement. Tout ce qui lui restait à faire, c'était de l'emmener à la piscine. Ensuite, il garderait ses distances avec elle.

Une fois devant la porte d'Amanda, il hésita. D'habitude, il s'estimait capable de contrôler n'importe quelle situation, mais pour une raison inconnue, cette femme le désorientait complètement. Avec elle, il ne savait jamais à quoi s'attendre. Leur brève rencontre, sur la plage, avait annihilé sa stratégie habituelle avec la gent féminine. Alors que son épouse elle-même n'était jamais parvenue à le détourner de ses projets, Amanda, elle, le mettait constamment au défi, l'attirant hors de sa zone de confort.

Et pour comble, cette perspective le réjouissait. En sa présence, il pouvait se lâcher comme il ne l'avait fait avec personne avant elle et il appréciait beaucoup leurs joutes verbales.

Mais il fallait que ça cesse.

Quand Amanda l'avait rejoint dans le laboratoire, il avait été impressionné par sa curiosité et ses connaissances. Son intérêt ne semblait pas artificiel, cela se sentait au ton de sa voix et à l'intensité de son regard. Son travail le passionnait et cela faisait du bien de rencontrer quelqu'un qui partageait sa passion. Amanda paraissait suspendue à ses lèvres.

Son épouse ne lui avait jamais accordé la même attention, bien qu'elle ait fait des études d'infirmière. Les efforts qu'il consentait pour réaliser ses objectifs ne l'intéressaient pas. Il avait fini par comprendre qu'elle n'avait choisi le domaine médical que pour épouser un médecin et jouir du statut social et de l'aisance financière qui allaient avec. Plus il était connu, plus elle était contente… jusqu'à ce qu'elle se lasse d'être reléguée au second plan.

Au moment où il allait frapper à la porte, celle-ci s'ouvrit. Amanda se tenait sur le seuil, son sac de sport à la main, vêtue d'une robe fluide. Ses cheveux étaient retenus en arrière, mais plusieurs petites mèches encadraient son visage.

— Salut !

— Comment avez-vous su que j'étais là ?

— Vous êtes quelqu'un de ponctuel et il est 7 heures.

— Je suis tellement prévisible ?

Elle referma la porte derrière elle.

— Pas dans tous les domaines, mais on peut être certain que vous ne serez pas en retard, dit-elle en descendant les premières marches. Est-ce que je serai glacée jusqu'aux os, en me baignant aussi tôt ?

— Vous savez sûrement qu'il fera plus de trente-deux degrés, aujourd'hui, répondit-il en la suivant.

— Ça n'implique pas que l'eau soit chaude.

— Je vais être franc, l'eau sera fraîche, mais dès que vous nagerez, vous vous sentirez très bien.

Une fois dehors, Lucius la guida jusqu'à sa voiture. Amanda s'immobilisa pour contempler le roadster bleu nuit.

— J'aurais dû me douter que vous auriez un engin de ce genre.

— Elle ne vous plaît pas ?

Amanda arbora un large sourire.

— Je l'adore, au contraire !

Lucius ouvrit la portière, côté passager.

— Installez-vous.

— Je dois vous avertir que je peux vous flanquer un coup sur la tête et m'en aller au volant de ce bolide, si l'occasion se présente, dit Amanda en s'asseyant sur le siège.

— Ce serait un grave délit. Il faut que j'appelle la police tout de suite ?

— Je vais essayer de me maîtriser jusqu'à ce que j'aie nagé. Je veux vraiment voir cette piscine !

Un instant plus tard, Lucius démarrait.

Les yeux fermés, la tête renversée en arrière, Amanda offrait son visage au vent.

— Vous y allez souvent ? demanda-t-elle.

— Chaque fois que je veux me changer les idées. Sinon, je nage chez moi.

— Vous avez une piscine ?

— Oui, mais elle n'est pas alimentée à l'eau de mer. Et en plus, vous avez accepté de m'accompagner.

Pour une raison inconnue, c'était important pour lui… Bien trop !

Après avoir quitté le quartier, ils s'engagèrent sur la route côtière. Bientôt, Lucius se gara dans le parking d'une piscine de taille olympique, et Amanda le suivit à l'intérieur. Ils posèrent leurs affaires sur un banc, près du bassin, puis Lucius se déshabilla. Une fois en boxer de bain, il se tourna vers Amanda, qui le fixait.

— Vous venez nager ? demanda-t-il. Si vous décidez de me rejoindre, je vous suggère d'ôter cette robe…

Il plongea et fit quelques brasses sous l'eau. Lorsqu'il émergea, il découvrit Amanda, vêtue d'un maillot noir une pièce, bien plus sexy que n'importe quel bikini. Il soulignait le sillon creusé entre ses seins ronds, juste assez pour qu'il puisse imaginer ce qu'il dissimulait. Le tissu moulait ses courbes et la coupe mettait en valeur ses longues jambes fuselées.

Secouant la tête pour chasser son trouble, il demanda :

— Vous venez ?

— J'arrive !

Tandis qu'elle approchait des marches, Lucius apprécia les mouvements souples de son corps. *Gracieux* était le qualificatif qui les décrivait le mieux.

— N'oubliez pas que l'eau est salée, dit-il.

Amanda descendit les marches jusqu'à ce que sa taille soit immergée, puis elle plongea et exécuta un crawl parfait sur toute la longueur du bassin.

Lucius la rejoignit, veillant à maintenir une certaine distance entre eux. Ils refirent une longueur, puis une autre. Amanda était bonne nageuse et visiblement en excellente forme physique. Elle finit par s'arrêter dans un coin où elle avait pied.

Levant les yeux vers le ciel, elle déclara :

— C'est vraiment génial d'être dans l'océan sans y être.

— Je savais que ça vous plairait.

Il adorait la regarder, tant sa joie de vivre était évidente. Depuis quand n'avait-il pu en dire autant de lui-même ?

— Pour l'instant, on dirait que les touristes ignorent l'existence de ce lieu magique, remarqua Amanda en regardant autour d'elle. Je suis contente de faire cette expérience.

— Vous nagez très bien.

— Merci. Je faisais partie de l'équipe de natation, au lycée.

— Ça se voit.

— Et vous, qu'est-ce que vous faisiez, au lycée ?

— J'étais pensionnaire et membre d'un groupe de débat.

— Ça ne m'étonne pas.

— La plupart du temps, j'étudiais. Mon but était d'obtenir de bonnes notes et de faire des études de médecine.

— Je dois dire que ma mère m'encourageait à faire du sport, mais mon beau-père n'appréciait pas de payer mes activités extrascolaires.

— L'argent était un problème, chez vous ?

La question était un peu directe, mais il avait envie d'en savoir le plus possible sur elle.

— Non. Mais il ne voulait pas en dépenser pour moi.

— Pourquoi ?

Lucius éprouva l'envie soudaine de frapper quelqu'un. Le beau-père d'Amanda, par exemple, pour l'avoir maltraitée. Son père était exigeant, mais Kirri et lui avaient toujours su que leurs parents les avaient désirés.

— Parlez-moi de votre père.

— Il est mort quand j'étais très jeune et je ne me souviens pas de lui. Tout ce que je sais, à son propos, c'est grâce à ce que ma mère m'a raconté et aux photos qu'elle m'a montrées.

— Quel âge aviez-vous, quand elle s'est remariée ?

Pourquoi posait-il cette question ? Il n'avait pas l'habitude de fouiller dans la vie des gens et c'était en contradiction avec son désir de tenir Amanda à distance.

— J'avais deux ans. Ensuite, ils ont eu mon demi-frère et ma demi-sœur. Mon beau-père ne me considérait pas comme faisant partie de la famille. Un soir, je l'ai entendu se disputer avec ma mère, parce qu'il ne voulait pas acheter ma robe, pour le bal de promo.

Lucius eut beau se mordre la langue, la question franchit ses lèvres :

— Votre frère et votre sœur voyaient-ils en vous une sœur à part entière ?

— Oui. Nous avons toujours été très proches. D'ailleurs, ils en voulaient beaucoup à leur père, à ce sujet.

— Quel gâchis...

— Passons à autre chose, dit Amanda, et profitons de ce lieu magnifique.

Elle se remit à nager avec une ardeur renouvelée, comme si elle s'efforçait de repousser physiquement toutes ces années malheureuses. S'éloignant de la paroi dallée, Lucius la suivit. Ils firent de nouveau plusieurs longueurs jusqu'à ce qu'Amanda pose ses deux bras sur le bord le plus proche de l'océan. Le soleil allumait des reflets sur la surface de l'eau et les vagues se brisaient sur les rochers, légèrement en contrebas.

— J'adore Sydney ! s'exclama Amanda. Il va falloir que je trouve le moyen de revenir.

— Je pourrais vous emmener chaque fois que je ferai le trajet.

— Vous feriez ça ?

Le joli visage d'Amanda s'illumina d'une joie sincère.

— Bien sûr. Pourquoi pas ?

Était-ce lui, qui venait de lancer cette proposition ? Il s'était toujours targué de posséder un self-control hors du commun, mais en présence d'Amanda, il se comportait comme un adolescent.

Elle le regarda comme si elle allait dire quelque chose, mais elle se tut.

Soudain, une vague s'écrasa contre les rochers, juste à côté du bassin. Amanda poussa un cri quand son visage fut aspergé. Quelques secondes plus tard, elle poussait un hurlement et se jetait contre Lucius, nouant les bras autour de son cou. Il dut s'agripper au mur pour ne pas s'enfoncer dans l'eau.

— Qu'est-ce que c'est ?

Lucius éclata de rire.

— Juste un bébé calamar qui a voulu se joindre à nous. Il a dû être emporté dans le bassin par la vague.

Sans relâcher son emprise, Amanda surveilla la petite créature qui s'ébattait gaiement tout près d'eux.

L'attirant contre lui, Lucius prit conscience qu'il tenait dans ses bras un corps souple et sensuel. Leurs regards se croisèrent et elle battit des paupières, tandis qu'il posait les yeux sur ses lèvres roses, légèrement entrouvertes.

C'était certainement une très mauvaise idée, mais il mourait d'envie de les goûter. Dès qu'il se pencha vers elle, elle lui offrit sa bouche. Leurs langues entamèrent une danse sensuelle, et Lucius sentit une forte excitation le gagner.

Tout près d'eux, un éclat de rire le ramena à la réalité. Ils n'étaient pas seuls, ici. Comme il mettait à regret un terme à leur baiser, Amanda laissa échapper un petit gémissement de frustration qui l'emplit de satisfaction.

— Il faut aller ailleurs, dit-il. Les familles commencent à arriver.

Résistant à l'envie de s'emparer une nouvelle fois de sa bouche, il se détourna pour attraper le bébé calamar et le rejeter dans l'océan.

Amanda éclata de rire avant de se remettre à nager, et Lucius la suivit sans se presser. Si sa proximité l'avait troublé, l'embrasser l'avait excité au plus haut point. Après cela, prendre ses distances avec elle allait être très difficile…

Pendant qu'elle sortait de l'eau, il prit le temps de contempler le paysage.

— Vous pourriez m'apporter ma serviette ?

Elle lui jeta un regard perplexe, puis elle sembla deviner la raison de cette demande, car elle lui adressa un sourire malicieux avant d'obéir.

— Eh bien, docteur, vous avez besoin que je vous aide à vous sécher ?

Y avait-il un frein à son audace ? Lucius faillit répondre par l'affirmative, pour voir jusqu'où elle était capable de pousser la provocation.

— Non merci. Peut-être plus tard... Jetez-la sur les marches, s'il vous plaît.

Amanda prit un malin plaisir, apparemment, à laisser glisser la serviette sur le bord cimenté. Il n'y avait aucun moyen de dissimuler facilement son état, aussi Lucius sortit-il très vite de l'eau pour enrouler le tissu-éponge autour de sa taille. Lorsqu'il se tourna vers Amanda, elle avait déjà remis sa robe.

— Vous allez pouvoir conduire, docteur ?

— Oui, mais si vous en avez envie, je vous propose de me remplacer au volant.

Tout en parlant, il s'était rapidement rhabillé. Il se dirigea vers la sortie de la piscine, Amanda sur les talons.

— Ce n'est pas une blague ?

— Non. Mais je doute qu'une femme qui a peur d'un bébé calamar soit capable de piloter cette merveille.

Satisfait de sa repartie, il se dirigea vers son roadster.

— Pas moi, assura-t-elle. Cette bestiole m'a prise par surprise.

— Assez pour que vous vous accrochiez à moi comme si votre vie en dépendait ?

Amanda le foudroya du regard.

— Vous êtes en train de vous moquer de moi ?

— Je n'oserais pas, répliqua-t-il en lui tendant sa clé.

Une chose était certaine : quelque chose n'allait pas chez lui, car il ne se moquait *jamais* de personne. Si elle l'avait su, Kirri aurait été éberluée. Mais il se sentait d'humeur légère, tout à coup.

Contrariée, Amanda lui arracha la clé de la main. Un instant plus tard, ils fixèrent leurs ceintures de sécurité, puis elle mit le contact et sortit du parking.

Tandis qu'ils longeaient la côte, Lucius observa le visage d'Amanda, illuminé par le plaisir. Il n'avait jamais permis à personne de conduire sa voiture. Quoi qu'il se passe entre eux, il devait y mettre rapidement un terme avant de perdre totalement le contrôle de la situation.

— Pour vous remercier, je vais vous inviter pour le petit déjeuner ! annonça Amanda dans un tournant.

Il n'était pas certain de devoir accepter, mais il ne voulait pas la blesser. Peut-être pourrait-il décliner l'invitation avec diplomatie ?

— Vous cuisinez ?

— Bien sûr ! Je suis même un fin cordon-bleu, tout comme je suis bonne conductrice.

Elle lui adressa un sourire radieux qui le toucha profondément. C'était lui qui avait suscité cette expression heureuse. Il se rendit compte qu'il appréciait la compagnie d'Amanda, et même ses railleries. Avec elle, la pesanteur du quotidien semblait disparaître. Il n'avait pas pensé au centre ou à son travail depuis des heures !

— Vous allez devoir me donner des indications, dit-elle, parce que conduire à gauche exige de moi une certaine concentration.

— Vous voulez que je prenne le volant ?

— Sûrement pas !

— Vous tournerez à gauche dans environ un kilomètre et demi.

Souriant largement sans pouvoir se l'expliquer, il continua de l'observer tout en lui fournissant les informations souhaitées pendant le quart d'heure suivant.

Quelle importance, s'il passait une heure de plus en compagnie d'Amanda ?

Amanda adorait le roadster de Lucius. Dans ses rêves les plus fous, elle n'aurait jamais imaginé conduire un bolide pareil.

Plus elle y réfléchissait, plus elle s'étonnait de sa réaction, quand Lucius l'avait embrassée. Avec une sorte d'impudeur, elle s'était jetée dans ses bras et pour comble, elle lui proposait de prendre son petit déjeuner chez elle...

Mais Lucius n'était pas un copain qui lui rendait visite, ou un inconnu qui l'invitait à passer un moment en sa compagnie. Il était profond, investi, sérieux, engagé...

Avait-elle perdu l'esprit ? Qu'espérait-elle, au juste, en se comportant ainsi ?

De toute façon, elle n'avait plus aucune confiance dans les hommes. Ils l'avaient abandonnée trop souvent, dans sa vie. Son père était mort, son beau-père n'avait jamais été là pour elle et le dernier auquel elle s'était attachée ne s'était pas montré à la hauteur. Si un autre homme devait la décevoir, elle n'y survivrait pas.

Lucius et elle étaient juste amis. Ne pouvait-on pas nager ou prendre un petit déjeuner ensemble sans que la situation devienne compliquée ?

Peut-être à cause de ce baiser...

Elle s'engagea dans la rue où était situé son immeuble, et constata avec étonnement que plusieurs camions étaient garés le long du trottoir. Des badauds s'étaient attroupés.

— Arrêtez-vous derrière ce camion, suggéra Lucius. Allons voir...

Elle fit ce qu'il lui disait, puis elle lui rendit sa clé de contact, prit son sac et quitta la voiture sans l'attendre.

— Qu'est-ce qui se passe ? demanda-t-elle à la première personne qu'elle approcha.

— Les extincteurs automatiques... ont été éteints.

— Il y a eu un incendie ? s'enquit Lucius.

— Non. Ils se sont déclenchés tout seuls à cause d'un dysfonctionnement, expliqua l'homme, mais cet incident a causé de vrais dégâts. L'immeuble va être condamné.

— Condamné ! s'exclama Amanda. Mais... où est-ce que je vais habiter ? Il n'y a pas d'autre endroit aussi près du centre, même pas un hôtel.

— Vous pourriez vous installer chez moi jusqu'à ce qu'on trouve une solution, suggéra Lucius.

Elle lui jeta un regard incrédule.

— Je ne peux pas...

— Juste pour le week-end, précisa-t-il. Cela vous dépannera.

— Je ne sais pas... Je vais voir si tout cela est vrai, pour commencer.

Se frayant un chemin parmi les curieux, elle parvint jusqu'à l'entrée de l'immeuble et reconnut aussitôt le gardien.

— Qu'est-ce qui se passe, monsieur Kent ?

L'homme avait l'air hagard. Il lui confirma ce qu'on lui avait déjà dit.

— On nous accorde une demi-heure pour quitter les lieux, conclut-il. Ensuite, le bâtiment sera condamné.

À cet instant, un pompier surgit sur le seuil.

— Les habitants sont priés de partir d'ici une heure, annonça-t-il. Vous devez prouver que vous vivez bien ici.

Le gardien confirma l'identité d'Amanda, qui demanda à être accompagnée par Lucius, quand ce dernier le lui proposa.

Quelques minutes plus tard, elle franchissait un hall inondé et montait l'escalier. En arrivant chez elle, elle fut consternée par le spectacle que lui offrait l'appartement. Elle ne pouvait qu'imaginer l'odeur, quand le soleil commencerait à briller plus fort.

— Que puis-je faire pour vous aider ? demanda Lucius.

Désemparée, elle prit l'un des coussins qu'elle avait achetés, bien qu'il soit trempé, et le serra contre sa poitrine.

— Amanda, vous n'avez pas beaucoup de temps, dit Lucius d'une voix empreinte de compassion.

— Vous trouverez des sacs en plastique, sous l'évier. Mettez-y ces coussins pendant que je réunis mes affaires, s'il vous plaît. Et aussi le vase.

Elle se rendit dans sa chambre sans laisser à Lucius le temps de répondre. Presque tout ce qu'elle possédait tenait dans sa valise.

Lucius surgit sur le seuil de la pièce.

— Je dois prendre autre chose ?

— Prenez les boîtes de macaronis au fromage dans le placard, à côté du four à micro-ondes.

— Vous pourrez en acheter d'autres ! répliqua-t-il avec une pointe d'exaspération.

— Je sais, mais pourquoi ne pas les emporter, puisque nous avons le temps de tout prendre ?

Sans le regarder, elle continua de fourrer sans précautions ses vêtements dans sa valise. Lorsqu'elle la ferma, Lucius la prit et lui tendit les sacs qu'il tenait à la main.

— Prête ?

Amanda hocha tristement la tête. Elle n'occupait cet appartement que depuis deux semaines, mais elle s'y sentait chez elle...

Ils descendirent au rez-de-chaussée, prenant garde à ne pas glisser sur les marches mouillées. Lucius la précéda jusqu'à la voiture, puis il mit ses affaires dans le coffre et ouvrit la portière, côté passager.

— Vous pourrez rester chez moi jusqu'à ce qu'on trouve une solution, dit-il en démarrant. J'ai trois chambres d'amis, dont une est une vraie suite. C'est celle que vous occuperez.

Comment en était-elle arrivée à accepter sa proposition ? Moins d'une heure auparavant, elle l'embrassait passionnément, et il n'y avait rien d'amical dans ce baiser. Et maintenant, elle allait s'installer chez lui !

Une véritable catastrophe… du moins pour elle. Que ferait-elle, s'il l'embrassait encore ? Elle devait être capable de se comporter en adulte pendant un week-end, tout de même ! Elle n'était plus une lycéenne invitée au bal de la promo par le plus beau garçon du lycée. Lucius s'était juste montré prévenant et en tant que « patron », il devait se sentir responsable d'elle.

Quand Lucius fit le tour du port, elle se tourna vers lui.

— J'ignorais que vous habitiez aussi loin du centre.

— Cette maison me fascinait depuis l'adolescence, alors quand elle a été sur le marché immobilier, je l'ai achetée. Elle vaut le détour, vous savez.

Il s'engagea dans une allée de graviers blancs, longée par une haie bien taillée. Amanda aperçut une maison d'un blanc étincelant, de style années 1960.

Lucius s'arrêta devant un portail entouré par deux grosses vasques emplies de plantes vertes. Ici, chaque chose semblait parfaitement à sa place.

— Cet environnement vous correspond tout à fait, remarqua Amanda.

Elle adorait cet endroit, qui représentait le foyer idéal.

— Je ne suis pas certain que ce soit un compliment, répliqua pourtant Lucius. Un peu comme votre commentaire à propos de ma voiture. Apparemment, je suis assez prévisible…

C'était faux, leur baiser le prouvait bien ! Amanda se passa la langue sur les lèvres.

— Vous savez parfaitement que votre voiture me plaît.

— En effet, je m'en suis rendu compte, dit-il en fixant sa bouche.

Après un long silence, Lucius sortit du véhicule et ouvrit le coffre pour y prendre les affaires d'Amanda.

Une minute plus tard, il poussait la porte d'entrée.

— Bienvenue chez moi.

Amanda réprima un cri d'admiration. L'entrée spacieuse et haute de plafond, avec son parquet de chêne étincelant, était absolument ravissante.

Lucius la précéda dans un petit couloir qui menait à une salle de séjour ensoleillée. Il y avait deux canapés de cuir brun et un immense écran de télévision au mur. La pièce était confortable et très masculine. Par les baies vitrées, on apercevait l'opéra et le pont de Sydney.

— Waouh !

— Suivez-moi dans la buanderie, on va s'occuper de vos vêtements humides, dit Lucius en empoignant la valise et les sacs.

Ils empruntèrent un autre couloir et entrèrent dans une petite pièce où se trouvaient la machine à laver et le séchoir électrique.

— Je vais commencer par les coussins, dit-elle.

— Pourquoi y tenez-vous tant ?

Elle haussa les épaules, les yeux étrangement humides.

— Je ne sais pas... Peut-être parce que je les ai achetés pour m'approprier l'appartement.

Lucius dut remarquer son émotion, car il l'attira dans ses bras.

— Vous devez être bouleversée... D'abord ce bébé calamar, ensuite cette inondation.

— Vous vous moquez de moi ! protesta-t-elle en le repoussant.

— Je ne le ferai plus, promis. Si vous le voulez bien, je vais vous trouver un vêtement sec, pour que vous puissiez retirer votre maillot. Ensuite, je vous montrerai votre chambre et je préparerai le petit déjeuner.

Elle aurait voulu refuser, mais la perspective d'un bon bain chaud lui parut soudain merveilleuse.

— D'accord.

Lucius lui fit traverser la maison. De l'autre côté de la salle de séjour, il ouvrit une porte, révélant une chambre dont les fenêtres donnaient elles aussi sur le port. Un lit à deux places en occupait le centre et il y avait même une petite télévision.

— La salle de bains est là, dit-il avec un geste de la main. Prenez votre temps, je déposerai des vêtements sur le lit. J'espère que c'est suffisamment confortable.

— Vous plaisantez ! Je ne sais pas comment vous arrivez à quitter cette maison pour aller travailler.

— J'admets que le panorama a beaucoup joué dans ma décision d'achat. Mais c'est mieux quand on peut le partager avec quelqu'un.

— Je suis heureuse d'avoir cet honneur, répliqua-t-elle avec sincérité.

— Oui, aujourd'hui, nous en profiterons ensemble.

Sur ces mots, Lucius quitta la chambre.

5

Lucius se comparait à un soldat invitant l'ennemi dans son camp. Bien sûr, il ne considérait pas Amanda comme une ennemie, mais il ignorait à quoi s'attendre. Il avait beau combattre son attirance pour elle, il échouait lamentablement.

D'un autre côté, elle n'avait plus de domicile et il y avait de la place chez lui, si bien que la proposition paraissait logique et courtoise. Amanda n'avait d'ailleurs pas manifesté une réticence excessive.

Tant qu'elle était sous son toit, il devrait garder ses mains dans ses poches, malgré son désir de l'embrasser et de l'entraîner jusqu'à son lit. Il ne se rappelait pas s'être autant entiché d'une femme auparavant.

Son épouse elle-même ne l'avait jamais charmé à ce point. Peut-être parce qu'il savait qu'Amanda n'allait pas rester longtemps en Australie. Après l'échec de son mariage, il n'avait pas l'intention de faire revivre à une autre un tel martyre.

En devenant médecin, il savait que son travail passerait avant tout. À cause de ses responsabilités, il ne pouvait rien promettre à Amanda, mais rien ne les empêchait de prendre du bon temps en compagnie l'un de l'autre, non ? Ils se plaisaient, avaient des intérêts professionnels en commun et ils adoraient tous les deux la natation.

Et puis, il s'amusait beaucoup avec Amanda, ce dont il était le premier surpris. Elle le rendait heureux...

Accepterait-elle une courte liaison, ou préférerait-elle qu'ils soient seulement amis ? Il ne pouvait pas lui proposer davantage.

Il avait presque terminé de préparer le petit déjeuner quand Amanda le rejoignit dans la cuisine. Elle venait de se doucher et lorsqu'elle s'approcha de lui, il dut se rappeler fermement ses bonnes résolutions. Elle portait un T-shirt et un short à lui, bien trop grands pour elle. Lucius devina qu'elle n'avait rien en dessous, ce qui ne l'aida pas à réprimer son désir grandissant.

— Ça sent très bon, dit-elle.

— Comment ça va ? demanda-t-il.

— Mieux, mais j'ai très faim.

— C'est prêt. Je ne suis pas trop mauvais, pour ce qui est des petits déjeuners. Je n'en dirais pas autant en ce qui concerne les autres repas.

— J'aurais pu m'en occuper.

Il huma son parfum, comme s'il voulait le graver dans sa mémoire.

— Vous me montrerez vos talents de cordon bleu une autre fois.

— Je vais préparer le dîner !

— J'ai pensé qu'on pourrait commander des plats chinois et regarder un film.

— Mais je...

— Pas de discussion ! Aujourd'hui, vous vous reposez, et nous aviserons demain.

— Vous pensez vraiment que vous pouvez me dire ce que je dois faire, en dehors de mes heures de travail ?

Le ton était espiègle, mais empreint d'une certaine fermeté.

— Certainement pas, j'en suis conscient. Maintenant, si vous voulez bien, *s'il vous plaît*, prendre votre assiette et vous installer près de la piscine, le petit déjeuner va être servi.

— J'aime mieux ça !

Un grand sourire aux lèvres, Amanda prit l'assiette qu'il venait de remplir et sortit, suivie de Lucius.

— Ce luxe est ahurissant, remarqua-t-elle en s'asseyant devant la table de jardin.

— Je n'y ai jamais pensé de cette façon.

— C'est parce que vous êtes habitué à avoir une piscine dans votre jardin et à disposer de cette vue splendide sur le port. Mais pour moi qui habite à Atlanta, dans une tour, à des heures de la côte, c'est exceptionnel. Je n'ai jamais mangé dans un lieu comme celui-ci.

— Malgré tout, je ne le qualifierais pas d'ahurissant.

— Regardez autour de vous. Même la végétation est parfaite !

— Vous voulez que je rase tout, pour que vous soyez plus à votre aise ?

Amanda éclata de rire, imitée par Lucius. C'était si bon de rire, et cela ne lui arrivait pas assez souvent.

Une fois calmée, Amanda s'excusa :

— Désolée... En tant qu'invitée, je manque vraiment de savoir-vivre. C'est juste que je suis très impressionnée. Vous avez une maison ravissante.

— Merci. Que voulez-vous boire ? Je n'ai que du café, du thé ou de l'eau. Je dois faire ma liste de courses.

— Vous vous faites livrer, j'imagine ?

— Oui. C'est un problème ?

Elle pinça les lèvres, comme pour réprimer un sourire.

— Non. Je prendrai volontiers un thé.

— Je reviens tout de suite. Mangez pendant que c'est chaud !

Il n'avait invité personne chez lui depuis longtemps. En réalité, il avait rarement de la compagnie, et quand cela arrivait, il s'agissait de réunions de travail. Dans ces occasions, il s'adressait à un traiteur.

Ce matin, il faisait toutes sortes de choses inhabituelles...

Lorsqu'il revint, Amanda avait rejeté la tête en arrière et fermé les yeux. Elle se redressa à son approche et posa les boissons sur la table.

— Je vous suggère de faire une sieste, après le petit déjeuner, dit-il.

— Je reconnais que ces chaises longues sont tentantes.

— Ne vous gênez pas, répliqua Lucius. J'ai de la paperasse qui m'attend.

Amanda commença à manger.

— Vous travaillez tout le temps ? demanda-t-elle.

Il n'y avait jamais réfléchi, mais oui, c'était l'exemple que lui avait donné son père.

— Une grande partie du temps, en effet.

— Si vous preniez quelquefois un congé, vous n'en seriez qu'un meilleur médecin.

Lucius observa Amanda un instant.

— C'est votre prescription pour soigner un symptôme que j'ignorais avoir ?

— Désolée. La façon dont vous vivez ne me regarde pas.

Ils poursuivirent leur repas en silence. Quand son assiette fut vide, Amanda posa ses couverts.

— Pourquoi ne pas faire ce petit somme ? suggéra Lucius.

— Je vais débarrasser.

— Mais non ! Je m'en charge.

— D'accord. Merci pour ce succulent petit déjeuner.

— De rien. Faites attention au soleil, il tape très fort.

— Je vais prendre un chapeau et ma crème solaire.

Un instant plus tard, par la fenêtre de la cuisine, Lucius vit Amanda s'installer sur une chaise longue. Après tout, pourquoi ne pas s'allonger un moment auprès d'elle ? Le travail attendrait…

Il fronça les sourcils. C'était une mauvaise, une très mauvaise idée.

Un léger soupir tout proche réveilla Amanda. Regardant sur sa droite, elle vit Lucius étendu près d'elle, sur une chaise longue. Il était torse nu et des lunettes de soleil dissimulaient ses yeux.

C'était vraiment un très bel homme, avec son corps bronzé, sa mâchoire carrée, et ses cheveux épais qui appelaient la caresse.

Il combinait force et sensibilité. Elle l'avait vu en train de bercer un bébé minuscule avec tendresse. Il s'efforçait de dissimuler cet aspect de sa personnalité, mais elle l'avait encore constaté quand elle avait été forcée de quitter son appartement. Il s'était montré compréhensif et l'avait traitée avec beaucoup d'égards.

Elle avait intérêt à maintenir ses distances, parce qu'il constituait une énigme qu'elle brûlait de résoudre… Or elle ne voulait pas souffrir, lorsqu'elle repartirait.

— Amanda, vous êtes en train de me regarder, dit-il soudain d'une voix ensommeillée et très sexy.

Elle frissonna à l'idée qu'il aurait la même en la pénétrant, et s'éclaircit aussitôt la gorge assez bruyamment. Son imagination lui jouait des tours, et il fallait à tout prix qu'elle reprenne le contrôle.

— Euh... oui. J'ai pensé qu'on devrait établir quelques règles de base, quand je suis ici.

— Des règles de base ? Comme de ne pas me regarder pendant que je dors, par exemple ?

Amanda se sentit rougir.

— En effet, cela peut être ajouté à la liste.

— Ça ne me gêne pas. Je suis même flatté.

Il ne s'était pas tourné vers elle, mais elle vit une ombre de sourire sur la bouche de Lucius.

— C'est juste qu'après ce baiser...

— Vous n'avez pas apprécié ?

— Je n'ai pas dit ça !

— Alors, ça vous a plu ?

— Je me dis seulement que... cela ne doit pas se reproduire.

— Pourquoi ?

— Parce que cela compliquerait la situation. Notre relation doit rester amicale et simple.

Elle ne voyait pas ses yeux, dissimulés par les lunettes de soleil.

— Oublions les règles de base, sauf une, dit-il.

— Lucius...

— Écoutez, Amanda. Vous m'attirez, mais je ne ferai rien sans votre consentement. Si vous voulez que nous soyons juste amis, il vous suffit de le dire. Vous êtes soulagée ?

Amanda ne répondit pas tout de suite. Pour une raison inconnue, la réaction de Lucius la prenait par surprise. Apparemment, il n'aurait aucun mal à garder ses distances avec elle, alors qu'elle était obligée de lutter de toutes ses forces.

Cette désinvolture était presque vexante.

— D'accord, dit-elle d'une voix faible.

Le silence s'installa entre eux, mais il n'était pas particulièrement amical. Au contraire, cette discussion semblait avoir accentué la tension. Amanda jeta un coup d'œil à Lucius. Il avait posé les mains sur sa poitrine et croisé les chevilles, comme s'il n'avait pas un souci au monde. Alors qu'elle était en proie à un tourbillon d'émotions...

Un peu plus tard, il déclara :

— Assez de soleil pour aujourd'hui. Rentrons !

Elle eut envie de discuter, mais elle savait qu'il avait raison et elle le suivit à l'intérieur.

— Faites comme chez vous et servez-vous dans la cuisine, lui dit-il. J'ai du travail. On se voit plus tard, d'accord ?

Amanda lut un moment dans sa chambre, puis elle se prépara un sandwich. Ne connaissant pas suffisamment les goûts de Lucius, ignorant même s'il déjeunait, elle s'abstint de lui en faire un aussi.

Le soleil commençait à décliner quand il sortit de son bureau.

— Je vais commander des plats chinois, ça vous va ?

— Parfaitement.

Amanda se reprocha aussitôt d'avoir répondu aussi vite, mais elle ne l'avait pas vu depuis le matin et, bizarrement, il lui avait manqué... Même si l'atmosphère se chargeait d'électricité chaque fois qu'ils étaient ensemble.

— Vous n'allez pas exiger de regarder une comédie sentimentale, j'espère ?

— J'apprécie toutes sortes de films.

— C'est bon à savoir. Je vais appeler le traiteur.

Finalement, la soirée fut plutôt sympathique. Ils s'étaient mis d'accord sur un *Jason Bourne*, elle s'était installée sur un canapé et Lucius sur l'autre. Une fois les rideaux tirés, la pénombre les enveloppa. Amanda s'efforçait de rester concentrée sur le film, mais elle ne parvenait pas à oublier la proximité de l'homme superbe qui l'avait embrassée comme si le monde extérieur n'existait pas.

Une fois ou deux, il la surprit en train de le fixer et haussa comiquement un sourcil avant de se tourner vers l'écran. Ça la rendait folle ! Elle était sur les nerfs, alors qu'il demeurait serein.

Avant de se coucher, elle sortit sur la terrasse attenante à sa chambre. Les lumières de Sydney se reflétaient dans l'eau du port. L'opéra ressemblait à un vaisseau aux voiles gonflées et le pont scintillait contre le ciel. Un « plouf » venant de la piscine attira son attention. Apparemment, Lucius nageait. Est-ce qu'il n'avait pas eu son content d'exercice dans la matinée, ou bien y avait-il une autre raison ?

Peut-être affichait-il un calme de façade, en sa présence ? Elle découvrit qu'elle aimait assez cette idée.

Lucius fut réveillé par des bruits venant de la cuisine. Il y avait quelqu'un chez lui.

Amanda !

Il aurait dû le savoir, puisqu'il avait passé une partie de la nuit à tenter d'oublier sa présence.

Il avait nagé jusqu'à l'épuisement, puis il avait pris une douche glacée, mais son corps n'avait pas été apaisé. Ensuite, il s'était tourné et retourné dans son lit jusqu'à l'aube avant de trouver le sommeil.

Il avait pris un gros risque en invitant Amanda chez lui. Hélas, il n'avait absolument pas anticipé la situation. Il s'était contenté d'ouvrir la bouche et les mots étaient sortis tout seuls.

Amanda réveillait en lui des désirs enfouis depuis longtemps, et qui auraient dû le rester. Plus vite elle sortirait de cette maison, mieux cela vaudrait.

Peut-être serait-il capable de tourner la page, s'il l'embrassait encore… juste une fois ?

Mais il lui avait fait une promesse et il la tiendrait, même si cela devait le mettre au supplice.

Il sortit du lit, puis il enfila un short et un T-shirt avant de gagner la cuisine. Amanda se tenait devant le comptoir, le dos tourné. Il faillit suivre son instinct et l'embrasser dans le cou, mais il parvint à se contenir.

Elle jeta un coup d'œil par-dessus son épaule.

— Bonjour ! J'espère que je ne vous ai pas réveillé. Je me faisais des toasts et des œufs. Vous en voulez ?

— Oui, merci. Je suis affamé.

Leurs regards se croisèrent. Comprenait-elle que c'était d'elle qu'il avait faim ?

— Ce sera prêt dans quelques minutes.

Cela faisait longtemps qu'il n'y avait pas eu de femme dans sa cuisine, et il découvrit que c'était très agréable. Ou était-ce la présence d'Amanda qui l'était ?

— Vous avez bien dormi ?

Il renonça à lui dire la vérité.

— Très bien.

— Tant mieux. Je voulais vous demander à quelle distance nous sommes du port.

— Je serai ravi de vous conduire où vous voulez.

Elle secoua négativement la tête.

— Je veux prendre le ferry et voir la ville depuis la mer.

— Je ne l'ai pas pris depuis mon enfance.

— Alors vous devriez m'accompagner.

Elle lui sourit, et il ne trouva aucune bonne raison de refuser.

— D'accord. Pendant que vous préparez le petit déjeuner, je vais consulter les horaires du ferry.

— Parfait, dit-elle en cassant un œuf dans un bol.

Une heure plus tard, ils quittaient la maison, Amanda bondissant quasiment d'enthousiasme.

— On est loin de la gare maritime ? demanda-t-elle.

— À un peu moins d'un kilomètre.

— Tant mieux ! J'adore marcher.

Durant le trajet, ils croisèrent un couple qui faisait son jogging et un autre qui promenait ses chiens. Au grand étonnement de Lucius, Amanda parlait à tout le monde. Passée la première surprise, les gens lui répondaient volontiers.

— Pourquoi faites-vous ça ? demanda-t-il.

— Quoi ?

— Vous vous adressez aux passants.

— Je me montre amicale, c'est tout. C'est une habitude, là où j'habite. Dès que nous croisons le regard des gens, nous leur parlons.

— Vous surprenez mes voisins, rétorqua Lucius avec un sourire.

— C'est sans doute une coutume du Sud.

— Je croyais que cela vous était propre.

— Sûrement pas !

— J'adore votre accent un peu traînant.

— Méfiez-vous, parce que mon esprit ne l'est pas.

— Je ne ferais jamais l'erreur de le croire. Vous êtes l'une des personnes les plus intelligentes que je connaisse.

— Seriez-vous en train de me charmer, docteur West ? Merci. Venant de vous, je considère cela comme un compliment, dit-elle d'un ton léger. Ces maisons sont superbes !

— Je pensais que vous n'étiez impressionnée que par la mienne.

Elle lui prit le bras.

— Mais c'est le cas ! Elle approche de la perfection.

Lucius appréciait qu'Amanda admire sa maison. Il voulait qu'elle l'aime, mais c'était un terrain sur lequel il ne devait justement pas s'aventurer. Il n'offrirait jamais à une femme une place permanente dans sa vie, ou chez lui. Il finirait forcément par la décevoir et c'était une erreur qu'il ne voulait pas réitérer.

Après deux ou trois tournants, ils parvinrent jusqu'au ferry. Lucius utilisait rarement les transports publics et ce trajet allait être pour lui aussi une nouveauté.

Il paya leurs billets, puis ils embarquèrent. Amanda l'entraîna sur le pont supérieur.

— Je veux avoir une bonne place.

Il y avait peu de gens à bord, contrairement aux autres jours de la semaine.

— Ce ne sera pas un problème.

Tandis que le ferry entrait dans le port, ils regardèrent autour d'eux en silence.

— C'est vraiment superbe ! Vous ne prenez jamais le ferry pour aller travailler ?

— Non, je vais plus vite au centre en voiture.

— Ce serait pourtant une jolie façon de commencer la journée… et de vous détendre, avant d'affronter des heures de folie.

Cette idée ne serait jamais venue à Lucius. Il se levait chaque matin en pensant à ce qu'il devait faire. Il n'avait pas de temps à perdre dans un parcours touristique.

— Ça pourrait poser un problème, parce que les bébés ne tiennent pas compte des horaires des ferries.

— Pour moi, oui, mais vous, vous programmez vos procédures, non ?

Elle avait raison, comprit-il soudain.

— Qu'allons-nous faire, une fois de l'autre côté ? demanda-t-il.

Amanda ne put réprimer un sourire.

— Qu'y a-t-il de si drôle ?

— Vous me faites penser à une vieille blague.

— Laquelle ?

— « Pourquoi le poulet traverse-t-il la route ? Pour se rendre de l'autre côté. »

— D'accord. C'est aussi simple que cela, admit-il en riant à son tour.

— Oui, mais j'aimerais voir le Strand et les vitraux dont on m'a parlé. Vous pouvez m'accompagner, si vous voulez.

Lucius n'avait pas mis les pieds dans cette galerie marchande depuis son enfance. Pourquoi ne pas accepter ? Depuis qu'il avait fait la connaissance d'Amanda, il s'était écarté à plusieurs reprises de sa ligne de conduite habituelle. Une entorse supplémentaire à son emploi du temps importait peu.

— Cela ne vous ennuie pas ?

— Bien au contraire ! s'exclama-t-elle avec un sourire radieux.

Après cela, le temps passa à une vitesse incroyable.

En quittant le ferry, ils empruntèrent la voie piétonne ceinturant le port et se dirigèrent vers le Strand. Le visage d'Amanda s'illuminait à mesure qu'elle découvrait la ville. Parvenue devant l'entrée de la galerie marchande, elle s'immobilisa.

— C'est génial !

Lucius ne put s'empêcher de sourire.

— Vous utilisez souvent ce qualificatif.

— C'est vrai. Je crois que tout ce que je découvre en Australie est extraordinaire.

Lorsqu'elle le frôla du regard, Lucius sentit une douce chaleur se répandre dans ses veines. Il ignorait si Amanda l'incluait dans ces découvertes, mais il aimait à penser qu'elle flirtait avec lui.

— Si nous déjeunions dans le coin ?

Ils trouvèrent un petit café avec des tables et des chaises à l'extérieur. Ils mangèrent un repas léger, puis ils regagnèrent la gare maritime. Comme ils passaient devant une petite épicerie, Amanda saisit le bras de Lucius.

— J'ai quelques petites choses à acheter pour le dîner de ce soir.

— Nous pourrons nous faire livrer.

— Je préfère choisir moi-même ce dont j'ai besoin pour cuisiner.

— D'accord.

Lucius la suivit à l'intérieur. Il n'était pas entré dans un magasin d'alimentation depuis des années. Amanda prit une botte d'asperges, des œufs, ainsi qu'un sachet contenant des pépites de chocolat et tout le nécessaire pour faire des brownies.

— Je vais acheter de la glace, dit-elle.

— J'en ai dans mon congélateur.

— J'imagine.

— Que voulez-vous dire ?

— Pour la plupart des hommes, c'est un produit de première nécessité.

— Je ne suis pas certain d'apprécier d'être inclus dans « la plupart des hommes », mais oui, en effet, j'aime la glace.

Après avoir insisté pour payer, Amanda déclara :

— Nous pouvons rentrer à la maison, maintenant.

De nouveau, Lucius sentit une chaleur bienfaisante se répandre dans sa poitrine, parce qu'elle s'était exprimée comme si chez lui, elle était chez elle.

Le trajet en ferry fut silencieux. Dès qu'elle fut arrivée, elle fila dans la cuisine avec ses achats pendant qu'il se rendait dans son bureau pour lire son courrier. Cette journée avait été revigorante et amusante. À travers les yeux d'Amanda, il avait vu sa ville différemment.

Il faudrait qu'il recommence, à l'avenir.

Mais ce serait sans Amanda.

Amanda posa une casserole remplie d'eau sur la plaque électrique. À quand remontait le dernier dîner qu'elle avait préparé pour un homme ? Cela faisait longtemps, en tout cas, qu'elle n'avait pas eu l'impression qu'on avait besoin d'elle.

Mais même si c'était très agréable, elle ne devait pas s'y habituer.

Lucius et elle avaient passé une très bonne journée ensemble, mais ils étaient seulement amis et c'était très bien ainsi.

Lucius lui avait proposé de griller des steaks au barbecue pendant qu'elle préparait le reste du dîner. Elle terminait de mélanger la pâte à brownies lorsqu'il la rejoignit à l'intérieur.

— La viande sera prête dans quelques minutes, dit-il en prenant un plat.

— Ce sera prêt de mon côté aussi. Vous pensez qu'il fait trop chaud pour manger dehors ?

— On sera très bien, sous le parasol.

— Parfait. Je vous envie de vivre dans un tel endroit. Je vais essayer de m'en imprégner avant de le quitter.

— Vous serez toujours la bienvenue chez moi, répliqua-t-il avec un sourire.

Un quart d'heure plus tard, Amanda avait mis la table et y posait une assiette d'asperges et un plat de macaronis au fromage.

— Ça a l'air bon, dit Lucius d'un air peu convaincu.

— C'est l'association des saveurs qui vous étonne ?

— Un peu.

— Je vais vous servir, si vous le voulez bien.

— Volontiers.

Elle déposa dans l'assiette de Lucius, puis dans la sienne une grosse cuillérée de macaronis et quelques asperges.

— À votre tour, dit-elle.

Lucius déposa les steaks dans leurs assiettes. Il commença par écarter les macaronis, comme s'il doutait encore. Finalement, il se décida à goûter une bouchée.

— Ce n'est pas mauvais, dit-il avec une pointe de surprise. Bien meilleur que ce à quoi je m'attendais.

Elle laissa échapper un petit rire.

— C'était un compliment, précisa-t-il. Je vous remercie d'avoir pris le temps de préparer le dîner.

— De rien. Dites-moi, vous avez toujours habité à Sydney ?

— Mes parents avaient une propriété en bordure de la ville. Et vous, vous êtes originaire d'Atlanta ?

— Non. Le métier de mon beau-père l'obligeait à parcourir le pays. Nous ne nous sommes installés à Atlanta que lorsqu'il a pris sa retraite. C'est là que j'ai vécu le plus longtemps. J'y ai fait mes études et pris mon premier emploi.

— Vous vous y plaisez ?

Elle haussa les épaules.

— C'est un lieu de vie agréable, mais je reconnais que, de tous les endroits où j'ai séjourné, c'est Sydney que je préfère. Les sites magnifiques, les gens… J'aime tout, ici.

— C'est bon à savoir.

Ils passèrent le reste du repas à parler de leur journée, des musiques qu'ils aimaient, et à comparer leurs goûts. Ensuite, ils débarrassèrent et nettoyèrent la cuisine.

Amanda sortit les brownies du four.

— Je vais manger mon dessert dehors pour regarder le coucher du soleil, dit-elle, mais je peux vous apporter le vôtre dans votre bureau. Je serai ravie de vous préparer un café.

— Je peux me joindre à vous ?

— Bien sûr, mais j'ai cru que vous aviez du travail à terminer, un film à regarder… Je ne veux pas que vous vous sentiez obligé de me faire la conversation.

— Vous voulez que j'installe deux chaises près de la piscine ?

— Vous commencez à très bien me connaître… Volontiers.

Amanda sortit deux assiettes d'un placard.

— Je ne crois pas qu'il soit possible de tout savoir, à votre sujet, dit Lucius en se dirigeant vers la porte-fenêtre donnant sur la terrasse.

Un instant plus tard, elle apportait le dessert, constitué de brownies et de boules de glace. Elle tendit son assiette à Lucius avant de s'asseoir près de lui.

Dès la première bouchée, Lucius laissa échapper un soupir de satisfaction.

— C'est le meilleur dessert que j'aie dégusté depuis des années.

Durant quelques minutes, ils n'entendirent plus que le bruit des cuillères contre la porcelaine.

— Vous en voulez encore ? demanda Amanda.

— Non merci, mais c'était délicieux.

Après avoir posé son assiette sur une petite table, entre eux, il se carra sur sa chaise, l'air repu. Amanda en fit autant et ils se turent, pendant que le soleil déclinait à l'horizon.

Quand Amanda se leva pour rentrer, Lucius saisit son poignet.

— Restez encore un peu. C'est sympa, chez moi, non ?

C'était la dernière remarque à laquelle elle se serait attendue de sa part et elle supposa qu'il n'avait pas envie de retourner travailler.

— D'accord, dit-elle en se rasseyant.

Les doigts de Lucius s'attardèrent sur sa peau. Quand il s'écarta, Amanda éprouva une étrange sensation de manque.

Ils restèrent assis en silence pendant un long moment, jusqu'à ce qu'elle ne supporte plus cette atmosphère électrique. Elle voulait se rapprocher de lui, tout en redoutant le contact. Lucius lui avait dit que cela dépendait d'elle. C'était courtois de sa part, mais cela signifiait aussi que toute la pression pesait sur ses seules épaules.

Sa raison lui criait de renoncer tandis que son traître de corps la poussait à désobéir.

Elle se leva brusquement.

— Il faut que j'y aille. À quelle heure on part pour le centre, demain ?

— À 8 heures, répondit-il d'un ton incertain, comme si elle l'avait pris au dépourvu.

— Je serai prête.

Elle rentra dans la maison sans un regard en arrière. Si elle se retournait, elle avait peur de se jeter dans les bras de Lucius.

6

Réveillé par la foudre, Lucius se dressa dans son lit quand le coup de tonnerre retentit. Le vent fouettait les murs de la maison et de grosses gouttes de pluie frappaient les vitres. Il fallait qu'il rentre les chaises ! Il aurait dû le faire la veille, mais il ne pensait qu'à Amanda.

Et il allait retrouver le parasol dans la piscine, s'il ne se pressait pas un peu !

Après avoir enfilé un short, il sortit par la porte de la cuisine, allumant un projecteur au passage. Il replia d'abord le parasol, puis il le déposa à côté de la maison. Ignorant l'averse, il entreprit de mettre aussi les chaises à l'abri. Il croisa Amanda, qui se précipitait dehors.

— Rentrez vite ! cria-t-il.

Elle ne l'écouta pas. Une fois qu'il eut déposé les chaises dans le patio, il retourna sur ses pas et la trouva en train de traîner un gros fauteuil derrière elle. Il en saisit un bras et, ensemble, ils coururent vers le patio.

Dès qu'ils l'eurent reposé, Amanda gagna la cuisine, suivie de Lucius, qui claqua la porte derrière eux. Les cheveux mouillés d'Amanda encadraient son visage, de minuscules gouttelettes ornaient l'extrémité de ses cils. De ses yeux écarquillés, elle fixait la poitrine nue de Lucius.

En la voyant passer la langue sur ses lèvres, il sentit son sexe se dresser. La nuisette d'Amanda collait à son corps, soulignant ses seins ronds et moulant ses hanches.

Quand elle frissonna, Lucius revint brusquement à la réalité.

— Venez, dit-il en la prenant par la main.

Amanda ne discuta pas. Un éclair zébra le ciel pendant qu'il l'entraînait dans sa propre chambre. Une minute plus tard, ils étaient dans la salle de bains attenante. Il fit glisser la porte coulissante de la douche et régla le mitigeur.

— Déshabillez-vous.

Elle le fixa sans bouger. Posant la main dans son dos, il la poussa légèrement vers la cabine qui commençait à s'emplir de vapeur.

— Il faut vous réchauffer.

Dès qu'elle y fut entrée, il referma la porte.

— Il y aura une serviette à portée de main quand vous sortirez, dit-il.

En prenant une sur une étagère, il entreprit de se sécher les cheveux, puis il sortit très vite. C'était ce qu'il y avait de mieux à faire, s'il voulait respecter sa promesse.

Une fois dans sa chambre, il se changea, pressé de ramener Amanda dans sa propre chambre, de l'autre côté de la maison.

Mais quand elle parut sur le seuil de la pièce, le corps ceint d'une serviette, tous ses efforts pour réprimer son désir furent anéantis d'un coup.

Elle croisa son regard avant de balayer sa poitrine des yeux, puis elle s'aventura plus bas et sa bouche s'arrondit de surprise. Il devina qu'elle avait vu son érection, que le tissu léger de son short ne parvenait pas à dissimuler.

Amanda s'approcha de lui pour ne s'arrêter qu'à quelques centimètres. Le corps littéralement embrasé, Lucius ne bougea pas. Les membres raidis par l'effort qu'il fournissait pour ne pas la toucher, il haletait presque.

Se dressant sur la pointe des pieds, elle pressa sa bouche contre la sienne. Elle posa ensuite la main sur l'épaule nue de Lucius et taquina sa lèvre supérieure du bout de la langue avant de la mordiller délicatement.

Il la désirait depuis des jours, pourtant il voulait s'assurer qu'elle savait bien où tout cela allait les mener.

Il s'écarta et riva son regard aux prunelles vertes.

— Soyons clairs… Qu'est-ce que vous êtes en train de me dire, Amanda ?

— J'aurais cru qu'un homme aussi intelligent le saurait.

— Ça ne veut pas dire que je n'ai pas envie de l'entendre.

Elle laissa tomber la serviette par terre.

— Docteur West, je veux que vous m'entraîniez vers votre lit.

C'était l'invitation qu'il attendait.

L'attirant contre lui, il sentit ses lèvres pleines et douces sous les siennes. Avec un égal abandon, Amanda noua les bras autour de son cou et quand ses seins se collèrent contre sa poitrine, Lucius sentit son sexe durcir davantage encore. Il avait rêvé de cet instant, mais la réalité l'emportait nettement sur les fantasmes.

Il glissa sa langue entre les lèvres entrouvertes. Elle avait un goût de miel. Posant les mains sur sa taille, il caressa ses hanches avant de s'emparer de ses fesses.

À son tour, Amanda fit courir ses doigts sur ses épaules, ses bras et son ventre avant de s'arrêter sur la ceinture de son short. Une minute plus tard, elle faisait glisser le vêtement le long des jambes de Lucius.

Il traça un sillon de baisers sur sa joue, puis derrière son oreille, ce qui lui arracha un soupir de plaisir. Puis, il la fit pivoter et la poussa doucement vers son lit. Les yeux d'Amanda étaient brillants avec, peut-être, une pointe d'appréhension.

— Tu es magnifique, dit-il.

Il caressa les hanches voluptueuses, puis les seins ronds dont les pointes durcies réclamaient son attention. Il en prit un au creux de sa paume, puis happa un mamelon entre ses lèvres.

Amanda le récompensa par un long frisson.

— Ne bouge pas, chuchota-t-il. Je veux juste t'admirer et te goûter.

Passant à l'autre sein, il le taquina jusqu'à ce qu'Amanda glisse les doigts dans ses cheveux et l'attire plus près. Ses gémissements de plaisir résonnèrent dans tout le corps de Lucius.

Et puis, lentement, elle posa de nouveau les mains sur ses épaules et le poussa sur le lit.

— C'est mon tour, maintenant, dit-elle d'une voix rauque.

Il la regarda, tandis qu'elle s'allongeait près de lui. Elle commença par frôler sa poitrine, puis descendit plus bas... Fou de désir, Lucius caressa sa taille et ses hanches. Amanda avait une peau parfaite, douce comme de la soie.

Elle se concentra sur sa bouche, qu'elle dessina délicatement du bout de l'index. Tandis que la foudre zébrait le ciel et que l'averse martelait les vitres, ils échangèrent un long baiser ardent. Le tumulte qui régnait dehors semblait faire écho à celui qui ravageait son corps.

Ayant remarqué la passion d'Amanda, chaque fois qu'elle apprenait ou découvrait quelque chose de nouveau, il avait espéré que cette ardeur gagnerait la chambre à coucher. Mais l'effet qu'elle produisait maintenant sur lui dépassait ses rêves les plus fous.

Avec aucune autre femme, il n'avait eu une telle conscience de sa propre respiration, de la sensibilité de sa peau... Jamais il n'avait éprouvé un désir aussi intense. Elle avait ouvert une porte qu'il craignait ne jamais pouvoir refermer.

La mettant à son tour sur le dos, il observa la lueur qui s'allumait dans les prunelles d'Amanda quand il caressait ses seins, son expression d'anticipation quand il fit courir sa paume sur son ventre.

— L'une des choses que j'apprécie chez toi, murmura-t-il, c'est que je n'ai pas besoin de deviner ce que tu aimes ou non. Par exemple, tu aimes ça, dit-il en effleurant l'intérieur de ses cuisses.

En guise de réponse, elle écarta doucement les jambes et il glissa un doigt au cœur de sa féminité chaude et humide. Soulevant les hanches, Amanda gémit, ce qui porta l'excitation de Lucius à son comble. Tandis qu'il lui prodiguait la plus douce des caresses, il déposa des baisers sur le ventre d'Amanda, ses seins et sa bouche.

— Lucius..., gémit-elle, j'ai envie de toi.

— Je suis là.

S'écartant un instant, il prit un préservatif dans un tiroir de la table de chevet, le glissa sur son sexe et pénétra lentement Amanda.

Elle noua les bras autour de son cou, pendant qu'il s'enfonçait en elle, puis se retirait. Comme elle poussait un cri de frustration, il recommença. Elle noua ses longues jambes autour de sa taille pour mieux s'offrir à lui. La chaleur d'Amanda l'enveloppa et le retint un instant, puis il commença à bouger en elle tout en l'embrassant. Quelques secondes plus tard, elle adoptait le même rythme, oubliant toute retenue pour vivre intensément ces moments magiques. Vite, trop vite, il atteignit l'orgasme et laissa échapper un cri de plaisir, tandis qu'elle s'abandonnait en même temps que lui à un plaisir fulgurant.

Lucius se laissa retomber sur le lit, et ils restèrent longtemps enlacés, comblés, pendant que leurs respirations s'apaisaient peu à peu.

Amanda émergea lentement d'un merveilleux sommeil. Lucius était couché sur le ventre, un bras posé sur elle.

Elle écarquilla les yeux.

Qu'avait-elle donc fait ? se demanda-t-elle, comme elle recouvrait tout à coup ses esprits. Coucher avec Lucius n'était pas la meilleure des idées, mais il avait été tellement tentant, dans la cuisine, quand l'eau ruisselait le long de son torse ! Pourtant elle n'arrivait pas à croire qu'en sortant de la douche, elle avait laissé sa serviette tomber à terre...

Mais ce qu'elle avait partagé avec Lucius n'avait rien à voir avec ce qu'elle avait connu auparavant. En amant généreux, Lucius avait su comment et où la caresser... la goûter. Elle ne s'était jamais sentie aussi adulée, aussi désirée que lorsqu'il lui avait fait l'amour.

Elle regarda cet homme fort et sensuel. Dehors, la tempête avait passé, mais une autre tornade montait en elle. Elle avait encore envie de ses baisers... et plus encore.

Mais céder à cette impulsion aurait été une erreur, elle le savait.

Soulevant délicatement le bras de Lucius, elle sortit du lit.

— Où vas-tu ? demanda-t-il alors qu'elle parvenait devant la porte.

Elle sursauta avant de se retourner. La tête appuyée sur sa main, il l'observait avec attention.

— Dans ma chambre. J'ai pensé que tu préférerais dormir seul.

— Ah bon ? Qu'est-ce qui t'a fait penser ça ?

— Je ne...

Il s'assit sur le lit et le drap tomba sur sa taille, dévoilant sa large poitrine.

— Tu t'enfuis, Amanda ?

Elle se mordit la lèvre.

— Pas du tout !

— Alors, reviens près de moi.

Lucius la désirait toujours, elle le voyait clairement dans ses yeux, mais pour combien de temps ? C'était la grande question, mais pour l'instant, cela ne semblait pas très important. La chaleur, la faim, la promesse du paradis lui étaient offertes. Elle ne pouvait pas y renoncer… pas encore.

Elle s'approcha du lit.

— Et où veux-tu que je sois, exactement ?

Il tapota le lit, près de lui.

— Ici.

— Et si j'ai envie d'être ailleurs ?

La lueur de désir, dans les yeux de Lucius, s'était muée en incendie pendant qu'elle avançait nue dans sa direction.

— C'est ton droit. Je ne t'obligerai jamais à faire ce que tu ne veux pas.

Le cœur d'Amanda se gonfla. Lucius était un homme bon. Peu de gens avaient la chance de voir cet aspect de sa personnalité. Elle se sentait privilégiée et honorée de faire partie des élus.

Elle grimpa sur le lit et le chevaucha. Il écarquilla les yeux et, avec un sourire satisfait, elle remarqua son érection immédiate. Se penchant vers lui, elle prit les mains de Lucius et les emprisonna au-dessus de sa tête avant d'offrir ses seins à sa bouche.

Elle se redressa juste assez pour qu'il ne puisse plus l'atteindre, puis se souleva légèrement au-dessus de son sexe dressé.

— Amanda…

L'instant d'après, ils entamaient une danse sensuelle qui les mena très vite au sommet du plaisir, qu'ils atteignirent dans un même cri.

Épuisée, mais comblée, Amanda se laissa aller contre la poitrine de Lucius et s'abandonna à une douce rêverie. Tandis qu'il lui caressait lentement le dos, elle sombra dans le sommeil.

Lucius aurait cru qu'entamer une journée de travail avec quelqu'un d'autre serait gênant, mais avec Amanda, c'était agréable. Il aurait aimé prendre sa douche en sa compagnie, mais il était certain que cela les aurait mis en retard.

De surcroît, ils s'étaient réveillés bien trop tard et elle s'était précipitée hors de sa chambre pour s'habiller.

Elle lui manquait déjà.

Elle avait été une amante généreuse et ardente. C'était ce qui lui plaisait, chez elle. Sa femme et ses autres conquêtes n'auraient jamais manifesté leur désir avec une telle audace.

Amanda rendait sa vie plus excitante, que ce soit au lit ou ailleurs. Et il avait fait ce qu'il s'était promis de ne pas faire avec elle. Amanda ne ferait que passer dans sa vie, comme toutes les autres. Il ne pouvait rien lui offrir, en dehors d'une brève aventure, et il ferait mieux de ne pas l'oublier.

Au centre, ils se remirent au travail comme d'habitude, mais quand il termina sa journée, il avait un grand sourire aux lèvres. Plus d'une personne lui fit remarquer combien il paraissait heureux.

Mais quand sa secrétaire lui fit savoir qu'Amanda souhaitait le voir, il s'interrogea sur ses sentiments envers elle. La perspective de passer du temps avec elle le réjouissait et, bizarrement, ce n'était pas seulement parce qu'il espérait passer la nuit avec elle.

— Faites-la entrer, s'il vous plaît.

Une minute plus tard, Amanda refermait la porte derrière elle et s'approchait du bureau.

— Salut. Je voulais juste te prévenir que l'administration a retenu une chambre d'hôtel pour moi, alors je vais m'installer ce soir. Ils n'ont pas pu me trouver un appartement dans un laps de temps aussi bref.

Lucius cessa de sourire. Amanda se comportait comme si elle se moquait bien de devoir quitter sa maison. Est-ce qu'il représentait aussi peu, pour elle ?

Se levant, il contourna la table pour lui prendre les mains.

— Tu sais que tu es la bienvenue chez moi aussi longtemps

que tu le souhaites. J'ai cru comprendre que tu appréciais ma maison, ma piscine et ma vue... J'espère que je fais partie du lot !

Le visage d'Amanda se rembrunit.

— Je ne crois pas que ce soit une très bonne idée, Lucius.

— Pourquoi ?

— Parce que... tout ça ne peut pas bien se terminer. Nous n'attendons pas les mêmes choses de la vie et nous vivons très loin l'un de l'autre.

Elle avait raison. Ce qui s'était passé la nuit précédente avait été un bel interlude, mais ne serait bientôt plus qu'un souvenir.

— Je peux te conduire chez moi pour que tu prennes tes affaires et ensuite, t'amener à l'hôtel, proposa-t-il d'un ton faussement dégagé.

— Merci, Lucius.

Sur ces mots, elle s'en alla. Lucius resta planté là, à se demander pourquoi cet arrangement lui déplaisait autant. Il aurait dû se réjouir qu'Amanda s'en aille avant qu'il s'habitue trop à sa présence. Malheureusement, c'était déjà le cas.

Bien trop tôt à son goût, il la déposa à son hôtel, et l'aida à porter sa valise et ses coussins dans sa chambre.

— Bon, ce n'est pas trop mal, remarqua Amanda en regardant par la fenêtre. Évidemment, je n'ai pas ta vue, mais on ne peut pas tout avoir.

— Tu as dîné ?

— En fait... J'ai une grosse journée, demain, et je n'ai pas...

— ... beaucoup dormi la nuit dernière, termina-t-il à sa place.

— C'est ça. Lucius, j'ai adoré le temps que nous avons passé ensemble, mais nous ne pouvons pas continuer.

Serrant les dents, il hocha la tête et se dirigea vers la porte. Il ne supporterait pas un instant de plus ce genre de platitudes. Pas quand il brûlait de prendre Amanda dans ses bras et de lui faire admettre que la dernière nuit méritait davantage que de tomber ainsi dans l'oubli.

— Je suis d'accord.

— Nous nous verrons au centre.

— Certainement.

Une minute plus tard, Lucius refermait la porte derrière lui.

Jadis, il avait supplié en vain sa femme de rester, et il s'était promis de ne plus jamais recommencer.

Il ne supplierait pas Amanda de revenir sur sa décision.

Lucius ne la revit que deux jours plus tard. Elle lui avait manqué, tout comme lui avaient manqué ses railleries, les repas pris ensemble et même les moments de silence en sa compagnie.

Ce jour-là, elle présentait un cas clinique suivi dans son centre d'Atlanta. Elle était claire, précise et répondait sans hésitations aux questions qu'on lui posait.

Quand les gens quittèrent la salle, il s'attarda un instant dans l'espoir de lui parler. Il discutait avec un collègue lorsqu'elle vint finalement vers lui. Dès que son confrère fut parti, il se tourna vers elle.

Elle lui sourit et, aussitôt, le nuage suspendu au-dessus de lui s'évapora.

— J'ai appris que l'homme qui murmure à l'oreille des bébés a encore frappé, dit-elle. Toutes mes félicitations.

— Quoi ?

— La femme qui a bénéficié d'une fécondation in vitro, pendant ma première semaine au centre, est enceinte.

— Oui. Je suis content.

Il aurait voulu qu'ils abordent des sujets plus personnels, mais c'était mieux que rien. Elle l'observa un instant, comme si elle lisait en lui.

— Tu n'en as pas l'air.

— Je le suis, bien sûr, mais on se doit d'être prudent parce qu'on ne sait jamais si quelque chose tournera mal. Mais comme il s'agit de sa troisième tentative, je suis prudemment optimiste.

— Elle a un excellent médecin. Je suis sûre que tout ira bien, mais je suis désolée de ne pas rester pour la suivre.

C'est vrai. Amanda s'en va dans quelques semaines.

— Je demanderai à Nancy de te tenir au courant.

— Merci.

Une certaine gêne s'installa entre eux, pendant qu'ils se regardaient. Amanda fut la première à rompre le silence.

— Euh… Je ferais mieux d'y aller, maintenant.

Lucius hocha la tête, mais dès qu'elle s'éloigna, il ne put s'empêcher de la rappeler.

— Amanda ?

Elle se retourna.

— Oui ?

Il se rapprocha d'elle, pour que personne ne l'entende.

— Tu veux bien dîner avec moi, samedi ? J'ai deux billets pour un concert de jazz, à l'opéra.

— J'aimerais beaucoup, merci.

— Je passerai te prendre à l'hôtel à 19 heures.

— J'ai hâte !

Lui aussi. Bien trop, sans doute ! De retour dans son bureau, Lucius retint une table dans un restaurant romantique et tout proche de l'opéra. Cela faisait longtemps qu'il n'avait pas fait la cour à une femme et il espérait ne pas avoir totalement perdu la main.

Lorsqu'il arriva, Amanda l'attendait dans le hall de l'hôtel. Ses cheveux flottaient librement sur ses épaules et elle avait appliqué sur ses lèvres un gloss rose assorti à la couleur de sa robe. Avec ses petites ballerines ornées d'un nœud à l'extrémité, elle était ravissante.

Le cœur battant, Lucius sentit un flot d'adrénaline couler dans ses veines. Prenant la main d'Amanda dans la sienne, il la pressa légèrement.

— Tu es magnifique.

— Je n'avais aucune tenue appropriée, alors j'ai fait un peu de shopping cet après-midi.

— Tu es parfaite, affirma-t-il en lui tendant une rose. J'ai pensé qu'elle égaierait ta chambre. Je sais que tu as un vase.

— C'est vraiment gentil, dit-elle en humant la fleur. J'ai le temps de la mettre dans l'eau ?

— Bien sûr.

Lucius la suivit dans sa chambre.

— Je ne vois pas tes coussins.

— D’une certaine façon, ils n’étaient pas à leur place, ici.

— Mais tu te sens bien, dans cet hôtel ?

— Oui, très bien.

Après avoir posé le vase sur sa table de chevet, elle se tourna vers lui.

— Je suis prête !

Lucius avait trouvé un parking à la fois proche du restaurant et de l’opéra. Sachant qu’Amanda en serait ravie, il avait réservé une table près de l’eau. Il ne fut pas déçu.

— C’est génial ! s’exclama-t-elle.

— J’espérais que ça te plairait.

— Ce sera un super souvenir à emporter chez moi.

Ils dînèrent tout en parlant de leurs activités de la semaine.

— Je suis retournée à la piscine, annonça Amanda.

— Tu n’as pas croisé notre ami, le bébé calamar ?

— Non, mais j’ai été vigilante, répliqua-t-elle en riant.

Après cela, ils retrouvèrent leur complicité habituelle, qui avait tant manqué à Lucius. Trop vite, hélas, il fut temps de se rendre à l’opéra. Ils y allèrent tranquillement et sans se toucher, mais en gravissant les marches, il la prit par le coude.

Le contact de cette peau veloutée lui avait manqué, aussi. Il se revit en train de caresser sa hanche nue… Secouant légèrement la tête, il chassa cette image de son esprit.

— J’ignorais que tu aimais le jazz, remarqua Amanda quand ils furent assis.

— Mon père nous en faisait écouter, lorsque nous étions enfants. Mon ex-épouse trouvait que cela faisait bien, d’assister à ces concerts.

— Tu me parleras d’elle, un jour ?

Ce n’était pas le sujet favori de Lucius, mais ce qui s’était passé dans son couple n’était pas un grand secret : il avait été un mari déplorable.

— Nous pensions que nous étions amoureux, mais c’était faux. Je suppose que tous les divorcés en diraient autant.

— Vous avez été mariés combien de temps ?

— Trois ans. Trois ans de trop, je crois.

— Que s’est-il passé ?

— Je travaillais de longues heures. Le centre n'en était qu'à ses débuts, j'étais occupé à me forger une réputation et je la laissais seule trop souvent. Je suis en grande partie responsable de cet échec.

— Je te rappelle qu'il faut être deux pour qu'une union fonctionne.

— Peut-être. Mais à l'entendre, je ne m'intéressais qu'aux bébés d'autres femmes, au lieu de penser à fonder ma propre famille. Je pense que nous n'étions pas assortis. C'était une arriviste, prête à tout pour pouvoir briller en société, or j'ai peu de goût pour les mondanités. Je passais le plus clair de mon temps dehors, mais elle ne faisait rien pour me rendre la maison attrayante.

— Si bien qu'il valait mieux divorcer ?

— Oui. Mais ensuite, j'ai décidé que je ne revivrais jamais un tel fiasco. Mon travail passera toujours en premier, pas seulement parce qu'il est important, mais parce que c'est ce que je suis.

Il y eut un petit silence, rompu par Amanda.

— Pourtant, tu m'as invitée, ce soir.

L'arrivée des musiciens dispensa Lucius de répondre. Pendant le deuxième morceau, Amanda se pencha vers lui.

— C'est merveilleux, chuchota-t-elle.

Il lui prit la main et elle ne la lui retira pas.

Le concert se termina trop vite. Lucius aurait pu passer des heures, assis près d'elle et leurs doigts entrelacés, à écouter de la bonne musique. Il n'avait jamais ressenti un tel bien-être auprès de son ex-épouse.

Mais où cela pouvait-il mener ? Avait-il l'intention de la demander en mariage ? C'était impossible ! Son métier était trop exigeant et ce serait injuste, pour Amanda. Elle voulait certainement des enfants et une vie de famille stable qu'il ne pouvait lui offrir.

Résigné, il la raccompagna à son hôtel, malgré son envie de l'emmener chez lui… dans sa chambre.

Devant l'ascenseur de l'hôtel, il déposa un baiser sur sa joue.

— Bonne nuit, Amanda.

— Bonne nuit, et merci pour cette bonne soirée, Lucius.

— Il n'y a pas de quoi. Nous nous reverrons au centre.

Sur ces mots, il s'éloigna avec le sentiment que ses chaussures pesaient des tonnes.

Amanda monta l'escalier, le cœur lourd. Les derniers mots de Lucius avaient sonné comme si tout était définitivement fini, entre eux. C'était elle qui avait décidé de quitter la maison de Lucius, mais ce qu'ils avaient partagé lui manquait. Cela faisait cinq matins qu'elle se réveillait sans sentir son grand corps auprès d'elle.

Elle en avait assez !

Pourquoi se morfondre toute seule, alors qu'elle avait le choix ? Tant pis si elle rentrait à Atlanta le cœur brisé. Il lui restait trois semaines, avant de repartir. Ce soir, elle avait clairement lu dans les yeux de Lucius qu'il la désirait toujours et si elle pouvait profiter de ces instants de bonheur un peu plus longtemps, alors pourquoi y renoncer ?

Avant même d'avoir atteint son étage, elle pressa le bouton du rez-de-chaussée. Lucius ne voudrait peut-être pas d'elle pour toujours, mais tant pis !

Elle demanda au gardien de nuit de lui appeler un taxi. Mais sur la route, elle se sentit de plus en plus nerveuse à mesure qu'elle approchait de la maison de Lucius.

Et s'il avait changé d'avis ? Elle passerait sa vie à regretter d'avoir agi avec autant d'impulsivité.

La voiture s'engagea dans l'allée et elle aperçut la maison, plongée dans l'obscurité. Est-ce que Lucius n'était pas rentré ? Était-il allé quelque part, après l'avoir quittée ?

De toute façon, elle ne pouvait pas reculer maintenant... Il fallait qu'elle sache.

Après avoir payé le chauffeur, qui démarra aussitôt, elle sonna à la porte et suivit des yeux les feux de position qui s'éloignaient dans la nuit. Les ferries circulaient-ils encore, à cette heure tardive ?

Pas de réponse. Elle sonna de nouveau.

Avait-elle mal interprété les gestes et les regards de Lucius, pendant cette soirée qu'ils venaient de passer ensemble ?

Comprenant qu'elle avait eu tort de venir, elle allait partir quand le porche s'alluma.

La porte s'ouvrit et Lucius parut sur le seuil, vêtu d'un short.

— Amanda ?

Tentant vainement de dissoudre la boule qui obstruait sa gorge, Amanda déglutit.

— Tu as dit que je pouvais venir contempler ta vue quand je voulais, non ?

7

Amanda laissa échapper un soupir de soulagement quand Lucius lui prit la main pour l'attirer à l'intérieur.

— Tu aurais dû me dire que ma vue t'intéressait avant que je m'en aille. Je t'aurais ramenée en voiture avec moi.

— Je n'ai pas eu l'impression que tu en avais envie.

— Ah ? Eh bien, puisque tu es là, je vais me rattraper. Viens...

Il l'entraîna à l'arrière de la maison.

— Pourquoi les lumières sont-elles éteintes ? demanda Amanda.

— J'étais assis dehors.

Est-ce qu'elle devait y voir une signification quelconque ?

— Dans l'obscurité ?

— Je contemplais le port en regrettant que tu ne sois pas à mes côtés, dit-il en ouvrant la porte du patio.

Le cœur d'Amanda s'emballa. Elle lui avait manqué !

— Ah bon ?

— Je m'apitoyais sur mon sort.

Dans le patio, ils s'assirent l'un près de l'autre. Prenant la main d'Amanda, Lucius la caressa du pouce. Ils restèrent ainsi longtemps, en parfaite harmonie.

— Cette vue est magnifique, murmura enfin Amanda. Elle m'a manqué.

— À moi aussi.

Se tournant vers lui, elle constata que Lucius la regardait, non le port. Malgré la fraîcheur de l'air, elle sentit ses joues s'enflammer.

— Je suis content que tu sois venue, dit-il. Tu m'as manqué, toi aussi.

— Nous nous sommes quittés il y a à peine une heure et nous nous voyons tous les jours au centre.

— Exact, mais ce n'est pas la même chose. Si j'avais pu t'enfermer dans un débarras pour t'embrasser à perdre haleine, je l'aurais fait.

— Ça aurait été plutôt drôle, répliqua-t-elle en riant. Le respectable Dr West craquant pour une infirmière de passage, quel scandale !

— Cela m'est égal, du moment que tu es d'accord. Reste avec moi, Amanda, fit Lucius d'une voix rauque.

— Ce soir ?

Il porta la main d'Amanda à sa bouche et embrassa sa paume.

— Aussi longtemps que tu le souhaites.

Sur ces mots, il se leva et l'entraîna jusqu'à sa chambre. Près du lit, il la prit dans ses bras et l'embrassa. D'abord lent et tendre, le baiser se fit rapidement passionné, disant à Amanda ce qu'elle voulait savoir : qu'il tenait à elle, qu'il la désirait, qu'elle comptait pour lui.

Elle sentit une joie inconnue envahir tout son être. Elle avait toujours cherché cette connexion. Bien sûr, elle ne voulait pas tomber amoureuse de Lucius et avoir le cœur brisé. Même si elle l'aimait déjà et serait horriblement malheureuse en le quittant, elle ne pouvait pas renoncer à cet instant sublime… et à tous ceux qui viendraient ensuite.

— Tu es superbe, dans cette robe rose, dit-il, mais pendant toute la soirée, je n'ai pensé qu'à te l'enlever.

Amanda sentit un feu s'allumer entre ses jambes.

Elle s'empressa de satisfaire le souhait de Lucius. Se mettant à genoux, il posa les mains sous le bas de la robe et remonta le long de ses cuisses. Elle frémit d'anticipation, tandis qu'il se relevait pour finir de la déshabiller.

— Ravissant…

L'haleine de Lucius caressa les épaules d'Amanda pendant qu'il lui ôtait son soutien-gorge et caressait ses seins.

— Tu dis des choses vraiment gentilles, murmura Amanda, légèrement haletante.

— Dis ça à mes équipes. Je suis sûr qu'ils ne seront pas d'accord avec toi, répliqua-t-il en souriant.

— Parce qu'ils ne te connaissent pas comme moi.

Le soutien-gorge rejoignit la robe par terre. Lucius poussa un long soupir.

— Ta beauté m'a manqué, dit-il en frôlant un sein du bout de l'index.

Amanda frissonna quand il en effleura la pointe. Elle voulut le caresser à son tour, mais il s'agenouilla de nouveau et embrassa son nombril avant de faire glisser son slip le long de ses jambes.

Lorsqu'il posa les lèvres sur son ventre, elle lui agrippa les épaules.

— Lucius...

— Ta peau est si douce...

Passant ses doigts dans la ceinture du short, Amanda entreprit de déshabiller Lucius. Quand ce fut fait, ils roulèrent sur le lit.

Plusieurs heures plus tard, Lucius s'éveilla dès les premières lueurs de l'aube. Amanda endormie dans ses bras. La pluie martelait les fenêtres et selon la météo, il devait pleuvoir toute la journée. Il ne demandait pas mieux que de la passer au lit avec elle.

Elle remua doucement contre lui, réveillant aussitôt son désir.

— Il pleut, fit-elle d'une voix endormie.

— Oui.

Se tournant vers lui, elle lui caressa la poitrine.

— Si on trouvait quelque chose à faire, aujourd'hui ?

— Je pensais justement que nous pourrions rester là où nous sommes.

Autrefois, il n'aurait jamais fait une telle suggestion. Il serait allé au centre et aurait employé son temps au mieux.

— Ça me va très bien. Mais j'espère que tu fais allusion à la maison tout entière, parce que je prendrais volontiers une douche et j'aimerais bien manger quelque chose.

Il l'embrassa.

— Ça peut s'arranger. Tu peux te doucher avec moi et ensuite, je m'occuperai du petit déjeuner.

— Il faut qu'on aille récupérer mes affaires.

— Tu n'en as pas besoin aujourd'hui. Nous partirons plus tôt demain et nous passerons à l'hôtel avant d'aller au centre.

— C'est un bon programme, approuva-t-elle.

Un grand sourire aux lèvres, Amanda regarda Lucius faire une nouvelle longueur de bassin. Les derniers jours avaient été un pur délice, et elle n'aurait eu aucun mal à s'habituer à cette nouvelle routine. Le matin, elle se réveillait dans le lit de Lucius, dont les bras l'enveloppaient toujours. La plupart du temps, ils se douchaient ensemble avant le petit déjeuner, puis Lucius les conduisait au centre.

Il lui donnait un baiser rapide avant de sortir de la voiture. Ils n'essayaient pas de se cacher, sans afficher pour autant leur relation.

Parfois, ils se croisaient dans les couloirs. Lucius lui lançait un regard brûlant, empli de promesses. Et, plus d'une fois, il l'avait surprise en train de le fixer pendant une réunion.

Jamais elle ne s'était sentie aussi désirée, aussi appréciée.

Lucius effaçait toutes ses mauvaises expériences passées, pourtant elle avait bien conscience que cela ne pouvait pas durer. Mais une femme avait bien le droit de rêver, non ? Et le rêve était si doux qu'elle en acceptait les conséquences.

Il lui suffirait de continuer à vivre avec ses souvenirs, une fois de retour à Atlanta. Grâce à ce programme d'échange, qu'elle ajouterait sur son CV, elle se focaliserait sur sa carrière.

La première partie de la semaine avait été moins chargée que d'habitude, avec un seul accouchement, si bien que Lucius et elle n'avaient pas fait d'heures supplémentaires.

Quand elle le rejoignait dans la voiture, en fin de journée, il lui prenait aussitôt la main et l'attirait vers lui pour l'embrasser. Il agissait comme s'il n'était jamais rassasié d'elle.

Chaque soir, il lui proposait de dîner dehors, mais elle refusait, préférant préparer un repas pour eux deux. Ils mangeaient dans le patio pendant que le soleil disparaissait à l'horizon. Ensuite, ils se couchaient… Lucius était un amant attentif et généreux, qui accordait autant d'importance à son plaisir qu'au sien.

Le jeudi matin, le Dr Johannsson entra dans le box où Amanda venait d'examiner une patiente.

— Amanda, je crois que vous devriez assister à ma prochaine consultation. C'est un cas qui sort de l'ordinaire et nous devons en discuter cet après-midi, pendant la réunion.

— Vous m'intriguez, docteur…

Elle suivit le médecin jusqu'à la salle d'examen.

— La patiente présente une hypertension sévère, dit la praticienne. Lors de la dernière fécondation in vitro, effectuée par le Dr West il y a un an, elle a fait une grossesse extra-utérine avec hyperstimulation ovarienne modérée.

— Quand cette hyperstimulation a-t-elle débuté ?

— Pendant la seconde série d'injections.

Amanda hocha la tête. Cette femme ne semblait pas être une bonne candidate pour une nouvelle fécondation in vitro.

— Pour compliquer encore les choses, reprit le médecin, elle a un utérus inversé.

Le cas méritait en effet d'être examiné attentivement.

Amanda suivit le médecin dans la salle. Une femme au maquillage et à la coiffure impeccables attendait sur la table d'examen. Un homme en costume se tenait près d'elle.

— Bonjour, madame Moore. Ravie de vous voir, monsieur Moore, dit le Dr Johannsson en approchant. Je vous présente Amanda Longstreet, qui nous vient d'Amérique.

— Ravie de faire votre connaissance, dit Amanda.

— Amanda va vérifier vos constantes, madame Moore, dit le médecin avant de poser quelques questions au couple.

Prenant son stéthoscope, Amanda ausculta la patiente. Le rythme cardiaque et la respiration étaient normaux. Elle prit ensuite son pouls et sa tension, qui était élevée, mais dans les limites de la normale.

M. Moore quitta la pièce. Le Dr Johannsson mit des gants de plastique, puis elle s'assit sur un tabouret, à l'extrémité de la table.

— Voyons maintenant comment vous allez.

Au bout d'un moment, le médecin s'écarta.

— J'aimerais qu'Amanda vous examine aussi. Vous êtes d'accord ?

La femme hocha la tête.

Enfilant à son tour des gants, Amanda s'assit sur le tabouret. Quand l'examen fut terminé, elle se leva et ôta ses gants.

— Madame Moore, si cela ne vous ennuie pas, j'aimerais appuyer sur votre abdomen. Ce ne sera pas long.

— D'accord.

Amanda commença à palper la zone située sous le nombril.

— Dites-moi si je vous fais mal. J'ai compris que vous aviez eu des douleurs, dans le passé ?

— Oui.

Amanda recula d'un pas, de façon à voir le visage de la patiente.

— Et maintenant ?

— Ça va.

— Très bien. Merci de m'avoir permis de vous examiner, dit Amanda avec un sourire.

— Vous pouvez vous asseoir, madame Moore, intervint le Dr Johannsson. Je vais étudier les résultats de vos analyses et on se revoit bientôt, d'accord ?

De retour dans le couloir, le médecin se tourna vers Amanda.

— Est-ce que vous accepteriez de présenter ce cas, pendant la réunion de cet après-midi ? J'ai une autre obligation.

— Bien sûr.

Après coup, Amanda prit conscience que Lucius serait présent. Elle espérait qu'il serait fier d'elle.

Lucius s'assit au premier rang, face à l'écran de la salle de réunion, disposée à la façon d'un amphithéâtre. Il chercha Amanda du regard et la repéra sur la droite, parmi un groupe d'infirmières de la maternité.

Il savait qu'elle s'était parfaitement intégrée au sein du personnel, comme si elle était là depuis des années. Non seulement les gens l'appréciaient, mais ils admiraient sa conscience professionnelle et ses connaissances. Si elle décidait de rester, elle serait un atout pour le centre.

Cette idée le galvanisa. Mais il n'en avait pas parlé avec Amanda et elle n'avait reçu aucune proposition dans ce sens. Qu'est-ce qui pouvait lui faire croire qu'elle envisagerait même de s'installer à Sydney ?

Il la fixa pendant si longtemps qu'elle se retourna et croisa son regard, puis ils se sourirent. C'était exaltant, qu'une femme montre aussi ouvertement ce qu'elle ressentait pour lui.

Ces dernières semaines, sa vie avait changé du tout au tout – et dans le bon sens – grâce à elle. Il commençait à apprécier l'existence en dehors du travail et ne redoutait plus de rentrer à la maison, car il avait quelqu'un avec qui la partager. Il commençait même à avoir des heures de travail régulières...

Il savait bien qu'Amanda allait retourner chez elle, ce qui, bizarrement, lui offrait un filet de sécurité. En si peu de temps, il n'aurait sûrement pas l'occasion de tout gâcher. Il pouvait se permettre de lui donner ce dont elle avait besoin pendant quelques semaines... d'autant qu'il en avait besoin, lui aussi.

Le collègue qui présidait la réunion se leva et annonça :

— Amanda Longstreet va présenter le cas à la place du Dr Johannsson, aujourd'hui.

Faisant quelques pas, Amanda lui prit la souris des mains. Des données médicales s'affichèrent sur l'écran et elle commença à parler.

— Le Dr Johannsson et moi-même avons vu Mme Moore aujourd'hui...

Elle exposa le dossier de la patiente.

Lucius aimait sa voix, son accent délicieux. Il ne s'en lassait pas, surtout quand elle criait son prénom, au moment de l'orgasme.

Regardant autour de lui, il constata qu'elle avait capté l'attention de tous. Elle avait un don, pour cela.

— Après un examen minutieux, j'ai découvert des cicatrices sur la paroi vaginale et un fibrome de la taille d'une balle de golf. Le Dr Johannsson estime que cette patiente n'est pas une bonne candidate pour une fécondation in vitro.

Lucius se redressa sur son siège.

— Je ne suis pas d'accord.

— Pourquoi cela ? demanda Amanda.

— Elle pourrait bénéficier de ma nouvelle procédure, qui a donné quelques succès.

— Malgré son hyperstimulation ovarienne ?

— Elle était modérée et il n'y a aucune raison pour que cela se reproduise.

Autour d'eux, l'assemblée restait suspendue à leurs lèvres.

— Et la grossesse extra-utérine ?

— Ce n'est pas inhabituel, lors d'une fécondation in vitro.

— Exact. Mais elle a perdu trois bébés, avant de s'adresser au centre. De plus, elle a un utérus inversé.

Se carrant dans son fauteuil, Lucius croisa les bras sur sa poitrine.

— Nous avons des solutions.

Amanda le foudroya du regard, visiblement contrariée.

— Oui, mais n'est-ce pas un peu risqué ?

— C'est exactement le type de femmes que nous devons aider. Nous offrons à nos patientes une chance d'avoir un bébé. Et je crois avoir les compétences requises pour le faire.

— Ce n'est pas la question. Je travaille à la maternité, et une femme qui a déjà connu des problèmes risque de perdre son bébé ou d'avoir des difficultés pendant l'accouchement. Il ne s'agit pas seulement d'implanter un embryon, mais de s'assurer qu'il arrive à terme. Les protocoles n'existent pas pour rien. Dans le centre où j'exerce, à Atlanta, Mme Moore ne serait pas une bonne candidate pour une fécondation in vitro.

Lucius ne répondit pas tout de suite.

— Si je me fonde sur mes connaissances scientifiques et mon expérience, je pense le contraire.

— Je ne suis pas d'accord. Parfois, on fait preuve de davantage de compassion en disant non qu'en recherchant la performance médicale.

Des exclamations de surprise jaillirent parmi l'assemblée... Elle avait osé le contredire en public !

Lucius tressaillit. Amanda sous-entendait-elle qu'il n'était intéressé que par son propre succès ? Il avait toujours pensé qu'il ne se focalisait que sur l'intérêt de ses patientes, mais se pouvait-il que son ego soit tout aussi impliqué ?

Le médecin qui présidait la réunion intervint :

— Je suis certain que le Dr Johannsson nous fournira d'autres données, à propos de cette patiente. Nous reverrons ce cas la semaine prochaine. Merci à tous pour votre participation…

En quittant la salle, Lucius vit que plusieurs infirmières entouraient Amanda.

— Je n'arrive pas à croire que tu aies parlé de cette façon au Dr West, disait l'une d'entre elles. Personne ne fait ça !

Malheureusement, il n'entendit pas la réponse d'Amanda. Les membres de ses équipes le croyaient-ils aussi inflexible ?

Lucius gagna son bureau sans avoir parlé à Amanda. À quoi ressemblerait la soirée, après cette discussion animée ?

Une heure plus tard, alors qu'il se dirigeait vers le parking, il reçut un SMS d'Amanda le prévenant qu'elle allait rentrer tard en raison d'un accouchement. Elle prendrait un taxi.

Il rentra chez lui, regrettant qu'elle ne soit pas près de lui. Il mangea un sandwich et fit quelques longueurs de bassin, puis il regarda la télévision dans la salle de séjour.

Dans la nuit, il entendit la porte d'entrée s'ouvrir, mais Amanda ne le rejoignit pas dans son lit. Inquiet à l'idée qu'elle lui en veuille, il traversa la maison et la trouva dans la chambre d'amis, déjà endormie.

Lorsqu'il se glissa sous les draps, auprès d'elle, elle ouvrit les yeux et se blottit contre lui.

— Je pensais que tu préférerais rester seul, après que j'aie manifesté mon désaccord en public.

— Aucun désaccord ne m'empêchera de te vouloir dans mon lit, murmura-t-il en l'enlaçant.

— Tant mieux.

Là-dessus, elle laissa échapper un soupir et se rendormit.

Amanda se réveilla dans les bras de Lucius.

— Salut, murmura-t-il en lui caressant la hanche.

— Salut, répliqua-t-elle avec un sourire. Tu m'as l'air bien grave, si tôt le matin.

— Je n'aime pas me disputer avec toi.

— Moi non plus. Et sache que je ne doute pas un instant de tes compétences. Je sais aussi que l'homme qui murmure à l'oreille des bébés ne peut pas aider tout le monde.

— Je n'aime pas ce surnom. Dans tout ce que je fais, je m'appuie sur la science. Je suis juste un médecin qui veut aider le plus de patientes possible.

Elle prit le visage de Lucius entre ses deux mains.

— J'en ai conscience. Tu es plus modeste que tous les gens que je connais, et tu es intègre. Malgré tout, tu en es venu à penser que tu devais assister toutes les femmes qui désiraient un bébé... Parce que tu as un grand cœur.

Amanda se tut brusquement et se leva d'un bond pour se précipiter dans la salle de bains.

— Tu ne te sens pas bien ? cria Lucius depuis le lit.

— J'ai dû manger quelque chose qui ne passe pas, cette nuit.

Lucius la rejoignit et se tint sur le seuil, visiblement inquiet.

— Je peux faire quelque chose pour t'aider ?

— Ça va aller, merci.

Prenant un gant de toilette humide, il le posa sur son front, puis il l'aida à se tenir sur ses jambes flageolantes et la soutint jusqu'au lit.

— Je vais appeler le centre pour dire que nous ne viendrons pas, aujourd'hui.

— Tu n'as pas peur que tout le monde se pose des questions ?

— Je m'en moque. Tout ce qui compte, c'est toi.

— Merci de prendre soin de moi.

Lucius déposa un baiser sur le front d'Amanda.

— Je vais t'apporter du thé et des biscottes.

Le cœur d'Amanda se gonfla de tendresse.

Lucius se montra très attentionné durant toute la journée. Il alla même chez un traiteur pour lui prendre une soupe au poulet. Elle aurait voulu manger dans la cuisine, mais il insista pour lui apporter un plateau.

Plus tard, dans l'après-midi, quand elle se réveilla d'une longue sieste, elle le trouva assis à son chevet.

— Tu sais que je ne suis pas à l'article de la mort ? plaisanta-t-elle.

— Et c'est tant mieux. Mais ça ne te fait pas de mal de ralentir le rythme pendant une journée.

— Si on regardait un film, ce soir ? Je te laisse le choix.

— C'est très généreux de ta part, puisque d'habitude tu as un avis très tranché sur ce qu'on doit voir ou pas.

Lucius s'étendit près d'Amanda et la regarda en souriant, le menton posé sur sa main.

— Si je comprends bien, cela ne t'ennuie pas qu'une femme ait ses propres opinions ? demanda Amanda.

— J'apprécie toutes les tiennes.

— Sauf quand je ne suis pas d'accord avec toi.

— Ne revenons pas sur le sujet. Je crois t'avoir dit que ça n'avait pas d'importance.

Le samedi, Amanda se sentit assez bien pour faire une promenade. Lucius lui tint la main en marchant et plus d'une fois, il fut le premier à parler aux personnes qu'ils croisaient.

Le soir, il prépara le dîner, insistant pour qu'elle ne mette pas les pieds dans la cuisine. Ensuite, il posa fièrement sur la table un saladier de macaronis au fromage. Amanda resta assise, admirant la souplesse de ses gestes, qu'elle avait déjà remarquée au travail.

Lucius était un homme extraordinaire, et il allait désespérément lui manquer, quand elle repartirait.

Le dimanche, elle n'était pas totalement remise, mais le temps fila à la vitesse de l'éclair, grâce à la présence de Lucius.

Dans l'après-midi, ils étaient allongés au bord de la piscine lorsqu'il annonça :

— Je prévois quelque chose de spécial, le week-end prochain.

— Où irons-nous ?

— C'est une surprise. Tu préfères que nous partions vendredi soir, ou samedi matin ?

— Vendredi soir, maintenant que tu as éveillé ma curiosité.

S'approchant de lui, elle l'embrassa dans le cou.

— Il y a une chance pour que je te convainque de me révéler notre destination ?

Lucius émit un petit rire.

— Pas la moindre, mais j'aime assez l'idée que tu essaies.

8

Lucius n'avait jamais autant ri que durant cette semaine. Pour tenter de découvrir où il comptait l'emmener, Amanda avait utilisé toute une stratégie, qui aurait pu rivaliser avec des manœuvres militaires.

Rusé, il répondait toujours oui, quelles que soient ses questions.

Amanda déploya alors des trésors d'inventivité au lit. Dire qu'il était ravi aurait été un euphémisme.

Et un jour, elle se présenta à son bureau dans l'après-midi et verrouilla la porte derrière elle.

— Amanda ? Quelque chose ne va pas ?

— Oui. Je dois te parler.

— Il y a un problème ?

Elle s'approcha de lui, l'air très déterminé.

— Exactement.

— Quelqu'un a été blessé ? demanda-t-il en se levant.

— Quelqu'un *va* l'être, affirma-t-elle en contournant le bureau.

— Je ne te suis pas.

— Pour comprendre, il faut que tu sois assis.

Elle posa sa paume sur la poitrine de Lucius, puis elle le poussa légèrement pour qu'il se rasseye. Plaçant ensuite ses mains sur les bras du fauteuil, elle se pencha jusqu'à ce que leurs nez se touchent presque.

— Tu ne penses pas que tu devrais me dire quelque chose, maintenant ?

Lucius sourit largement… Il avait compris.

— Je ne vois pas, dit-il en fronçant les sourcils, comme pour réfléchir.

Elle l'embrassa sur la bouche… Un baiser profond, passionné, auquel son corps réagit aussitôt. Cette femme allait le tuer !

Amanda le chevaucha, plaçant le cœur de sa féminité contre son sexe palpitant.

— Il y a quelque chose que tu veux me dire, maintenant ?

Et faire cesser ces délicieux instants ? Pas question !

— Non…

Amanda se releva pour le toiser, un petit sourire aux lèvres.

— Je suis extrêmement fâchée contre toi.

La saisissant par la taille, il l'attira contre lui.

— Qu'est-ce que tu crois ? Tu penses pouvoir venir m'exciter et t'en aller comme ça ?

Il tira sur la ceinture élastique de son pantalon de travail.

— Arrête, Lucius ! Nous sommes dans ton bureau.

Mais malgré des protestations assez tièdes, elle abandonnait déjà son pantalon.

— Puisque c'est comme ça…

Lucius tendit la main vers son sexe, où il glissa un doigt. Laissant échapper un soupir, Amanda rejeta la tête en arrière et ferma les yeux. Quelques minutes plus tard, quand ses jambes ne la soutinrent plus, il l'attira contre lui et l'embrassa pour l'empêcher de crier.

— Défais ma ceinture, murmura-t-il à son oreille. J'ai besoin d'être en toi.

De ses mains tremblantes, elle fit ce qu'il lui demandait. Il n'eut pas à lui dire ce qu'elle devait faire ensuite. Si quelqu'un avait demandé à Lucius à quoi ressemblait le paradis, il aurait dit : à ce moment. Mais hélas, tout avait une fin.

Après leur brève mais fougueuse étreinte, il resta assis, plongé dans un état de félicité absolue. Du moins, jusqu'à ce que la sonnerie du téléphone le ramène à la réalité. Amanda voulut se lever, mais il la retint d'une main et décrocha.

— Oui ?

— On vous attend dans la salle de fécondation in vitro, docteur, dit sa secrétaire avec une pointe de curiosité dans la voix.

— Dites-leur que j'arrive.

Amanda enfouit le visage dans son cou.

— Elle est au courant !

Lucius émit un rire léger, et Amanda lui décocha une petite tape sur l'épaule.

— Ce n'est pas drôle.

— Peut-être pas, mais je te ferai remarquer qu'au centre, on parle constamment de sexe. Nous dirons que nous procédions à une expérience.

Haussant les épaules, Amanda se leva et se retourna pour ramasser son pantalon. Comme il lui caressait les fesses, elle repoussa sa main. Souriant, il se rhabilla à son tour tout en la regardant rassembler ses affaires.

— Comment je vais faire pour l'affronter ? demanda-t-elle, les joues toutes roses.

— Si ça peut te faire plaisir, je vais l'envoyer ailleurs pour que tu puisses partir en douce.

— Tu ferais ça ?

— Je ferais n'importe quoi, pour toi.

Et c'était vrai !

— Donne-moi le temps d'aller en salle de transfert d'embryons, ensuite je l'appellerai pour lui demander de m'apporter un dossier. Profites-en pour aller dans la salle de bains et te remettre de tes émotions. À propos... tu es la bienvenue dans mon bureau quand tu veux !

Les yeux d'Amanda étincelèrent.

— À condition que tu me dises où tu m'emmènes ce week-end.

Éclatant de rire, Lucius gagna la porte. Sa secrétaire affichait un sourire entendu, mais il ne s'en soucia guère.

Il était heureux.

Amanda attendit le week-end avec une joie mêlée de tristesse. Elle se réjouissait que Lucius la conduise dans un lieu inconnu et elle avait adoré cette semaine de taquineries mutuelles... Surtout le moment passé dans son bureau.

Mais tout cela ne durerait pas, elle le savait pertinemment.

Le vendredi matin, elle éprouva un léger malaise qui passa rapidement et qu'elle attribua au fait qu'elle n'avait pas beaucoup mangé la veille.

Après maintes supplications, Lucius lui avait seulement dit d'emporter une jolie robe, un maillot de bain et les vêtements qu'elle portait d'ordinaire.

Parfois, il pouvait se montrer vraiment têtu !

Au centre, elle aurait pu danser de joie. Jamais personne n'avait pris soin d'elle comme Lucius. Auprès de lui, elle avait l'impression d'être spéciale, ce qu'elle n'avait jamais ressenti auparavant.

Après avoir vu sa dernière patiente, elle courut vers la voiture de Lucius. Ouvrant la portière à la volée, elle se laissa tomber sur le siège et l'embrassa.

— Tu es prête ? demanda-t-il en souriant.

— Oui. Est-ce que tu vas me le dire, maintenant ?

— Non.

— Allez, Lucius, je le saurai bien quand on y sera.

— Alors, tu peux attendre encore un peu, répliqua Lucius en démarrant.

— Tu es méchant !

Elle savait qu'elle s'exprimait comme un enfant qui, le soir de Noël, n'est pas autorisé à ouvrir son cadeau avant le lendemain.

— Ce n'est pas ce que tu disais la nuit dernière.

Prenant un air offensé, elle croisa les bras sur sa poitrine et regarda par la fenêtre. Elle adorait voir Lucius détendu. Et dire qu'elle l'avait trouvé coincé, au début !

Quand elle se réveilla, il faisait nuit et la voiture était arrêtée. Lucius était dehors, en train de parler à un homme en uniforme de portier qui enlevait leurs bagages du coffre.

Lucius ouvrit la portière.

— Tu veux sortir et voir où nous sommes ?

— Très drôle !

Il sourit... Elle aimait ce visage heureux.

— Je commençais à me demander si tu étais vraiment intéressée, vu que tu as dormi pendant tout le trajet.

— Où sommes-nous ?

— Dans une station balnéaire de la côte centrale, dit-il comme si cela expliquait tout.

Une fois sortie de la voiture, Amanda regarda autour d'elle. Le bâtiment était bas et moderne, niché au milieu d'une végétation luxuriante. Tout dans cet endroit respirait le luxe, depuis les orangers en fleurs du hall jusqu'à l'hôtesse élégante qui patientait à l'accueil.

Lucius et elle furent escortés jusqu'à un bungalow, où leurs bagages avaient déjà été apportés. Il consistait en une salle de séjour spacieuse, une chambre et un patio donnant sur l'océan. Amanda ne le voyait pas, mais elle percevait le bruit des vagues.

Après le départ de l'employé, Lucius se tourna vers elle.

— Comme il est tard, nous devrions dîner ici.

— Volontiers. Lucius... Cet endroit est extraordinaire.

— J'espérais que ça te plairait. Des connaissances m'en ont parlé.

Amanda sourit... Il n'y avait amené aucune femme avant elle !

Ils dînèrent dans le patio. Malgré sa longue sieste en voiture, Amanda avait hâte de se coucher. Elle demanda à Lucius de laisser les portes du patio ouvertes, pour qu'elle puisse entendre les vagues. Ils firent l'amour lentement et tendrement, comme si Lucius lui-même voulait que cela ne s'arrête jamais.

Le samedi matin, en se réveillant, Amanda s'étira dans le lit vide. Lucius était dans le patio, une tasse de café à la main. Elle prit le temps d'admirer ses larges épaules, ses hanches minces et ses jambes musclées, comme si elle voulait conserver précieusement ce souvenir.

— Tu es réveillée depuis longtemps ? demanda-t-il en se retournant.

— Assez pour profiter de la vue.

— Qu'est-ce que tu voudrais faire, aujourd'hui ? demanda-t-il avec un sourire.

— J'ai pensé qu'on pourrait commencer par une longue promenade sur la plage et ensuite, je prendrais ton corps d'assaut.

— Ça me paraît un bon plan. Qu'est-ce que tu dirais d'une séance de massage, après cela ?

Amanda s'étira de nouveau, si bien que le drap glissa sur sa taille. Le regard enflammé de Lucius se posa sur ses seins.

Posant sa tasse sur la table de chevet, il se pencha vers elle. Le cœur d'Amanda battit la chamade, comme chaque fois qu'il manifestait son désir.

— Je propose un petit changement, dit-il. D'abord le lit et ensuite la promenade.

— Le nouveau plan comporte un petit déjeuner ?

— On verra...

Les lèvres de Lucius trouvèrent les siennes et elle lui ouvrit les bras. Cette journée s'annonçait sous des auspices encore plus merveilleux qu'elle l'avait imaginé.

On frappa à la porte. Lucius se leva d'un bond et enfila un short, puis il alla ouvrir et revint avec un plateau chargé de toasts, de fruits et de fromage. Il y avait aussi du thé et du café. De nouveau, ils mangèrent dans le patio.

— C'est merveilleux, dit Amanda. Tu me gâtes !

— C'est le but.

— Continue comme ça et je ne partirai jamais.

Pourquoi avait-elle dit cela ? Elle s'était promis de ne penser qu'à l'instant présent.

— À ce propos... Tu n'as jamais envisagé de rester au centre ? Nous avons toujours de la place pour les gens qui possèdent tes compétences.

Lucius lui demandait de rester pour des raisons professionnelles ?

— Je vais avoir la promotion que j'attends depuis longtemps, à Atlanta.

— On pourrait peut-être te faire une proposition équivalente ici.

Apparemment, il ne faisait toujours pas partie de l'équation... Amanda décida d'en avoir le cœur net :

— Dis-moi ce que tu veux, exactement.

— Tu vas me manquer, avoua Lucius avec un soupir.

Elle posa la main sur la sienne.

— Toi aussi. Mais nous nous croiserons peut-être à l'occasion de congrès. Le monde est petit, dans notre spécialité.

Elle ne pensait pas vraiment ce qu'elle disait. Mais pour

l'instant, elle voulait seulement profiter de la présence de Lucius autant qu'elle le pourrait.

Le départ tout proche d'Amanda assombrissait les pensées de Lucius, surtout quand il n'était pas avec elle. Il l'avait amenée dans cette station balnéaire pour qu'ils puissent se concentrer l'un sur l'autre et oublier le centre.

Malgré tout, il n'avait pas pu s'empêcher de lui proposer un poste. Quelque chose lui disait qu'elle avait envie de rester, alors pourquoi avait-elle écarté cette possibilité ?

Ils se rendirent au spa pour leurs massages. Lucius apprécia ce moment, surtout parce que Amanda était près de lui. Le sourire qui illuminait son visage, ensuite, valait cet effort.

— Nous dînons dehors ce soir, lui dit-il. Mets ta robe rose, ou alors allons en acheter une à la boutique.

Le visage d'Amanda rayonna de plaisir.

C'était donc *cela*, faire plaisir à une femme ! Jusqu'alors, il avait été incapable de rendre son ex-épouse ou sa sœur heureuses. Y parvenir avec Amanda lui redonnait confiance en lui.

Au moment de quitter le bungalow, il sortit l'écrin qui contenait un bracelet orné de diamants roses.

— J'ai quelque chose pour toi...

— Lucius, je n'ai besoin de rien de plus. Cette journée a été géniale. Je n'ai jamais été aussi gâtée, répliqua-t-elle en agitant sa main aux ongles manucurés et vernis.

— J'ai vu ce bijou et j'ai pensé qu'il t'irait à merveille.

Amanda poussa un cri d'admiration.

— C'est magnifique. Oh ! Lucius, tu n'aurais pas dû !

— Pourquoi pas ?

Contrairement aux autres femmes qu'il avait rencontrées, elle n'attendait pas de cadeaux de lui.

— Parce que d'habitude, je ne vais nulle part où je pourrais porter quelque chose d'aussi beau.

— Mets-le ce soir, et s'il ne te plaît pas, je le rendrai.

— Sûrement pas ! protesta-t-elle en l'embrassant. Personne ne m'a jamais offert un bijou aussi splendide.

Il lui rendit son baiser.

— Rien n'est trop beau pour toi.

Ils dînèrent dans un restaurant de la station. Remarquant qu'Amanda touchait le bracelet à plusieurs reprises, Lucius sentit son cœur se gonfler de joie.

Ils dansèrent après le dîner et lorsqu'ils rentrèrent au bungalow, il commençait à pleuvoir. Amanda ouvrit aussitôt la porte du patio.

— J'adore le bruit de la pluie.

Après avoir allumé une bougie, qu'il posa sur la table de chevet, Lucius vint derrière elle et l'enveloppa de ses bras. Elle se blottit contre lui et ils restèrent ainsi pendant un long moment. Finalement, il la déshabilla, ne lui laissant que le bracelet, puis il la porta sur le lit. Leurs regards ne se quittèrent pas pendant qu'il s'écartait pour ôter ses vêtements.

Ils firent passionnément l'amour à la lueur de la flamme vacillante et au doux son de la pluie.

Le lendemain, ils passèrent encore une matinée paresseuse ensemble, et après le petit déjeuner, ils repartirent pour Sydney. À un moment, Lucius quitta la route principale.

— Où va-t-on ? demanda Amanda.

— Tu vas voir.

— C'est encore une surprise ?

Il sourit en la voyant toucher son bracelet.

— La meilleure de toutes.

— Je n'y crois pas ! Le week-end a été parfait. Tu as été parfait, dit-elle en posant la main sur la cuisse de Lucius.

Bientôt, ils arrivèrent devant un panneau sur lequel était inscrit : Billabong Park.

— On arrive dans un zoo ? demanda Amanda.

— Oui. J'ai pensé que tu aimerais voir des animaux qui vivent en Australie, et ce qui est bien, c'est que certains d'entre eux se déplacent librement. On peut même les toucher.

— Super !

Main dans la main, ils parcoururent les allées pavées. Ils virent des oiseaux, des crocodiles, des kangourous et des serpents, mais Lucius avait gardé le meilleur pour la fin.

— Viens de ce côté, dit-il en l'entraînant vers un petit abri.

— Pourquoi ?

— Fais-moi confiance.

Elle lui pressa légèrement la main.

— Toujours.

Le mot semblait plus lourd de sens que s'il s'était seulement agi de la direction à prendre.

Une femme en uniforme sortit de la cabane, un koala dans les bras.

— Qu'il est mignon ! s'exclama Amanda.

— Vous voulez le prendre ? demanda la femme.

— Je peux ?

— Bien sûr, intervint Lucius. Tu n'avais pas dit que tu voulais en tenir un, sur la plage ?

— Tu t'en souviens ?

— Je me souviens de tout.

Elle tourna vers Lucius un visage rayonnant.

— C'est la chose la plus gentille qu'on m'ait jamais dite.

S'approchant de la femme, Amanda prit le koala dans ses mains. L'animal se percha sur son bras et posa la tête sur son épaule. Un grand sourire aux lèvres, elle le caressa en lui adressant des mots doux, après quoi elle le rendit à la femme.

Elle déposa ensuite un baiser sur la joue de Lucius.

— Tu as fait ce détour exprès pour ça. Merci.

Décidément, cette femme l'avait ensorcelé, et sa vie ne serait plus jamais pareille, après son départ.

— Le zoo était sur notre chemin, dit-il en l'embrassant sur le front.

— Dites ce que vous voulez, docteur West, mais je sais que vous êtes un type hors du commun.

Ils arrivèrent à la maison juste avant la nuit. Lucius allait se coucher quand le téléphone sonna. À l'autre bout du fil, l'infirmière l'informa qu'on avait besoin de lui au centre.

Après avoir prévenu Amanda, il gagna sa voiture en toute hâte. Debout devant l'entrée, elle le regarda partir. Il savait qu'elle attendrait son retour.

Oui, ce serait compliqué, quand elle ne serait plus là.

Il ne leur restait que cinq jours, six heures et quarante-deux minutes, à partir de maintenant…

En se réveillant, Amanda ressentit une impression étrange au niveau de l'estomac. Une question qu'elle ne cessait d'écarter la tourmentait : s'agissait-il de nausées matinales ?

Impossible ! Lucius et elle s'étaient toujours protégés.

Elle laissa échapper un gémissement. Dans le feu de l'action, ils avaient été négligents à plusieurs reprises.

Jusque-là, elle avait mis ses malaises sur le compte d'une mauvaise digestion, mais il était temps de voir la vérité en face… et de faire un test de grossesse.

Elle profita de sa pause-déjeuner pour se rendre discrètement à la réserve, tel un agent secret en mission. Elle prit deux tests, pour être certaine d'obtenir une réponse fiable.

Elle se glissa ensuite dans une salle de bains de la maternité, sans être vue. D'une main tremblante, elle déchira l'enveloppe de cellophane, puis elle relut les instructions comme si elle ne l'avait jamais fait auparavant.

Enfin, elle procéda au test… Une ligne apparut peu à peu. Le cœur serré, elle vit que le résultat était négatif, mais quelques secondes plus tard il était positif.

Elle allait avoir un bébé !

Elle aurait menti si elle avait prétendu que la nouvelle ne la remplissait pas de bonheur.

Un bébé de Lucius !

Comment allait-il réagir ? Serait-il aussi heureux qu'elle ?

Ce bébé allait sérieusement compliquer la vie d'Amanda, mais quelle joie il allait lui donner !

Aurait-il les beaux yeux bleus de Lucius ?

Afin d'être absolument sûre, elle fit un second test… Positif, lui aussi.

Maintenant, il s'agissait de savoir comment elle allait l'annoncer à Lucius. Elle soupçonnait qu'une fois le choc passé, il finirait par partager le bonheur qu'elle éprouvait.

En fin d'après-midi, elle le retrouva dans sa voiture comme d'habitude. Au début, la conversation tourna autour des cas intéressants qu'ils avaient vus, mais elle aurait voulu crier qu'elle était enceinte.

Pourtant, elle devait attendre encore…

À deux reprises, Lucius dut répéter ce qu'il lui disait, parce qu'elle ne l'écoutait pas. Une fois rentrés, ils préparèrent le dîner ensemble. C'était le moment qu'elle préférait de toute la journée. Lucius lui tenait compagnie dans la cuisine et il semblait heureux.

Pourtant, elle décida d'attendre encore.

Après le repas, il lui proposa une promenade. Main dans la main, ils marchèrent ensemble. Pour un homme qui ne s'était jamais conduit de la sorte, elle remarqua qu'il semblait apprécier de saluer ses voisins. L'espace d'un instant, elle se vit en train de pousser un landau dans ces allées.

Ils allaient se coucher, quand Lucius sortit de la salle de bains et la trouva étendue, les yeux dans le vague.

— Quelque chose ne va pas ? demanda-t-il.

Posant la main sur son ventre, elle inspira profondément et murmura :

— Je suis enceinte, Lucius.

9

Lucius la foudroya du regard.

— Comment est-ce possible ?

La question était presque risible, venant d'un médecin spécialiste de la fécondation.

— Tu es sûrement assez intelligent pour le deviner, répliqua Amanda.

— Ce n'est pas le moment de faire de l'humour, répliqua Lucius en commençant à faire les cent pas. Je sais bien sûr comment ça s'est passé, la question est de savoir *quand*.

— N'importe quel jour des trois dernières semaines…

— D'accord. Et… qu'allons-nous faire ?

— Ce n'est pas compliqué. Ce bébé va naître, je vais l'élever et l'aimer.

— Amanda, je ne crois pas que je ferais un bon père… ni un bon mari, d'ailleurs. Je suis sûr de ne pas être ce dont un enfant a besoin.

Cette fois, le malaise d'Amanda n'avait rien à voir avec sa grossesse. Ne comprenait-il pas qu'un enfant avait seulement besoin d'amour ? Elle l'avait vu avec les nourrissons, dans la nurserie, et il s'y prenait très bien. Il lui manquait juste un peu de confiance en lui.

— Si c'est ce que tu ressens, je me débrouillerai seule.

Lucius se passa les doigts dans les cheveux.

— Bien entendu, je t'aiderai financièrement.

Toujours aussi pragmatique…

— Je ne veux pas de ton argent.

— Qu'allons-nous faire, alors ?

En ce qui la concernait, il n'y avait pas de « nous ».

— Rien du tout. Je vais rentrer chez moi samedi et mon bébé naîtra huit mois plus tard.

Lucius pâlit et se remit à arpenter la pièce. Il s'immobilisa quand le téléphone d'Amanda se mit à sonner.

— Désolée, dit-elle, il faut que je décroche. Allô ? Oui, c'est Amanda. Je serai là dans un quart d'heure.

Elle raccrocha avant de se lever. Ce fut le moment que choisit son estomac pour se rappeler à son bon souvenir. S'agrippant au montant du lit, elle parvint à maintenir son équilibre.

Lucius se précipita vers elle.

— Tu vas bien ?

Elle leva la main.

— Je me suis levée trop vite, c'est tout. Je dois aller au centre. Le Dr Johannsson a pris un congé et elle n'est pas en ville. Le Dr Theodore était de garde, mais il a eu un léger accident de voiture et on ignore quand il pourra venir. Le Dr Maxwell est en route, mais une patiente qui attendait des triplés a choisi d'avoir des problèmes maintenant. Je dois l'examiner et j'aurai peut-être besoin de toi.

Un instant plus tard, ils roulaient en direction du centre. Les mains crispées sur le volant, Lucius jeta un coup d'œil à Amanda. Elle parlait au téléphone, une main posée sur son ventre. Elle protégeait déjà instinctivement son enfant.

Il savait qu'il n'avait pas été à la hauteur, durant les trente dernières minutes. Il n'arrivait pas à se voir en père, mais maintenant que l'idée avait fait son chemin, il éprouvait une sorte de fierté.

Amanda serait une excellente mère, mais ses propres parents ne lui avaient rien transmis dans ce domaine. Son père avait son travail et sa mère, ses livres. Kirri et lui avaient grandi seuls.

Il n'avait même pas été un bon mari !

En revanche, il pourrait s'assurer qu'Amanda et son enfant ne manquent de rien, qu'elle soit d'accord ou non.

Ils franchirent les portes de la maternité une demi-heure plus tard. Gagnant directement le vestiaire, ils se mirent en tenue.

Pendant tout le trajet, Amanda n'avait pas cessé de parler au téléphone avec les infirmières qui se trouvaient dans la salle d'accouchement. Apparemment, la situation avait empiré.

Pendant qu'ils se lavaient les mains, Amanda annonça :

— Le Dr Maxwell ne sera pas là avant une demi-heure. La patiente montre des signes de pré-éclampsie. L'un des bébés est déjà en détresse. Tu vas devoir faire une césarienne, parce que sinon, il ne s'en sortira pas. Même ainsi, ce n'est pas sûr. La mère est déjà en route pour le bloc. Je te retrouve là-bas, ajouta-t-elle en poussant les portes battantes d'un coup de hanche.

Quand Lucius arriva au bloc, des infirmières posaient un drap stérile sur la patiente. Les écrans clignotaient et les trois moniteurs de fréquence cardiaque émettaient leur bruit familier.

Amanda auscultait l'abdomen de la patiente et, à en juger par ses lèvres pincées, le pronostic n'était pas excellent.

Lucius adressa un signe de tête au mari, qui se tenait près de son épouse, dont il serrait la main, le visage crispé par la peur.

— Je suis désolé, monsieur, mais vous allez devoir sortir. Dès que les bébés seront nés et que l'état de votre femme sera stabilisé, vous pourrez revenir.

Visiblement soulagé, l'homme quitta le bloc.

Dès qu'Amanda eut terminé son examen, il prit un scalpel.

— Je vais faire l'incision et je m'occuperai de la patiente pendant que tu prendras en charge les bébés, dit-il à Amanda.

— D'accord. Je vais prendre en premier celui qui est en détresse.

Lucius se mit au travail. Moins de cinq minutes plus tard, Amanda tendit à une infirmière un nourrisson tout bleu. Lucius sortit le suivant et le passa à Amanda, qui le remit à une autre infirmière. Ce fut plus difficile pour le dernier et Lucius dut manœuvrer pour le sortir. Après qu'Amanda s'en fut emparée, l'un des moniteurs se mit à biper.

— La tension artérielle baisse, annonça l'infirmière de bloc.

— Amanda, je vais avoir besoin de toi.

Il devait stopper l'hémorragie, sinon cette femme allait mourir.

Elle obtempéra immédiatement.

— Retire le placenta pendant que je commence le massage.

Il fallait faire ce dont l'utérus était incapable. En cas d'atonie utérine, les saignements pouvaient être très importants et engager le pronostic vital.

Amanda fit ce qu'il lui avait demandé, puis elle pressa sur le ventre de la mère.

— La tension remonte, annonça une infirmière.

L'hémorragie avait diminué, mais elle n'était pas entièrement stoppée.

— Continue, dit Lucius. On n'arrête pas tant qu'elle continue de saigner. Je veux deux unités de sang, tout de suite !

Amanda prit les deux poches des mains de l'infirmière. Très rapidement, elle perça la première avec le dispositif à perfusion, puis elle purgea et connecta le composant sanguin à la voie veineuse.

Au bout d'un temps qui parut trop long à Lucius, l'infirmière annonça :

— Les constantes sont stables.

Aussitôt, la tension, dans ses épaules, se relâcha.

— Je vais parler au père, dit-il. Il doit avoir besoin d'un valium, maintenant.

À sa place, il en aurait eu besoin, en tout cas. Son cœur se serra : il ne serait pas auprès d'Amanda, quand elle accoucherait. Il espérait seulement que quelqu'un d'aussi investi qu'elle l'assisterait.

Une demi-heure plus tard, le Dr Maxwell arriva finalement et Lucius se mit en quête d'Amanda. Il la trouva dans la nurserie, en train de bercer l'un des bébés qui venaient de naître. Elle le regardait, le visage empreint d'une expression angélique. Il était certain qu'elle aurait la même, quand leur bébé viendrait au monde, mais il ne verrait ni l'un ni l'autre.

— Tu es prête à rentrer, Amanda ?

Son cœur cessa une seconde de battre, car elle ne le regarda pas.

— Je te rejoins dans la voiture, dit-elle.

— D'accord.

Il s'éloigna, conscient qu'une conversation difficile l'attendait. Mais il n'avait pas changé d'avis et il devinait qu'Amanda non plus.

Cela faisait longtemps qu'Amanda ne s'était pas sentie aussi fatiguée. Cette grossesse pompait déjà toute son énergie. Tout ce qu'elle voulait, c'était prendre une douche chaude et se coucher.

En rentrant dans la maison, elle se dirigea vers la chambre d'amis.

— Bonne nuit, dit-elle. Ne te gêne pas pour aller seul au centre, demain, je prendrai un taxi.

Lucius ne répondit pas.

Le lendemain matin, le soleil brillait dans le ciel lorsqu'elle s'éveilla. Debout devant la fenêtre, elle contempla un instant le port, qui bourdonnait déjà d'activité. Cette vue allait lui manquer, mais pas autant que Lucius.

Elle soupira. Les quatre prochains jours, elle s'efforcerait d'accumuler de bons souvenirs.

Les larmes lui montèrent aux yeux, mais elle battit des paupières pour les chasser. Lucius était-il encore dans la maison ? Elle n'était pas prête à le voir. Elle risquait de le supplier… de quoi ? De lui permettre de rester pour qu'ils trouvent une solution ?

Posant les yeux sur la table de chevet, elle vit des biscuits et une boisson gazeuse. Elle sourit tristement. Même quand rien n'allait entre eux, Lucius se préoccupait d'elle.

En allant à la salle de bains, elle remarqua un creux, sur l'oreiller. Avait-il dormi là, cette nuit ?

Une heure plus tard, au centre, elle frappa à la porte de son bureau, puisque sa secrétaire n'était pas assise derrière sa table.

— Entrez.

Lucius parut surpris en la voyant, mais il ne bougea pas.

— Je voulais te dire que j'ai retenu une chambre d'hôtel, pour ce soir.

Il parut accablé, comme s'il n'avait jamais envisagé cette possibilité.

— Je voudrais que tu annules, dit-il. Il ne te reste que quelques jours et je suppose que nous pourrons supporter de rester sous le même toit.

Se levant, il contourna le bureau et vint vers elle, les mains tendues.

— Amanda, je voudrais que nous restions amis. Après tout, nous allons avoir un enfant.

— Moi aussi, mais je ne veux pas que tu te sentes mal à l'aise dans ta propre maison.

Elle n'avait pas envie de s'en aller, bien sûr ! Si cela n'avait tenu qu'à elle, elle serait restée auprès de lui toute sa vie.

— Ce ne sera pas le cas.

— Très bien. Merci.

Il ouvrit la bouche, comme pour dire quelque chose, puis il se ravisa. Pourtant, après un bref silence, il demanda :

— Tu veux bien qu'on parle, ce soir ?

— Bien sûr.

Mais elle appréhendait cette conversation, sachant qu'elle n'accepterait rien de moins que l'amour de Lucius.

Le soir, après le dîner, Lucius se surprit en train d'arpenter la salle de séjour, comme un lion en cage. Il voulait trouver un compromis qui puisse leur convenir à tous les deux, mais jusqu'à maintenant, Amanda avait repoussé toutes ses propositions.

Pour l'instant, elle était assise sur le canapé et elle n'avait pas modifié ses projets d'un pouce. Elle voulait quelque chose qu'il était incapable de lui donner. À force de l'arpenter, il allait finir par creuser un sillon dans le parquet !

— Reste ! insista-t-il. Tu te plais, ici. Je partagerai ma vue avec toi aussi longtemps que tu le voudras et on créera un poste pour toi, au centre.

— C'est tout ce que tu as à m'offrir ?

— Je ne comprends pas ce que tu veux dire.

— Ça ne m'étonne pas, dit-elle en souriant tristement. Ça ne peut pas marcher, entre nous. Tu es désolé, pour le bébé, et tu te sens responsable. Alors que moi, je n'avais pas prévu cette grossesse, mais j'en suis très heureuse. Ne t'inquiète pas, Lucius, tout ira très bien.

Sans lui ?

Elle ne lui aurait pas fait plus mal si elle lui avait donné un coup de poing.

— Je t'avertirai, quand il sera né.

— Par mail ou par SMS ? demanda-t-il sèchement.

Le visage d'Amanda se crispa.

— Je t'appellerai à la minute même où j'en serai capable, dit-elle d'une voix neutre. Je ne te cacherai jamais rien, à propos de notre enfant. Si je l'avais voulu, je ne t'aurais pas dit que j'étais enceinte.

Lucius eut l'impression que son cœur était pris dans un étau. Il ne se croyait pas du bois dont on fait les maris ou les pères, mais il voulait connaître son enfant.

Il attendit qu'Amanda lève les yeux vers lui.

— Tu ne peux pas m'écarter de lui. Lui ou elle doit connaître son père.

— Je ne ferais jamais ça.

— J'en suis sûr, mais je n'arrive plus à réfléchir.

Elle tendit la main vers lui sans le toucher.

— Tu le verras autant que tu le voudras.

— Je voudrais que tu reconsidères ta position et l'éventualité de t'installer ici.

Elle lui lança un regard suppliant.

— Tu ne peux pas tout contrôler, Lucius.

Il se leva d'un bond.

— Ce n'est pas mon intention !

— Tu contrôles le centre, ton travail. Tu as essayé de contrôler Kirri, mais elle s'est échappée et pour cela, il a fallu qu'elle aille à Atlanta. Tu t'efforces même de contrôler tes émotions.

Il sursauta, comme si elle l'avait frappé.

— Ton enfance avec ton père a affecté ta vision du monde, poursuivit Amanda, et elle est parfois déformée. Ton mariage a échoué, alors qu'on t'avait martelé que l'échec n'était pas envisageable. Mais il arrive qu'on ne puisse pas maîtriser les événements de notre vie.

Lucius la fixait, les mains sur les hanches.

— Tu penses que nous devrions nous marier, c'est ça ? Si cela peut te dissuader de partir, je suis prêt.

Se levant à son tour, Amanda se dirigea vers la fenêtre, les épaules légèrement voûtées.

— C'est une proposition que n'importe quelle femme voudrait entendre. Merci, Lucius, mais non merci !

— Désolé, je fais tout de travers.

Amanda secoua la tête, sans le regarder.

— Je ne crois pas que tu saches suffisamment ce que tu veux pour t'impliquer auprès du bébé ou auprès de moi.

Cela sonnait comme un verdict final.

— Ne fais pas de psychanalyse sauvage, tu veux bien ?

Amanda se tourna vers lui.

— Je te dis seulement les choses comme je les ressens. Je t'avertirai quand le bébé sera né et tu pourras le voir à ta guise. Il faut que tu réfléchisses à la façon dont tu souhaites t'impliquer. Tu seras peut-être surpris, quand tu réaliseras que tu *es* du bois dont on fait les pères. C'est quelque chose que je sais déjà.

— Comment ça ?

— Je te l'ai déjà dit. Je t'ai vu faire, à la nurserie. Tu sais quoi ? Ton secret est dévoilé : tu es un grand sentimental.

— Ça ne veut rien dire.

— Mais c'est un bon début. Nous n'avions pas projeté d'avoir un enfant, mais pour moi, ce n'est pas une erreur. Je l'aime déjà, c'est pourquoi je ne peux pas rester ici, être ta maîtresse et occuper le poste que tu créeras pour moi. J'ai aussi ma fierté, Lucius.

— Un peu trop. Tu t'es trop habituée à ton indépendance pour envisager d'accepter mon aide. Tu es persuadée que soit les hommes sont incapables de te donner ce dont tu as besoin, soit ils te déçoivent. Alors tu ne les laisses jamais approcher assez pour les laisser te prouver que tu te trompes.

— Ce n'est pas...

— Tu penses que nous sommes tous comme ton beau-père et tu nous repousses parce que tu es certaine que, de toute façon, nous t'abandonnerons.

— C'est faux !

— C'est ce que tu fais, maintenant. Tu t'en vas, sans même examiner d'autres options. Reste un peu, et nous verrons si nous trouvons une solution qui n'implique pas que le bébé et toi soyez à des milliers de kilomètres de moi.

— Est-ce que tu me le demanderais, si je n'étais pas enceinte ? Notre relation devait être de courte durée, tu te rappelles ?

— Nous en revenons au mariage, non ?

— Je n'en ai jamais parlé. C'est toi qui mets le sujet sur la table, mais là encore, tu ne l'aurais jamais envisagé s'il n'y avait pas le bébé.

La tête haute, elle se dirigea vers la chambre d'amis.

— Nous avons assez discuté pour aujourd'hui. Bonne nuit.

Interdit, Lucius la regarda s'éloigner. Il aurait voulu la suivre, mais ce n'était pas le moment. Il devait réfléchir et quelques longueurs de bassin lui feraient le plus grand bien.

Étendue dans sa chambre, Amanda entendait Lucius nager sans relâche dans la piscine. On aurait dit qu'il s'agissait pour lui d'une question de vie ou de mort.

Pourquoi ne comprenait-il pas qu'elle avait tenté de lui dire quelque chose d'important ? Qu'elle voulait son amour, et rien d'autre ? Qu'elle ne resterait pas à Sydney juste pour faire évoluer sa carrière ?

Pour un homme aussi intelligent, il manquait singulièrement de perspicacité.

Tout à coup, la porte de la chambre s'ouvrit doucement. Quelques secondes plus tard, le matelas se creusa auprès d'elle et Lucius la prit dans ses bras.

— Lucius...

— Chut. Endors-toi.

Il l'attira contre lui et elle posa la tête sur son épaule. Elle s'attendait à ce qu'ils fassent l'amour, mais il n'en fut rien. Il avait placé une nouvelle rangée de briques sur le mur qu'il érigeait entre elle et lui.

Elle ferma les yeux, mais fut longue à trouver le sommeil.

Lorsqu'elle se réveilla, le lendemain matin, Lucius n'était plus dans le lit. Il y avait des biscuits et une boisson gazeuse sur la table de chevet.

Après s'être préparée pour aller au travail, Amanda rejoignit Lucius dans la cuisine. L'air aussi malheureux qu'elle, il regardait dans le vide, une tasse de café à la main. Ses cheveux étaient en bataille, comme s'il y avait passé les doigts à maintes reprises. Elle brûlait d'envie de les lisser, mais elle n'était pas certaine qu'il le lui permettrait.

— Merci pour les biscuits, dit-elle en souriant faiblement.

— De rien. Je déteste que tu te sentes mal.

Les yeux bleus de Lucius avaient perdu leur éclat, et elle *détestait* cela.

Le reste de la journée se déroula sur le même mode. Ils se comportaient en colocataires, avec cette barrière, entre eux, qui lui semblait de plus en plus haute.

Plus d'une fois, Amanda se demanda si elle avait raison de partir. Après tout, Lucius lui offrait tout ce qu'elle pouvait désirer... à part son amour.

Mais s'il décidait un jour qu'il ne voulait plus d'elle ? Dans l'intervalle, leur enfant et lui auraient tissé un lien très fort et elle ne pourrait plus repartir aux États-Unis.

Le vendredi, elle se sentit vraiment mal, et cela n'avait rien à voir avec sa grossesse. Le lendemain, elle allait prendre l'avion, sortir de la vie de Lucius et de ses bras.

Elle continua pourtant de travailler comme d'habitude, souriant quand il le fallait et tenant les propos appropriés, en vraie professionnelle.

Ce soir-là, le personnel avait organisé pour elle un pot de départ. Elle jeta un coup d'œil à Lucius. Il avait passé la dernière heure à la surveiller du regard, un verre à la main.

Tous les autres membres du personnel lui parlaient et elle en embrassa plusieurs. Elle promit à quelques-uns de rester en contact, tout en sachant qu'elle ne le ferait pas. Si elle voulait survivre, il lui faudrait tirer un trait sur cet épisode de sa vie.

Quand l'un des hommes la serra dans ses bras, elle remarqua que Lucius se raidissait. L'espace d'un instant, elle craignit qu'il ne vienne saisir le collègue par l'épaule pour le jeter loin d'elle. Rompant rapidement l'étreinte, elle se tourna vers quelqu'un d'autre.

Après la fête, Lucius l'aida à porter ses cadeaux dans la voiture.

— On dirait que tu as fait forte impression sur le personnel, dit-il.

— S'il te plaît, Lucius... C'est assez difficile comme ça.

Le trajet fut silencieux. Une fois arrivés dans le hall d'entrée, ils prirent deux directions différentes sans échanger un mot.

Amanda boucla sa valise, puis elle dîna. Dehors, Lucius faisait des longueurs de bassin.

Après sa douche, elle se mit au lit et resta allongée dans le noir. Lucius la rejoindrait-il, cette nuit ?

Son cœur battit la chamade quand la porte s'ouvrit. Un instant plus tard, il la prenait dans ses bras. Se tournant vers lui, elle caressa sa poitrine.

— Lucius, j'ai besoin que tu m'aimes.

C'était l'invitation que Lucius semblait attendre, puisque sa bouche trouva aussitôt la sienne. Mais ce qu'elle voulait, c'était un amour qui vienne de son cœur, pas seulement de son corps.

Il ne comprenait toujours pas... ou il ne le voulait pas.

Le lendemain matin, Lucius la conduisit à l'aéroport. Là encore, ils se turent pendant le trajet. Tout avait déjà été dit.

Elle insista pour qu'il la laisse devant le dépose-minute. Il sortit sa valise du coffre et la posa près d'elle. Leurs regards se croisèrent. Voyait-il le chagrin et la déception, dans ses yeux ?

Amanda eut le sentiment qu'elle étouffait, comme si elle avait tout le poids du monde sur la poitrine.

— Au revoir, Amanda. Je vais attendre ton appel.

La voix de Lucius n'exprimait aucune émotion, comme s'ils étaient déjà devenus des étrangers l'un pour l'autre.

— Au revoir, Lucius. Je te souhaite tout le bonheur du monde.

Et tandis que son cœur explosait en un million de morceaux, elle lui tourna le dos.

10

Au prix d'un énorme effort, Amanda empoigna sa valise et se dirigea vers les portes de l'aéroport. Toutes les fibres de son corps lui criaient de faire volte-face pour courir dans les bras de Lucius... Sauf qu'il ne les lui ouvrirait pas.

Elle savait qu'il se souciait d'elle et du bébé, mais c'est de son amour qu'elle avait besoin. Elle croyait même qu'il l'aimait à sa façon, mais il était incapable de le lui dire. Le comprendrait-il un jour ? Rien n'était moins sûr...

Au moment de l'embarquement, elle apprit qu'elle avait été surclassée. Du coup, son siège serait transformable en couchette. Elle ne doutait pas que Lucius soit à l'origine de cet arrangement. Il continuait de prendre soin d'elle à distance.

Elle parvint à réprimer ses larmes jusqu'à ce qu'elle soit installée dans l'avion. Ensuite, elle les laissa couler. Elle avait trouvé un vrai foyer et des amis, à Sydney. Ses collègues l'avaient même suppliée de rester. Elle leur avait promis de revenir, si elle en avait l'occasion, mais en réalité, ce serait trop douloureux.

Pendant le vol, plusieurs personnes lui jetèrent des regards inquiets. L'hôtesse lui demanda même si elle allait bien. Tout en essuyant ses larmes, elle lui assura que oui.

Épuisée, elle finit par s'endormir. Et quand elle se réveilla, il y avait des biscuits et une boisson gazeuse posés près d'elle. Lucius devait avoir donné des instructions...

Après l'atterrissage, elle prit un taxi pour rentrer chez elle. Il lui semblait être partie plusieurs années, et non quelques semaines.

Bizarrement, c'était comme si son vrai foyer se trouvait à Sydney, désormais.

Assise sur son canapé, elle prit un coussin qu'elle serra contre sa poitrine. Elle avait dû laisser chez Lucius ceux qu'elle avait achetés. Est-ce qu'il les jetterait, après son départ ?

Elle avait pensé lui rendre le bracelet, mais finalement, elle en avait été incapable. Plus tard, elle le donnerait à sa fille, si elle en avait une. Et si c'était un fils, le bijou irait à son épouse.

Elle allait devoir se ressaisir, et vite ! Elle avait du courrier en retard, des courses à faire et une valise à vider. Elle devait aussi appeler sa famille.

Se complaire dans son chagrin ne servirait à rien.

Le lundi matin, Amanda se présenta au cinquième étage du centre médical et entra dans la maternité. La première personne qu'elle croisa fut Kirri West... maintenant Kirri Sawyer.

Elle n'avait pas anticipé cette rencontre avec la sœur de Lucius. L'estomac retourné, elle s'agrippa au comptoir de la station centrale.

— Eh ! Viens t'asseoir, dit Kirri en lui prenant le bras pour l'entraîner dans une salle d'examen. Tu te sens bien ? Je n'ai pas l'habitude que les gens tombent dans les pommes à ma vue.

Kirri était une très belle femme et Amanda était certaine que beaucoup d'hommes se retournaient sur son passage, du moins quand son mari, le Dr Ty Sawyer, n'était pas là.

— Un bassin !

Kirri lui tendit aussitôt une cuvette de plastique. Puis elle attendit qu'Amanda aille mieux pour lui demander :

— Tu nous as rapporté une sale bactérie d'Australie ?

Amanda n'était pas prête à lui dire qu'elle portait l'enfant de son frère. C'était à Lucius de le faire.

— Je vais bien, affirma-t-elle. J'avais peur que personne ne remarque mon retour, alors j'ai imaginé cette petite scène.

— Je peux t'assurer qu'on a tous remarqué que tu étais partie et on a de la chance que tu reviennes. Il paraît qu'ils voulaient te garder, à Sydney. Je veux que tu me racontes tout !

Par bonheur, le téléphone de Kirri se mit à sonner, dispensant Amanda de lui répondre.

— Je dois partir, dit son amie. Tu devrais manger quelque chose et y aller doucement, aujourd'hui, jusqu'à ce que ton organisme soit de nouveau adapté au fuseau horaire d'Atlanta.

— D'accord.

Au grand soulagement d'Amanda, Kirri s'éloigna rapidement. Elle prit quelques minutes pour récupérer, puis elle se mit au travail.

Le lendemain matin, Amanda se leva de bonne heure pour boire et manger quelque chose. Dans la journée, elle s'arrangea pour éviter Kirri et quand les gens lui posaient des questions sur l'Australie, elle se lançait dans un exposé aussi bref qu'élogieux.

Mais un jour, de bonne heure le matin, Kirri intervint dans un accouchement dont Amanda assurait le déroulement. Par malchance, son estomac décida de se manifester.

— Excusez-moi ! lança-t-elle avant de se précipiter vers la porte.

Quelques minutes plus tard, Kirri la rejoignit dans le vestiaire. Assise sur un banc, Amanda venait de sortir des toilettes et elle gémit en voyant son amie.

— Je commence à croire que je te rends malade, dit Kirri, ou bien qu'il te faudrait faire quelques analyses.

— Pas besoin. Je sais ce que j'ai.

— Tu veux m'en parler ?

— Je suis enceinte.

— Je suppose que ça s'est passé à Sydney. C'est quelqu'un que je connais ?

— Oui, assez bien, puisque c'est ton frère.

Kirri poussa un cri strident, puis, le choc passé, se mit à applaudir frénétiquement.

— Je vais être tatie ! Au téléphone, Lucius m'a dit que tu étais une infirmière exceptionnelle et brillante. De sa part, c'est un énorme compliment. Mais je ne savais pas qu'il s'était passé quelque chose entre vous. Il sait, pour le bébé ?

— Je le lui ai dit dès que je l'ai su, peu de jours avant mon départ, répliqua Amanda en fixant le sol.

— Et il t'a laissée partir ?

— Il ne voulait pas, mais il n'a pas dit le mot magique.

— Ça ne me surprend pas.

— J'aimerais autant que les autres ne soient pas au courant... Et je te serais reconnaissante de ne pas en discuter avec Lucius.

Kirri posa une main sur l'épaule d'Amanda.

— Tu l'aimes, non ?

— Énormément.

Elles ne parlèrent plus pendant quelques instants.

— Je ne lui dirai rien aussi longtemps que je le pourrai. Après tout, il s'agit de mon futur neveu ou de ma future nièce, et j'ai le droit de donner mon avis, surtout si les parents sont trop têtus pour mettre les choses au point.

Kirri pressa légèrement l'épaule d'Amanda avant de poursuivre :

— Quand Lucius aime, c'est profond et absolu. Il protégerait ceux qu'il aime jusqu'à la mort. Le problème, c'est qu'il n'exprime cet amour qu'à travers ses actes. Parfois, il m'est arrivé de faire la moitié du chemin, dans sa direction.

Le week-end suivant, Amanda retrouva sa mère dans un café situé dans Virginia Highland. C'était l'un des quartiers préférés d'Amanda. Les immeubles anciens avaient été rénovés et il y régnait une atmosphère amicale qui la détendait.

À sa vue, sa mère se leva et l'embrassa.

— Je suis si contente de te voir, ma chérie ! Comment s'est passé ton séjour en Australie ?

Cette simple question suffit à faire monter les larmes aux yeux d'Amanda.

— Assieds-toi, et raconte-moi.

Amanda obéit, et ensuite, elle se sentit mieux.

— Si je comprends bien, dit enfin sa mère en souriant, je vais être grand-mère ?

— On le dirait bien, répondit Amanda en posant une fois de plus la main sur son ventre.

Elles avaient fini leur repas, lorsqu'elle posa la question qui la tourmentait depuis si longtemps :

— Pourquoi mon beau-père ne m'a jamais aimée ?

Sa mère lui jeta un regard triste.

— Je suis désolée que tu aies eu cette impression. C'est en partie ma faute... Il t'aime vraiment, mais il n'a pas su te le montrer. Tu as pensé qu'il ne te traitait pas comme ton frère et ta sœur, mais le fossé n'était pas aussi large que tu l'imaginais. Il y a eu une époque, quand tu étais petite, où tu grimpais sur ses genoux, et vous étiez très proches. Et puis un jour, comme si une lumière s'était éteinte, tu l'as repoussé. Ensuite, la distance n'a cessé de grandir. Au début, il a essayé de se réconcilier avec toi, mais ça n'a pas marché.

— Je vous ai entendus vous disputer, au sujet de ma robe, pour le bal de la promo. Il ne voulait pas l'acheter.

— Il voulait en prendre une plus chère et je lui disais que nous n'avions pas les moyens.

— C'est vrai ?

— Bien sûr que oui !

— Maman, tu aurais dû me prendre à part et m'expliquer la situation.

— Nous avons cru que ton attitude était normale, pour une adolescente. Tu as toujours été très déterminée et on avait du mal à te faire changer d'avis, une fois que tu avais une idée en tête. Il nous restait à attendre que tu voies les choses différemment.

— Comme maintenant ?

Sa mère haussa les épaules. Amanda n'aurait pas pu être plus honteuse ou déçue d'elle-même.

— Tu penses qu'il acceptera mes excuses ?

— J'en suis sûre, ma chérie. Il n'est jamais trop tard pour dire à quelqu'un qu'on est désolé.

Le soir, dans son lit, Amanda évoqua le visage de Lucius, lorsqu'elle l'avait laissé devant la porte de l'aéroport. S'était-elle comportée envers lui comme avec son beau-père ? En jugeant la situation de son propre point de vue, en négligeant les arguments et les sentiments de Lucius ?

Un sanglot lui échappa.

Il devait la haïr. Elle était partie, enceinte de leur enfant, ne lui promettant rien de plus qu'un coup de fil après l'accouchement.

Qui était-elle vraiment, pour quitter de cette façon l'homme qu'elle aimait ?

Elle aurait pu lui accorder quelques semaines, le temps qu'il parvienne à formuler ce qu'il ressentait. Mais elle avait préféré camper sur ses positions.

Est-ce que Lucius accepterait ses excuses ?

Si elle en croyait Kirri, Lucius montrait son amour par des actes plutôt qu'avec des mots. En ce cas, il était clair qu'il éprouvait des sentiments à son égard.

Simplement, il n'avait pas pu, pas su les exprimer.

Il avait peut-être raison, quand il avait évoqué sa peur de l'abandon pour expliquer le fait qu'elle n'avait jamais laissé aucune chance à un homme.

Mais c'était terminé, désormais ! Elle irait chercher ce qu'elle voulait… Lucius, un père pour son enfant et l'occasion unique de trouver le bonheur.

En quittant l'aéroport, Lucius était persuadé que laisser Amanda partir était la seule chose à faire. Il n'était pas l'homme qu'elle méritait, pas plus que le père qu'il fallait pour leur enfant.

En rentrant chez lui, il n'alla pas plus loin que la porte de la chambre d'amis. Dégoûté de lui-même, il fixa le lit. Chaque nuit, il était venu à elle, tel un drogué qui a besoin de sa dose. Ils avaient fait l'amour pour la dernière fois avec tendresse et maintenant, ce lit le narguait.

Les deux coussins d'Amanda étaient toujours là. D'une certaine façon, ils prouvaient que la rupture était définitive. Elle les avait laissés derrière elle tout comme elle l'avait laissé, lui.

Faisant volte-face, Lucius sortit de la maison et monta dans sa voiture. Il roula encore et encore. La destination importait peu, puisque ce qu'il voulait désespérément, c'était oublier.

Il faisait nuit lorsqu'il s'arrêta devant un petit hôtel, en bordure de l'autoroute. Il n'avait pas le courage de rentrer chez lui ce soir, et il craignait fort d'éprouver la même débâcle des sentiments une fois arrivé au centre.

Il devait pourtant reprendre le cours de sa vie. Il avait un métier à exercer, des recherches à poursuivre… Il avait le week-end pour se remettre.

Le lendemain soir, il retourna chez lui. Cette fois, il ferma la porte de la chambre d'amis, puis il gagna son bureau et lut ses mails avec l'espoir qu'il y en aurait un d'Amanda.

Peine perdue.

Par bonheur, la semaine suivante fut surchargée. Il parvint même à passer quelques heures sans penser à Amanda, quand il recevait des patientes. En revanche, il n'y arrivait pas quand il se retrouvait seul au laboratoire.

Un jour, il abandonna la lutte, complètement dégoûté.

Ça ne pouvait plus durer.

Les membres de son personnel commençaient à le regarder bizarrement et ils chuchotaient dans son dos quand ils le croyaient ailleurs. Certains semblaient avoir peur de l'approcher.

D'une certaine façon, il se faisait peur à lui-même. Il mangeait, il dormait sur un canapé ou dans une chambre d'amis… Du moins quand il dormait. Il redoutait d'aller au travail et il détestait rentrer chez lui.

Le week-end suivant, il décida de rendre visite à son père. Tout valait mieux que de rester seul à se morfondre. De toute façon, il allait le voir par devoir, non par amour.

Le dimanche matin, il conduisit pendant une heure et demie avant d'arriver à la maison de retraite luxueuse où vivait son père. L'homme qui avait été un personnage exigeant était amoindri physiquement, mais son esprit restait alerte.

Quand Lucius entra dans la chambre, il trouva son père adossé à ses oreillers, les yeux fermés. Le volume de la télévision était bas, comme si ce n'était qu'un fond sonore.

— Bonjour, père.

Le vieil homme ouvrit les yeux.

— Lucius.

— Comment allez-vous ?

— Comme d'habitude. Je suis coincé ici.

Jusqu'à cet instant, Lucius n'avait pas réalisé qu'il était venu dans un but précis.

— Est-ce que vous avez aimé ma mère ? demanda-t-il.

Son père battit des paupières et posa ses yeux délavés sur lui.

— Pas comme j'aurais dû.

— Pourquoi ?

— Parce que je n'ai pas su être un bon médecin, un bon mari et un bon père en même temps. C'est mon plus grand regret.

Cette constatation fut comme un coup de poing dans la poitrine de Lucius.

— En tant que médecin, j'ai accompli de grandes choses, poursuivit son père, mais dans le même temps, j'ai négligé ma femme et mes enfants. Et quand je l'ai compris, il était trop tard. Ta mère était dans son propre monde, tu étais un homme, et Kirri...

Il secoua la tête en soupirant.

Lucius fixait son père. Il n'aurait jamais imaginé avoir cette conversation avec lui un jour.

— Le travail ne tient pas chaud la nuit, reprit ce dernier. Il ne te sourit pas le matin et il ne te rend pas visite quand tu es devenu vieux, murmura-t-il avant de se réfugier dans une bienfaisante somnolence.

Lucius resta un instant assis, réfléchissant à ce que son père venait de lui dire. Les fondations de sa vie venaient de s'effondrer.

Avait-il marché sur les pas de son père ? Pas seulement sur le plan professionnel, mais aussi dans sa vie privée, au point de repousser Amanda et leur bébé ?

Et si elle rencontrait un autre homme qui deviendrait son amant et le père de l'enfant ? À cette pensée, Lucius serra si fort les bras de son fauteuil que ses jointures blanchirent. C'était à lui de les protéger tous les deux, or elle se trouvait à des milliers de kilomètres parce qu'il était incapable de lui dire qu'il l'aimait !

La dernière nuit, elle lui avait demandé de l'aimer. Elle avait besoin de l'entendre dire combien elle était désirée et précieuse à ses yeux... et pas seulement physiquement.

Amanda était sa chance d'un amour vrai.

Et que lui avait-il proposé ? De changer de pays, d'abandonner le poste pour lequel elle avait travaillé si dur, de dormir dans son lit sans qu'il ne lui promette rien, et d'abandonner toute fierté !

Quel genre de fou égoïste se comportait de cette façon ?

Il voulait reconstruire sa vie avec Amanda à son côté.

Étendue sur la table d'examen, Amanda se préparait pour sa première consultation prénatale avec une excitation teintée de tristesse. Si la situation avait été différente, elle aurait partagé cet instant avec Lucius.

Elle ne doutait pas qu'il serait un père attentif et elle avait bien l'intention de lui en donner l'occasion. Dans deux jours, elle prendrait l'avion pour l'Australie et elle accepterait sa proposition de travail.

Il ne méritait pas que son enfant soit élevé aussi loin de lui. Si Lucius la voulait dans sa maison et dans son lit, elle était d'accord, maintenant qu'elle avait compris qu'il manifestait son amour par des actes.

À la fin de l'examen, l'obstétricienne déclara :

— Tu peux prendre l'avion. Je sais que tu bénéficieras des meilleurs soins, en Australie, mais tu vas nous manquer. Habille-toi pendant que je remplis ton dossier.

Percevant des éclats de voix, dans le couloir, Amanda se tourna vers la porte.

— Tu veux que j'inscrive le nom du père ? demanda le médecin.

Juste à cet instant, la porte s'ouvrit à la volée et Lucius fit une entrée fracassante.

— Oui, elle le veut ! Docteur Lucius West.

— Lucius ! s'exclama Amanda, le cœur battant.

S'approchant d'elle, il lui prit la main.

— Comment va-t-elle ? demanda-t-il à l'obstétricienne.

Celle-ci souriait largement.

— Je suis ravie de faire enfin votre connaissance, docteur West.

Lucius hocha la tête sans quitter Amanda des yeux, comme s'il ne pouvait pas se lasser de l'admirer. C'était une impression très agréable.

— Elle va très bien, continua le médecin, et elle est prête à prendre l'avion.

— Vous en êtes sûre ? Prendre l'avion ?

Le visage de Lucius exprimait le plus grand trouble.

— J'ai fini, Amanda, dit l'obstétricienne. Tu peux te rhabiller.

Une fois l'obstétricienne partie, Amanda s'assit sur le bord de la table. Elle avait besoin de ses vêtements, pour soutenir la conversation qui allait suivre.

— Qu'est-ce que tu fais là ? demanda-t-elle.

Lucius lui offrit sa main pour l'aider à descendre. Dès qu'elle fut par terre, elle fila derrière le rideau.

— Pourquoi es-tu là ? demanda-t-elle de nouveau.

— À cause de mon cœur.

Elle craignit aussitôt qu'il soit malade.

— Qu'est-ce qu'il a, ton cœur ?

— Tu le possèdes. Je ne peux pas respirer, penser, travailler ou vivre sans toi.

Le souffle coupé, Amanda ne répondit pas. Est-ce qu'il voulait vraiment dire ce qu'elle espérait ?

— Tu n'es toujours pas habillée ? demanda Lucius.

— Pas complètement.

— Je te préfère déshabillée, de toute façon, dit-il en écartant le rideau et en l'embrassant comme s'il ne voulait plus jamais la laisser partir.

Amanda était au paradis. Prenant le visage de Lucius entre ses mains, elle lui rendit ses baisers avec une sorte de frénésie.

— Je t'aime, Amanda. Je t'aime.

— Et je t'aime de tout mon cœur, moi aussi.

On frappa à la porte et Kirri entra dans la pièce.

— J'ai entendu une rumeur selon laquelle un célèbre médecin australien avait fait un scandale et je suis venue voir qui ça pouvait être. Imaginez ma surprise, en apprenant que c'était mon frère !

Elle s'approcha de Lucius et l'embrassa affectueusement.

— Salut, Amanda, je suis contente de voir que cette tête de mule est finalement arrivée ! Je comptais lui donner encore une semaine, et ensuite j'aurais trahi ma promesse pour avoir une petite conversation avec lui.

Réduite au silence, Amanda restait immobile.

— On vous attend demain à dîner, continua Kirri. Toute la famille de Ty sera là.

À entendre Kirri, une rencontre avec la famille Sawyer était un bonheur qu'elle voulait partager.

— À demain, donc, dit-elle. Je vais être tatie ! Je vais être tatie ! chantonna-t-elle en quittant la pièce.

Amanda finit de s'habiller sous les yeux de Lucius, dont le regard exprimait l'intensité de son désir. Un instant plus tard, ils roulaient en direction de chez elle dans la voiture qu'il avait louée.

Main dans la main, ils entrèrent dans l'ascenseur. Dès que les portes se fermèrent, Lucius attira de nouveau Amanda contre lui et l'embrassa avec fougue.

Dès qu'il eut franchi le seuil de chez elle, Lucius regarda autour de lui.

— J'aime bien ton appartement. Il te ressemble.

— Il n'a pas une vue comme le tien.

— Il t'a, toi, et c'est ce qui fait la différence.

Prenant la main d'Amanda, il l'entraîna vers le canapé.

— Il faut qu'on parle.

Dès qu'elle fut assise, il prit place auprès d'elle, mais suffisamment loin pour voir son visage tout en lui tenant les deux mains.

— Amanda, je me suis conduit comme un imbécile et j'en suis désolé. Après ton départ, tout ce qu'il y avait de merveilleux dans ma vie a disparu. J'allais permettre que mon fils ou ma fille grandisse à des milliers de kilomètres de moi parce que je n'étais pas fichu de te dire que je t'aimais. Or je t'aime de tout mon cœur.

— Lucius…

— Laisse-moi finir. J'ai toujours cru, à cause de mon mariage raté, que ma vie ne pourrait plus changer. Et puis tu as débarqué, avec tes plaisanteries, ton sourire et ta façon optimiste de voir les choses. Le problème, c'était que j'avais peur. Peur de t'aimer et que ce ne soit pas réciproque. Peur de te perdre, aussi.

— Cela n'arrivera jamais.

— Je ne pouvais pas supporter de vivre sans toi. Tu es ma vie, c'est toi qui fais briller le soleil le matin et la lune le soir. Et j'ai quelques points à éclaircir : si je devais choisir entre le bébé et toi, ce serait toi ; entre le centre et toi, ce serait toi ; entre la médecine et toi, ce serait toi. Et s'il faut m'installer à Atlanta, je le ferai. C'est *toi* que je veux...

Amanda jeta ses bras autour du cou de Lucius.

— Moi aussi, je te veux, mais je préférerais te le dire dans ma chambre, ajouta-t-elle en se levant.

Un large sourire aux lèvres, Lucius la suivit jusqu'à son lit.

— Tu m'as tellement manqué !

Sur ces mots, elle lui offrit ses lèvres, tandis qu'elle lui arrachait sa ceinture.

Plus tard, dans l'après-midi, Lucius tenait Amanda dans ses bras. Étendus sur le lit, ils parlaient, puis ils s'embrassaient, puis ils parlaient de nouveau.

Pour la première fois de sa vie, Lucius était pleinement heureux. Amanda serait toujours à son côté pour le soutenir. Rien d'autre n'avait d'importance et tout le passé était effacé, puisqu'il repartait de zéro.

— J'ai vu mon père, l'autre jour.

Amanda se tourna vers lui.

— Et que s'est-il passé ?

— Il m'a énormément surpris en me disant avoir appris trop tard que le travail n'était pas tout. Il regrettait d'avoir négligé sa famille, ce qui m'a fait réfléchir.

— Je lui en suis très reconnaissante.

— Mon père et moi, nous ne serons jamais proches, mais mon enfant saura que je l'aime et que je suis fier de lui, quoi qu'il fasse.

— J'en suis certaine, parce que auprès de toi, je me sens très aimée. J'ai eu une révélation, moi aussi. En déjeunant avec ma mère, j'ai appris que mon beau-père n'est pas ce que je croyais. Il m'aimait, mais c'est moi qui l'ai repoussé. Je suis allée le voir le week-end dernier, pour m'excuser.

— Ça n'a pas dû être facile. J'aurais voulu être avec toi.

Amanda l'embrassa.

— Tu es gentil, mais tout s'est bien passé...

— N'aie pas l'air si surprise, répliqua Lucius en souriant.

— Je ne le suis pas… promis ! Les choses se sont arrangées, avec mon beau-père. Ce n'est pas parfait, mais à l'avenir je ferai la moitié du chemin.

— On ne peut pas t'en demander davantage. Dis-moi, je voulais te demander… Tu comptais prendre l'avion ? Mais pour aller où ?

— À Sydney.

— À Sydney ?

Amanda se mit à rire.

— Oui… Tu sais ? Là où tu habites. Je retournais vers toi.

Lucius écarquilla les yeux.

— Ah bon ?

— Oui. J'avais décidé que même si tu ne disais pas que tu m'aimais, tu me l'avais déjà montré de toutes les façons possibles. J'avais tort d'exiger de toi que tu sois ce que tu n'es pas.

— Donc, je me suis déplacé pour rien ? fit Lucius avec un sourire malicieux.

— Je peux te dédommager, si tu veux, dit Amanda en l'embrassant.

Les bras de Lucius se refermèrent sur elle…

Longtemps plus tard, alors qu'ils étaient comblés, Lucius posa la main sur le ventre d'Amanda.

— Je t'ai acheté un koala en peluche. Il est dans mon sac. Tu aurais vu la tête des douaniers !

— Je le partagerai avec le bébé. J'ai déjà tout ce que l'Australie pouvait m'offrir.

Lucius déposa un baiser derrière son oreille.

— Tu voudrais une fille, ou un garçon ?

— Peu importe, pourvu qu'il ou elle ait tes yeux bleus.

— Je me demandais si tu accepterais de devenir Mme Lucius West. Je t'aimerai pour l'éternité.

Les yeux brillants de larmes, elle déclara :

— Oui, j'adorerais être ta femme. Ça, ton amour et notre bébé, c'est tout ce dont j'ai besoin pour être pleinement heureuse.

EMILY FORBES

L'enfant secret du Dr White

Traduction française de
GENEVIÈVE BLATTMANN

HARLEQUIN

Titre original :
HIS LITTLE CHRISTMAS MIRACLE

Ce roman a déjà été publié en 2020.

Prologue

Jess Johnson finissait de nouer ses tresses quand sa cousine Kristie passa la tête dans sa chambre.

— Dépêche-toi ! C'est aujourd'hui le grand jour ! clama celle-ci.

Jess enfonça un bonnet rouge sur ses cheveux blonds et attrapa ses gants de ski, prête à affronter les pentes de la station alpine de Moose River.

— Le grand jour ? répéta-t-elle en suivant sa cousine hors du luxueux appartement familial.

— Oui. L'opération « un petit ami pour Jess ».

— Quoi ? Mais qu'est-ce que tu racontes ? Et pourquoi, d'abord ?

— Eh bien, parce que tu as presque dix-huit ans et que tu ne sais même pas ce que tu rates. Il est temps que tu te trouves un copain. Un beau garçon, évidemment. Le genre auquel on ne résiste pas, qui sait arracher une fille à sa tour d'ivoire par ses baisers enflammés et l'envoyer au septième ciel. Ce n'est pas une surprise, on en a déjà parlé !

Jess fronça le nez, ironique.

Probablement. Les garçons étaient le sujet favori de Kristie, qui tombait amoureuse toutes les deux semaines. Mais elle-même était beaucoup plus sélective. La plupart des garçons qu'elle rencontrait, généralement âgés de dix-sept ou dix-huit ans, lui semblaient immatures et un peu bêtes. Elle, c'était le prince charmant qu'elle attendait. Elle savait qu'il viendrait en son temps. Kristie n'allait sûrement pas le faire apparaître d'un claquement de doigts !

— Je crois que tu oublies un détail, lui fit-elle remarquer alors qu'elles posaient leurs skis dans la neige pour glisser leurs chaussures dans les fixations.

— Ah oui ? Lequel ?

— Je n'ai jamais eu le droit de me trouver un petit copain par moi-même. Tous ceux avec qui je suis sortie étaient les fils d'amis de la famille.

— Soyons claires, tu ne franchiras jamais le cap si tu ne sors qu'avec les garçons que ton père te présente. D'abord parce qu'ils ont bien trop la trouille de ce qu'il leur réserverait s'il découvrait que vous dépassez le flirt, et ensuite je suis prête à parier qu'il choisit justement ceux qui ont une tendance à virer gay.

— Tu exagères ! protesta Jess en riant, non sans se demander si Kristie n'avait tout de même pas raison.

Ses boy-friends étaient plutôt mignons, du genre bon chic bon genre, école privée et country club. Certains d'entre eux l'avaient embrassée, oui, mais l'expérience n'avait rien eu d'ébouriffant. Elle avait toujours pensé que c'était sa faute, mais peut-être étaient-ils trop bien élevés pour faire battre son cœur et éveiller des sensations telles que les décrivent les romans ?

— Et peut-être que je n'ai pas envie d'un petit copain, ajouta-t-elle.

— Possible, mais il faut absolument que tu te fasses sauter.

— Kristie ! se récria-t-elle, horrifiée.

« Se faire sauter », cela n'avait vraiment rien de romantique, c'était le moins que l'on puisse dire. Ce n'était pas du tout ce qu'elle cherchait. Elle n'avait rien contre l'idée de sa cousine, mais il fallait que ça se passe comme *elle* le souhaitait. Elle voulait qu'on la séduise et qu'on lui fasse l'amour. En fait, elle rêvait de connaître une vraie histoire romantique.

— Tu ne sais pas ce que tu manques, Jess, il est grand temps de remédier à cette lacune ! Ce sera mon cadeau pour tes dix-huit ans. Je vais te trouver un garçon irrésistible qui te conduira au paradis, conclut Kristie avec conviction.

Jess eut la nette impression qu'elle ne plaisantait pas.

Or, si cela semblait évident à sa cousine, elle-même trouvait l'idée affreusement embarrassante. Elles avaient beau être très proches toutes les deux et du même âge à trois mois près, leurs personnalités étaient radicalement opposées. Kristie était d'une nature bien plus audacieuse.

— C'est l'occasion idéale pour te trouver un copain, Jess, insista celle-ci. On a une semaine devant nous avant que tes parents rappliquent. Huit jours exactement, rien qu'avec les miens qui sont bien plus coulants que les tiens. Ça nous donne le temps de faire le tri parmi les célibataires d'ici et de repérer les plus craquants. C'est maintenant ou jamais !

— Et si je n'en ai pas envie ? Tu ne vas quand même pas m'arranger un rendez-vous contre mon gré ?

Son anniversaire coïncidait avec l'arrivée de ses parents, et elle savait que, une fois qu'ils seraient là, elle n'aurait plus la moindre chance de se retrouver seule avec un garçon. Kristie ne pourrait rien organiser en si peu de temps, même si elle était prête à jouer le jeu... D'un autre côté, elle avait peut-être une chance d'embrasser un garçon. Mais elle doutait d'avoir celle de perdre sa virginité, même si les parents de Kristie étaient bien plus cool que les siens.

— De toute façon, on n'aura pas le droit de sortir le soir, insista-t-elle devant le silence de Kristie.

— Parce que tu crois qu'on ne peut faire l'amour qu'après minuit ? lança celle-ci par-dessus son épaule en rejoignant la file pour les télésièges. On n'a pas de garde-chiourme dans la journée, que je sache ! On peut sortir quand on veut.

Faire l'amour *le jour* ?

Jess n'avait même pas envisagé cette possibilité. L'idée de se déshabiller en pleine clarté l'horrifiait. Son imagination lui présentait un éclairage très doux, des bougies parfumées, une musique romantique en sourdine, un lit confortable... Et un homme qui la vénère. Rien à voir avec une rapide culbute en plein jour avec un garçon de passage dans la station !

— Aujourd'hui est à marquer d'une pierre blanche, déclara Kristie alors qu'elles se plaçaient dans la queue. Et question beaux gars, il n'y a que l'embarras du choix, ici. On trouvera bien ce qu'il te faut.

Jess se redressa machinalement.

Malgré sa petite taille — elle ne dépassait pas le mètre

soixante —, attirer l'attention d'un garçon n'avait jamais été un problème pour elle. Elle se savait suffisamment jolie pour cela : un visage en forme de cœur et légèrement pointu, des yeux verts, des cheveux naturellement blond platine, un teint de porcelaine. Mais en trouver un qui remplisse toutes les cases de ses exigences, c'était une autre histoire. Et même si elle le rencontrait, il faudrait encore qu'elle corresponde à ses revendications à lui...

Néanmoins, Kristie n'avait pas tout à fait tort. Elle avait toujours secrètement rêvé de connaître le coup de foudre et d'être enlevée à sa vie privilégiée mais tellement étriquée. Ce serait la meilleure façon d'échapper aux règles strictes que lui imposaient ses parents. Etant donné qu'elle n'était pas suffisamment rebelle pour renverser toutes les barrières sans raison plausible, elle n'envisageait pas d'autre moyen de gagner sa liberté.

Mais tomber amoureuse à dix-huit ans, ça paraissait insensé, et elle n'avait aucune intention de sauter dans le lit du premier garçon attirant qui l'inviterait à le faire. Ça ne correspondait pas du tout à son scénario romantique.

Cependant elle connaissait sa cousine : ce n'était pas le genre à renoncer facilement...

— Que penses-tu de celui-là ? lui demanda celle-ci alors qu'elles attendaient leur tour.

La preuve !

Jess se tourna discrètement dans la direction qu'elle lui indiquait.

Elle avait du mal à voir de qui Kristie pouvait bien parler. Il était à peine 9 heures, et elles étaient surtout entourées de familles avec des enfants. De toute évidence, les garçons de leur âge étaient encore couchés.

Kristie lui donna un léger coup de coude dans les côtes.

— Là, dit-elle en lui désignant du menton le début de la queue.

Deux garçons vêtus de l'uniforme de la station et qui devaient avoir leur âge à un ou deux ans près, un blond et un brun, s'occupaient des télésièges avec Bruce Springsteen à fond sur leur système stéréo. C'est en dansant qu'ils installaient les plus petits sur les sièges et draguaient gentiment leurs mères.

C'est le blond qui attira son attention. Il avait le sens du rythme et était visiblement bien dans sa peau. Elle-même n'osait pas s'imaginer en train de danser ainsi en public et en plein jour. Il y avait quelque chose de presque érotique à l'observer ainsi, et elle faillit détourner le regard.

Mais, après tout, la distance et ses lunettes polarisées lui garantissaient l'anonymat, non ?

Cela lui donna l'audace de le fixer de nouveau. Elle le regarda pendant tout le temps où elle avançait dans la file, hypnotisée par la façon dont il remuait les hanches. Imaginant malgré elle ce que ce serait de danser avec lui, d'être pressée contre lui, elle se surprit même à bouger à son tour en rythme.

Le morceau se termina, aussitôt remplacé par un autre. Elle le vit rire à la réflexion d'un gamin, se tourner vers elle… Puis leurs regards se rencontrèrent, et elle en éprouva comme un choc dans tout le corps. Elle avait bien conscience que Kristie s'était déjà installée sur le télésiège libre, mais elle-même était incapable de bouger. Ses skis semblaient collés au sol.

Il avait des yeux d'un bleu étonnamment brillant, de la couleur des myosotis…

— Il faut avancer si vous ne voulez pas être bousculée par le siège !

Elle sentit son cœur s'emballer.

C'était lui. Il lui parlait ! Avec une adorable pointe d'accent australien.

Tandis qu'elle s'efforçait de comprendre ce qu'il lui disait, il posa la main sur son dos pour la pousser doucement. Une main dont elle crut percevoir la brûlure à travers sa doudoune. Elle l'observait toujours quand le télésiège derrière elle l'atteignit et l'obligea à s'y asseoir.

— Bonne descente ! lui lança-t-il avec un clin d'œil.

Incapable de détourner le regard, elle se sentit devenir pivoine.

Elle était tout bonnement sous le charme de ce garçon aux yeux bleus.

— Ils sont mignons, non ? fit remarquer Kristie tandis qu'elles gravissaient la montagne.

Parce qu'ils étaient plusieurs ? Elle n'en avait vu qu'un seul.

— Oui, je suppose, répondit-elle d'un ton évasif, affichant une fausse indifférence.

Mieux valait que Kristie ne remarque pas l'intérêt que ce garçon avait suscité en elle. Elle n'en serait que plus encouragée à mettre son stupide plan à exécution.

— Qu'est-ce que tu en penses ? Tu ne crois pas que ça vaudrait le coup de s'y intéresser de plus près ?

— Tu plaisantes ! Non, je ne pense pas qu'ils soient mon type, mentit-elle.

Elle n'avait surtout rien en commun avec eux, et elle redoutait de n'être pas assez cool.

— Pourquoi pas ? insista Kristie.

— Parce que… Parce que je n'ai aucune intention de me brancher sur un étranger.

Elle se mordit la lèvre.

C'était clair, les leçons inculquées durant dix-sept ans étaient plus profondément ancrées en elle qu'elle l'aurait pensé. Ses gestes étaient étudiés, ses déplacements toujours prévus, et elle n'avait en fait pratiquement jamais l'occasion de faire des connaissances. Le prince charmant allait devoir jouer des coudes pour l'approcher…

— Jess, soupira Kristie, je sais que tes parents veulent savoir ce que tu fais et où tu es à chaque minute de la journée, mais ils ne sont pas là ! Et même s'ils t'ont seriné le contraire toute ta vie, toute situation spontanée n'est pas dangereuse, et tous les étrangers ne sont pas des psychopathes. Je ne te suggère pas d'épouser un de ces garçons, mais juste de t'amuser un peu.

— Ils ont l'air bien trop vieux pour moi, protesta-t-elle.

— Ecoute, tu te plains toujours que ceux de notre âge manquent de maturité. Alors peut-être que quelqu'un d'un peu plus âgé te conviendrait mieux ? Tu ne veux pas qu'on redescende pour les revoir ?

Elle secoua la tête avec véhémence.

Ce qu'il lui fallait avant tout, c'était du temps pour réfléchir un peu.

— Non. Je veux aller skier.

A cette heure, les pentes n'étaient pas encore prises d'assaut, et Kristie, après s'être bien dépensée, déclara bientôt qu'elle avait besoin d'ôter quelques couches de vêtements.

Jess la soupçonna d'inventer cette raison pour retourner

à l'appartement — et donc aux télésièges. Cependant elle ne protesta pas.

De toute façon, elle n'avait pas vraiment le choix. Bien sûr, elle aurait pu décider de rester sur place, mais elles avaient décrété qu'elles ne skieraient jamais seules. Et puis, elle devait bien l'admettre, elle avait très envie de revoir ce garçon aux yeux myosotis. Après tout, quel mal y aurait-il à ça ?

Mais le temps qu'elles passent à l'appartement et retournent aux télésièges, l'équipe qui s'en occupait avait changé.

La déception qu'elle en éprouva la surprit elle-même. Il y avait eu quelque chose d'hypnotique chez cet inconnu. Quelque chose de captivant.

Toutefois, alors qu'elles faisaient la queue, les deux employés du départ réapparurent avec chacun une planche à neige fixée à un pied, et ils les rejoignirent à l'avant de la file.

— Salut ! Ça ne vous ennuie pas si on vous accompagne ?

Elles n'eurent pas le temps de répondre, les deux garçons s'étaient déjà glissés près d'elles sur le siège, et Jess se retrouva prise en sandwich entre sa cousine et le blond aux yeux d'un bleu incroyable.

Comme il se tournait légèrement vers elle, sa cuisse se pressa contre la sienne.

— Vous avez passé une bonne matinée ? lui demanda-t-il. Vous étiez chez Sparrow pour acheter du fart, non ? Et donc, vous avez dû vous lever de bonne heure.

Ses yeux bleus pétillaient lorsqu'il sourit, mais cette fois ce furent les fossettes au creux de ses joues qui retinrent son attention. Et devant ce sourire contagieux, elle ne put contenir le sien.

— Vous vous souvenez de nous ? dit-elle, surprise et flattée.

Ces garçons avaient déjà dû voir défiler des centaines de gens rien que dans la matinée !

— Evidemment. Ne me dites pas que *vous*, vous ne vous souvenez pas de moi ? répondit-il, l'air horrifié, en posant théâtralement la main sur son cœur.

Ce qui la fit rire.

Elle allait devoir se méfier. Il était décidément trop mignon et trop charmeur, avec en prime une bonne dose de malice.

Bien sûr que si, elle se souvenait de lui ! Mais elle savait ce que l'on dit des garçons qui travaillent aux télésièges pendant la saison : tous passent leur temps libre à boire et à draguer les filles. Il avait beau être très craquant, elle refusait de n'être qu'une nouvelle conquête sur son palmarès.

— En tout cas, juste pour que vous ne nous oubliiez pas de nouveau, je suis Lucas. Et lui, c'est Sam, dit-il avec un signe de tête en direction de son copain assis de l'autre côté.

— Je n'ai jamais dit que je vous avais oublié, répondit-elle. D'ailleurs, je me souviens parfaitement de votre accent. Vous êtes australien ?

— Oui. Et avant que vous me posiez la question, non, je n'ai pas de kangourou apprivoisé chez moi.

— Je n'allais pas vous le demander.

— C'est vrai ?

— Je ne suis peut-être jamais allée en Australie, mais je ne suis pas aussi ignare que vous le suggérez.

— Désolé. Ce n'est pas du tout ce que je voulais dire, protesta Lucas.

— Ce n'est pas grave, dit-elle en haussant les épaules. Je sais que les kangourous ne sont pas des animaux familiers, que vous tartinez une horrible mixture noire sur vos toasts et que vous vivez parmi les serpents venimeux, les araignées et les requins mangeurs d'hommes. Pour être franche, je ne suis pas surprise que vous ayez émigré.

Elle avait cessé de se vexer lorsque les gens ne voyaient que la pom-pom girl en elle, mais elle souhaitait tout de même mettre en valeur le fait qu'elle avait un diplôme en sciences.

— En fait, je ne fais que passer l'hiver ici, répondit-il d'un ton amusé. En ce moment, c'est l'été chez moi. Je reste jusqu'à la fin février, et après je retourne à l'université.

— Donc, vous avez de bonnes adresses pour faire la fête, ici, je suppose ? intervint Kristie.

Celle-ci connaissait le village aussi bien que tout le monde et n'avait pas besoin de conseils, mais Jess reconnut sa façon de draguer — un exercice qui était pour sa cousine aussi naturel que de respirer.

— Quel âge as-tu ? demanda Sam.

— Dix-neuf ans, mentit Kristie.

Elle n'avait fêté ses dix-huit ans que trois mois avant, mais dix-neuf ans était l'âge légal pour être autorisé à boire de l'alcool.

— Le T-Bar est plutôt sympa, leur dit Sam, mentionnant un établissement qui avait toujours joui d'une bonne réputation.

— Mais ce soir, on invite quelques copains, ajouta Lucas. On partage un deux pièces meublé avec deux Kiwis — des Néo-Zélandais — et le vendredi, c'est le jour des fiestas. Ça vous dirait de venir ?

— Pourquoi pas ? répondit sans hésiter Kristie, alors que Jess savait très bien qu'elles ne le pourraient pas.

C'était dommage, d'ailleurs. Ce serait sûrement une bonne soirée, mais elles ne seraient pas autorisées à aller chez des étrangers, des garçons qui n'avaient pas été labellisés « bien sous tous rapports » par leur famille. Même s'ils n'étaient pas aussi stricts que ses propres parents, son oncle et sa tante connaissaient les règles, et elle n'avait d'autre choix que de s'en accommoder.

— On est dans un des appartements du personnel de l'hôtel Moose River, reprit Lucas. Vous voyez lesquels ? Sur Slalom Street.

— Oui, on connaît.

— C'est le numéro 15.

Ils étaient pratiquement arrivés en haut de la pente à présent, et Jess en eut un petit pincement au cœur.

Les garçons iraient faire de la planche à neige. Sans doute choisiraient-ils d'aller affronter un terrain plus ambitieux de l'autre côté de la station. Et donc pas dans le coin où Kristie et elle skiaient.

Elle affecta de regarder les pistes alors que, derrière l'écran de ses lunettes, elle observait Lucas.

Il était mignon et sympa, mais elle ne le reverrait probablement jamais. Non, il ne serait pas son prince charmant. Pourtant, elle avait envie de garder son visage à la mémoire.

1

Dans la semi-obscurité, Jess remonta la fermeture Eclair de sa doudoune.

Elle était de retour à Moose River, et elle se rappelait distinctement s'être tenue à cet endroit précis quand Kristie lui avait dit que cette journée serait à marquer d'une pierre blanche. Elle ignorait alors que l'avertissement de sa cousine serait aussi prophétique. En effet, elle avait ce jour-là rencontré Lucas White, et sa vie avait irrémédiablement basculé.

Les mains enfouies dans ses poches, elle observa rêveusement les alentours.

Ce village de montagne lui avait toujours été familier, mais il lui renvoyait à présent l'écho d'un lointain souvenir. Un souvenir qui aurait appartenu à une vie totalement différente de celle qu'elle connaissait aujourd'hui.

Le centre médical de Moose River cherchait une infirmière ! Tomber sur cette annonce dans le journal lui était presque apparu comme un signe du destin. C'était peut-être pour elle la chance inespérée de mener enfin l'existence dont elle avait rêvé ?

Ce qui ne l'empêchait pas d'éprouver à cet instant une vive anxiété.

Tout se passerait bien, se dit-elle pour se rassurer. Il fallait qu'elle prenne le temps de s'adapter, c'est tout.

A la faveur de l'obscurité, la station semblait être restée telle qu'elle se la rappelait. Pour elle, le village sortait toujours d'un conte de Noël. On avait dégagé les rues et les trottoirs de la première neige de la saison, et les lumières ocre se déversaient par les fenêtres des hôtels et des chalets. Il flottait dans l'air une odeur de fumée et de pin.

Les parfums de l'hiver. De Noël. De Lucas.

Elle allait devoir surmonter cela. Il n'était pas question qu'elle gâche son plaisir en songeant à Lucas toutes les cinq minutes. Ce n'était pas le but de son retour ici.

Dans son enfance marquée par la tragédie et aussi, à certaines périodes, par la peur et la solitude, Moose River avait été l'un des deux endroits où elle avait vraiment été heureuse, et le seul où il lui était arrivé de se sentir libre. Même si elle ne pouvait nier qu'il lui évoquait par ailleurs des souvenirs doux amers, elle espérait vivement y retrouver la magie qui l'avait alors envoûtée.

Derrière elle, le car exhala la chaleur de son air conditionné dans l'air glacé de la montagne.

Au moins, il ne pleuvait pas !

Elle n'en pouvait plus, de la pluie. Si les hivers de Vancouver étaient en général moins rigoureux que ceux des autres régions canadiennes, la ville était connue pour ses précipitations. Elle avait apprécié de ne pas avoir à déblayer la neige sur le pas de sa porte tous les matins, mais elle s'était vite fatiguée de l'humidité constante.

Promenant son regard autour d'elle, elle tenta de repérer ce qui avait changé en sept ans.

Le Moose River, le fastueux palace qui avait donné son nom à la station, se dressait toujours fièrement sur la colline qui surplombait le village, mais d'autres bâtisses étaient apparues depuis, dont un nouvel hôtel presque aussi somptueux à l'autre extrémité de la rue principale.

Des rires et de la musique lui parvinrent depuis les bâtiments de l'autre côté du parking, troublant l'air immobile de la nuit. On entendait aussi le grondement des canons à neige dans la montagne, et on apercevait les lumières des niveleuses qui nettoyaient les routes et les pistes.

Alors qu'elle levait la tête vers le ciel, des flocons lui effleurèrent les joues. Elle tira la langue comme lorsqu'elle était enfant et prit plaisir à les sentir s'y poser et fondre aussitôt.

Sauf qu'elle n'était plus une enfant. A vingt-cinq ans bientôt, elle savait que la vie n'était pas un conte de fées. Mais même si elle ne croyait plus depuis longtemps aux histoires qui finissent toujours bien, il n'était pas pour autant trop tard pour trouver le bonheur, n'est-ce pas ?

Sept ans plus tôt, elle avait eu le monde à ses pieds. Elle avait été jeune, pleine de projets et d'espoir, d'optimisme et d'attentes. Cet hiver-là, tout lui avait paru possible. C'était alors qu'elle avait rencontré Lucas. C'était alors qu'elle était tombée amoureuse...

Parfois il lui semblait que c'était arrivé la veille, et d'autres fois qu'une éternité s'était écoulée depuis. Il lui arrivait même de penser qu'il s'agissait de l'histoire d'une autre. Mais non, c'était bien *son* histoire, chaque jour le lui rappelait. Et pour éprouvante qu'elle ait été, elle serait prête à la revivre telle quelle si l'occasion lui en était offerte.

Elle se rappelait encore précisément l'instant où elle avait posé les yeux sur Lucas. C'était à moins de deux cents mètres de l'endroit où elle se trouvait à cet instant. Elle n'avait pas encore dix-huit ans, alors. Elle était très jeune, jolie, timide, mais avec cette assurance dont bénéficient les adolescents nés avec une cuillère d'argent dans la bouche. Dans son esprit, à l'époque, son avenir était tout tracé : bonheur, prospérité, plaisirs seraient les incontournables composantes de sa vie. C'était cela que ses amis, tous issus de familles nanties, avaient connu en grandissant, et il n'y avait aucune raison de penser que cela pourrait changer.

Elle avait été si naïve, sans aucune notion de ce que pouvait être la *vraie* vie ! Son univers imaginaire suffisait à la rendre heureuse. Son principal problème était d'être surprotégée par des parents anxieux de la prémunir de tout danger, et son plus grand rêve de faire l'expérience du monde qu'elle n'était pas autorisée à fréquenter.

Pour elle, Lucas avait représenté la liberté. Il avait été sa chance de réaliser ce rêve. Cependant, cette liberté dont elle n'avait eu qu'un avant-goût avait été éphémère, et le vrai monde avait été bien plus rude qu'elle l'avait imaginé. Elle avait vécu ce constat comme une gifle violente, et après s'être lancée dans l'aventure, elle avait pris conscience qu'il ne lui serait pas permis de revenir sur ses pas. La réalité avait tué sa naïveté. Elle avait grandi brutalement et abandonné loin derrière elle la candeur de son adolescence.

Elle était toujours debout sur le parking, revivant cet hiver-là, lorsqu'un SUV s'arrêta devant elle, à angle droit avec le car.

La vitre du conducteur s'abaissa.

— Jess ? Jess Johnson ? demanda l'homme.

— Oui, c'est moi.

Il descendit de voiture et lui tendit la main.

— Je suis Cameron Baker.

Cameron et sa femme, Ellen, dirigeaient le centre médical de Moose River. Cameron était donc son nouveau patron.

— Je vais charger vos bagages. Tout est là ?

Elle baissa les yeux sur les trois valises et la demi-douzaine de cartons empilés à côté d'elle que le chauffeur du car l'avait aidée à décharger.

Tout ce qu'il fallait pour deux vies.

— Oui. Je vais juste aller chercher Lily.

Remontant dans le car, elle prit dans ses bras sa fille endormie.

C'était la première fois qu'elle l'amenait à Moose River. Elle avait trouvé tous les prétextes pour ne pas le faire plus tôt, se disant qu'elle serait trop jeune pour s'y plaire, même si elle savait qu'elle se mentait à elle-même. Le manque d'argent avait été une autre excuse qui, là aussi, n'avait été qu'une petite partie de la vérité. En fait, elle n'avait tout simplement pas eu le courage d'affronter le passé, de crainte que les souvenirs ne lui soient trop douloureux. Toutefois, il était temps de donner à Lily un aperçu de ses origines. Et temps aussi de revenir.

Mais même si elle avait hâte à présent de lui faire découvrir la ville, cela devrait attendre demain.

Une fois que Cameron eut chargé les bagages, elle s'installa à l'arrière de la voiture, et Lily continua de dormir dans ses bras tandis qu'il les conduisait à leur logement.

Le contrat incluait la mise à disposition d'un appartement meublé, c'était un des atouts non négligeables qui l'avaient convaincue d'accepter ce poste. Mais elle n'avait pas pensé à demander des détails, aussi tomba-t-elle des nues lorsque Cameron s'arrêta devant le bâtiment du personnel du Moose River.

Elle reprit Lily, heureusement petite et donc légère pour son âge, et suivit Cameron à l'intérieur, son appréhension ne cessant de croître.

Son nouveau patron remonta le couloir, ralentit devant une porte…

Elle retint sa respiration.

Non. Ce n'était pas possible !

— Voilà. Vos pénates, le numéro 16, annonça-t-il en tournant la clé dans la serrure.

Elle relâcha son souffle.

Une brève seconde, elle avait cru devoir habiter le numéro 15, mais elle devrait pouvoir supporter d'être à un chiffre près de son passé.

— Désolé, ils étaient censés séparer les deux lits, dit Cameron alors qu'elle posait Lily sur l'édredon.

— Ce n'est pas grave. Je m'occuperai de ça demain.

Elle avait suffisamment de choses à envisager sans s'encombrer la tête avec ce genre de détail. Pour une nuit, Lily et elle se débrouilleraient.

— Ellen vous a laissé des provisions dans le frigo. Elle a dit que vous auriez assez jusqu'au petit déjeuner demain matin, ajouta-t-il en posant le reste de ses bagages.

— C'est super. Merci.

— Bien. Je vous laisse vous installer, alors, et on se verra demain au cabinet à 11 heures. Je vous présenterai à tout le monde et vous ferai faire le tour du propriétaire…

Jess acquiesça distraitement.

A vrai dire, elle avait du mal à se concentrer. Il y avait tellement de souvenirs, ici ! Bien plus qu'elle l'aurait cru. Dieu merci, Lily dormait, ce qui lui permettrait de mettre un peu d'ordre dans ses pensées.

Dès qu'elle fut seule, elle passa d'une pièce à l'autre.

L'appartement était si petit que quelques pas suffirent à en faire le tour : une cuisine avec coin-repas, un petit salon, une chambre et une salle de bains avec toilettes et machine à laver.

De quoi se plaindrait-elle ?

Comme elle ne pouvait pas commencer à défaire ses bagages

de crainte de réveiller Lily, elle ouvrit sans bruit la porte-fenêtre et sortit sur le balcon.

La nuit était tombée et une lune bien pleine régnait dans le ciel étoilé, éclairant presque comme en plein jour la rue en contrebas. A sa gauche se trouvait le balcon du numéro 15, le deux pièces où Lucas avait habité sept ans auparavant. De là où elle était, elle pouvait même voir l'endroit précis où il l'avait embrassée pour la première fois.

Il avait été son premier amour. Par ce baiser, il lui avait volé son cœur. Ou plutôt non, elle le lui avait donné, sans restriction, sans hésitation, en ignorant toutefois que jamais plus elle ne pourrait le lui reprendre.

Mais, aujourd'hui, elle ne croyait plus au prince charmant.

2

— Maman ?

Jess sursauta.

Elle était toujours sur le balcon, deux doigts posés sur les lèvres, à se rappeler le premier baiser de Lucas. Depuis combien de temps était-elle là, à geler sans même s'en rendre compte ? Elle n'avait pas le temps de rêvasser. Ses responsabilités l'appelaient.

Lily était dans le salon, l'air un peu égaré alors qu'elle observait cet endroit inconnu. Elle suçait son pouce et tenait comme toujours pressé sous son bras son doudou préféré, un koala en peluche gris et blanc. Avec ses cheveux d'un blond très clair et son visage en forme de cœur, elle était son portrait craché, tout comme Jess était elle-même celui de sa propre mère.

— J'ai faim, maman.

— C'est vrai ? demanda-t-elle, surprise, en quittant le balcon dont elle ferma la porte-fenêtre et les rideaux derrière elle.

Lily n'avait jamais trop d'appétit. Il fallait bien souvent insister pour qu'elle mange une portion correcte, et se donner du mal pour préparer des plats qui puissent lui plaire. Par chance, elle avalait au moins ses légumes sans rechigner.

— Bien. Voyons ce que nous allons trouver de bon, dit Jess en ouvrant le réfrigérateur où l'épouse de Cameron avait heureusement stocké les produits de base — pain, lait, œufs, fromage et jambon. Et si on se préparait des sandwichs au gruyère, hein ? Qu'en dis-tu ? Ou bien des œufs mollets ?

— Des œufs durs.

— Tu les préfères durs ? Alors, d'accord.

— Avec des toasts, aussi.

— Et avec des toasts pour mademoiselle ! C'est parti !

Quand elle eut mis les œufs à cuire, elle sortit le pyjama de sa fille. Le temps que Lily se déshabille pour l'enfiler, les œufs étaient prêts.

Lily en avala un avec un toast tartiné de confiture, puis elle alla se coucher sans rechigner. A peine quelques minutes plus tard, elle dormait comme une petite marmotte.

Toutefois, quand Jess la rejoignit une demi-heure après, elle découvrit qu'elle-même ne parvenait pas à trouver le sommeil. Et la petite fille, contrairement à son habitude, ne cessait de gigoter, ce qui ne l'y aidait pas.

Demain, elle s'arrangerait pour séparer les deux lits. Pas question de revivre une autre nuit comme celle-ci.

Elle se releva pour aller mettre la bouilloire sur le feu tout en se demandant pour la centième fois si ce retour à Moose River était une bonne décision.

Il lui semblait à présent insensé d'avoir pu penser que retourner là où la situation avait commencé à se dégrader soit la meilleure solution, mais elle n'avait pas vraiment eu le choix. Elle avait besoin d'un emploi avec des horaires réguliers, et celui qu'on lui proposait présentait en plus l'avantage d'un logement. Ce qui lui permettrait d'être là pour Lily lorsque celle-ci partirait à l'école et à son retour, autrement dit, d'éviter des frais de baby-sitting. Et puis, ce serait la possibilité d'offrir à Lily l'enfance qu'elle-même n'avait pas pu avoir. Une enfance heureuse, dépourvue de problèmes et riche de rires et d'expériences.

Son déca à la main, elle s'avança vers la porte-fenêtre du balcon. Repoussant les rideaux, elle posa le front sur le verre et laissa son regard se perdre dans la nuit étoilée tandis que les souvenirs lui revenaient.

Lucas figurait dans chacun d'entre eux, bien sûr. Etrange. Elle ne s'était pas attendue à ce que Moose River réveille ainsi son passé.

Que regardait-il, lui, à cet instant ? Où était-il ?

Sans doute vivait-il à Bondi Beach où il dirigeait une chaîne de cafés biologiques avec sa superbe femme mannequin. Ils devaient avoir trois enfants aux yeux bleus, et tous les cinq devaient ressembler à une de ces familles représentées sur les publicités vantant les mérites d'une vie saine en plein air.

A moins que la vie n'ait pas été aussi clémente pour lui. Et pourquoi l'aurait-elle été ? Pourquoi devrait-il rayonner de bonheur et de santé ? Peut-être travaillait-il dans un hôtel-restaurant des Alpes suisses où, à force de se gaver de chocolat, il était devenu obèse. Avec en prime une tonsure précoce, qui sait ?

En fait, quelle importance cela pouvait-il avoir pour elle ? s'interrogea-t-elle avec honnêteté. S'en sentirait-elle mieux ? Cette histoire était du passé. Depuis, elle avait ouvert les yeux sur elle-même et sur la vraie vie. Une vie dont Lucas ne faisait pas partie. Pour elle, il n'appartenait plus à la réalité — du moins à *sa* réalité. Il n'était plus qu'un fantasme.

Avec un long soupir, elle se força à se ressaisir.

Sa situation d'aujourd'hui n'avait plus rien à voir avec ce passé. Elle l'avait délibérément choisie, et pour rien au monde elle n'en changerait. Pas si cela devait la priver de Lily. Son père avait eu raison. Lucas n'avait pas été son prince charmant, et jamais il ne viendrait à son secours sur son cheval blanc. Où qu'il se trouve, c'était sûrement loin d'ici de toute façon.

Jess se dépêchait de remettre de l'ordre dans le centre médical avant l'heure de la fermeture.

Les deux premières semaines à Moose River leur avaient permis de s'installer tranquillement. Sa fille se plaisait dans sa nouvelle école et adorait les leçons de ski. Jess attendait avec impatience de l'emmener sur les pistes le week-end prochain et de constater les progrès qu'elle avait pu faire en une dizaine de jours à peine.

L'aisance avec laquelle les enfants apprenaient était tellement fascinante ! Et l'intrépidité de sa fille l'intriguait, tout comme sa détermination à obtenir ce qu'elle voulait, si différente de ses propres réticences qui confinaient parfois à la pusillanimité.

Elle s'était juré de lui laisser un maximum de liberté — celle de faire ses expériences, de tester ses limites sans avoir à subir une surveillance constante ou des règles frustrantes. Qu'elle ait une enfance exempte de cette menace sous-jacente que les choses finissent obligatoirement par tourner mal si elles ne sont pas prises en charge par les adultes.

Moose River paraissait l'endroit idéal pour que Lily vive ces années à venir dans une atmosphère détendue, et Jess était de plus en plus convaincue d'avoir fait le bon choix.

Lily avait déjà une amie : Annabel, la fille des propriétaires de la pâtisserie jouxtant leur immeuble. En quinze jours à peine, les deux fillettes avaient déjà pris leurs habitudes. Après leur cours de ski, sa fille allait chez Annabel où elles avaient droit à un grand chocolat chaud en attendant qu'elle vienne la chercher après le travail. Jess avait tout d'abord craint de déranger les parents d'Annabel, mais elle s'était vite rendu compte que cela faisait partie des services que les gens se rendent naturellement dans une petite ville. Exactement ce qu'elle avait cherché pour Lily et elle en venant ici. Fleur, la mère d'Annabel, lui avait assuré que ça ne la gênait pas. Elle était catégorique : Annabel avait deux grandes sœurs, et la présence de Lily facilitait la vie de tout le monde, car ainsi Annabel était occupée et n'empoisonnait pas ses aînées. Cela avait rassuré Jess, elle détestait se sentir redevable.

Quant à sa propre adaptation à son nouvel emploi d'infirmière dans le centre médical local, elle se passait aussi bien qu'elle l'avait espéré. Son rôle, très simple, consistait à apporter son aide pour poser les attelles et les pansements, faire les immunisations, prendre les tensions, et pour toute autre tâche qui ne nécessitait pas de connaissances particulières. Rien de passionnant, à vrai dire, mais cela lui convenait tout à fait. Au moins n'était-elle pas exposée au stress.

Oui, au bout de quinze jours, elle avait la certitude d'avoir pris la bonne décision en venant s'installer ici avec Lily !

De plus, ne pas avoir à travailler le week-end et à faire des heures supplémentaires pour régler le baby-sitting était un énorme bonus. Cela lui permettait de rentrer suffisamment tôt pour faire dîner Lily et de lui consacrer deux jours complets à la fin de la semaine. Le paradis ! Depuis le temps qu'elle rêvait d'avoir de longs moments devant elle pour profiter de sa fille… Elle-même n'avait pas eu cette chance avec sa propre mère, aussi était-elle déterminée à privilégier les moments de complicité avec Lily.

Kristie allait venir passer le week-end. D'ailleurs, elle devait même être déjà arrivée...

Elle mettait un drap ouaté sur la table d'examen quand Donna, l'administratrice, surgit dans la pièce.

— Jess, vous serait-il possible de travailler un peu plus tard ce soir ? Nous venons d'avoir un appel du Chalet, le nouvel hôtel : une de leurs clientes est à sa trente-sixième semaine de grossesse, et elle a des contractions. Ce ne sont peut-être que des Braxton-Hicks, mais tous les médecins sont occupés, et ils souhaiteraient que quelqu'un passe la voir. Vous pourriez y aller ?

— Pas de problème. Donnez-moi juste le temps de m'organiser pour Lily, et j'y vais, répondit Jess quand Donna s'interrompit pour reprendre sa respiration.

Assurer l'équilibre entre la vie professionnelle et la vie personnelle n'était pas toujours facile, mais elle ne voyait pas d'inconvénient à accepter, du moment qu'elle savait Lily entre de bonnes mains.

Elle appela Kristie et lui expliqua la situation avant d'attraper sa mallette médicale que Donna lui tendait.

Encore heureux que sa cousine soit en ville, songea-t-elle en composant le numéro de Fleur pour l'informer du changement de plan.

Celle-ci lui proposa immédiatement de l'aider.

Il semblait qu'elle puisse trouver ici le soutien dont elle avait manqué ailleurs. Cependant, elle se refusait à trop mettre son obligeante voisine à contribution. Elles ne se connaissaient pas encore assez pour cela. Et pour l'instant, elle devait se concentrer sur son urgence.

Elle remonta rapidement jusqu'à Main Street.

Le Crystal Chalet, l'hôtel cinq étoiles où résidait sa patiente, était l'établissement flambant neuf près de la place, celui qu'elle avait remarqué le soir de son arrivée. On pouvait difficilement ne pas le voir. Non qu'il soit énorme ou clinquant, mais son emplacement le rendait incontournable. Lily et elle étaient passées devant à plusieurs reprises depuis, et elle avait entendu parler de l'élégance de ses suites.

En cette fin d'après-midi, les rayons du soleil couchant embrasaient ses vastes verrières et donnaient un éclat doré au marbre de la façade. La terrasse au-dessus de l'entrée paraissait l'endroit idéal pour profiter de cette lumière splendide en observant, un verre à la main, l'activité en contrebas.

Une large allée piétonnière reliait l'hôtel à la place, et juste devant stationnait une superbe calèche rouge attelée d'un cheval placide. Quand Lily l'avait vue quelques jours plus tôt, elle avait eu très envie de monter dedans pour faire un tour. Craignant que cela ne grève son budget, Jess avait prétendu qu'elle était réservée aux clients de l'hôtel. Elle s'était promis alors de s'enquérir du prix d'une promenade afin de savoir si elle pourrait offrir ce cadeau à Lily pour Noël, puis cela lui était sorti de l'esprit.

En passant devant la calèche, elle s'efforça d'ignorer son sentiment de culpabilité si familier de mère célibataire obligée de se battre pour joindre les deux bouts.

Si elle avait renoncé à une existence dorée, elle ne pouvait s'en prendre qu'à elle. Cela avait été son choix.

Mais pousser la porte de la réception ne fit que lui rappeler, s'il en était besoin, la vie à laquelle elle avait tourné le dos.

Elle fut aussitôt séduite par l'atmosphère chaude du hall, tout de bois sombre, avec un feu dans l'âtre, des divans en cuir caramel, des tapis persans et d'énormes lustres de cristal suspendus aux poutres du plafond.

Noël n'arriverait pas avant quatre semaines, mais les décorations dans les tons rouge, vert et doré apportaient une ambiance chaleureuse au restaurant, dont la large baie vitrée donnait sur une terrasse.

Tandis qu'elle s'avançait vers la réception, elle s'efforça de ne pas manifester trop de curiosité.

Ce n'était pas la première fois qu'elle entrait dans un hôtel de luxe, mais celui-ci, contrairement à la plupart, offrait un charme rare. Peut-être était-ce dû à sa taille modeste, et au fait qu'il ressemblait davantage à un chalet chic qu'à un palace. Ce n'était pas un hasard si on le nommait couramment le Chalet. Malgré le luxe et le raffinement affichés, l'endroit restait d'abord accueillant.

— Bonjour, dit-elle à la jeune réceptionniste. Je suis Jess

Johnson, du centre médical de Moose River. Vous avez paraît-il une cliente sur le point d'accoucher ?

— En effet. Mme Bertillon. Elle est dans la chambre 305 au troisième. Je vais appeler le directeur pour qu'il vous conduise auprès d'elle.

— Inutile de le déranger, répondit-elle. Je trouverai toute seule, merci.

L'hôtel n'était pas immense, elle ne devrait avoir aucun mal à se diriger. Attendre le directeur serait une perte de temps.

L'ascenseur la déposa à l'étage et, après avoir remonté un couloir moquetté, elle s'arrêta devant la chambre 305 dont, à peine l'avait-elle effleurée, la porte s'ouvrit en glissant sur son rail.

Elle n'eut que le temps d'entrevoir une salle de bains sur sa gauche, puis un canapé devant la baie vitrée du salon.

— Madame Bertillon ? appela-t-elle.

— Par ici ! lui répondit une voix ferme.

Sûrement pas celle d'une femme en plein accouchement…

Une employée de l'hôtel, ainsi que le révélait son uniforme, vint au-devant d'elle.

— Bonjour. Je suis Margaret. Je suis restée auprès d'Aimée en attendant votre arrivée, expliqua-t-elle, visiblement soulagée de lui céder la place. Je vais vous laisser avec elle, maintenant. Bien sûr, n'hésitez pas à m'appeler si vous avez besoin de renfort. Je serai dans le couloir.

Elle s'éloigna aussitôt, de toute évidence trop heureuse de se décharger de cette responsabilité.

Jess s'avança dans la chambre, se présenta à la jeune femme brune allongée sur le lit, puis lui demanda de lui indiquer succinctement ses antécédents médicaux. Aimée lui apprit que c'était sa première grossesse et que tout, jusqu'alors, s'était déroulé sans complications.

— Mais depuis presque deux heures, j'ai des douleurs dans le dos, et maintenant ces contractions.

Après s'être lavé les mains, Jess lui glissa le brassard du tensiomètre autour du bras gauche.

La tension était normale, pas de diabète gestationnel, pas de problèmes cardiaques.

— Ces douleurs, elles sont violentes ?
— Non. Plutôt… sourdes. Comme si… Oh…
— Une nouvelle contraction ?
Devant la confirmation muette d'Aimée, Jess chronométra la contraction, tout en regardant les muscles du ventre de sa patiente se crisper.
— Vous n'avez pas encore perdu les eaux, je suppose ?
Pour toute réponse, Aimée secoua la tête.
Dès que le spasme fut passé, Jess vérifia la position et la taille du bébé, et elle fut soulagée de constater qu'il ne se présentait pas par le siège. Toutefois, elle le fut moins lorsqu'elle s'aperçut que le col de l'utérus de la jeune femme était déjà dilaté de sept centimètres.
Aimée était donc en plein travail, et rien ne pourrait arrêter le processus.
— Où est votre mari, Aimée ?
Elle avait remarqué une alliance sur son doigt.
— Il est parti skier. Pourquoi ?
— Eh bien, parce que je pensais qu'il serait peut-être heureux d'être ici pour voir son enfant venir au monde.
Aimée parut tomber des nues.
— Pourquoi ? Le bébé va arriver tout de suite ?
— J'en ai bien peur, oui.
— Oh ! mon Dieu…
— A-t-il un portable sur lui ? Je pourrais l'appeler pour vous, si vous le souhaitez.
— Non. Je préfère le faire, répondit Aimée. Enfin… si je peux.
Elle posa une main sur son ventre distendu alors qu'une autre contraction s'atténuait.
— Paul va être surpris. Ces vacances étaient censées être les dernières pour nous avant la naissance, il n'était pas prévu qu'elles se terminent comme ça.
Elle esquissa un sourire las.
— On a peut-être eu trop de rapports. C'est vrai ce qu'on dit, que ça peut accélérer l'accouchement ?
Trop de rapports ! Jess, elle, n'aurait su dire à quand remontait la dernière fois où elle avait fait l'amour…

Mais le moment était mal choisi pour rêvasser et penser à Lucas. Aimée exigeait toute son attention.

— Oui, répondit-elle, mais en principe pas à ce stade. Je crois que votre bébé a envie de vous connaître, tout simplement.

Après lui avoir donné son portable, elle décrocha le téléphone et demanda à la réception qu'on appelle une ambulance. Il fallait impérativement transporter Mme Bertillon dans le plus proche hôpital équipé pour accueillir un prématuré, ce qui n'existait pas à Moose River.

Une autre contraction s'annonça, et elle attendit en surveillant sa montre tandis qu'Aimée s'efforçait de respirer à petits coups.

Combien de temps faudrait-il à l'ambulance pour arriver ?

Quand la contraction fut passée, elle alla chercher des serviettes dans la salle de bains et passa la tête dans le couloir pour demander à Margaret d'aller lui en chercher d'autres, pendant qu'Aimée composait un numéro sur son portable pour appeler son mari.

— Alors ? demanda-t-elle en revenant dans la chambre. Vous avez pu joindre votre mari ?

— Non. Je tombe chaque fois sur son répondeur...

Aimée grimaça en crispant les mains sur son ventre, sous l'assaut d'une nouvelle contraction.

— Il est allé skier avec l'équipe de la dameuse, donc je suppose qu'il s'est éloigné des antennes relais.

Margaret revint à cet instant, les bras chargés de serviettes, et Jess lui demanda s'il y aurait un moyen de joindre le mari de sa patiente.

— Oui, bien sûr, répondit la jeune femme. Pouvez-vous rester seule avec Aimée pendant que je m'en occupe ?

— Pas de problème, allez-y.

Margaret ne lui serait plus utile, c'étaient les ambulanciers que Jess attendait désormais avec impatience.

Elle glissa plusieurs serviettes sous le bassin d'Aimée. Ce ne serait pas d'une grande utilité, mais si elle perdait les eaux, il serait préférable de limiter les dégâts pour la literie.

Une autre contraction se manifesta, accompagnée celle-ci d'un jet de liquide, heureusement peu important.

La tête du bébé devait donc être déjà bien engagée dans le pelvis.

Elle vérifia de nouveau le col de l'utérus de sa patiente.

Huit centimètres ! Si les ambulanciers n'arrivaient pas plus vite, elle serait contrainte de l'aider à accoucher ici même.

De quoi aurait-elle besoin ?

Avant tout, de maintenir le bébé au chaud.

Elle alla mettre deux serviettes sur la barre chauffante dans la salle de bains.

Les gémissements d'Aimée se faisaient toujours plus sonores, son visage était couvert de sueur.

— J'ai besoin de... pousser, haleta-t-elle.

— Attendez encore un peu, Aimée.

Jess, une fois de plus, l'examina.

Oh non ! Le haut du crâne affleurait déjà. Du bout des doigts, elle chercha le cordon, en priant pour qu'il ne soit pas enroulé autour du cou du bébé.

— Bien. Aimée, cette fois, à la prochaine contraction, vous allez pousser.

Elle n'eut pas à attendre longtemps. A la grimace d'Aimée, elle sut que c'était le moment.

— Allez-y, Aimée. Pliez les genoux et poussez !

La tête apparut, et Jess parvint à sortir une épaule en tournant le bébé qui, à la contraction suivante, lui glissa dans les mains.

— C'est une fille ! annonça-t-elle avant de frotter le dos de la nouveau-née pour l'aider à prendre sa première inspiration.

Dès que la petite eut poussé un cri vigoureux, elle la posa sur le ventre d'Aimée, puis elle attrapa une des serviettes propres et chaudes dans la salle de bains. Elle releva ensuite les indices d'Apgar, et elle clampait le cordon quand les ambulanciers arrivèrent.

Enfin ! Elle s'était chargée de la partie facile. A présent, elle pouvait leur passer le relais.

— Félicitations, Aimée, dit-elle doucement en posant la main sur l'épaule de la jeune maman.

— Merci..., répondit celle-ci avec un sourire distrait.

Son attention était tout entière focalisée sur son bébé, au point même de ne pas remarquer le travail des ambulanciers. Rien, apparemment, ne pouvait la distraire du miracle que représentait cette vie nouvelle.

Jess sourit en contemplant ce tableau.

Elle se souvenait de cet état d'euphorie béate. Tout en rassemblant ses affaires, elle se rappela la naissance de Lily, à laquelle le père n'avait pas assisté, tout comme pour le bébé d'Aimée.

Elle aurait souhaité sa présence, mais elle n'avait pas vraiment eu le choix. Elle n'avait pas prévu que leur relation se terminerait aussi brusquement... A vrai dire, il y avait beaucoup de choses auxquelles elle ne s'était pas attendue.

Lorsqu'elle avait découvert qu'elle était enceinte, les pistes de ski étaient fermées pour la saison, et le père de Lily était depuis longtemps reparti. Elle avait eu beau faire des recherches, elle avait été incapable de le retrouver. Aussi s'était-elle débrouillée seule, du mieux qu'elle l'avait pu.

Tout était désormais en ordre, mais lorsqu'elle referma sa mallette, ses mains tremblaient encore légèrement sous l'effet de l'adrénaline qui courait dans son organisme.

Puis les ambulanciers transférèrent Aimée et son bébé sur le chariot brancard, et, alors qu'ils s'éloignaient dans le couloir, elle entendit une voix masculine s'ajouter aux leurs.

Paul avait donc pu être prévenu. Toutefois son accent australien la surprit. Elle écouta plus attentivement cette voix grave, chaude...

Lucas ?

Non. Impossible. Et pourtant...

Son cœur battit plus fort.

C'était ridicule. Il y avait sept ans qu'elle n'avait pas entendu sa voix, comment pourrait-elle la reconnaître ? Son imagination lui jouait des tours, voilà tout. Ce n'était sûrement pas lui. Ça ne *pouvait* pas être lui !

Toutefois, il fallait qu'elle en ait le cœur net.

Attrapant sa mallette, elle sortit dans le couloir.

Les ambulanciers s'étaient arrêtés quelques mètres plus loin, et un homme qui lui tournait le dos parlait à Aimée.

— Nous avons eu un message de votre mari, disait-il. Il revient aussi vite que possible. Nous allons faire en sorte qu'il soit conduit directement auprès de vous à l'hôpital.

L'homme était grand, avec des épaules larges et des cheveux

blonds en bataille, des hanches étroites et de longues jambes. Et cette voix profonde, cet accent australien un peu traînant...

Son ventre se crispa, son cœur battait comme un fou à ses tempes, et elle eut soudain l'impression qu'elle allait défaillir.

Lucas ! C'était Lucas.

Elle n'avait même pas besoin de voir son visage, son corps le savait déjà. Sept années s'étaient écoulées, mais il n'avait pas oublié. Il reconnaissait ces jambes interminables, la souplesse de ces gestes, le son de cette voix. Lucas était là, à deux pas d'elle. Il lui suffirait de tendre la main pour le toucher et s'assurer que c'était bien lui...

Mais elle était incapable de bouger. Elle avait l'impression que le sol se dérobait sous ses pieds. Dépourvue de force, elle allait glisser, s'effondrer.

Alors que les ambulanciers poussaient le chariot brancard vers l'ascenseur, elle recouvra enfin un filet de voix.

— Lucas ?

3

D’un coup, Lucas se retourna.

— Gigi !

Le surnom qu’il lui avait donné, se rappela Jess. Ses initiales. Il y avait des années qu’elle ne l’avait pas entendu.

Elle n’arrivait pas à croire qu’il était vraiment là, devant elle… Pourtant, c’était lui. Incontestablement. Avec ses inoubliables yeux myosotis et ce même sourire contagieux alors qu’il s’avançait pour la serrer dans ses bras.

La réaction de son corps, immédiate et inattendue, la surprit : elle eut l’impression que toutes ces années de séparation s’effaçaient brusquement, que ce n’était pas plus tard qu’hier qu’il l’avait tenue ainsi.

Lucas la relâcha bientôt pour s’écarter d’elle, et elle put alors mieux le voir.

Les années avaient été clémentes pour lui. Ses cheveux étaient plus courts, mais toujours épais et d’un blond riche, et une ombre de barbe, plus brune que blonde, apparaissait sur son visage bronzé. C’était nouveau. Mais au moins n’avait-il pas grossi ni perdu ses cheveux.

Son cœur s’était emballé dès qu’elle l’avait reconnu, à présent l’anxiété prenait le dessus.

Que faisait-il ici ? Il était censé être en Europe, en Australie ou ailleurs, mais certainement pas ici, au Canada, et encore moins à Moose River. C’était elle, la Canadienne, pas lui.

— Que fais-tu ici ? demanda-t-elle.

— Je suis le directeur de cet hôtel.

— A Moose River ?

— Apparemment, oui, répondit Lucas avec un sourire qui la fit chavirer.

Lui-même n'avait pas l'air aussi ébranlé qu'elle, loin de là. Elle lui avait toujours envié sa faculté d'adaptation, quelle que soit la situation.

Les ambulanciers avaient disparu avec Aimée et le bébé, et le deuxième ascenseur tinta en arrivant à leur étage.

— Tu as terminé, ici ? s'enquit Lucas.

Elle acquiesça d'un signe de tête. A croire qu'elle avait perdu sa langue, comme cela lui arrivait si souvent avec lui, à l'époque.

— Je descends avec toi.

Troublée, elle se serra dans un coin de la cabine.

Elle ne savait pas que penser, que faire. D'une part elle avait envie de se réfugier dans ses bras, d'autre part elle aurait volontiers pris ses jambes à son cou. Mais elle avait aussi désespérément envie de savoir ce qu'il pensait à cet instant précis…

Lucas pressa le bouton de la réception. Il était si près d'elle qu'elle pouvait respirer sa très discrète eau de toilette. Et il la fixait avec une telle insistance qu'elle ne pouvait détourner les yeux.

Le bourdonnement de l'ascenseur combla le silence qui s'était installé entre eux. Rien qu'eux deux, immobiles, leurs regards comme accrochés l'un à l'autre.

— Je suis heureux de te revoir, Gigi…, dit-il finalement, si bas que c'était presque un murmure, en saisissant une mèche de ses cheveux entre ses doigts.

Elle retint son souffle. Ce geste lui donnait l'impression que tous les souvenirs stockés dans sa mémoire étaient ravivés.

— Tu les as coupés.

La dernière fois qu'il l'avait vue, sa queue-de-cheval lui balayait le dos. A la naissance de Lily, elle avait opté pour une coupe courte. Aujourd'hui, ses cheveux lui effleuraient juste les épaules. Beaucoup de choses avaient changé en elle, en sept ans, pas seulement ça. C'était même surprenant qu'il l'ait reconnue sans hésiter. Elle se sentait bien plus mûre, plus… vieille. Totalement différente de celle qu'il avait connue. Elle était une mère. Une mère avec un secret.

Les portes de l'ascenseur s'ouvrirent, mais elle ne bougea pas. Lucas l'empêchait de passer. De toute façon, ses jambes tremblaient, et elle avait besoin de la paroi de la cabine pour se maintenir debout. Une réaction due à l'adrénaline secrétée par le mélange d'attirance et de peur qui circulait en elle.

Pourquoi était-il revenu ? Et qu'est-ce que cela changerait pour elle ? Et pour Lily ?

Elle se força à le suivre hors de l'ascenseur, les jambes lourdes comme du plomb.

— Monsieur White, dit un membre du personnel en approchant, M. Bertillon sera au Chalet d'ici une minute ou deux. Puis-je vous être utile ?

— Pouvez-vous appeler une voiture ? Il faut impérativement le conduire à l'hôpital aussi vite que possible…

Lucas se tourna vers elle.

— Tu as le temps de prendre un café ? Et de patienter jusqu'à ce que j'aie réglé ce problème ?

Elle esquissa un sourire désolé.

— Je dois retourner tout de suite au centre médical, prétendit-elle.

Cette rencontre l'avait perturbée, elle avait besoin de temps et d'un peu de distance pour assimiler ce qui venait de se passer.

— D'accord. Alors une autre fois ?

Les doigts de Lucas lui effleurèrent fugacement le bras, et elle en eut presque la sensation d'une brûlure.

Elle quitta l'hôtel précipitamment en direction du centre médical, où elle déposa sa mallette avant de rentrer chez elle.

Revoir Lucas l'avait plongée dans un état presque confusionnel, et elle s'accorda quelques minutes pour tenter de remettre un peu d'ordre dans ses émotions.

« Une autre fois », avait-il dit. Mais que cherchait-il au juste ? Elle n'était plus depuis longtemps l'adolescente naïve qu'il avait connue. Il allait devoir s'en rendre compte.

Le plus simple serait encore de l'éviter. Au moins pendant un temps, jusqu'à ce qu'elle voie clairement ce que sa présence à Moose River représentait pour elle et pour Lily.

Sept ans plus tôt, elle était tombée amoureuse, ou du moins l'avait-elle cru. Avec le recul, elle était parvenue à se convaincre qu'elle avait simplement succombé à une fascination d'adolescente. Mais le revoir aujourd'hui avait anéanti ses illusions : en fait, elle ne l'avait jamais oublié. Et comment l'aurait-elle pu, alors que son souvenir était devant elle chaque jour, bien vivant ?

Elle avait conscience qu'elle ne pourrait pas l'éviter éternellement. Moose River n'était pas assez grand pour cela. Tôt ou tard, il était écrit qu'ils se rencontreraient. D'ailleurs, elle était assez lucide pour savoir que loin des yeux ne signifiait pas loin du cœur et que la curiosité l'emporterait chez elle. Il y avait maintenant sept ans qu'elle pensait à cet homme. Quant à ce qu'elle lui dirait...

La décision devrait encore attendre.

Comme elle poussait la porte de l'appartement, elle fut prise au dépourvu par une Lily tout excitée.

— Où t'étais, maman ? Ça fait des heures qu'on t'attend, moi et Kristie !

— On dit « Kristie et moi », ma chérie. Oui, je sais, je suis en retard. Désolée, répondit-elle en l'embrassant.

D'habitude, le visage épanoui de sa fille lorsqu'elle rentrait après sa journée de travail suffisait à lui remonter le moral et à lui rappeler pourquoi elle travaillait aussi dur. Aujourd'hui, toutefois, elle ne pouvait songer qu'à tous ces secrets qu'elle avait gardés et se demandait combien de temps encore elle pourrait les taire avant qu'ils se révèlent d'eux-mêmes.

Elle ne se sentait pas bien du tout. Il faisait chaud dans le salon, mais elle tremblait.

Kristie vint la serrer dans ses bras, puis elle s'écarta d'elle et l'observa.

— Lily, dit-elle en se retournant vers la petite fille, tu ne veux pas aller essayer la nouvelle combinaison de ski que je t'ai apportée ? Je suis sûre que ta mère a très envie de la voir.

Dès que Lily fut sortie de la pièce, Kristie la prit par les épaules.

— Que t'arrive-t-il ? Il y a eu un problème avec ta patiente ?

Jess secoua la tête.

— Non, tout s'est bien passé.

Elle aurait volontiers esquivé ses questions, mais elle connaissait assez sa cousine pour savoir que celle-ci ne lâcherait pas prise tant qu'elle ne se serait pas confiée à elle. Alors, autant ne pas tourner autour du pot.

— C'est Lucas.

— Quoi ? Que veux-tu dire ? Qu'est-ce que Lucas vient faire dans cette histoire ?

En soupirant, elle s'assit pesamment sur le canapé.

— Il n'est pas en Suisse ni à Bondi Beach. Il est ici.

— Ici ? A Moose River ?

— Oui.

— Mais qu'est-ce qu'il fait ici ? insista Kristie en s'asseyant en face d'elle.

— Il dirige le Crystal Chalet.

— Le nouvel hôtel ? Comment as-tu découvert ça ?

— Je l'ai vu.

— Tu l'as *vu* ? Oh ! mon Dieu… Qu'est-ce qu'il t'a dit ? Il a beaucoup changé ? Et toi ? Que lui as-tu dit ?

— Pas grand-chose.

A vrai dire, elle ne s'en souvenait même pas. Seules lui restaient l'image de l'homme qu'il était devenu et cette sensation qu'elle avait éprouvée en le revoyant, que ses jambes allaient soudain refuser de la porter. Et puis, son cœur qui s'était emballé lorsqu'il l'avait attirée dans ses bras. Là où elle se sentait toujours aussi bien après toutes ces années.

— Regarde, maman. Elle me va drôlement bien, hein ? les interrompit Lily. C'est beau, en rose.

— Oui, c'est vrai. Elle est très jolie, ma puce, répondit-elle distraitement. Et si tu allais te déshabiller pour ton bain pendant que je nous prépare le dîner ?

— Nan ! Je veux garder ma combinaison.

— Lily… Il faut que tu manges, et ce serait dommage de faire des taches.

L'air renfrogné, Lily croisa les bras en la défiant.

— J'ai pas faim.

— Rien d'étonnant, intervint Kristie. Je lui ai acheté un hamburger et des frites après l'école.

— Et elle a tout mangé ?

— Les frites, oui, et la moitié du burger.

L'air de la montagne stimulait visiblement l'appétit de sa fille.

— D'accord. Donc, on oublie le dîner pour ce soir. Mais va prendre ton bain et mettre ton pyjama. Après, tu pourras aller regarder tes dessins animés sur l'ordinateur portable.

Toutes deux y trouvaient finalement leur compte : Lily, qui avait l'impression d'avoir remporté une victoire, cessa de ronchonner, et elle-même gagnait la possibilité de bavarder tranquillement avec Kristie sans crainte que sa fille les entende. Car celle-ci, c'était évident, continuerait à vouloir discuter de Lucas avec elle, ce qu'elle ne souhaitait pas faire devant Lily.

Trois quarts d'heure plus tard, sa fille était couchée devant ses dessins animés, et sa cousine et elle s'installaient tranquillement sur le canapé avec un verre de vin.

— Alors ? demanda Kristie. Que comptes-tu faire ?

— Rien.

— Comment ça, rien ? Il mérite de savoir.

— Ah oui, et pourquoi ? Mon père avait raison. Il est clair que la semaine que l'on a passée ensemble n'a pas autant compté pour lui que pour moi. Si Lucas avait voulu me revoir, il aurait eu tout le temps de le faire avant.

— Tu sais bien que tu n'y crois pas toi-même. Pas plus maintenant qu'il y a sept ans. Si tu avais pu le retrouver à l'époque, vous seriez ensemble aujourd'hui.

— Mais je n'ai pas pu, et je vis très bien sans lui.

— Peut-être. Mais est-ce que Lily ne mérite pas de savoir, elle ?

Jess opposa un silence buté à cette question qu'elle s'était posée tant de fois.

— Tu ne peux pas faire comme s'il n'était pas là, Jess, insista Kristie. Ce serait injuste pour lui… Et pour Lily aussi.

— Mais j'ignore totalement quel genre d'homme il est devenu ! protesta-t-elle encore.

En fait, se souvenait-elle vraiment de Lucas White ? Ce qu'elle se rappelait avait sans doute été embelli par les années. Une chose était sûre, en tout cas : elle n'était plus celle dont Lucas avait gardé l'image — si toutefois il en avait gardé une.

Ce n'était pas faute d'avoir imaginé le voir resurgir dans sa vie, mais à présent que ce fantasme se concrétisait, elle avait… Elle avait peur, oui. Car ce retour apporterait inévitablement son lot de complications et de conséquences pour lesquelles elle n'était pas prête.

Son retour…

Elle leva les yeux au ciel en soupirant.

Elle rêvait ! Pourquoi Lucas voudrait-il avoir une place auprès d'elle ? Elle avait passé l'âge de croire aux contes de fées, il était temps qu'elle reprenne pied dans la réalité.

Bien. Une chose à la fois. C'était la seule méthode pour appréhender la situation. Elle allait s'efforcer de bien concevoir son approche et, d'ici là, rester à distance.

— J'ai besoin de réponses avant de lui révéler quoi que ce soit, déclara-t-elle.

— Tu ne vas pas toujours pouvoir l'éviter, Jess. Tôt ou tard, tu…

— Il faut juste que je puisse me préparer. Ce que nous avons vécu était une amourette d'ados, et de l'eau a coulé sous les ponts depuis.

— Possible, mais le résultat de cette amourette est en train de dormir dans la chambre. Et que tu le veuilles ou non, tu seras toujours liée à lui.

Lily. Bien sûr. C'était le cœur du problème. Elle ne pouvait pas lui taire plus longtemps l'existence de son père.

4

Le temps que la voiture emmène l'heureux père affolé, Jess avait disparu.

Lucas était d'un tempérament plutôt placide, raisonnable et patient. Autant de qualités requises pour travailler dans le milieu hôtelier. Cependant, revoir Jess avait sérieusement entamé son équanimité, et pour rien au monde il ne voulait connaître de nouveau ce qu'il avait vécu lorsqu'elle avait disparu de sa vie. Et, tout d'abord, sa concentration professionnelle risquait d'en pâtir.

Aussi avertit-il son assistante qu'il s'absentait un instant.

Il avait besoin de réfléchir, ce qu'il faisait toujours mieux dehors, loin du stress ambiant. Puisque Jess ne l'avait pas attendu, il irait la chercher.

Attrapant son manteau, il se dirigea vers le centre médical.

— Je peux vous aider ? proposa la femme derrière le comptoir lorsqu'il en poussa la porte.

— Je l'espère. Je cherche un de vos médecins, Jess Johnson.

— Jess ? Elle n'est pas médecin.

Surpris, il haussa les sourcils.

— Ah non ? Je viens de la voir. Je suis Lucas White, le directeur du Crystal Chalet. J'avais fait appeler un médecin, et c'est elle qui s'est présentée.

— Jess est infirmière. Tous nos médecins étant occupés, elle a accepté d'aller examiner votre cliente. Il y a eu un problème ? Elle a terminé sa journée, mais je peux peut-être vous aider ?

— Non, ce n'est rien. Merci.

Jess, infirmière… Que s'était-il passé pour qu'elle ne devienne pas médecin ainsi qu'elle l'avait souhaité ? se demanda-t-il en ressortant. Pourquoi n'avait-elle pas réalisé son rêve ?

La nuit était tombée, et la température s'en ressentait. Il resserra son écharpe, sortit ses gants des poches de son manteau et remonta la rue en espérant la trouver.

Si, le jour où elle avait été éloignée de lui, il avait su qu'il ne la reverrait jamais, il se serait battu pour la garder. Sa disparition avait laissé un grand vide dans sa vie. Seul lui était resté le besoin de faire ses preuves. Pour lui, et pour elle aussi. Pour elle *surtout*.

Cela lui avait pris plus de temps qu'il ne l'avait envisagé. Ces sept années lui avaient paru interminables, mais il avait tenu jusqu'au bout, et aujourd'hui il était de retour. Enfin.

Lorsque l'occasion lui avait été offerte de travailler à Moose River, il l'avait saisie sans hésiter. Toutes les conditions étaient réunies. Il était devenu l'homme accompli et bardé de diplômes qu'il avait rêvé d'être. S'il souhaitait prouver sa valeur, quel meilleur endroit pour cela que le lieu même où ses rêves étaient nés ?

Mais les choses ne s'étaient pas passées tout à fait comme il l'avait imaginé. Ce n'était pas l'hôtel qui avait posé problème, mais Jess. Il était de retour à Moose River depuis neuf mois, et pourtant ce n'était qu'aujourd'hui qu'il l'avait revue. Seulement, elle avait disparu de nouveau. Peut-être n'éprouvait-elle pas le désir de renouer. Peut-être, contrairement à lui, n'avait-elle pas gardé un bon souvenir de leur histoire. Et qui sait ? Peut-être l'avait-elle même oublié…

Non, sûrement pas. A son expression, il était clair qu'elle se souvenait parfaitement de lui. Quand il l'avait prise dans ses bras, il avait senti que, tout comme lui, elle revivait fugacement ce qu'ils avaient connu ensemble.

Alors, pourquoi…

Bon, ces retrouvailles n'avaient pas été à la hauteur de ses espérances. D'accord. Mais il n'était pas du genre à baisser les bras. Il l'avait retrouvée, et il n'était pas près de la laisser ressortir de sitôt de sa vie.

Comme il passait devant la tour où avait habité la famille de Jess, il pressa à tout hasard le bouton du penthouse.

Pas de réponse. Ç'aurait été trop facile…

Après avoir encore marché un moment, il se retrouva devant l'immeuble du personnel du Moose River. En comptant les fenêtres, il repéra celles de l'appartement 15. Il était plongé dans l'obscurité, mais il pouvait en revanche distinguer de la lumière dans le 16.

Son regard revint sur le numéro 15, et les souvenirs l'assaillirent.

Jess lui avait ouvert son cœur, mais il n'avait pas su alors l'apprécier à sa juste valeur. Il avait été trop jeune, trop avide d'aventures pour se rendre compte de ce qu'il vivait avec elle. Ce n'est qu'après son départ qu'il l'avait compris. Mais c'était trop tard.

Aucune femme, jamais, n'avait pu la surpasser dans son esprit. Sinon elle, du moins l'image idéale qu'il avait gardée. Peut-être se remémorait-il le passé avec des lunettes roses, mais pour lui, la petite Gigi avait toujours été différente. Elle seule avait ce « quelque chose » qui la rendait si précieuse à ses yeux. Et pourtant, il n'avait cessé de parcourir le monde depuis qu'il avait quitté Moose River. Il s'était immergé dans l'hôtellerie et la restauration avant même d'avoir terminé ses études, acquérant les connaissances et l'expérience indispensables pour se lancer ensuite dans un projet personnel. Il avait été si anxieux de se montrer à la hauteur aux yeux de Jess et de son père !

Il n'y avait toujours pas de lumière dans l'appartement 15, et il ne voyait pas l'intérêt de rester planté là à se geler. Jess pouvait être n'importe où, et il avait suffisamment à faire au Chalet pour ne pas perdre davantage de temps.

Après un dernier regard sur la fenêtre, il releva le col de son manteau et s'éloigna.

Il reprendrait ses recherches demain.

Debout devant la fenêtre de son bureau, Lucas regardait la neige tomber. Il était debout depuis 5 heures du matin. Le sommeil le fuyant, il avait déjà accompli une demi-journée de travail.

La météo avait annoncé de lourdes chutes durant le week-end. Idéal pour débuter la saison. Ce week-end, les Etats-Unis célébraient Thanksgiving, et la saison de ski débutait officiellement au Canada. Les touristes affluaient, le Crystal Chalet affichait déjà complet.

Cela avait été son but, celui pour lequel il avait travaillé si dur sans presque jamais s'arrêter. Il aimait son métier, il aimait sa vie, et il avait tout donné pour que cet hôtel devienne l'un des meilleurs de la station. Mais ce succès n'aurait aucune valeur s'il n'avait personne avec qui le partager. Car s'il avait investi ces sept années dans sa carrière, c'était pour elle. Pour Jess. Elle était de retour, et il la voulait dans sa vie. Mais qui sait, peut-être était-elle entre-temps passée à autre chose ? Auquel cas, ses efforts auraient été totalement vains…

La semaine prochaine, tout le village serait décoré pour Noël. Le sapin était déjà érigé sur la place devant l'hôtel. Il avait prévu de lancer les illuminations samedi à venir, en même temps que l'ouverture du marché de Noël…

Ce n'étaient assurément pas les tâches qui lui manquaient, pourtant son esprit ne cessait de revenir sur le même sujet — Jess.

Incapable de rester plus longtemps enfermé, il prévint son assistante qu'il avait une course à faire et alla marcher dans les rues qu'il avait parcourues si souvent avec Jess sept ans plus tôt. Il se dirigea vers la colline, passa devant le T-Bar et contourna l'emblématique Moose River, l'hôtel rival du Crystal Chalet.

La neige recouvrait le village. C'était joli, bien sûr, mais tout le monde était emmitouflé, et il pourrait très bien croiser Jess sans même s'en rendre compte. Il ferait aussi bien de retourner au Chalet et de s'atteler à quelque chose de plus productif.

Il redescendait la colline quand il la vit.

Accoudée à la rambarde au bas de la pente, elle regardait les gens qui la dévalaient dans des snow tubes, ces grosses bouées de toutes les couleurs très en vogue dans la station. Elle portait un bonnet rouge comme le jour où il l'avait vue pour la première fois. Comment pouvait-il se rappeler ce détail ?

Des rires montèrent jusqu'à lui alors que les plus hardis se coursaient dans la descente.

Il aurait volontiers mêlé le sien aux leurs : il l'avait retrouvée !

— Gigi ?

Jess, surprise d'entendre son surnom, se retourna.

Lucas lui souriait.

Son cœur s'était emballé avant même qu'elle le voie. Le seul son de sa voix avait suffi à la propulser dans le passé. Elle retrouvait ses dix-huit ans, elle était de nouveau amoureuse. Et elle aurait été incapable d'empêcher son propre sourire de monter à ses lèvres.

— J'espérais bien tomber sur toi, dit-il alors qu'elle tentait de se ressaisir.

Elle, de son côté, avait tout fait pour l'éviter. En pure perte, de toute évidence.

— Ah oui ? Pourquoi ?

— Pour évoquer le bon vieux temps avec toi, bien sûr. Je t'offre un café ? A moins que tu ne sois libre pour dîner ?

Elle secoua la tête.

— Non, je ne crois pas.

Elle n'était pas du tout prête à se retrouver en tête à tête avec Lucas White. Elle devrait tôt ou tard le mettre au courant, c'était certain, mais cela devrait attendre un peu. Il lui fallait préparer sa défense.

— Jess !

Kristie et Lily dévalaient la pente vers eux dans un snow tube double. La dernière chute de neige avait été trop lourde pour permettre aux débutants de skier, aussi Kristie et elle avaient-elles décidé d'amener Lily ici. Mais elle n'avait pas une seconde imaginé y rencontrer Lucas !

Elle choisit de faire un vague signe à sa cousine et de regarder vers les cimes, histoire de dévier l'attention de Lucas.

— C'est Kristie ?

— Oui.

— Et qui est la petite fille avec elle ?

Aïe, elle n'avait pas réussi. Elle fut tentée de lui dire que c'était la fille de Kristie, mais cela risquait de l'enferrer dans un inextricable écheveau de mensonges.

— C'est ma fille, dit-elle simplement.

— *Ta fille ?*

Kristie et Lily sautèrent de leur snow tube et le traînèrent vers le tapis roulant qui le remonterait jusqu'au départ des pentes au sommet de la colline. Lily préférait visiblement continuer à s'amuser avec Kristie plutôt que de la rejoindre, ce qui lui évitait d'avoir à la présenter à Lucas… ce dont elle n'avait aucune envie.

Du moins, pas encore. Chaque chose en son temps.

— Elle te ressemble, remarqua Lucas. Quel âge a-t-elle ?

Jess ne souhaitait à aucun prix lui donner l'occasion de tirer les conclusions qui s'imposeraient aisément.

— Cinq ans, marmonna-t-elle, le cœur battant à tout rompre.

Mentir n'avait jamais été son fort.

En fait, Lily avait six ans, mais par chance elle était petite pour son âge.

D'un autre côté, ces précautions étaient sans doute inutiles. Pourquoi Lucas se souviendrait-il que la semaine qu'ils avaient passée ensemble remontait à sept ans ? Ce n'était pas parce que ces années avaient beaucoup compté pour elle qu'il devrait en aller de même pour lui. Il avait probablement vécu leur aventure comme un agréable passe-temps, rien de plus. Mais pour elle, cela avait été le basculement de sa vie.

— Et c'est pour ça que tu ne veux pas que l'on passe une soirée ensemble ? Oh ! Mais tu es peut-être mariée ?

— Non.

— Divorcée ?

— Non plus. Mais je suis quand même obligée de refuser ton invitation à dîner. Ma vie est plus compliquée, maintenant.

Elle devait songer à Lily, bien sûr, mais à elle aussi. Elle ne se sentait pas prête. Pas prête du tout.

— J'imagine, oui… Enfin, si tu arrives à te libérer un jour ou si tes complications deviennent moins… compliquées, tu sais où me trouver.

Il n'insistait pas, il ne suggérait pas qu'elle amène sa fille avec elle. Il était clair qu'il voulait la voir seule.

Son père aurait-il eu raison ? Si elle avait pu joindre Lucas à l'époque, aurait-il souhaité être informé de l'existence de Lily, ou aurait-il choisi de n'avoir aucun lien avec elle ?

Elle penchait plutôt pour la première proposition, mais qu'en savait-elle, en fait ? Ce n'était pas comme s'ils avaient eu le temps de se connaître vraiment. Et puis, peut-être avait-il à présent un ou des enfants lui-même ?

Elle faillit lui poser la question mais se retint à temps.

Tenait-elle vraiment à en découvrir davantage sur la vie de Lucas White ? Apprendre qu'il était marié et père de famille, ne serait-ce pas terriblement douloureux ?

Non, décidément, mieux valait qu'elle garde ses distances.

Comme il lui souriait, elle fut un instant tentée de revenir sur sa décision, de lui dire que oui, bien sûr, elle adorerait dîner avec lui. Mais elle se contenta d'acquiescer d'un hochement de tête et de le laisser partir.

Elle le regarda s'éloigner en songeant à la voie totalement différente qu'aurait pu prendre sa vie si…

Debout sur le balcon, Jess suivait la lente descente du soleil derrière la montagne.

Elle avait cru que Lily serait épuisée après sa matinée très active, mais celle-ci débordait au contraire de vitalité, et elle-même n'avait pas l'énergie de s'en occuper. Une chance que Kristie soit là ! Elle avait emmené la petite fille faire les boutiques, lui offrant ainsi une pause bienvenue.

Après avoir laissé son regard errer sur le village, elle le fixa sur les fenêtres de l'appartement 15.

Celui que Lucas avait occupé et sur le balcon duquel ils avaient échangé leur premier baiser…

Et, soudain, elle plongea dans le passé.

Lucas et Sam les avaient invitées à leur fête. Sans doute n'y seraient-elles pas allées si Kristie n'avait pas inventé elle ne savait plus quelle histoire dont elle avait le secret pour convaincre ses parents de les laisser sortir.

Kristie et elle avaient passé des heures à se préparer. Kristie avait insisté pour qu'elle libère ses cheveux en une soyeuse cascade dans son dos et pour qu'elle applique du mascara sur ses cils afin de mettre le vert de ses yeux en valeur, ainsi qu'une légère couche de brillant sur ses lèvres.

Kristie avait utilisé la carte d'identité d'une copine majeure pour acheter des bouteilles de coca vodka. Elles en avaient partagé une en se rendant à la fête. Elle en avait eu besoin pour se donner du courage.

C'est Lucas qui leur avait ouvert, avec son sourire contagieux et la lueur d'humour dans ses yeux.

— Vous êtes superbes, avait-il dit.

Mais son regard, elle s'en était rendu compte, était fixé sur elle.

Sam et Lucas partageaient leur appartement avec deux autres garçons, et il y avait déjà foule à leur arrivée. Toutes les pièces étaient occupées, y compris le balcon.

Elle avait redouté de se retrouver dans une foule d'inconnus, mais le sourire de Lucas avait dissipé son anxiété comme par enchantement.

Lucas avait pris les boissons qu'elles avaient apportées, il les avait ouvertes et distribuées à chacun d'entre eux.

— Je suis content que tu aies pu venir, lui avait-il dit alors que Kristie se dirigeait vers Sam, qu'elle venait de repérer.

— On a bien failli ne pas être là.

— Ah bon ? Pourquoi ?

— Nos parents, évidemment.

— Oh. Parce que tu n'es pas majeure, si je comprends bien ?

— Non. J'aurai dix-huit ans la semaine prochaine.

Elle espérait que ça ne changerait rien entre eux. En fait, elle ne savait pas trop alors ce qu'elle souhaitait, si ce n'est une chance de le découvrir. En tout cas, elle ne voulait pas que Lucas la trouve finalement trop jeune.

— Donc, tu es sortie sans autorisation, et personne ne sait que tu es ici. Tu es sûre que c'est bien raisonnable ?

— Tu me parais digne de confiance, avait-elle répondu en souriant. Et du moment qu'on rentre avant minuit, tout se passera bien.

Curieusement, elle avait perdu sa timidité coutumière. Etait-ce le peu de vodka qu'elle avait avalé, ou Lucas lui-même ?

Auprès de lui, elle s'était tout de suite sentie en sécurité. En confiance. Elle en avait même oublié les recommandations de ses parents. « Méfie-toi des étrangers », « ne sors jamais seule », etc. Ce garçon la faisait craquer et rire. Elle ne le connaissait pas, et alors ? Elle apprendrait à le connaître, voilà tout. Avec lui, elle avait le sentiment d'avoir trouvé son âme sœur. Bien sûr, elle savait qu'elle allait au-devant de problèmes, mais elle était incapable de lui résister. Même sa cousine n'aurait pas pu prévoir un retournement de situation aussi rapide.

Il s'était rapproché d'elle sans même qu'elle s'en rende compte.

— Quel problème pourrais-tu rencontrer *après* minuit qui n'aurait pas existé *avant* ? lui avait-il demandé.

— J'ai l'impression d'entendre Kristie.

— Avoue que ma question est sensée.

— Je ne connais pas la réponse. Tout ce que je sais, c'est que je dois être de retour avant le couvre-feu. Il n'est pas question qu'on nous cherche et qu'on découvre que nous ne sommes pas là où nous devrions être. Je m'arrange toujours pour ne pas m'attirer d'ennuis.

— Et ça marche ?

— Il faut croire. En tout cas, je n'en ai jamais eu l'occasion.

Ses parents avaient toujours su où elle était, à chaque instant du jour, et elle n'avait aucun mal à imaginer leur panique s'ils avaient découvert qu'elle sortait en douce. Jamais encore elle n'avait cherché à enfreindre les limites imposées, de crainte de les contrarier. Son oncle et sa tante, eux, ignoraient où elle se trouvait ce soir-là, mais elle pensait pouvoir, avec un minimum de prudence, passer une bonne soirée sans que personne ne s'en inquiète.

— Peut-être que tu n'as pas su saisir ta chance au bon moment, avait murmuré Lucas. A moins que ce ne soit à toi de la créer.

Elle avait retenu son souffle alors qu'il se penchait toujours plus vers elle.

Il allait l'embrasser !

Le cœur battant, elle avait fermé les yeux...

— Lucas ? avait appelé une voix. C'est ta tournée !

— Oh non, avait-il soupiré entre ses dents, en se redressant.

Elle avait pu voir par-dessus son épaule deux de ses copains qui levaient leurs bières dans leur direction en riant. Il était clair qu'ils étaient délibérément intervenus pour les empêcher d'aller plus loin.

Elle avait serré les dents, furieuse et frustrée.

Et si l'occasion ne se représentait jamais ?

— Viens, avait dit Lucas en la prenant par la main pour l'entraîner jusqu'au balcon où des cannettes de bière avaient été posées dans la neige pour être maintenues bien fraîches. Tu peux m'attendre ici ?

Elle avait acquiescé, sans avoir la moindre idée de ce qu'il avait en tête. Son cœur battait à tout rompre, et les doigts de Lucas laissaient comme des brûlures sur sa peau. Elle commençait à comprendre ce qui rendait Kristie aussi excitée lorsqu'elle parlait des garçons. A quoi ressemblerait un baiser de Lucas ? Il était mignon, plein d'assurance, avec une voix sexy et des yeux bleus brillants qui lui donnaient envie de s'abandonner à lui, même si elle ignorait ce que cela signifiait vraiment. Mais lui le savait très certainement, et elle ne serait que trop heureuse de devenir son élève...

Il était revenu avec deux manteaux et un autre verre pour elle.

— Et toi, tu ne bois rien ? avait-elle demandé.

— Ce n'est pas de boire que j'ai envie, ce soir.

Il la dévisageait avec une telle intensité que, même avec son expérience très limitée, elle avait deviné sans mal à quoi il faisait allusion.

— Moi non plus, avait-elle répondu dans un souffle.

Elle n'avait pas besoin d'alcool pour avoir la tête qui tourne. La simple présence de Lucas lui suffisait. Elle croyait fermement au coup de foudre, l'idée que deux personnes puissent reconnaître leur âme sœur au premier regard l'avait toujours enchantée. Et à cet instant, elle éprouvait le sentiment que c'était exactement ce qui se passait. L'impression de ne plus pouvoir respirer mais de ne plus en avoir besoin. L'homme de sa vie était là, elle l'avait trouvé, et sa vie avait enfin pris tout son sens.

— Je pensais qu'on pourrait rester ici, avait-il suggéré en lui montrant les manteaux. On serait moins dérangé.

Ce n'est qu'en voyant la buée sortir de ses lèvres qu'elle avait pris conscience du froid. Elle avait alors enfilé le manteau qu'il ouvrait pour elle en respirant son odeur fraîche de pin.

— Combien de temps dois-tu séjourner ici ? s'était-il enquis après avoir fermé la porte du balcon pour étouffer le bruit de la fête.

— Un peu plus de deux semaines. Jusqu'au nouvel an, en fait.

— Tu viens souvent à Moose River ?

— Presque toutes les vacances de Noël depuis neuf ans.

Avant cela, quand son frère était encore en vie, ils étaient allés un an sur deux fêter la nouvelle année en Californie, chez leur grand-mère maternelle. La mort de Stephen avait tout bouleversé. Mais elle n'avait pas envie d'en parler. Ce soir-là, il n'avait pas été question de sa famille ou de son passé. C'était d'elle qu'il s'agissait alors, et de l'occasion qui lui était donnée de connaître avec Lucas toutes ces choses dont la disparition brutale de Stephen l'avait privée.

— Noël sous la neige, avait-il dit. J'ai hâte de connaître ça. Ce sera mon premier Noël blanc.

— C'est vrai ? Alors, il faut que tu en profites au maximum.

— C'est bien mon intention.

Il l'avait de nouveau fixée, si attentivement qu'elle s'en était sentie gênée.

— Quoi ? Qu'y a-t-il ?

— Je cherche à deviner ce que tu penses.

— De quoi ?

— De moi.

Elle avait hésité. Lui dire qu'elle le trouvait irrésistible aurait été un peu direct. Mieux valait être plus subtile.

— Je ne sais rien de toi.

— Et que voudrais-tu savoir ?

— Eh bien… A vrai dire, je n'en ai aucune idée.

Elle avait en fait assez peu eu l'occasion de parler à un étranger. Et les garçons de son entourage n'avaient pas de secrets pour elle. Tous étaient nés avec une petite cuillère d'argent dans la bouche. Tous étaient riches, bien éduqués, tous vivaient dans des quartiers huppés et avaient eu droit à leur première voiture pour leurs seize ans.

Mais Lucas, lui, était différent.

— Tu veux que je commence ? avait-il proposé.

— D'accord.

— Bien. Alors, voyons… Est-ce que tu as un petit copain ?

— Non. Pourquoi ?

— Parce que je voudrais t'embrasser, et je préfère m'informer avant pour être sûr de ne pas piétiner les plates-bandes de quelqu'un d'autre.

Elle avait écarquillé les yeux.

Il lui offrait de faire l'expérience de la liberté, ni plus ni moins ! De connaître quelque chose sans l'approbation préalable de ses parents.

Elle avait déjà enfreint plusieurs règles ce soir-là, alors une de plus ne changerait pas grand-chose. Et si elle ne saisissait pas l'occasion, elle avait de fortes chances de ne pas la voir se représenter. Son temps à Moose River était compté, et elle aurait tort de le perdre en réfléchissant. C'était ce moment-là ou jamais…

Elle n'avait rien fait qu'elle n'avait eu à regretter plus tard. Pas ce soir-là, en tout cas. Elle avait juste embrassé Lucas.

Elle ignorait que ce baiser allait tout changer pour elle. Comment aurait-elle pu savoir à cet instant qu'elle s'engageait sur un chemin qui allait radicalement bouleverser sa vie ?

Les lèvres de Lucas étaient si tendres. Elle avait entrouvert les siennes et frémi lorsque, après les avoir mordillées, il avait glissé le bout de la langue pour aller rencontrer la sienne. Elle avait eu à cette seconde l'impression que c'était de son corps tout entier qu'il s'emparait. Qu'ils ne faisaient plus qu'un. Elle avait senti comme une flamme monter de son ventre. Un feu très doux l'avait consumée, et elle avait silencieusement encouragé son audace, l'invitant à l'embrasser encore, toujours…

5

— Jess ? Jess !

Jess, debout devant la fenêtre, revint brusquement au présent et se retourna.

— Quoi ? Qu'y a-t-il ?

— Tu n'entendais pas ? Lily te parlait.

— C'est quoi qu'on fait, ce soir, maman ?

Mais elle n'arrivait pas à penser. Son esprit était tout entier accaparé par Lucas.

Par chance, Kristie vint à son secours, comme bien souvent.

— Ça te dirait de faire quelque chose avec moi, Lily ? proposa-t-elle.

— Quoi ?

— Ah, ce serait une surprise ! Et je sais que tu adores les surprises. Allez, va mettre ta brosse à dents et ton pyjama dans un sac. Je suis sûre que, à nous deux, on aura une super idée.

Dès que Lily eut disparu dans la chambre, Kristie se tourna vers Jess.

— Tu devrais appeler Lucas et voir s'il est libre pour dîner.

— Quoi ? Mais...

— Allez, tu penses à lui depuis ce matin, et sûrement même depuis hier. Alors, profite de ce que je suis libre de m'occuper de Lily pour aller le voir. Je vais l'emmener faire un tour de calèche, depuis le temps qu'elle en a envie.

— De calèche ? J'avais prévu de le faire avec elle pour Noël. Tu ne veux pas trouver autre chose ?

Elle n'avait d'autre choix que d'attendre sa première paye pour cela. Bien sûr, elle savait que Kristie serait prête à le lui offrir, mais sa cousine la connaissait assez pour comprendre qu'elle était déterminée à se débrouiller seule.

— Bon, comme tu veux, soupira Kristie. Je peux l'emmener dans notre appart, alors ? Je ne lui dirai pas qu'il appartient à la famille. On boira un chocolat chaud devant le feu en regardant des dessins animés. Elle pourra dormir sur place, ce qui fait que tu auras toute la nuit pour toi.

Jess se mordilla la lèvre, pas certaine que ce soit une bonne idée.

— Tu te souviens de ce qui s'est passé la dernière fois où on a concocté ce genre de plan… Je suis tombée enceinte.

Kristie haussa les épaules avec un sourire fataliste.

— Lily rêve d'un petit frère ou d'une petite sœur. Et sûrement aussi d'un papa. A mon avis, la fée du destin est en train d'affûter sa baguette pour t'amener à des décisions que tu ne choisirais pas de prendre toute seule. Et si tu la laissais faire ? Les fées savent ce qu'elles font, tu sais. Et je suis d'accord avec elles pour penser que tu devrais aller retrouver Lucas. Tu lui dois bien ça, non ?

Jess se refusa à mettre une robe. Un piteux acte de rébellion qui lui offrit fugacement l'impression de contrôler la situation. Mais elle se maquilla tout de même un minimum : elle tenait à être jolie, sans avoir l'air d'en rajouter.

A aucun prix elle ne voulait donner à cette soirée un caractère romantique. Lucas et elle étaient deux simples relations qui évoqueraient le temps passé.

Elle enfonça donc son jean dans ses bottes et enfila un pull noir. Au dernier moment, elle attrapa une écharpe rouge pour mettre une touche de couleur à sa tenue.

Elle avait insisté pour rejoindre Lucas à l'hôtel. Après tout, elle était tout à fait capable de faire la distance à pied ! Et elle prit même le temps d'admirer les illuminations en chemin.

Enfant, elle avait adoré Noël. En partie parce que cette saison de fête incluait son propre anniversaire, et pour toute l'atmosphère qui l'accompagnait. Jusqu'à la mort de son frère.

Après cela, Noël avait perdu son charme. Elle savait que Stephen était toujours là dans l'esprit de ses parents, surtout de sa mère, et particulièrement à cette époque de l'année. Et cela ternissait le plaisir qu'elle avait pu y prendre avant. Même si on ne parlait jamais de lui de crainte de faire encore plus de peine à sa mère, son absence se faisait toujours sentir, et les noëls n'avaient jamais plus été les mêmes.

Jusqu'à la naissance de Lily. Aujourd'hui, elle se démenait pour créer un Noël parfait, et elle espérait que le fêter à Moose River lui offrirait cette chance. Ce serait l'occasion pour elle de redonner sa joie à cette période de fête.

Elle sentit un regard sur elle et devina aussitôt qu'il s'agissait de Lucas. Se retournant, elle le vit en effet qui venait vers elle à la réception.

Costume marine, chemise jaune pâle et cravate ciel, il était superbe. Jamais encore elle ne l'avait vu aussi élégant. Ses cheveux étaient soigneusement disciplinés, et elle dut se retenir d'y glisser les doigts pour les ébouriffer.

Elle le préférait plus décontracté, c'était indéniable. Mais le Lucas de ses souvenirs aurait-il eu sa place dans ce luxueux hôtel ? Il avait changé, c'était certain, mais sans doute pas autant qu'elle.

Cette idée la fit sourire.

Arrivé près d'elle, il lui prit les mains et se pencha pour l'embrasser sur la joue tandis qu'elle respirait son odeur fraîche. La caresse fugace de ses lèvres lui provoqua un frisson le long du dos.

Etrangement, son corps semblait avoir oublié qu'il ne s'agissait pas d'un rendez-vous amoureux et que sept ans s'étaient écoulés depuis que Lucas avait partagé son lit.

Elle avait connu quelques aventures au cours des années passées, mais elle n'y avait pas donné suite, car aucun homme, jamais, n'avait exercé sur elle autant d'effet. Son attirance pour Lucas White avait été immédiate, irrésistible. Elle avait tout de suite eu la certitude qu'il saurait la faire fondre de plaisir entre ses bras, et elle ne s'était pas trompée. Personne d'autre, jamais, ne lui avait transmis ce puissant sentiment qu'elle était le centre de l'univers. Alors, pourquoi chercher ailleurs ce que lui seul avait été capable de lui donner ? C'était une perte de temps pure et simple. Elle préférait encore rester à jamais célibataire.

Maintenant, rien que par sa présence, elle avait de nouveau l'impression d'être vraiment vivante. Un simple frôlement, un regard, un baiser suffiraient à enflammer son désir. Elle allait devoir se montrer prudente. Et ne pas perdre de vue qu'elle jouait avec le feu…

— Gigi, dit Lucas, d'une voix qui l'enveloppa comme une brise chaude. Je suis heureux que tu sois venue.

Comme si elle avait eu le choix ! Sa volonté n'avait pas été assez forte pour surmonter la tentation. Le savoir à quelques rues d'elle seulement était un vrai supplice de Tantale.

— Ça ne t'ennuie pas que nous restions à l'hôtel pour dîner ?

— Non, sauf que je ne suis pas habillée pour ça.

Ouvrant son manteau, elle lui montra son pull et son jean.

Pourtant, quand il promena son regard sur elle, elle put y voir une très nette et très réconfortante approbation.

— Tu es très bien comme ça, lui dit-il en lui prenant son manteau. Et avec moi, tu ne crains rien. S'il le faut, j'en toucherai deux mots au maître d'hôtel.

« Avec moi, tu ne crains rien. » C'était ce qu'il lui avait dit cette nuit-là, il y avait si longtemps ! Et elle en éprouva le même réconfort qu'alors.

— Tu es sûr ? Je ne voudrais pas que la réputation de ton établissement en pâtisse.

— Crois-moi, le prestige de l'hôtel n'en souffrira pas. Nous sommes déjà complets pour le week-end. Et je préfère rester sur place pour le cas où un problème surgirait.

— Ça arrive souvent ? Je veux dire, des problèmes ?

— Tout nouveau projet en soulève, c'est inévitable. La seule inconnue dans l'histoire, c'est leur ampleur.

Après que Lucas eut porté son manteau au vestiaire et salué le maître d'hôtel, il l'entraîna vers une table où une bouteille de champagne attendait dans un seau à glace argenté.

Il servit lui-même leurs deux coupes.

— A notre vieille amitié, dit-elle alors qu'ils trinquaient.

— Et aux futurs souvenirs, ajouta-t-il. Je suis vraiment heureux de te revoir, Gigi.

Elle trempa nerveusement les lèvres dans le liquide blond alors qu'un serveur s'arrêtait devant leur table.

— Nous n'avons pas encore choisi, lui dit-il.

— Je te fais confiance. Choisis pour moi, ce sera plus simple.

D'ailleurs, anxieuse comme elle l'était, elle risquait fort de ne rien pouvoir avaler. Plus vite ils auraient commandé, plus vite ils auraient terminé ce repas, et donc plus vite elle pourrait fausser compagnie à Lucas avant de dire ou de faire quelque chose qu'elle regretterait.

Tandis que Lucas passait la commande, elle se tourna vers la fenêtre donnant sur la place.

La neige scintillait sous les lumières alors que les patineurs évoluaient sur la glace.

— La vue est splendide, d'ici, s'extasia-t-elle avec sincérité. Et cet hôtel est magnifique.

— C'est vrai ? Il te plaît ?

— Il est parfait. Celui ou celle qui l'a conçu a fait preuve d'un réel talent.

— Merci.

— Oh ! C'est toi ?

Lucas acquiesça avec un léger sourire.

— Mais... Je croyais que tu en étais simplement le directeur ?

— C'est mon titre, mais c'est aussi mon hôtel.

— Mmh... Tu as vu grand.

Il inclina la tête.

— Que veux-tu dire ?

— Eh bien, tu m'avais confié que tu souhaitais travailler dans l'industrie hôtelière, mais tu n'as jamais dit que tu souhaitais carrément acheter un hôtel.

— Tu te souviens de ça ?

En ce qui te concerne, je me souviens de tout, répondit-elle silencieusement alors que le serveur déposait les amuse-gueules sur la table.

— A ce propos, je dois te remercier, ajouta-t-il. Si j'en suis là, c'est en partie grâce à toi.

— A moi ?

— Oui. Mon projet a pris forme dans ma tête à partir du jour où tu as disparu de ma vie.

— Pas de mon plein gré, Lucas. C'est mon père qui m'a envoyée au loin. Et je n'ai pas eu mon mot à dire.

— Pour moi, c'était comme si tu t'étais volatilisée. Je t'ai cherchée partout, tous les jours, jusqu'à la fin de la saison. Mais sans le moindre succès.

— Tu m'as cherchée ? répéta-t-elle, incrédule.

Jamais elle n'avait pensé qu'elle pourrait lui avoir manqué.

— Evidemment ! Tu crois que je t'aurais laissée disparaître comme ça ? Surtout après ce qui s'était passé ce jour-là ? Je suis finalement allé voir le gardien de ton immeuble, et il m'a appris que vous étiez tous partis. J'ai attendu longtemps d'avoir de tes nouvelles, j'espérais que tu reviendrais avant la fin de la saison. En désespoir de cause, je t'ai même écrit. Plein de lettres que je n'ai jamais terminées, et donc jamais postées.

— Pourquoi ?

Ç'aurait été tellement plus simple si elle les avait reçues ! Elle aurait alors pu le retrouver lorsqu'elle avait eu besoin de lui.

— Je n'ai jamais été très doué pour l'écriture. Pour moi, les mots ne sont que des promesses stériles, et j'aurais préféré te dire ce que je souhaitais de vive voix… Enfin, tu es là, maintenant. Evidemment, ça a pris plus longtemps que je ne l'aurais pensé, mais au moins il nous est donné une chance de lancer un pont sur toutes ces années en nous expliquant sur ce qui nous est arrivé ce jour-là et pendant les sept ans qui ont suivi.

Ce jour-là… Elle pouvait presque se souvenir de chaque minute de ce jour fatidique. Les instants merveilleux aussi bien que les autres, humiliants. Non, elle ne risquait pas d'avoir oublié cet anniversaire…

L'envie de faire l'amour avec Lucas s'était imposée à elle dès l'instant où il l'avait embrassée. Après cette fête chez lui, elle était prête à lui offrir tout ce qu'il lui aurait demandé. Sauf que son rêve avait pour décor un grand lit avec des draps propres, de la musique douce et des bougies. Se déshabiller dans la chambre qu'il partageait avec Sam, pas question. Elle avait donc attendu qu'une occasion plus appropriée et romantique se présente. Tous deux se voyaient en douce aussi souvent que possible. Jamais encore elle n'avait ainsi enfreint les règles, mais Lucas avait libéré en elle un nouvel aspect de sa personnalité auquel elle n'était plus capable de résister. Le retrouver lui paraissait alors plus important que tout. Plus important qu'être la fille obéissante et parfaite qu'elle avait été jusqu'alors.

Or, une semaine plus tard, le matin de son anniversaire, son oncle et sa tante avaient annoncé qu'ils partaient faire de l'héliski, les laissant seules pour la journée, Kristie et elle : une chance inespérée de passer l'après-midi avec Lucas ! Ainsi, le jour de ses dix-huit ans, avait-elle pu lui offrir un magnifique cadeau : le décor idéal pour qu'il la séduise. C'était indispensable puisque, étant sans expérience, elle n'aurait pas su par où commencer. Elle s'était donc chargée de la mise en scène en organisant un après-midi séduction, mais c'était bien plus que cela. C'était sa virginité qu'elle avait offerte à Lucas. Elle lui avait donné son corps et son cœur, et il les avait pris l'un et l'autre. En retour, il lui avait fait le merveilleux présent de Lily. Cela avait été son plus bel anniversaire.

Enfin, cela avait failli l'être... Etre prise en flagrant délit par ses parents n'était pas exactement la façon dont elle avait envisagé la fin de l'après-midi.

— Ce jour-là ne s'est pas terminé comme je l'avais imaginé, soupira-t-elle.

— Pour moi non plus. Mais je veux savoir ce qui s'est passé pour toi. Tu as disparu...

— Nous avons quitté Moose River ce même soir.

— Tous ?

— Oui.

— A cause de moi ?

— A cause de nous deux. Mais surtout à cause de mon père. Je ne sais pas comment, mais j'avais gommé que mes parents nous rejoignaient ce jour-là. J'avais complètement perdu la notion de l'heure.

Lucas lui avait ouvert la porte d'un monde inconnu, un monde de plaisir et d'extase. Elle avait le sentiment que son corps s'était épanoui comme une fleur sous la caresse de ses doigts et de ses lèvres. Au point qu'elle en avait oublié tout le reste, y compris l'arrivée imminente de ses parents. Elle se rappelait encore précisément l'instant où elle les avait entendus entrer. Elle était alors brutalement tombée de son nuage pour plonger dans un cauchemar.

Lucas et elle venaient de s'unir pour la seconde fois lorsque la porte de l'appartement avait claqué. Elle avait entendu Kristie les accueillir d'une voix forte destinée à la prévenir. Dieu merci, celle-ci avait pu les retenir assez longtemps pour permettre à Lucas d'attraper ses vêtements et d'aller se rhabiller dans la salle de bains, tandis qu'elle-même enfilait son pantalon de jogging et un T-shirt. Juste à temps : son père arrivait déjà dans sa chambre pour lui souhaiter son anniversaire. Mais sa nervosité et celle de Lucas avaient immédiatement éveillé ses soupçons. Un coup d'œil sur le lit sens dessus dessous avait suffi à confirmer ses doutes, et il avait explosé. Sa colère envers elle avait été à la mesure de sa déception, et avec Lucas il s'était montré affreusement méprisant. Il l'avait mis à la porte sans plus de cérémonie sinon quelques réflexions bien senties. Son oncle et sa tante étaient rentrés au beau milieu de ce remue-ménage. Sa cousine et elle avaient été sommées de faire leurs bagages et avaient été ramenées le jour même à Vancouver. Là, elle avait eu droit à d'interminables sermons sur l'abus de confiance et le manque de respect, autant envers son oncle et sa tante que pour les règles imposées par ses parents.

— Je me suis tellement inquiété pour toi ! dit Lucas, interrompant le cours de ses pensées. J'ai vraiment cru que ton père allait faire une attaque.

— Il a toujours été surprotecteur, mais sa réaction ce jour-là était vraiment excessive, même pour lui. J'ai eu tellement honte de la façon dont il t'a traité… En fait, je ne lui ai jamais pardonné.

Lucas sourit alors que le serveur déposait leurs hors-d'œuvre devant eux.

— Pourtant, je crois que je devrais le remercier, au contraire.

— Le *remercier* ?

— Oui. C'est grâce à ses reproches que je suis arrivé là où j'en suis aujourd'hui. Il m'avait accusé d'être un bon à rien, j'ai voulu lui prouver le contraire.

Machinalement, elle promena son regard sur la salle.

— Tu as fait tout ça pour prouver qu'il avait tort ?

— Je tenais à lui démontrer que j'étais digne de sa fille. Mais, en fait, c'est pour toi que je l'ai fait.

— Pour... Pour *moi* ?

Comme Lucas prenait sa main dans la sienne et traçait du pouce des cercles dans sa paume, elle sentit son corps réagir et eut la sensation fugace de retrouver ses dix-huit ans.

— Ton père m'avait assené que je ne serais jamais à la hauteur de ses espérances. Mais c'étaient les tiennes dont je me souciais. Je voulais être quelqu'un capable de se battre pour toi et de te protéger. Ce jour-là, je n'ai pas su te défendre, mais je veux que tu saches que ça ne se reproduira pas. Jamais.

— Je ne suis plus la même, Lucas.

Elle se rappelait ce jour horrible comme si c'était la veille. La honte. Le déchirement. Elle avait pensé alors que rien ne pouvait être pire. Pourtant, si. Elle s'était rendu compte depuis que la situation pouvait se dégrader encore. Après cela, sa vie avait été bouleversée. Seuls ses sentiments pour Lucas étaient restés inchangés au cours des sept années qui s'étaient écoulées.

Alors que son regard se rivait au sien, elle sut qu'elle serait encore prête à le suivre n'importe où s'il le lui demandait. Et d'abord dans son lit. Son corps tout entier réclamait ses caresses et ses baisers.

Cependant, elle devait résister, le maintenir à distance, même lorsqu'il la regardait comme il le faisait à cet instant — comme si elle était la personne qui comptait le plus au monde pour lui. Là, les yeux plongés dans les siens, elle aurait presque pu croire que sa vie était toujours aussi simple qu'elle l'avait été. Aisée et privilégiée. Ce qu'elle n'était plus depuis longtemps.

Il lui fallait se faire violence pour ne pas tout lui révéler. Evidemment, elle y serait contrainte tôt ou tard, mais elle redoutait sa réaction. Lui pardonnerait-il ? Les rejetterait-il toutes les deux, elle et sa fille ?

Son retour ici était censé lui permettre de reprendre sa vie en main, de leur donner, à Lily et à elle, la liberté à laquelle elle aspirait. Mais tout ce qu'elle trouvait sur leur chemin, c'étaient des complications et de la confusion. Toujours plus de questions, de moins en moins de réponses…

Elle doutait de se sortir le cœur intact de cette situation. Et l'idée de perdre Lucas une seconde fois lui était insupportable.

Libérant sa main de la sienne, elle prit sa coupe, dont elle tourna le pied entre ses doigts.

Elle avait si souvent rêvé de l'avoir là, près d'elle… Il était temps de lui révéler ce secret qu'elle portait depuis trop longtemps seule.

Elle but une gorgée de son champagne puis reposa sa coupe. Son cœur battait à tout rompre lorsqu'elle releva les yeux vers lui.

— Lucas, j'ai quelque chose à t'avouer…

6

— Monsieur White, je suis navrée de vous déranger, mais nous avons une urgence.

Avant que Jess ait pu finir sa phrase, une jeune femme en tailleur noir s'était arrêtée devant leur table. Un badge discret sur le revers de sa veste indiquait « Sofia ».

— Que se passe-t-il ?

— Un petit garçon de sept ans a disparu.

Lucas bondit aussitôt de son siège.

— Les parents sont des clients de l'hôtel ?

— Non.

Sofia cita le nom de l'enfant, Michael Barnes. Jess reconnut celui d'un camarade de Lily dont la famille occupait un chalet à la sortie du village.

— L'équipe de recherche a été mobilisée, mais les chutes de neige recouvrent les traces, et ils demandent de l'aide.

— Bien sûr, dit-il en se tournant vers Jess. Excuse-moi, je dois te laisser. Je fais partie de l'équipe de volontaires qui assiste les professionnels en cas de besoin.

Jess avait le cœur serré à l'idée de la détresse de cette famille.

— Je peux me rendre utile, proposa-t-elle. Je pourrais participer activement ou au moins préparer des boissons chaudes.

— Sofia, vous pourriez trouver des vêtements chauds pour Jess pendant que je me change ?

Soulagée qu'il accepte sa coopération, elle suivit Sofia et enfila la tenue qu'elle lui tendit.

Dehors, il neigeait toujours. Les décorations de Noël s'efforçaient vaillamment de percer le rideau de flocons. Des faisceaux vacillants de lampes dansaient partout dans le village. Il devait déjà y avoir au moins une centaine de chercheurs répartis sur le flanc de la montagne. La neige étouffait les sons. L'équipe de professionnels devait avoir exigé le silence afin de pouvoir entendre les éventuels appels du garçon, mais on percevait de temps à autre l'appel d'un des sauveteurs.

Lucas se dirigeait déjà vers le chalet familial de l'enfant où l'état-major de l'équipe de secours s'était installé.

Comme elle se hâtait de le rattraper, elle glissa dans la neige. Elle sentit aussitôt sa main se refermer sur la sienne, qu'il garda fermement, sans un mot.

Visiblement, il se concentrait sur la tâche qui les attendait.

Arrivés au chalet, ils se présentèrent à l'homme qui était assis à la table du salon avec une radio à la main et une grande carte étalée sous les yeux.

Celui-ci leur transmit les informations qu'il possédait.

— Le petit s'appelle Michael. On a signalé sa disparition il y a vingt minutes. Il jouait avec ses aînés derrière le chalet. Eux sont rentrés en pensant qu'il les suivait et se sont aperçus trop tard que ce n'était pas le cas. Le chalet est l'épicentre des recherches. Les équipes travaillent à cent mètres d'intervalle à partir d'ici, expliqua le coordinateur en désignant les cercles concentriques qui apparaissaient en rouge sur la carte.

— Quel est exactement l'endroit où il a été vu pour la dernière fois ?

— Les gosses faisaient un bonhomme de neige derrière le chalet. C'est là que ses frères l'ont vu en dernier.

— D'accord. Je vais partir de là.

— On a déjà cherché là, et on n'a rien trouvé de spécial.

— Je vais tout de même m'en assurer.

— Comme vous voulez. Tenez, vous en aurez besoin, ajouta l'homme en lui tendant une torche et un sifflet.

Lucas se tourna vers elle.

— Tu viens avec moi, Gigi ?

Elle ne savait pas trop ce qu'il attendait d'elle, mais elle décida de s'en remettre à lui et le suivit dehors, les bottes s'enfonçant dans les congères accumulées contre les murs. C'est tout essoufflée que, après avoir franchi le coin du bâtiment, elle se retrouva avec Lucas devant un bonhomme de neige difforme.

La neige alentour était sale, piétinée par les hommes partis à la recherche de Michael. Du coup, les empreintes des enfants avaient été effacées.

— Que cherches-tu ? demanda-t-elle à Lucas en le voyant examiner le toit du chalet.

Il s'avança de quelques pas pour s'arrêter devant un gros tas de neige fraîche de près de deux mètres qui semblait avoir été poussée là par un chasse-neige.

— C'est tombé du toit, dit-il en désignant la partie vide dans la couche de neige juste au-dessus. Michael pourrait très bien être enfoui là-dessous. J'ai déjà vu ce genre de cas.

S'agenouillant, il commença immédiatement à creuser avec ses mains gantées.

Elle aussi avait déjà vécu cela. Son propre frère était mort étouffé. Pétrifiée par ce souvenir, elle considéra l'énorme masse blanche, la poitrine horriblement oppressée comme si c'était elle qui était prisonnière et asphyxiée.

— Jess, aide-moi ! lança Lucas par-dessus son épaule.

Elle resta là à le regarder se démener et lutter contre la montre, incapable de bouger.

— Jess ! Mais qu'est-ce que tu fiches ? Il n'y a pas de temps à perdre, bon sang ! Remue-toi !

Il avait haussé la voix, et cette fois cela la sortit brutalement de sa stupeur.

Si elle ne voulait pas revivre son cauchemar, si elle voulait l'exorciser, son seul choix était de faire tout son possible pour sauver cet enfant !

Elle s'agenouilla près de Lucas, se mit à creuser, et c'est avec une énergie décuplée qu'elle s'activa, ignorant les douleurs dans ses bras alors qu'elle repoussait la neige.

Non, il n'était pas question qu'elle assiste à une nouvelle tragédie. Elle n'avait pas pu sauver son frère, mais alors elle n'avait que huit ans. Aujourd'hui, elle en avait presque vingt-cinq, et elle sauverait ce petit garçon.

Lucas s'adressait constamment à celui-ci alors qu'il se débattait de toutes ses forces pour le délivrer.

— Michael ? Tu es là, mon gars ? Tu m'entends ? Tiens bon, on va te sortir de là. Michaël ?

Elle commençait à avoir la vision troublée par l'effort. Ses muscles la faisaient souffrir et elle haletait, mais pour rien au monde elle ne se serait arrêtée...

Soudain, elle atteignit quelque chose de dur. De plus ferme que la neige.

— Lucas ! Là !

Avec son aide, il dégagea quelque chose de sombre. Un vêtement ?

— C'est une botte. Continue de déblayer.

Lucas sortit le sifflet de sa poche et lança l'alerte de trois coups brefs. Le son strident perça la nuit, il serait certainement entendu sur des kilomètres.

— Ici ! On a besoin d'aide ! hurla-t-il ensuite.

Elle accéléra le rythme, ignorant les protestations de son corps épuisé.

— Vous l'avez trouvé ? Où est-il ?

Les questions fusèrent autour d'eux alors que d'autres chercheurs les rejoignaient.

— Il est ici, il faut qu'on déblaie.

Elle avait libéré les pieds de Michael, aussi pouvait-on désormais voir dans quelle direction creuser pour repousser la neige de son visage. Tous s'activèrent en silence, conscients que chaque seconde était vitale.

En moins d'une minute, le corps du garçon fut exposé. Il était couché sur le côté, en position fœtale, et son bras replié cachait son visage. Il ne bougeait pas.

Elle se pencha pour poser la joue contre le nez de Michael.

— Il ne respire pas.

Lucas ôta un de ses gants afin de presser les doigts sur le cou du garçon.

— Le pouls est lent, mais il y en a un. Appelez les ambulanciers, ordonna-t-il.

— Je ne veux pas revivre ça, Lucas. Il faut qu'on le sauve !

— On fait tout pour ça, Gigi. Il faut qu'on le retourne. Dégagez la neige derrière lui.

La neige enfin déblayée, elle glissa ses gants dans sa poche et prit la tête du garçon entre ses paumes tandis que Lucas le retournait avec précaution. Elle pouvait commencer le bouche-à-bouche en attendant l'ambulance.

Après avoir dégagé ses voies respiratoires, elle lui renversa légèrement la tête en arrière et insuffla l'air dans sa bouche en guettant le gonflement de sa poitrine.

Elle entendit les parents de Michael arriver mais ne relâcha pas pour autant son effort. Les larmes roulaient sur ses joues, mais elle ne prenait pas le temps de les essuyer. A cet instant, son univers tout entier était réduit à cet enfant. Elle ne pouvait pas rester inactive, il fallait qu'elle tente le tout pour le tout.

— L'ambulance est là, Gigi, l'informa Lucas en posant la main sur son épaule.

Elle pouvait enfin s'interrompre pour céder la place à d'autres professionnels plus qualifiés.

Lorsque Lucas l'aida à se relever, elle tremblait de façon incontrôlable. Ses pieds étaient engourdis et ses doigts gelés.

— Allez, viens, il faut que tu te réchauffes.

Sans doute avait-il raison, mais elle ne pouvait pas s'y résigner. Elle ne pourrait pas partir sans savoir ce qu'il adviendrait de l'enfant.

— Non, pas encore, dit-elle en remettant ses gants.

Lucas n'insista pas, mais il passa un bras sur ses épaules, et elle lui fut reconnaissante de la chaleur qu'il lui apportait.

Tandis que les ambulanciers inséraient une canule oro-pharyngée dans la gorge du petit garçon et lui plaçaient un masque sur le visage, elle les entendit évoquer de possibles lésions crâniennes et thoraciques. Ils lui posèrent une perfusion de solution saline tiède avant de l'installer sur la civière et de le charger dans l'ambulance tout en continuant à le ventiler avec le ballon.

Au moins n'avait-on pas perdu l'espoir de le sauver.

Dès que les feux arrière du véhicule d'intervention eurent disparu, Lucas demanda à quelqu'un de les reconduire au Chalet en voiture. Une fois sur place, elle tenait à peine debout, il dut presque la porter.

— Tu préfères que je te ramène chez toi ? proposa-t-il.

Elle pouvait tout juste garder les yeux ouverts, mais elle ne souhaitait pas encore quitter les bras de Lucas.

— Pas tout de suite, murmura-t-elle.

— Alors, viens dans ma suite. Je vais demander qu'on nous apporte quelque chose de chaud.

Il se dirigea vers la réception, derrière laquelle il ouvrit une porte avec une carte magnétique.

Ils se retrouvèrent dans le salon de sa suite, une pièce au décor accueillant et, mieux encore à cet instant, délicieusement chaude.

D'office, il l'installa sur le canapé en cuir moelleux devant la cheminée où, avec la dextérité de l'habitude, il alluma un bon feu. Après cela, il lui ôta ses bottes et lui frictionna les pieds pour réactiver la circulation du sang.

Un coup à la porte annonça alors l'arrivée d'une employée poussant devant elle un petit chariot.

— Le dessert, monsieur White, dit-elle avant de s'éclipser.

Lucas alla soulever la cloche argentée, révélant un pudding au chocolat, une tarte aux pommes et un bol de lait de poule chaud. Ayant sorti une bouteille de rhum d'un bar à alcools, il en ajouta une larme dans le bol.

— Ça, c'est pour te réchauffer, dit-il en le lui tendant, avant de s'en servir lui-même une petite ration.

Il lui recouvrit ensuite les genoux d'une couverture puis vint s'asseoir près d'elle pour la prendre par les épaules.

Etre ainsi choyée, au chaud et surtout dans les bras de Lucas, lui donnait l'impression d'être au paradis.

— Tu crois que Michael va s'en sortir ? demanda-t-elle.

— A mon avis, oui, il a de bonnes chances de se remettre. Il avait un pouls lent, mais le froid avait ralenti son métabolisme, et c'est peut-être bien ce qui l'aura sauvé.

— On ignore combien de temps il est resté sans respirer.

— C'est vrai. Mais son bras replié sur le visage ménageait une poche d'air qui lui permettait de survivre trente minutes ou plus dans ces conditions, car la neige n'était heureusement pas trop lourde pour l'écraser. Espérons juste que nous soyons arrivés à temps.

— Comment as-tu deviné qu'il était là ?

— J'ai vécu un scénario semblable une fois, en Australie. Un gosse s'était trouvé au mauvais moment au mauvais endroit, et il avait été enfoui sous un tas de neige qui avait glissé du toit. Personne ne l'avait envisagé, et les recherches se sont déployées pendant des heures partout sauf là. Depuis, c'est une possibilité que j'envisage toujours dans ce genre de circonstances.

— Et que s'est-il passé, alors ?

Il soupira.

— Nous n'avons pas eu la même chance. Quand nous l'avons sorti de là, il était trop tard. Il faut croire que, ce soir, le ciel était avec nous.

Lucas avala une gorgée de son rhum en la regardant avec insistance.

— Mais toi aussi, tu as connu ce genre de situation, n'est-ce pas ?

Elle acquiesça en silence.

— Tu veux en parler ?

— C'était mon frère.

— Ton frère ? répéta-t-il en resserrant l'étreinte de son bras autour de ses épaules.

Elle se laissa aller contre lui en fermant les yeux.

— Il avait six ans quand il est mort.

— Un accident ?

— Oui. Qui ressemblait aussi beaucoup à celui de ce soir.

— Et ça s'est passé ici ?

— Non...

Elle marqua une pause avant de se décider à reprendre.

— Nous étions en vacances d'été avec la famille chez mes grands-parents, en Californie. C'était super. Pour nous, ça représentait six semaines de liberté. Cette année-là, on avait entrepris avec nos cousins de faire un grand trou dans le sable avec plein de tunnels. L'un d'eux s'est effondré sur Stephen et un de mes cousins. On a réussi à ressortir mon cousin à temps, mais pas mon frère. Le poids du sable l'a écrasé, et il est mort asphyxié.

— Oh ! Gigi... C'est abominable, dit Lucas en l'attirant contre lui. Quel âge avais-tu alors ?

— Huit ans, répondit-elle après avoir avalé une gorgée de son lait de poule pour se donner du courage. Ma mère ne s'en est jamais remise. Je pense qu'elle ne s'est jamais pardonnée de ne pas nous avoir surveillés plus attentivement. Mais nous avions fait ce genre de chose des dizaines de fois avant sans problème. Après, nous ne sommes jamais retournés en Californie. La mort de Stephen a jeté comme une voile noir sur toute la famille. Un voile sous lequel j'ai grandi et qui a façonné ma vie.

— De quelle manière ?

— Après ça, ma mère a complètement changé. Elle ne supportait plus de voir des gens et surtout qu'on lui parle de Stephen. Elle s'est peu à peu refermée sur elle et coupée de tout le monde, y compris de moi. D'après mon père, elle redoutait l'idée que quelque chose m'arrive à moi aussi, et c'était sa façon à elle de se protéger.

Elle prit une longue inspiration avant de poursuivre.

— En revanche, il était lui-même déterminé à me préserver de tous les dangers. Il ne voulait en aucun cas revivre une autre tragédie. Donc, à partir de là, j'ai été hyper-surveillée. Je n'avais pas la moindre liberté, il fallait que mes parents sachent en permanence, à toute heure du jour, où j'étais et ce que je faisais — ce qui explique la réaction excessive de mon père quand il nous a surpris tous les deux. Il s'était donné pour mission de me protéger, et me trouver au lit avec un étranger lui a sûrement fait prendre conscience que j'avais pu faire bien d'autres choses à son insu. C'est toute notre vie qui a été conditionnée par la mort de Stephen. Et, d'une certaine manière, encore maintenant.

— De quelle façon ?

— Eh bien, c'est en grande partie la raison de mon retour ici avec Lily.

— Lily ? C'est ta fille ?

Elle acquiesça d'un hochement de tête.

— Avant la mort de Stephen, j'étais libre d'aller à l'école à pied avec mes copines et de passer un week-end de camping avec ma classe, mais après l'accident, tout avait changé. D'après mon père, le danger se trouvait partout. Je ne veux pas que Lily connaisse cette crainte permanente du danger. Le problème, c'est que, à force d'avoir grandi moi-même dans cette atmosphère, j'ai du mal à être détendue. Quand elle était bébé, j'avais toujours peur de ne pas faire ce qu'il fallait, et je paniquais au moindre rhume...

Elle redoutait même de la laisser à des baby-sitters pendant ses études. Et après, quand elle avait travaillé et que Lily était allée à l'école, elle s'était rendu compte qu'elle l'élevait de la même manière que ses parents l'avaient fait avec elle. Elle la surprotégeait, ce qui n'était pas du tout ce qu'elle voulait. En fait, ce qu'elle aurait souhaité, c'est lui offrir l'enfance qu'elle n'avait pas eue. Elle voulait que sa fille puisse se rendre à l'école à pied avec ses amis et aller chez eux sans qu'elle-même se ronge les sangs en imaginant des scénarios catastrophe.

— Et le père de Lily ? Que pense-t-il de ton installation ici ?

— Lily ne connaît pas son père.

— Oh ! C'est vrai ? Que lui est-il arrivé ?

Elle plongea le nez dans son bol pour gagner du temps.

Etait-ce le bon moment pour le lui révéler ?

Elle devrait lui dire tôt ou tard, pour Lily. Mais par où commencer ? Et comment ?

Non, elle avait encore besoin de temps. De toute façon, il était trop tard pour ce soir. Elle était épuisée, et lui aussi, sans doute.

— Désolé, s'excusa Lucas devant son hésitation. Ça ne me regarde pas, c'est sûr.

Oh que si, ça le regardait ! S'il savait...

Mais elle éluda rapidement le sujet.

— Il ne lui est rien arrivé. C'est seulement que nous étions très jeunes tous les deux.

Elle leva les yeux pour rencontrer ceux de Lucas et l'enjoindre silencieusement d'entendre ce qu'elle jugeait encore préférable de lui taire.

— Je l'aimais, j'étais folle de lui. Mais nous ne nous sommes pas rencontrés au bon moment, et ce n'est la faute de personne si j'élève seule Lily... Il est tard, ajouta-t-elle en étouffant un bâillement. Il faut que je rentre.

Toutefois elle n'était pas dupe : elle se cherchait simplement des excuses pour éviter cette conversation.

— Tu es sûre ? insista Lucas. Je n'aime pas te laisser sortir dans le froid alors que tu commences tout juste à te réchauffer. Reste encore un peu.

C'était tellement tentant de rester là, dans ses bras, à regarder le feu dans la cheminée ! Lily dormait dans l'appartement familial avec Kristie, aussi n'avait-elle pas d'excuses pour refuser, mais elle savait que cela ne ferait que compliquer la situation. Sept ans plus tôt, elle était tombée sous le charme d'un garçon craquant, et elle savait qu'il s'en faudrait d'un rien pour qu'elle y succombe de nouveau. Si Lucas ne songeait qu'à son bien-être, elle-même craignait fort qu'il ne bouleverse sa vie. Il l'avait déjà fait une fois, elle ne doutait pas qu'il en soit de nouveau capable.

Elle n'osait pas rencontrer son regard de crainte de céder à sa proposition. Attrapant ses bottes, elle se pencha pour les enfiler.

— Je ne peux pas, Lucas. J'ai une fille, maintenant.

— Laisse-moi au moins te raccompagner.

Il l'aida à enfiler son manteau, puis, une fois dans la rue, il lui prit la main.

Elle le laissa faire. Après tout, quel mal y avait-il à ça ?

— C'est ici que tu habites ? s'étonna-t-il quand elle s'arrêta devant le vieil immeuble. Alors, c'est un peu un retour à la case départ, non ?

— Si on veut…

Une fois à l'intérieur, elle hésita. Laisser Lucas l'accompagner jusqu'à sa porte serait tenter le diable.

— Merci pour cette soirée, dit-elle.

La formule était un peu guindée, mais au moins lui permettait-elle de garder ses distances.

— Nous devrions le faire plus souvent, rétorqua-t-il aussitôt, d'une voix pleine de promesses et de suggestions excitantes.

S'il était capable de l'enflammer rien que par sa voix, elle n'osait imaginer ce qu'il pourrait faire avec ses mains…

— D'accord, mais sans intermède dramatique, ironisa-t-elle.

— On évitera, oui.

Il se pencha vers elle, et ses lèvres lui effleurèrent le coin de la bouche.

Troublée, elle tenta de lutter contre le désir qui montait en elle, mais en pure perte. Avec lui, elle perdait toute volonté. Elle croisa les mains sur sa nuque comme pour s'assurer qu'il ne change pas d'avis et entrouvrit les lèvres pour l'accueillir.

La bouche de Lucas se posa sur la sienne tandis que, enroulant les bras sur sa taille, il l'attirait plus étroitement contre lui.

Il avait un goût de rhum et de chocolat, et elle eut la sensation d'embrasser une version adulte du Lucas dont elle était tombée amoureuse.

Ce baiser libéra soudain les sept années d'espoirs et de rêves qu'elle avait emmagasinés. Toute l'émotion retenue déferla dans son corps, qui se réveilla comme s'il n'avait fait que sommeiller pendant son absence. Ses mains s'enfouirent dans les cheveux de Lucas tandis qu'ils s'embrassaient toujours.

Elle était incapable de lui résister, elle ne l'avait jamais pu...

Pourtant, elle parvint à trouver la force de s'écarter de lui.

— Nous devons *impérativement* le faire plus souvent, dit-il avec un sourire qui fut près de la faire craquer de nouveau.

Non. Elle devait se ressaisir. S'accrocher à ses bonnes raisons de le repousser !

— Je ne crois pas que ce serait très judicieux.

— Ce n'est pas ma faute, dit-il, l'air faussement innocent, en désignant la boule de gui suspendue au-dessus d'eux. Quelqu'un a fait l'effort de l'accrocher là, ç'aurait été dommage de ne pas y faire honneur.

Elle sourit, amusée malgré elle, en le regardant s'éloigner.

Ç'aurait été dommage, oui...

Elle avait envie de laisser son esprit s'évader, mais elle redoutait de découvrir de nouveau que la réalité était bien moins belle que le rêve.

7

— Lucas, on a un problème.

Lucas leva les yeux de son écran.

Son assistante venait d'apparaître sur le seuil. Mais s'il en jugeait à son sourire, le « problème » ne devait pas être trop grave.

— De quel genre ?

— Je crois que vous feriez mieux de venir voir par vous-même.

Perplexe, il traversa la réception derrière elle, promenant son regard autour de lui.

Tout paraissait en ordre.

Sofia l'entraîna vers la sortie et jusque sur la place.

L'après-midi était bien avancé, les pistes avaient fermé, les skieurs redescendaient au village, rien que de normal.

D'un geste, sa collaboratrice lui désigna alors la calèche du Chalet.

Trois fillettes se tenaient autour, dont l'une avec des couettes platine.

Lily. Même s'il ne l'avait pas vue au bas des pistes le week-end passé, il l'aurait reconnue. Elle était le portrait craché de sa mère en modèle réduit. Mais que faisait-elle ici ? Il y avait bien une semaine qu'il n'avait pas vu Jess, et il n'avait encore jamais rencontré sa fille.

Depuis qu'ils s'étaient embrassés, le travail l'avait accaparé. Toutes les chambres étaient occupées, et il avait dû se consacrer à des problèmes de maintenance et de personnel. De plus, Jess avait poliment refusé quand il les avait invitées à dîner, elle et Lily. Peut-être souhaitait-elle l'éviter ?

Quoi qu'il en soit, même si sa curiosité en avait été piquée, il avait été trop pris pour insister.

— Que veulent-elles ? demanda-t-il.

— Faire un tour.

— D'accord. Je m'en occupe.

Depuis qu'il avait appris que Jess avait une fille, il ne cessait de se traiter d'idiot. Il aurait dû revenir plus tôt à Moose River. Lui qui avait cru qu'il avait le temps, qu'il devait d'abord atteindre ses objectifs ! Pas un instant il n'avait pensé que Jess aurait suivi sa propre voie. Du moins, pas au point d'avoir déjà une fille de cet âge. Cependant, un enfant n'était pas forcément un obstacle. Si Jess avait été mariée, cela aurait été une autre histoire, mais en l'occurrence il pourrait s'accommoder de son statut de mère célibataire — si toutefois elle le laissait revenir dans sa vie, bien sûr. Et puis, Lily l'intriguait. Ce serait dommage de laisser passer l'occasion...

Il se dirigea vers les fillettes.

L'une semblait un peu plus âgée que Lily, et la troisième devait avoir entre douze et treize ans.

— Lily ? dit-il en s'adressant directement à elle. Je suis Lucas, le directeur de cet hôtel. Je peux t'aider ?

Elle leva la tête vers lui et, une fois encore, il fut frappé par sa ressemblance avec Jess.

— Comment vous connaissez mon nom ? demanda-t-elle, visiblement surprise.

De toute évidence, Jess ne lui avait pas parlé de lui.

— Je connais ta mère, et tu lui ressembles beaucoup. Tu cherchais quelque chose ?

— Oui. C'est à vous, la calèche ?

— En effet. Pourquoi ? Vous voudriez faire un tour avec ? demanda-t-il, incluant ses amies.

— Oui. Mais le monsieur, là, dit-elle en désignant François, le conducteur, il ne veut pas nous emmener.

— C'est normal, il n'en a pas le droit à moins qu'une grande personne vous accompagne.

L'air contrarié, Lily croisa les bras sur sa poitrine et leva vers lui ses grands yeux verts.

Elle ressemblait décidément beaucoup à sa mère.

— Vous avez qu'à venir avec nous, alors, suggéra-t-elle.

— *Moi ?*

— Ben oui, vous connaissez maman, et on a l'argent pour ça.

— Ah oui ? Et vous l'avez eu comment, cet argent ?

— C'est la maman de Claire et Annabel qui nous l'a donné.

— En fait, c'était pour aller à la patinoire, mais Lily et Annabel préféraient venir ici à la place, expliqua l'aînée des deux sœurs.

— Et elle est où, votre mère ?

— Elle travaille dans sa pâtisserie, répondit Claire, employant le nom français.

— Sa *potissewie* ? répéta-t-il laborieusement.

Lily se mit à rire, ce qui fit danser ses couettes.

— C'est drôle, comme vous le dites.

— Normal, je suis australien, et je ne connais rien au français.

— C'est pour ça que c'est rigolo ! Moi, je connais plein de choses sur l'Australie.

— Tant que ça ? Tu as à peine cinq ans.

— Nan, c'est pas vrai ! J'ai six ans.

Six ans ? Bizarre. Pourquoi Jess lui avait-elle dit qu'elle n'en avait que cinq ?

— Et comment connais-tu l'Australie ?

— C'est maman qui m'en a parlé.

Tiens tiens...

Il était décidément de plus en plus intrigué. D'autant plus que, depuis une semaine, il se posait beaucoup de questions. Pourquoi Jess n'habitait-elle pas dans l'appartement de sa famille ? Où était le père de Lily ? Pourquoi ne l'évoquait-elle pas ? Et pourquoi avait-elle parlé de l'Australie à Lily ?

Il ne pouvait interroger directement la fillette, mais une autre solution s'offrait à lui.

— Il faut que j'appelle votre mère, dit-il à Claire. Ça vous intéresse de faire connaissance avec Banjo pendant ce temps, toutes les trois ?

— C'est qui, Banjo ?

— Le cheval.

Lily et Annabel sautèrent sur place en applaudissant, puis les fillettes le suivirent jusqu'à l'attelage où il leur présenta François, le conducteur, et Banjo, un alezan au bas des jambes blanches dont il caressa les naseaux.

— Vous voulez lui donner des pommes ? Il les adore.

— Oh oui ! s'écrièrent les deux fillettes.

— Alors mettez votre main bien à plat, comme ça, dit-il en leur montrant la sienne.

Il sortit du sac suspendu à la calèche une demi-pomme qu'il posa sur celle de Lily.

— Banjo va la prendre. Surtout, tu ne replies pas ta main !

Lily pouffa quand l'haleine chaude du cheval lui chatouilla les doigts. Lorsque celui-ci eut pris le morceau de pomme, Lucas la souleva pour qu'elle puisse lui caresser l'encolure.

— François va vous donner une pomme pour lui à chacune pendant que j'appelle.

Il sortit son portable et, après avoir cherché le numéro de la pâtisserie, il joignit Fleur à qui il expliqua la situation. Il précisa qu'il était un vieil ami de Jess et proposa de lui déposer ses deux filles après la promenade, ce qu'elle accepta en le remerciant.

Sofia revint à cet instant avec un carton de gâteaux, une Thermos et des gobelets en plastique.

— Je me suis dit que les filles auraient peut-être envie d'un bon chocolat chaud pendant leur promenade.

— Comment avez-vous deviné ? s'étonna-t-il.

Son assistante sourit.

— Je connais votre bon cœur.

— Très bonne initiative, Sofia. Merci. Hé, les filles ! Est-ce que ça vous dirait de rentrer chez vous en calèche ?

Elles échangèrent un regard incrédule avant de se retourner vers lui.

— Pour de vrai ?

— Bien sûr.

Leurs cris de joie lui fournirent une réponse on ne pouvait plus claire. Et dès que Banjo eut fini de déguster ses pommes, Lucas les aida à monter dans la calèche avant de s'asseoir lui-même sur la banquette à côté de François.

Il demanda à celui-ci de faire le tour de la place avant de les déposer à la pâtisserie.

Il avait compté que cette promenade lui permettrait de discuter avec Lily, mais il était clair que ce n'était pas encore tout de suite qu'il obtiendrait des réponses à ses questions.

L'attelage avait été décoré pour Noël avec des branches de sapin enrubannées, et François avait orné le harnais de grelots qui se mirent à tintinnabuler sitôt que Banjo se fut mis en marche.

Après avoir remis Annabel et Claire à leur mère, il informa Fleur qu'il emmenait Lily chercher Jess.

— Banjo peut te conduire auprès de ta mère, Lily. Tu veux t'asseoir à côté de François ?

Devant l'assentiment empressé de la fillette, il la souleva pour la déposer sur la banquette à l'avant.

Le soleil s'était couché, et les rues étaient déjà illuminées par les décorations scintillantes. Attrapant une couverture à l'arrière de la calèche, il en couvrit les genoux de Lily. Puis il ouvrit la boîte qu'avait donnée Sofia.

Celle-ci y avait mis des tranches de cake et des biscuits aux amandes — ses préférés. Les filles avaient fini le chocolat chaud mais n'avaient pas eu le temps de manger quoi que ce soit.

— Une tranche de cake ? proposa-t-il.

— J'aime pas ça, dit Lily.

— Alors, un biscuit ? On me les envoie exprès d'Australie.

— C'est vrai ? dit-elle en en prenant un pour le porter à sa bouche.

— Ils sont bons, non ?

Elle acquiesça d'un signe de tête.

— Donc, maintenant, tu sais qu'on fait de bons biscuits aux amandes en Australie. Que sais-tu d'autre, encore, sur ce continent ?

— Qu'il y a beaucoup d'animaux.

— Et c'est quoi, ton préféré ?

— Maman dit que je lui rappelle un orthyno… ortho…

— Un ornithorynque ?

— Oui, mais moi je préfère les koalas. Ils sont si mignons. Et j'aime bien votre drapeau, aussi.

— Merci, répondit-il, amusé.

Il était sous le charme. Elle était vraiment adorable. Mais pourquoi Lily lui avait-elle autant parlé de l'Australie ?

— Est-ce que tu sais que c'est l'été, en ce moment, là-bas ? Et il fait si chaud que, à Noël, on va tous se baigner.

— Se baigner ? répéta la petite fille, l'air étonné. A Noël ? Ça doit faire drôle…

Il avait appris à aimer les noëls blancs, sans doute parce qu'ils lui rappelaient Jess. Et puis, c'était tellement plus romantique de se pelotonner devant un feu de cheminée que de transpirer sous un soleil de plomb en se battant contre les mouches et le sable… Il aimait l'été, mais pas pour les fêtes de fin d'année.

Jetant un coup d'œil à sa montre, il s'aperçut qu'il était presque 17 heures.

— Il vaut mieux qu'on retourne au centre médical. Ta mère aura bientôt terminé sa journée, et j'ai promis à Fleur de te ramener à l'heure.

— Oh ! flûte ! Ma promenade est finie, alors ?

— Hé ! J'ai une idée… Est-ce que ta mère aime les surprises ?

La fillette hocha la tête.

— Oui, mais les *bonnes* surprises. Elle dit même que j'en étais une.

— Tant mieux. Alors, si on allait la chercher en calèche ? Tu crois que ça lui plairait ?

Lily écarquilla les yeux en hochant de nouveau vigoureusement la tête.

— Ça a bien cicatrisé, Oscar, dit Jess en retirant les fils du menton de l'adolescent.

Elle avait assisté Cameron quand il avait recousu la vilaine blessure que le garçon s'était faite une semaine plus tôt en tombant de sa planche de monoski. Oscar était un abonné au centre médical…

Elle sectionna le dernier point et tira l'ultime petit morceau de fil.

— Je préférerais ne pas te revoir avant longtemps, si c'est possible. Essaie d'éviter les acrobaties, d'accord ?

— J'essaierai, promis. Mais peut-être que je ferais mieux de prendre rendez-vous pour la semaine prochaine. Au cas où…

— Pas question ! Tiens bon au moins quinze jours, ajouta-t-elle en riant. Allez, vas-y, maintenant.

Oscar était son dernier patient de la journée, et elle entra ses notes dans l'ordinateur avant de l'éteindre. Elle avait hâte d'aller chercher sa fille chez Fleur et de la ramener à la maison. Mais, alors qu'elle se dirigeait vers la réception pour saluer Donna, quelle ne fut pas sa surprise d'y trouver Lily.

— Mais qu'est-ce que tu fais là, ma puce ? demanda-t-elle en se penchant pour l'embrasser.

— On a une surprise pour toi.

— Qui ça, « on » ?

Lily lui prit la main pour l'entraîner dehors.

Lucas attendait devant la porte. Avec son manteau en cachemire gris, il était d'une élégance rare… Qui lui fit honte. Elle avait acheté le sien en solde il y avait au moins cinq ans.

— Lucas ?

— Bonsoir, Gigi.

Devant son sourire, elle eut l'impression de fondre. Elle ne l'avait pas vu depuis une semaine et, jusqu'à ce qu'il apparaisse, l'idée ne l'avait même pas effleurée que ses journées manquaient de lumière !

Mais que faisait-il ici ? Et avec sa fille ? Ils ne se connaissaient pas. Elle avait délibérément fait en sorte qu'ils ne se rencontrent pas. Et pourtant, ils étaient là, ensemble.

— Je peux savoir ce que vous faites tous les deux ici ?

— Lily est venue au Chalet.

— Au Chalet ? Mais… Pourquoi ?

Pourquoi Lily serait-elle allée trouver Lucas ?

Elle se tourna vers sa fille.

— Lily, que se passe-t-il ?

Elle était consciente de la note paniquée dans sa voix, mais elle se sentait à cet instant incapable de la contenir.

— Jess… Il n'y a rien de grave.

L'intervention de Lucas ne fit rien pour l'apaiser.

— Laisse-moi en juger par moi-même, d'accord ?

Ignorant son ton agressif, il se tourna vers Lily.

— Et si tu allais demander à François une autre pomme pour la donner à Banjo ? Il l'a bien mérité.

Jess, en regardant sa fille descendre les marches du centre médical, remarqua alors la présence de la calèche du Chalet.

Banjo devait être le cheval.

Dès que Lily fut hors de portée de voix, Lucas se tourna vers elle.

— Lily était en sécurité, Jess. C'est ce que tu veux, non ? Qu'elle ne coure aucun danger dans le village ?

— Et à juste titre, rétorqua-t-elle sèchement. Je n'avais pas prévu qu'elle traînerait seule dans les rues sans m'en avertir.

Qui sait ce qui aurait pu lui arriver ? Toutes ses craintes, ses insécurités, bien ancrées en elle « grâce » à ses parents, revenaient l'assaillir.

— Jess... Est-ce que ça a un rapport avec Stephen ? demanda Lucas qui l'observait attentivement.

Qu'attendait-il ? Qu'elle explose ? Qu'elle s'effondre en larmes ?

Mais elle fut bien obligée de se rendre compte que, oui, tout cela était bien en relation avec son frère.

— Je veux que Lily profite de la liberté que je n'ai pas eue, mais je veux au moins savoir où elle est. Elle est trop jeune encore pour faire tout ce qu'elle veut. Et elle est censée avoir quelqu'un avec elle.

— Elle n'était pas seule. Annabel et Claire étaient avec elle. Claire était censée les emmener à la patinoire.

— Et alors ? Pourquoi ça ne s'est pas fait ? Comment s'est-elle retrouvée avec toi ?

— Elle avait très envie de faire un tour de calèche, et elle a convaincu les deux autres d'utiliser l'argent de la patinoire pour se l'offrir. Elle est donc venue avec Annabel et sa sœur au Chalet demander si c'était possible.

— Et tu as accepté, dit-elle, agacée.

Non seulement Lily était allée le voir, mais elle avait réussi à le convaincre. Et elle qui avait prévu de lui en faire la surprise pendant les vacances ! C'était raté. A cause de Lucas. Bien sûr, il n'était pas directement responsable, mais ça ne l'empêchait pas de lui en vouloir.

— J'ai d'abord mis Fleur au courant, Jess. Tu sais, tu peux être fière de ta fille. Elle a fait preuve d'initiative et de détermination, et j'ai pensé que ça méritait d'être récompensé. Et puis, je me suis dit que tu ne lui en voudrais pas puisque tu vas en profiter, toi aussi.

Elle haussa les sourcils.

— C'est-à-dire ?

— Nous sommes venus t'offrir de te raccompagner chez toi en calèche, et en prenant le chemin des écoliers. Qu'en penses-tu ? Tu crois que ça suffira pour me faire pardonner ?

Il lui tendait les mains, paumes ouvertes.

Elle sentit sa colère retomber. Après tout, Lucas ne cherchait qu'à leur faire plaisir, à elle et à Lily. Et il avait raison. Ils avaient organisé cela à son insu, et alors ? Elle devrait s'en réjouir, au contraire. Lily était heureuse, et elle-même avait droit à une promenade gratuite.

Enfin, financièrement gratuite, en tout cas. Car, qu'elle le veuille ou non, elle serait redevable à Lucas de ce cadeau…

Il lui sourit alors, et en rencontrant son regard amusé, elle sut qu'elle pourrait s'en accommoder.

— Désolée, soupira-t-elle. Oui, tu es pardonné.

— Ouf ! dit-il en posant comiquement la main sur son cœur. Alors, on y va ?

Il s'inclina vers elle, et sur son invitation, elle glissa la main sous son coude alors qu'il l'entraînait vers les marches. Il lui présenta le cocher nommé François, puis, la prenant par la taille, il l'aida à monter dans la calèche, ainsi que Lily qu'il souleva pour l'installer à côté d'elle avant de les rejoindre. Après avoir jeté une chaude couverture sur leurs genoux, il adressa un signe à François qui, d'un claquement de langue, fit repartir Banjo.

Toutefois Lily ne fut pas longue à se plaindre de ne rien voir, aussi dut-elle échanger sa place avec elle, et elle-même se retrouva ainsi contre Lucas. Leurs genoux se touchaient sous la couverture, et elle sentait sa chaleur irradier en elle. Bien sûr, elle aurait pu se serrer davantage contre Lily, mais elle n'avait aucune envie de bouger. Elle aimait trop être ainsi contre lui…

— Ta semaine s'est bien passée ? demanda-t-il.

— Oui, même si on a reçu beaucoup plus de patients au centre.

Apparemment, la station a été prise d'assaut. Mais tu es bien placé pour le savoir, je ne t'apprends rien.

— Tu penses toujours avoir fait le bon choix en acceptant cet emploi ?

— Absolument. C'est tellement préférable à mon ancien boulot ! Pas de travail en équipe, et à trois minutes de chez moi. Le rêve ! Avec les week-ends libres, en plus.

— A propos de week-end, est-ce que tu as des projets pour celui qui vient ?

— Pas vraiment. Je suppose que Lily et moi irons skier. Elle prend des cours après l'école, et j'aimerais bien voir où elle en est. Elle m'a assommée depuis notre arrivée avec son envie de faire un tour de calèche, mais je devrais avoir la paix, maintenant...

Elle lui sourit, enfin détendue.

Cette promenade romantique lui faisait un bien fou. C'était une façon idéale de terminer la semaine, et avoir Lucas auprès d'elle pour partager son plaisir était la cerise sur le gâteau.

— Merci, dit-elle simplement.

— Tout le plaisir est pour moi, Jess.

Ses yeux bleus brillaient à la lueur des réverbères. Il semblait très content de lui-même.

Et pourquoi pas ? Il avait toutes les raisons de l'être.

Tandis que François les baladait dans Moose River, la main de Lucas trouva la sienne sous la couverture. Il la prit doucement et la garda. Et elle, tout naturellement, s'appuya contre son épaule.

C'était si bon !

Quand Banjo eut gravi la colline, François s'arrêta au sommet pour leur permettre d'admirer le village qui s'étirait à leurs pieds, avec ses lumières scintillantes et toute l'atmosphère heureuse de cette période de fête.

Elle soupira discrètement.

Assise là dans cette calèche, envoûtée par la discrète eau de toilette de Lucas et ravie du sourire de Lily, elle eut une fugace vision de ce que la vie pourrait être, s'ils étaient une vraie famille tous les trois. Bien au chaud dans leur petite bulle de bien-être.

Sans doute ceux qui les croisaient à cet instant s'imaginaient-ils qu'ils en étaient une. Ils pourraient même figurer sur une carte postale pour illustrer l'image du bonheur…

Sauf que ce n'était qu'un faux-semblant. Lucas White appartenait au domaine des rêves et non à celui de la réalité. Il n'était en rien son prince charmant. Elle ne savait même pas s'il souhaiterait fonder un jour une famille. Alors, non, il n'était pas question de lui révéler ses émotions. Elle risquerait de tout gâcher.

Banjo reprit le chemin du village, et quelques minutes plus tard l'attelage s'arrêta devant chez elle, et Lucas sauta de la calèche pour les aider à descendre, elle et Lily.

Il était déjà l'heure de dîner.

— Je sais que tu es très occupée, et je ne veux surtout pas m'imposer dans ta vie, mais je souhaiterais réellement passer du temps avec vous deux, lui confia-t-il en les accompagnant jusqu'à sa porte. Demain soir commence le premier marché de Noël, et on va allumer le sapin devant le Chalet. J'aimerais vous inviter toutes les deux pour l'occasion. Qu'en penses-tu ?

Instinctivement, elle se prépara à refuser, mais elle en fut incapable. Elle avait trop envie de le voir, et puis Lily serait ravie du spectacle.

Après tout, Lily et Lucas, eux, savaient faire preuve d'obstination pour obtenir ce qu'ils souhaitaient. Alors, pourquoi pas elle ? Sa fille et elle pourraient très bien passer du temps avec lui. Cela lui donnerait une nouvelle occasion d'observer son comportement avec Lily.

Etait-ce sa faute si le fait d'avoir Lily ici avec elle l'obligeait à garder son secret un jour de plus ?

— J'en serai très heureuse, Lucas, répondit-elle. Merci.

8

Le grand, le majestueux sapin dominait la place.

Lily se tordait le cou pour tenter d'en voir le sommet, et Jess l'imita.

Des centaines de boules dorées et argentées en ornaient la ramure, ainsi que des clochettes qui se balançaient au gré de la brise. Des lampes en forme de bougies avaient été fixées au bout de chaque branche. C'était magnifique.

Lucas les rejoignit au pied de l'arbre. Il portait de nouveau son manteau en cachemire gris, avec cette fois une écharpe bleue autour du cou. Jess aussi avait fait un effort vestimentaire. Elle avait choisi de mettre son plus beau manteau de laine et avait même pris le temps de se maquiller un peu.

— Votre timing est parfait, mesdames, déclara-t-il, tout sourires.

Il leur avait réservé une table sur la terrasse devant le Chalet, ce qui leur offrait une vue superbe de la place où avaient été installées les tentes colorées des exposants. Des haut-parleurs diffusaient en sourdine des chants de Noël. Lucas commanda des laits de poule alors qu'ils s'asseyaient.

On venait de les servir quand Lily lui tendit une boîte enrubannée.

— Pour moi ? s'étonna-t-il. Mais… En quel honneur ?

— C'est pour vous dire merci pour la promenade en calèche.

Il dénoua le ruban et ouvrit la boîte. Et Jess vit ses yeux s'arrondir alors qu'il découvrait les cookies au gingembre en forme d'étoiles, d'anges, de rênes, de cloches et de luges.

— Oh ! Merci, Lily. C'est très joli et… Ils ont l'air très bons.

Il choisissait une étoile, quand Lily posa la main sur la sienne.

— Nan ! Faut pas les manger. Pas encore. Faut d'abord les accrocher sur le sapin. C'est pour ça qu'ils ont tous des petits rubans.

— Oh. Je comprends, maintenant. Tu en as mis sur le tien, déjà ?

— On en a pas.

— Comment ça ? Vous n'avez pas de sapin ?

— Je n'ai pas eu le temps d'aller en chercher un, prétexta Jess.

En fait, elle n'envisageait pas d'en avoir pour la bonne raison qu'elle n'avait ni la place pour l'installer, ni guirlandes et boules à accrocher dessus. C'étaient des frais qu'elle ne pouvait pas se permettre. Ce qu'elle n'avait bien sûr aucune intention de confier à Lucas.

— Tu en as un à l'intérieur ? lui demanda-t-elle.

— Oui.

— Dans ce cas, nous pourrons les suspendre dessus. Au moins, nous serons sûrs qu'ils ne seront pas recouverts s'il neige.

— Bonne idée. Tu veux venir avec moi, Lily ? dit-il en se levant. On va lancer le compte à rebours pour les illuminations.

Une sourde angoisse étreignit Jess quand elle les vit se diriger tous les deux main dans la main vers le sapin.

Mais que craignait-elle ? Lucas aimait sa fille, c'était évident. En fait, ce qui la tracassait, c'était qu'il lui reproche de ne pas lui avoir révélé son secret. Car elle allait devoir lui dire, tôt ou tard. Elle devait trouver le bon moment pour cela.

Lucas prit le micro pour annoncer le début des illuminations. Puis il se tourna vers Lily pour lui demander de presser le bouton à la fin du compte à rebours que toute la foule égrena.

— T'as vu, maman ? s'écria Lily, tout excitée, lorsque Lucas et elle revinrent à la table.

Jess fondit devant la fierté et la joie de sa fille. Elle dut chasser les larmes de ses yeux avant de la serrer dans ses bras. Et au-dessus de sa tête, elle articula un *merci* muet à l'adresse de Lucas.

— On peut aller voir les stands, maintenant ? s'enquit Lily, qui ne pouvait de toute évidence plus tenir en place.

— Bien sûr, ma puce. Tu viens avec nous ? proposa-t-elle à Lucas.

— Oui, j'ai terminé ma journée, et je serai ravi de vous accompagner.

Ils déambulèrent dans les allées du marché, s'arrêtant devant les étals tous plus attirants les uns que les autres. Lucas proposa à Lily de l'aider à choisir des décorations pour son sapin, ce qu'elle fit avec empressement et fierté. Jess s'arrêta quant à elle devant un étal proposant des sucres d'orge, une tradition canadienne de Noël à portée de sa bourse. Elle en choisit un pour chacun, et tous trois continuèrent leur promenade en les dégustant.

— Tu as des projets pour Noël ? lui demanda-t-il comme elle admirait un stand de maisons de poupées. Tes parents viennent ici ?

— Non, je ne pense pas.

— Non ? Je croyais que c'était une tradition, dans votre famille ?

En fait, elle ignorait complètement ce qu'ils comptaient faire. Ils passeraient peut-être leur Noël ici, mais sans elle, et elle n'avait aucune envie de lui expliquer la raison de cette rupture.

— Et toi ? Tu as des projets ?

— Je suis chargé d'animer le déjeuner de Noël au Chalet. Ce dont, entre nous, je me passerais volontiers.

Ils s'assirent sur un banc devant la patinoire pour manger des doughnuts. Lily était à deux pas, appuyée à la rambarde.

— Qu'est-ce que Lily a commandé au Père Noël ? s'enquit Lucas.

— La même chose que l'année dernière et l'année d'avant : une petite sœur.

— Oh... Et je crois comprendre que tu n'as pas l'intention d'honorer sa requête ? dit-il en souriant.

— Ça ne risque pas. Du moins, pas tant que je suis seule.

— On peut aller faire du patin à glace ? demanda Lily en revenant vers eux.

— Pourquoi pas ? Tu viens avec nous, Lucas ?

— Désolé, mais je vais rester ici en spectateur. Je ne suis pas très doué pour ça. Il n'y a pas trop de glace là d'où je viens, en Australie.

Jess, déçue, décida toutefois de ne pas capituler aussi facilement.

— Eh bien, c'est une excellente occasion d'apprendre. Lily et moi allons te montrer.

Devant leur enthousiasme, Lucas n'eut d'autre choix que d'aller lui aussi louer des patins au stand.

Lily, rapidement lassée de ce débutant qui vacillait en s'agrippant à elles, alla rejoindre des amies, la laissant seule avec lui qui, au bout de quelques minutes, se retrouva cramponné à la rambarde. Toutefois, ils refirent encore deux fois le tour, et finalement ce fut dans ses bras à elle qu'il atterrit.

— Désolé ! dit-il en riant. En fait, non, je ne suis pas désolé du tout. Ça me permet de t'avoir là où je te préfère...

Elle était presque nez à nez avec lui, et quand elle releva la tête, elle eut l'impression en rencontrant ses yeux de plonger dans une mer limpide et chaude. Et lorsqu'il se pencha vers elle, elle sut exactement ce qu'il s'apprêtait à faire.

Cependant, il n'était pas question de se prêter au jeu. Pas ici. Pas encore... Mais, comme hypnotisée par le regard de Lucas, elle était incapable de bouger. Et elle retint son souffle tandis que son visage se rapprochait du sien.

C'est alors qu'une petite main tira sur son manteau.

— Maman, j'ai mal au cœur.

Aussitôt, elle s'accroupit à la hauteur de sa fille.

— Lily, qu'est-ce qui t'arrive ?

— J'ai mal au cœur, répéta Lily.

Etait-ce le fait de tourner sur la glace ? Possible. En tout cas, Lily était vraiment pâlichonne. Lui posant la main sur le front, elle le trouva un peu chaud. Mais quoi d'étonnant, avec les couches de vêtements qu'elle portait et l'exercice physique auquel elle s'était livrée depuis son arrivée ?

— Trop de sucre, sûrement. On ferait mieux de te ramener à la maison.

— Je peux pas marcher, ronchonna Lily.

— Je te porte sur mes épaules, d'accord ? proposa Lucas.

Ce qui amena aussitôt un sourire sur les lèvres de la petite fille.

Lily, sans attendre, alla ôter ses patins pour remettre ses bottes et grimper sur le dos de Lucas — qu'elle manqua plusieurs fois d'étrangler en chemin en s'agrippant à son cou pour se tenir.

— Ça devient une habitude pour toi de nous ramener chez nous, remarqua Jess alors que, vingt minutes plus tard, il déposait Lily sur le canapé.

— Je suis heureux de me rendre utile, répondit-il avec un sourire. Ça va aller, toi ?

— Oui. Merci, Lucas.

Elle aurait préféré voir cette journée se terminer autrement, mais elle dut se contenter d'un simple frôlement de ses lèvres sur sa tempe lorsqu'elle le raccompagna à la porte.

Le lendemain, Jess était en train de pleurer sur les oignons qu'elle épluchait pour confectionner des boulettes de viande, quand on frappa à la porte.

— Lily, tu peux aller ouvrir ?

Elle entendit le petit cri de surprise de sa fille et, intriguée, s'essuya les mains sur son tablier avant de la rejoindre.

Une odeur de résine l'accueillit avant même qu'elle ait pu voir le sapin.

— Bonjour, dit Lucas en se penchant derrière l'arbre.

Lily sautait sur place en applaudissant. Ses nausées de la veille s'étaient heureusement dissipées.

— C'est pour qui ?

— Pour toi, pour te consoler d'être malade. Mais tu as l'air en bien meilleure forme, on dirait, non ?

— Oui, mais je peux l'avoir quand même ? J'aimerais bien le décorer.

— C'est très gentil à toi, Lucas, intervint Jess, mais je n'ai franchement pas le temps de m'occuper de ça.

Sans la quitter des yeux, Lucas entra dans l'appartement et referma la porte derrière lui.

— Il y a un problème ?

Il avait l'air aussi déçu que Lily le serait, c'était certain, mais son budget très serré ne lui avait pas permis d'acheter un sapin, et elle ne pourrait pas décorer celui-ci pour la même raison. Elle avait pensé égayer le salon avec quelques branches et deux ou trois boules de Noël, mais elle ne pourrait pas se permettre davantage.

Toutefois, elle ne voulait pas avouer la vraie raison à Lucas.

— C'est toujours difficile de le faire tenir debout, et ensuite, d'ici deux semaines, il faudra que je m'embête à m'en débarrasser, prétexta-t-elle donc. Sans parler de toutes les aiguilles qui vont joncher le parquet...

— C'est bien pour ça que je suis ici, répondit-il patiemment. Je vais m'assurer qu'il est bien fixé, et je te promets de me charger moi-même de tout nettoyer et de l'enlever une fois les fêtes passées. Dis-moi juste où je dois le mettre.

— Lucas, soupira-t-elle en désignant l'espace exigu, ouvre les yeux ! Tu vois bien qu'il n'y a pas de place ici.

— Pourquoi ne pas l'installer devant la fenêtre ? De toute façon, par ce temps, j'imagine que tu ne l'ouvres pas trop souvent ?

Devant son sourire, elle le revit à l'époque où elle-même n'avait que dix-huit ans. Elle aurait été prête à tout lorsqu'il lui souriait ainsi. Et d'une certaine manière, c'était d'ailleurs ce qu'elle avait fait. Et ce qu'elle n'hésiterait pas à refaire.

Mais pas question de lui céder aussi facilement.

— J'aime bien voir les lumières du village, protesta-t-elle, consciente de sa mauvaise foi.

— Pourquoi, pendant trois semaines, ne pas admirer celles du sapin, pour changer ?

— Je n'ai pas de...

— De décorations ? Moi si. J'ai tout ce qu'il faut. Tout ce que je veux, c'est un simple « oui » de ta part.

— Maman... Dis oui, s'il te plaît.

Comment ne pas se laisser tenter ? Et pour quelle raison, au juste, s'obstinerait-elle dans son refus ? Elle souhaitait plus que tout offrir un Noël mémorable à Lily, et Lucas se proposait de l'y aider...

Mais elle allait tout de même protester encore un peu. Pour la forme.

— Je suis certaine que tu as mieux à faire, Lucas.

— Non. Nous sommes dimanche, et je prends ma journée. Moi aussi, j'ai besoin de me détendre de temps à autre. Et décorer un sapin est tout indiqué pour ça.

A court d'arguments, elle secoua la tête en riant.

— Si tu le dis... Mais vous allez devoir vous débrouiller tout seuls, Lily et toi. J'ai une montagne de viande hachée qui m'attend.

— Pas de problème. On s'en sortira très bien à nous deux, hein, Lily ?

Laquelle acquiesça d'un vigoureux hochement de tête.

Jess aurait adoré participer, mais elle leur avait déjà dit qu'elle n'avait pas le temps. D'ailleurs, Lucas n'avait pas insisté, ce qui la décevait un peu. N'était-il venu que pour Lily?

Après s'être mis à l'aise, il apporta tout ce qu'il fallait dans l'appartement, y compris les décorations que Lily avait choisies la veille au marché, une partie des cookies au gingembre qu'elle lui avait donnés, ainsi que des sucres d'orge.

Jess, incapable de résister au plaisir de l'observer, jetait de fréquents coups d'œil dans leur direction. Il fallut que l'odeur d'oignon brûlé se répande dans la pièce pour qu'elle réagisse. Elle en fut quitte pour les jeter et en éplucher d'autres.

— Qu'est-ce que c'est, ces chants? s'enquit-elle après avoir écouté quelques minutes la musique qu'il venait de mettre sur son smartphone.

— Ce sont des enfants australiens qui ont sorti un disque pour Noël. C'est super, hein, Lily?

— Oui. C'est drôle.

Jess se sentait encore plus isolée en les entendant rire et chanter ensemble. Mais il y avait six ans qu'elle avait Lily pour elle seule. Il était grand temps que sa fille connaisse Lucas.

Cependant, était-elle prête à la partager? Et quelles conséquences cela aurait-il? D'après Lucas, il était revenu pour elle, mais s'il changeait d'avis? S'il voulait repartir avec Lily? Elle souhaitait ce qu'il y avait de mieux pour sa fille, c'était certain, mais quel était-il, ce mieux? Lucas pourrait-il apporter à leur fille ce qu'elle-même n'avait pas les moyens de lui offrir?

Evidemment, qu'il le pourrait! Il l'avait même déjà fait...

Tous les deux avaient fini de décorer le sapin, et ce fut Lily qui pressa l'interrupteur. Les lumières clignotantes étaient du plus bel effet, et Jess sentit son humeur s'alléger.

— Tu veux rester dîner? proposa-t-elle spontanément. Ce soir, ce sera boulettes de viande-spaghettis.

— Ne le prends pas mal, mais je ne mange pas de pâtes.

— Oh.

Il ne voulait pas perdre de temps avec elle, c'était clair.

— Tu veux que je te serve seulement les boulettes?

— Dans ce cas, volontiers.

— Moi non plus, je veux pas de spaghettis, déclara Lily.

Et quoi d'étonnant ? Lucas était sa nouvelle idole, elle voulait l'imiter, c'était aussi simple que ça. Elle n'avait pas cessé une minute de parler de lui avant son arrivée, à tel point que cela avait été un soulagement de l'entendre sonner à la porte. Toutefois, le voir et respirer sa subtile odeur de pin provoquait chez Jess une frustration dont elle se serait volontiers passée.

Lily et lui s'assirent avec leurs assiettes en face d'elle, ce qui lui permit de se livrer à une discrète comparaison entre le père et la fille.

Lily tenait beaucoup d'elle, mais ses yeux changeaient aisément du vert au bleu, et ce soir elle pouvait même y déceler une note myosotis qu'elle n'avait encore jamais remarquée. Etrange...

Une fois de plus, elle ne put s'empêcher de les imaginer formant tous les trois une vraie famille. Toutefois, il était hors de question de révéler la vérité à Lucas devant Lily. Même s'il se montrait très attentionné avec elles, elle ne voulait pas présumer de sa réaction. Elle devrait attendre pour cela le bon moment, après avoir mis son plan au point. Peut-être demanderait-elle à Fleur de prendre Lily pour un soir. A moins que Kristie ne vienne jouer les baby-sitters.

En tout cas, sa cousine avait raison : Lucas méritait de connaître la vérité.

Noël approchait rapidement, et Lily, entre le repas de fête à l'école et l'anniversaire d'Annabel la veille, avait eu un emploi du temps plutôt chargé. Ce soir, Jess avait récupéré sa fille, et la soirée semblait compromise : Lily avait vomi peu après son retour de l'anniversaire, et à trois reprises depuis.

Après lui avoir donné des glaçons à sucer, Jess alla dans la pièce voisine appeler le cabinet médical pour obtenir des conseils. Donna lui passa aussitôt la ligne de Cameron, à qui elle expliqua la situation.

— Elle vomit depuis hier après-midi et se plaint de douleurs abdominales. Ça lui est déjà arrivé ces derniers temps, mais je ne l'ai jamais vue aussi amorphe.

— A-t-elle été opérée de l'appendice ?

Elle y avait pensé, bien sûr, mais les symptômes ne correspondaient pas, et elle avait mis les douleurs sur le compte d'un mal de ventre ordinaire. Néanmoins, comme cela se prolongeait, l'inquiétude commençait à la gagner.

— Non, mais je n'ai pas l'impression que ce soit ça. Bien sûr, je peux me tromper...

— Je passerai dès que possible.

Sitôt qu'elle eut raccroché, elle retourna auprès de Lily en s'efforçant de cacher son angoisse.

C'était dans ces moments-là qu'elle regrettait de n'avoir personne avec qui partager ses émotions.

Enfin, Cameron arriva.

— A-t-elle eu de la fièvre pendant la nuit ? s'enquit-il.

— Non.

— Et maintenant ?

— Non plus. A aucun moment, en fait.

— A-t-elle uriné au cours des six dernières heures ?

— Non.

— A quand remonte la dernière fois où elle est allée à la selle ?

Elle réfléchit.

— Hier, je crois.

Cameron examina Lily en insistant sur le côté droit de son ventre.

— Je suis d'accord avec vous : apparemment, ça n'est pas l'appendice. Combien de temps après le goûter s'est-elle sentie mal ?

— Rapidement. A peine deux heures.

— Ce qui est trop tôt pour une intoxication alimentaire. Et personne d'autre, à ce goûter, n'a eu de problèmes ?

— Non, j'ai vérifié.

Fleur et elle s'étaient relayées pour appeler les autres parents. Aucun autre enfant n'avait été malade.

D'un signe, Cameron l'invita à le suivre hors de la chambre.

— Je crois préférable de la conduire à l'hôpital. Il pourrait s'agir d'une occlusion intestinale, et seule une radio pourra nous le confirmer.

— Une occlusion intestinale ? répéta-t-elle, atterrée.

— C'est une possibilité, et je pense qu'il vaut mieux s'en assurer. Là-bas, on pourra faire des analyses de sang et avoir les résultats bien plus vite qu'ici, à Moose River. L'hôpital est de taille modeste, mais doté d'un équipement très moderne. Evidemment, je pourrais soigner sa déshydratation, mais ce serait traiter les symptômes et non la cause. Voulez-vous qu'Ellen vous y conduise ? Elle ne travaille pas, aujourd'hui.

— Merci, mais je vais appeler un ami.

Elle ne tenait pas à ennuyer Cameron et sa femme plus que nécessaire. Lucas et elle avaient prévu de dîner ensemble ce soir. Elle allait devoir l'avertir du changement de plan. Peut-être lui proposerait-il de l'accompagner. Elle préférait que ce soit lui plutôt qu'Ellen. Ils n'avaient pas plus de temps à perdre l'un que l'autre à jouer les taxis pour elle, mais Lucas était plus directement concerné par Lily.

— S'il n'est pas libre, j'appellerai votre femme.

— Entendu. J'avertirai l'hôpital de votre arrivée.

Ainsi qu'elle l'avait espéré, Lucas offrit aussitôt de les conduire à l'hôpital.

Lily, par bonheur, ne vomit pas durant les interminables quarante-cinq minutes qu'il leur fallut pour atteindre l'hôpital situé au pied de la montagne. Lucas les déposa devant l'entrée des urgences avant d'aller se garer.

Jess, portant Lily dans ses bras, s'arrêta à la réception.

— Je vous amène ma fille, Lily Johnson, dit-elle à l'employée. Le Dr Cameron a dû vous avertir.

— En effet. Suivez-moi, s'il vous plaît.

Elle les conduisit dans un box où une infirmière les rejoignit aussitôt.

Jess expliqua à cette dernière les symptômes de Lily tandis qu'elle prenait ses signes vitaux, qu'elle transmit ensuite au médecin qui se présenta, le Dr Peter Davis.

— Lily, six ans, seize kilos, vomit depuis hier après-midi, mais plus depuis deux heures. Se plaint de maux d'estomac. Pas de fièvre. Tension artérielle normale. Pas de diarrhée.

— Température ?

— 37,2.

— Pas d'allergies ? demanda-t-il en se tournant vers Jess.

— Non.

— Qu'a-t-elle mangé ?

— Rien depuis hier après-midi.

— Et qu'avait-elle mangé hier ?

— A vrai dire, je ne sais pas trop. Elle est allée à une fête, mais aucun des autres enfants n'a été malade — j'ai vérifié auprès des parents.

Il était clair que le médecin envisageait la possibilité d'une intoxication alimentaire.

— Y a-t-il eu des cas de gastro à l'école ?

— Non. Aucun. Du moins, pas que je sache.

— Lily a-t-elle subi une opération ?

— Non.

— A-t-elle eu une maladie grave ?

— Non plus.

— Des douleurs du côté droit ?

— Non. Et le généraliste ne semble pas penser que ça puisse être une appendicite. Il penche plutôt pour une occlusion intestinale.

Ce n'était pas à elle de dire au médecin ce qu'il devait chercher. Elle savait qu'il devait procéder à un interrogatoire médical respectant un ordre précis afin d'éliminer d'abord les possibilités les plus évidentes et qu'il serait stupide de faire subir des examens inutiles à Lily s'il s'agissait d'un problème simple, mais elle voulait être sûre qu'il ne passe pas à côté de quelque chose d'essentiel. Une occlusion intestinale pouvait se révéler très grave, et elle priait que ce ne soit pas le cas, même si rien d'autre ne semblait correspondre.

— Pas de diarrhée, vous êtes sûre ? insista le Dr Davis en pressant les mains sur le ventre de Lily, visiblement pour déceler un signe d'appendicite.

— Oui. Rien de ce côté-là.

— Tu peux tousser, Lily ?

La petite fille le fit sans manifester le moindre signe d'inconfort.

— Aurait-elle eu des épisodes de diarrhées récurrentes ou de sang dans les selles ?

— Jamais.

— Bien. Je vais lui poser une perfusion pour l'hydrater et demander une radio de l'abdomen. Peut-être que cela nous aidera à découvrir l'origine du problème.

Jess tint la main de sa fille serrée dans la sienne tandis que l'infirmière insérait une canule et installait une perfusion. Lily était amorphe, mais cela pouvait être dû au manque de sommeil. Elle-même ne se sentait pas particulièrement en forme…

L'infirmière aida Lily à s'asseoir sur un fauteuil roulant et annonça qu'elle la conduisait au service de radiologie. Jess les accompagna, se forçant à garder une attitude positive malgré la pâleur et l'apathie de sa fille.

Attendre ensuite le résultat lui parut interminable. Enfin, le Dr Davis vint la trouver.

— La radio n'a donné aucun indice concluant, annonça-t-il. Nous allons faire une tomodensitométrie, mais je ne suis pas certain que nous cherchions au bon endroit.

« Pas au bon endroit » ?

Elle fronça les sourcils.

— Que voulez-vous dire ?

— Ses douleurs se sont largement apaisées, et elle a cessé de vomir. Mais je ne pense pas que ce soit uniquement dû à la perfusion. Elle a peut-être purgé son organisme de ce qui le perturbait. A-t-elle déjà subi des tests d'allergie ?

— Non, jamais.

— Avez-vous des cas d'allergies ou de problèmes gastro-intestinaux dans votre famille ?

— Pas que je sache. Et Lily est plutôt difficile pour ce qui est de son alimentation, mais elle n'a pas d'allergies, non. Du moins, pas à ma connaissance.

— Des carences auto-immunitaires ?

— Pas de mon côté, mais je ne peux pas répondre pour celui de son père.

Il était clair que les examens n'avaient pas fourni les réponses que le médecin espérait, mais elle n'en avait pas davantage à lui fournir. Elle avait hâte de retrouver Lucas. Il fallait impérativement qu'elle sache l'origine de ce problème, et il en détenait peut-être la clé.

Il était grand temps de révéler certains secrets. Cas de force majeure…

— Je vais me renseigner.

Pendant qu'on pratiquait la tomodensitométrie, elle partit à la recherche de Lucas.

Elle le retrouva dans la salle d'attente, et comme il se levait en la voyant arriver, elle se glissa sans hésiter entre ses bras ouverts.

— Alors ? demanda-t-il. Comment ça se passe ? Ont-ils trouvé quelque chose ?

— Rien n'est encore sûr. Ils sont en train de faire une tomodensitométrie. Le médecin pensait à une appendicite ou à une occlusion intestinale, mais la radio n'en a apporté aucune confirmation. Il envisage maintenant une sorte d'allergie. Il aurait voulu connaître les antécédents familiaux, mais je n'ai pu lui fournir que la moitié des informations.

— Et je ne vois pas comment tu pourrais en savoir plus, à moins de rechercher son père.

Elle ferma les yeux en prenant une forte inspiration. Cette fois, elle ne pouvait plus reculer.

— Je sais où il est.

— Ah bon ? Tu as gardé une relation avec lui ?

— Oui et non… Tu peux venir avec moi dehors ? J'ai besoin d'air.

Elle lui devait des explications, mais pas ici. Pas dans le service des urgences.

Les portes de verre s'ouvrirent en glissant à leur approche, et ils se dirigèrent sans se concerter vers un des bancs sur la pelouse. Elle s'assit et attendit que Lucas prenne place à côté d'elle. Son cœur battait à tout rompre.

Ce moment qu'elle n'avait cessé de repousser était venu.

— Je sais où est le père de Lily, Lucas, dit-elle en levant les yeux vers lui. C'est toi.

9

Lucas n'aurait pas bondi plus violemment du banc s'il avait reçu une décharge électrique.

— *Quoi ?* Mais qu'est-ce que tu racontes ?

— Tu es le père de Lily.

— Lily est ma fille ?

Il secoua la tête en se passant la main dans les cheveux.

— Mais... Tu en es sûre ?

— Evidemment.

— Alors, pourquoi ne m'en as-tu rien dit ? demanda-t-il, presque agressif. Pourquoi me l'avoir caché ?

— Je regrette, marmonna-t-elle.

— Ah oui ? Et qu'est-ce que tu regrettes, exactement ? De me l'avoir révélé ? Ou de me l'avoir caché ?

Il rivait à présent son regard sur elle comme s'il la soupçonnait d'avoir encore d'autres secrets en réserve. Et elle avait comme un goût de bile dans la gorge.

— Je n'aurais jamais choisi de te le dire de cette façon. Pardonne-moi, Lucas...

— Comment as-tu pu garder ça pour toi ?

— Ce n'était pas mon intention. J'ai essayé de te retrouver.

— Quand ?

— Lorsque j'ai découvert que j'étais enceinte. Kristie et moi avons engagé un détective, mais au bout d'un mois, il nous a dit qu'on perdait notre temps. As-tu une idée du nombre de Lucas White qui vivent en Australie ? Et aucun d'eux n'était toi.

— Quand était-ce ?

— En avril. La saison de ski était finie, la station avait fermé pour l'été, et tu aurais dû être rentré chez toi, en Australie.

Etrangement, elle le vit pâlir puis se rasseoir pesamment à côté d'elle.

— Lucas... Que t'arrive-t-il ? Tu ne te sens pas bien ?

Il tourna la tête vers elle. Il avait l'air carrément malade.

— Lucas ? Réponds-moi...

— Je n'étais pas en Australie, à l'époque.

— Ah non ? Tu ne devais pas retourner à l'université ?

— C'est ce que j'avais prévu, mais mes plans ont été bouleversés. Je n'arrivais pas à me concentrer sur mes études. Et puis, le père d'un de mes amis m'a proposé un job dans son nouvel hôtel en Indonésie, et j'ai sauté sur l'occasion. C'était une chance unique. Je devais m'occuper aussi bien du bar que du ménage, de la réception et du côté administratif. Donc, j'ai pris une année sabbatique à l'université, et en avril de cette année-là, je suis parti.

— Oh. Donc je ne risquais pas de te trouver, murmura-t-elle, au bord des larmes.

Tout ce temps perdu à le chercher pour rien...

— Je regrette, Jess. J'aurais dû t'écrire comme j'en avais l'intention, mais je croyais avoir le temps de le faire. Et puis, je l'avoue, l'idée que notre histoire ait pu avoir des conséquences ne m'a jamais effleuré.

— Sur le moment, moi non plus. Mais j'ai dû y faire face, et je me suis débrouillée du mieux possible.

— Et ensuite... Tu as continué à me chercher ?

— Bien sûr. J'avais dix-huit ans et j'étais enceinte. Tu crois que j'aurais délibérément pris la décision de m'en sortir toute seule ? Mais après la naissance de Lily, j'ai commencé à penser que tu restais délibérément introuvable. En plus, mon père me répétait que tu ne voudrais pas t'encombrer d'un enfant dont tu connaissais à peine la mère, et même si je ne voulais pas le croire, j'ai fini par me résigner au fait que je t'avais définitivement perdu.

— Lily est ma fille..., murmura Lucas comme pour lui-même.

Puis il se releva brusquement, et elle comprit à son attitude déterminée qu'il avait pris une décision.

— Je dois parler au médecin. Il t'a demandé s'il y avait des allergies ou des maladies spécifiques dans la famille. Alors, il faut lui dire que Lily doit subir un test pour la cœliaquie.

— La cœliaquie ? répéta-t-elle, incrédule. L'intolérance au gluten ? Pourquoi ?

— Parce que j'en suis atteint, et si je suis réellement le père de ta fille, alors il est très possible qu'elle le soit aussi.

— Lucas... Tu *es* le père.

— Lily a participé à plusieurs fêtes la semaine dernière. Si elle souffre de cette maladie et qu'elle s'est empiffrée de gluten, ça pourrait expliquer ses vomissements. Il faut lui faire passer les tests.

— Quel genre de tests ?

Elle aurait dû connaître la réponse, mais, à cet instant, c'était comme si tout ce qu'elle avait appris s'était envolé. Elle n'était plus une infirmière mais une mère. Une mère angoissée par la possibilité que sa fille souffre d'une maladie transmise par son père. Tous les autres problèmes devraient attendre.

— Il y a une quinzaine d'années qu'on l'a diagnostiquée chez moi, et je crois me souvenir que c'est juste une analyse de sang au départ, répondit-il. Il faut en parler tout de suite au médecin.

Comme ils retournaient à l'intérieur, ils tombèrent sur le Dr Davis devant le service de triage.

— Avez-vous reçu les résultats de la tomo ? s'enquit-elle.

— Oui. Et il n'y a aucun signe d'une occlusion, là non plus.

— Pourriez-vous faire des analyses pour la cœliaquie ? intervint Lucas.

— La cœliaquie ? répéta le médecin qui se tourna vers elle. Je peux savoir pourquoi ?

— Parce que son père souffre de cette maladie.

— Et vous n'avez pas pensé à me le dire plus tôt ?

— Lily est ma fille, intervint Lucas. Et j'en suis atteint.

— Nous nous étions perdus de vue depuis longtemps, ajouta-t-elle, consciente de la nécessité de fournir un minimum d'explications.

Le médecin avait l'air dubitatif.

— Ce qui importe, insista Lucas avec énergie, c'est que je suis atteint de cette maladie, que Lily est ma fille, et que ses symptômes correspondent. Ça ne s'était pas révélé jusqu'à présent, mais il y a un fort risque qu'elle en soit victime elle aussi. Nous souhaiterions qu'elle subisse les examens pour en avoir la confirmation.

Le Dr Davis hocha la tête.

Ils avaient enfin réussi à capter son attention. Lucas, habitué à diriger, n'avait pas mâché ses mots. En quelques secondes, il était devenu un animal sauvage déterminé à sauver son petit, et rien ni personne ne pourrait désormais se mettre en travers. Pas plus elle que le Dr Davis. Et l'hôpital allait devoir agir en conséquence.

Jess se rendit compte avec un pincement au cœur qu'elle n'avait plus la situation en main. A cette seconde, l'attitude de Lucas disait clairement qu'il ne risquait pas de ressortir de leur vie avant longtemps. Il voudrait s'impliquer dans celle de Lily, et elle savait qu'il était prêt à se battre pour cela.

Et elle-même, dans tout cela ? Où se situait-elle ?

— Dans ce cas, l'analyse de sang ne suffira pas, fit remarquer le Dr Davis. Il existe d'autres maladies digestives qui présentent les mêmes symptômes.

— Je sais, mais c'est tout de même une piste, non ?

— Le meilleur test est le tTG-IgA, une méthode de dosage avec laquelle on obtient des résultats positifs pour 98 % des patients.

— Positifs pour quoi ?

— Pour rechercher les anticorps IgA anti-transglutaminase qui sont présents si le régime alimentaire du patient souffrant de cœliaquie contient du gluten. Est-ce bien votre cas ?

Lucas le confirma d'un hochement de tête.

— Bien. Mais le résultat peut malgré tout dépendre de la quantité de gluten qu'elle a absorbée.

— En attendant, c'est notre meilleure chance, insista Lucas. Vous pouvez faire le test tout de suite ?

— Je peux en lancer l'ordre, mais je vais devoir la garder ici pour la nuit. S'il s'avérait que ce soit finalement une appendicite ou une occlusion, nous serions à pied d'œuvre. Je vais donner les directives nécessaires.

Dès que le Dr Davis eut disparu au bout du couloir, Jess se tourna vers Lucas.

— Et maintenant ?

Nerveusement, il se passa la main dans les cheveux, les ébouriffant un peu plus qu'ils ne l'étaient déjà.

— Maintenant, on n'a plus qu'à attendre. L'essentiel est de découvrir l'origine du problème de Lily. La cœliaquie ne met pas la vie en danger, mais elle peut provoquer des lésions irréversibles à l'intestin grêle si elle n'est pas traitée. En tant qu'infirmière, tu es bien placée pour le savoir. S'il n'y a rien d'autre, un régime sans gluten suffit. C'est bien plus facile à prendre en charge aujourd'hui qu'à mon époque. L'important est que cette intolérance soit diagnostiquée dès l'enfance.

Puis il secoua la tête en soupirant.

— Je vais attendre dehors. Viens me prévenir s'il y a du nouveau.

Il souhaitait être seul, c'était évident.

Elle le suivit des yeux tandis qu'il sortait, en se demandant si son choix de lui révéler sa paternité à ce moment avait été judicieux. Mais comment le regretter, quand l'information qu'il avait fournie au médecin permettrait sans doute de soigner sa fille ?

Une fois Lily ramenée du service de radiologie, des infirmières l'installèrent dans un lit, et Jess s'assit auprès d'elle tandis qu'elles lui reprenaient un peu de sang. Puis, grâce au sédatif ajouté dans son goutte-à-goutte, la petite fille s'endormit rapidement.

Elle n'avait pas vomi depuis son arrivée à l'hôpital, et Jess aurait aimé pouvoir la ramener à la maison. Toutefois, tant qu'il n'aurait pas le résultat du test et des analyses, le Dr Davis la garderait afin de la surveiller, et elle-même resterait sur place jusqu'à ce qu'il ait diagnostiqué l'origine de son problème.

Mais Lucas ? Attendait-il toujours ? Elle pourrait difficilement lui en vouloir d'être reparti. Après la nouvelle qu'elle lui avait annoncée… Elle aurait dû le lui dire de façon moins brutale.

Sur une impulsion, elle se leva et ressortit.

Elle l'aperçut sur le banc. Et à le voir ainsi penché, les coudes sur les genoux et la tête entre les mains, elle sentit son cœur se serrer.

Mon Dieu, qu'avait-elle fait ?

Il se redressa lorsqu'elle s'assit près de lui.

— Tu aurais dû me le dire, l'accusa-t-il sans préambule.

— Je sais.

— Je comprends que tu ne m'aies pas trouvé à l'époque, mais depuis quinze jours, tu as eu amplement l'occasion de me mettre au courant. Pourquoi avoir choisi de te taire ? Et s'il n'y avait pas eu ce problème, je ne l'aurais jamais su ? Tu ne crois pas que je méritais d'apprendre que j'avais une petite fille ?

— J'attendais le bon moment, Lucas. Et avant, je voulais connaître mieux l'homme que tu es devenu. J'ignorais comment tu prendrais la nouvelle. Si tu ne voulais pas d'elle dans ta vie, mieux valait qu'elle ne s'attache pas à toi.

— Mais pourquoi t'imaginais-tu que je ne voudrais pas d'elle ?

— Parce que... Parce que tu aurais pu préférer ta vie de célibataire, sans femme ni enfant.

— Comment peux-tu dire une chose pareille ? Pense à tout ce que j'ai manqué ! Sa naissance, ses premiers pas, ses premiers mots, le premier jour d'école... Bon sang, j'ignore même jusqu'au jour de son anniversaire.

— Le 13 septembre.

— Et elle ? poursuivit-il sans tenir compte de son intervention. Tu crois que la présence d'un père ne lui a pas manqué ?

— Bien sûr que si. Et elle est prête à t'aimer, j'en suis certaine, répondit-elle à voix basse, alors que les larmes lui montaient aux yeux.

Elle les refoula à grand-peine.

Il n'était pas question que Lucas les voie, pas question qu'il la soupçonne de chercher à l'attendrir. En revanche, il était essentiel qu'il comprenne les raisons qui l'avaient poussée à agir ainsi. Elle redoutait que, sinon, il le lui reproche au point de lui en vouloir. Elle ne supporterait pas de subir son ressentiment.

— Et le jour où elle commencerait à poser des questions sur son père ? insista-t-il. Qu'avais-tu l'intention de lui répondre ?

— Je ne m'y étais pas encore préparée. A vrai dire, je ne m'attendais pas à te revoir.

Il y avait tant de choses qu'elle n'avait pas voulu envisager. Tant de choses qu'il lui avait été plus facile d'ignorer. Une attitude d'évitement qui ne lui était désormais plus permise.

— Tu croyais vraiment être la seule à pouvoir l'aimer ?

Elle secoua la tête en soupirant.

— Non.

Mais j'avais peur que tu ne m'aimes pas, moi.

— Je pensais te connaître, Gigi. Je suis revenu ici pour te retrouver et te prouver que j'étais digne de toi, mais je n'étais vraiment pas prêt pour… pour *ça*.

— Et que comptes-tu faire, maintenant ?

— Je n'en sais rien. Mais ce dont je suis sûr, c'est que je veux inclure Lily dans ma vie.

— Oui, mais… Que vas-tu lui dire ?

— Ne t'inquiète pas, répondit-il en se levant. Je ne lui dirai rien qui puisse la bouleverser. S'il faut le lui révéler, nous le ferons en temps voulu. Pour l'instant, j'ai juste envie de voir ma fille. Est-ce trop demander ?

Sans répondre, elle se leva à son tour pour le suivre. Mais une fois devant la chambre de Lily, elle hésita.

— Tu ne veux pas entrer ? s'étonna Lucas.

— Si, mais je ne savais pas si toi, tu le souhaitais.

— Elle risque de s'inquiéter si elle ne te voit pas près d'elle à son réveil. C'est de toi qu'elle a besoin.

Debout devant le lit, il regarda en silence la petite fille endormie.

Jess devinait facilement ce qu'il éprouvait. Elle-même avait passé des heures devant son berceau lorsqu'elle était bébé. C'était un vrai petit ange…

Et puis, Lily ouvrit les yeux sans toutefois être tout à fait réveillée.

— Veux Ozzie, marmonna-t-elle.

Jess sortit le petit koala gris au nez rose vif et aux oreilles blanches de son sac pour le lui mettre dans les mains.

Lily ne dormait jamais sans lui. Elle le serra contre elle et referma les yeux.

Lucas fixa la peluche, l'air effaré.

— Est-ce que c'est le même que…

Jess acquiesça d'un signe de tête. Oui, c'était bien celui qu'il lui avait offert le jour de ses dix-huit ans.

— Tu l'as gardé ?

Sa gorge se noua.

— C'est tout ce qu'il me restait de toi.

Cette adorable peluche l'avait accompagnée tout au long de sa grossesse, et aujourd'hui c'était Lily qui s'y accrochait.

— Elle sait d'où il vient ?

— Non, répondit-elle en se tournant vers la porte qui s'ouvrait.

Le Dr Davis entra, une feuille à la main.

— J'ai les résultats, annonça-t-il. Le test de dépistage pour les anticorps IgA anti-transglutaminase est positif. Il révèle aussi un nombre élevé d'anticorps anti-gliadine, spécifique à la cœliaquie. Autrement dit, Lily pourrait avoir cette maladie.

— Pourrait ? Ce n'est pas certain ?

— Il faut encore faire d'autres examens pour en être sûr.

— Et maintenant ?

— Vous pourrez l'emmener dès que le goutte-à-goutte sera terminé, et après qu'elle aura mangé sans vomir.

— Elle n'a pas besoin de rester cette nuit ?

— Non. Au vu de ses antécédents et du scanner que nous avons fait, une occlusion intestinale n'est à mon avis pas à craindre. Et du moment qu'elle ne vomit pas et qu'elle peut uriner, vous pourrez la ramener chez vous. Mais nous devrons procéder à des biopsies de l'intestin grêle sous endoscopie afin d'avoir confirmation du diagnostic.

— Des biopsies ? Pourquoi ?

— Pour rechercher une éventuelle inflammation et des modifications des villosités de l'intestin. Ce qui confirmerait la cœliaquie. Cette endoscopie sera pratiquée sous anesthésie générale, Lily devra voir un spécialiste. A-t-elle déjà vu un gastro-entérologue ?

— Jamais, répondit Jess.

— Avez-vous quelqu'un à nous recommander ? demanda Lucas. Quel serait le meilleur à Vancouver ?

— Le Dr Stuart Johnson.

Elle avait deviné la réponse du Dr Davis avant même qu'il ouvre la bouche.

— Y en a-t-il d'autres ? s'enquit-elle.

— Naturellement, mais vous m'avez demandé le meilleur, et, à mon avis, c'est incontestablement lui. Toutefois, si vous le souhaitez, je peux vous indiquer d'autres spécialistes très compétents eux aussi.

— Ce sera très bien, intervint Lucas. Nous suivrons votre conseil.

— Parfait. Avez-vous d'autres questions ? Je ne suis pas un expert en la matière, mais à ce stade, je ne pense pas qu'il y ait des raisons de s'inquiéter. Apparemment, il s'agit bien d'une cœliaquie, qui est un des problèmes intestinaux les plus faciles à traiter. L'essentiel est de vous assurer que Lily continue à ingérer du gluten. Si vous arrêtez avant qu'elle voie le spécialiste, vous risquez de ne pas avoir un diagnostic suffisamment fiable. Si son régime alimentaire habituel est déjà faible en gluten, le résultat des examens pourrait se révéler faussement négatif. Je ne saurais donc trop vous conseiller de continuer à lui donner deux tranches de pain par jour, ou l'équivalent en gluten.

Lucas attendit que le médecin quitte la chambre pour se tourner vers elle, mais elle savait ce qu'il allait dire.

— Ce Dr Stuart Johnson a l'air de te poser un problème. Tu le connais ? C'est un parent à toi ?

— C'est mon père.

— Ton père ? répéta-t-il, l'air ahuri. Ton père est gastro-entérologue ?

— Oui.

— Et c'est le meilleur, en plus ?

Lily, sur la banquette arrière, berçait Ozzie en écoutant au casque la musique que Lucas lui avait choisie. Lucas quitta la route des yeux une seconde.

— Et si tu m'expliquais, Jess ? Si ton père est le meilleur dans sa partie, pourquoi avoir demandé à en voir un autre ? s'enquit-il.

Jess était parvenue à repousser cette inévitable discussion jusqu'à cet instant. Lily semblait avoir totalement récupéré. Elle avait dormi, n'avait plus vomi, ne manifestait plus d'effets néfastes persistants, et le Dr Davis l'avait autorisée à sortir. Elle-même, en revanche, se sentait physiquement et émotionnellement épuisée.

Mais Lucas attendait une réponse.

— Quel souvenir gardes-tu de lui ? demanda-t-elle.

Il eut un sourire ironique.

— La seule fois où je l'ai rencontré, le jour de ton anniversaire, il m'a traité de tous les noms avant de me jeter dehors. Alors, le souvenir que j'en ai... Mais s'il est vraiment le meilleur dans sa partie, je suis prêt à oublier mon expérience personnelle pour me concentrer sur ses qualités professionnelles. En ce moment, c'est tout ce que je demande.

— Mon père et moi n'avons plus de contacts.

— Ah bon ? Plus aucun ? Et depuis quand ?

— Depuis la naissance de Lily. Il y a six ans que je ne l'ai pas vu, et il ne connaît pas Lily.

A la manière dont Lucas crispait les mains sur le volant, il était clair qu'il devait se forcer pour garder son calme. Il lui lança un nouveau coup d'œil avant de soupirer.

— Bon. Et si tu me disais tout, Jess ? Si nous voulons garder une chance de construire quelque chose ensemble, autant ne rien laisser dans l'ombre, tu ne crois pas ?

Elle prit une discrète inspiration avant de se lancer.

— Je t'ai déjà parlé des répercussions que la mort de Stephen avait eues dans notre famille et la façon dont j'ai été ensuite hyperprotégée et surveillée. J'avais le droit d'aller dans des fêtes chez des amis, mais pas avant que mon père ait pris scrupuleusement ses renseignements. C'était plutôt étouffant, mais comme je connaissais les raisons de son attitude, je l'acceptais. Et je l'ai supporté... Jusqu'à ce que je te rencontre.

Elle s'interrompit, le temps de soutenir le regard de Lucas, puis elle reprit son récit.

— A ce moment-là, j'ai compris ce que Kristie me disait à propos des garçons. Et, pour la première fois, j'ai été prête à désobéir. A prendre des risques, à piétiner les règles et à mentir à mes parents, et même à ma tante et à mon oncle. J'étais folle de toi, Lucas, et je t'ai tout donné. Mon cœur et mon âme.

— Tout, oui, sauf notre enfant.

Elle s'enfonça presque les ongles dans la paume pour s'empêcher de pleurer.

L'accusation de Lucas la brisait, c'était comme un coup de massue sur son cœur fragile. Elle avait fait de son mieux, mais il ne semblait pas prêt à la croire. Jamais elle n'avait cherché à lui cacher Lily, elle ne pouvait que prier pour qu'il s'en rende compte un jour. Peut-être, avec le temps, apprendrait-il à lui faire de nouveau confiance ?

Lily dormait derrière eux. Du moins avait-elle les yeux fermés. Peut-être écoutait-elle la musique. Toujours est-il qu'elle ne leur prêtait aucune attention. Elle se sentit donc libre d'insister. Il *fallait* que Lucas comprenne ce qui s'était passé. Et pour cela, elle devait le lui expliquer encore et encore.

— Tu es injuste, Lucas. Je t'ai dit que j'ai tout fait pour te retrouver. Si j'avais cédé à mon père, Lily ne serait pas là aujourd'hui. C'est pour ça que je ne l'ai pas vu depuis six ans.

Il inclina la tête, visiblement intéressé.

— Ma relation avec lui était très tendue depuis que nous avions quitté Moose River poursuivit-elle. Il m'en voulait d'avoir menti à mon oncle et à ma tante, et apprendre que j'étais enceinte n'a rien arrangé. Il était certain que ça allait gâcher ma vie. Il a tout fait pour me persuader que tu ne voudrais pas t'encombrer d'un enfant et me dissuader de garder le bébé. Le fait que tu n'aies jamais cherché à me contacter plaidait en son sens. Je n'avais que dix-huit ans, Lucas. J'étais naïve, effrayée, et ses arguments étaient très convaincants.

— Et que voulait-il, au juste ? Que tu avortes ?

— Non, jamais il ne m'aurait demandé ça. Sur ce sujet au moins, nous étions d'accord. Mais il souhaitait que je fasse adopter le bébé. Il avait peur pour moi, il craignait que ma vie et les projets que j'avais ne tombent à l'eau. Mais pour moi, il n'en a jamais été question. C'était mon enfant et aussi le tien, et y renoncer était impensable. Et puis, c'était aussi une façon de prouver à mon père que je pouvais me débrouiller seule. Ce qui était insensé, bien sûr. Je n'avais aucune idée de ce qui m'attendait, mais je lui en voulais de m'avoir éloignée de toi. Donc, pour l'amour de l'enfant que je portais, j'ai sacrifié le lien que j'avais avec lui. Même si ma résolution était une erreur comme il le pensait, j'étais prête à l'assumer.

— Et ça l'a été ? Je veux dire… une erreur ?

— Non.

Instinctivement, elle se tourna pour jeter un regard sur sa fille endormie.

— J'avais beau être une adolescente naïve ne connaissant pas grand-chose de la vie, j'étais aussi très obstinée. Ça n'a pas été facile, c'est certain, mais jamais je n'ai regretté ma décision.

— Je comprends, Gigi. Ça a dû être très dur pour toi. Mais tu ne penses pas que, pour Lily, il serait temps de ravaler ta fierté et de rétablir le lien entre ton père et toi ?

— Non, répondit-elle sans hésiter. Il s'est passé trop de choses, et je ne suis pas sûre de pouvoir simplement tirer un trait sur tout ça.

Les décisions qu'elle avait prises alors l'avaient conduite là où elle était aujourd'hui. Même si elle le souhaitait, elle serait incapable de revenir en arrière.

— On peut s'adresser à un autre gastro-entérologue, avança-t-elle. Ce serait plus simple.

— Mais c'est ton père le meilleur. Et tu veux ce qu'il y a de mieux pour ta fille — *notre* fille —, non ?

— Donne-moi vingt-quatre heures, Lucas. S'il te plaît...

— OK. Voilà ce que je te propose : si Lily est assez en forme demain matin, je passerai la prendre, et je la garderai la matinée pendant que tu cherches un autre spécialiste. Ça nous offrira à tous les deux un peu de recul pour prendre nos décisions.

Elle sentit une sourde inquiétude monter en elle.

Allaient-ils au-devant de pénibles négociations quant au « partage » de Lily ?

Cependant elle pouvait difficilement refuser sa suggestion. Pas si elle souhaitait remporter la décision concernant le gastro-entérologue.

Lucas gara son SUV devant chez elle et porta Lily encore à moitié endormie jusqu'à son appartement, mais il ne resta pas. Il ne s'arrêta pas sous le gui et ne lui adressa pas non plus la parole. Pour un peu, elle se serait crue transparente.

Elle pouvait renoncer définitivement aux rêves qu'elle avait pu nourrir, c'était clair. Pas de fin heureuse pour leur histoire. Ils ne seraient jamais la famille radieuse des cartes postales de Noël.

Mais n'était-ce pas ce qu'elle avait mérité, au bout du compte ?

10

Le lendemain midi, quand Jess se présenta au Chalet pour récupérer sa fille, Sofia lui indiqua l'écurie de Banjo derrière le bâtiment.

— Alors ? Comment ça se passe ? demanda Lucas lorsqu'elle s'approcha de la stalle.

Pas de « bonjour », pas de « ça va ? ». De toute évidence, il avait des choses plus importantes en tête.

Lily, en train de brosser Banjo, leva à peine les yeux à son arrivée. Il était clair que sa matinée avait été plus plaisante que la sienne... De toute façon, la compagnie de Lucas suffisait à la réjouir, et elle était bien placée pour la comprendre. Mais elle n'avait manqué à aucun des deux ? Ils pourraient ainsi se passer d'elle longtemps sans que ça leur pose de problème ?

Lucas se pencha sur la petite fille.

— Lily, quand tu auras fini avec Banjo, que dirais-tu de venir prendre un chocolat chaud au Chalet avec François ? Ta mère et moi devons discuter de certaines choses.

— D'accord, répondit celle-ci en levant à peine les yeux de sa tâche.

— Tu as pris rendez-vous avec un spécialiste ? s'enquit Lucas sitôt qu'ils eurent quitté l'écurie pour retourner au Chalet.

Elle en avait discuté avec Cameron, mais elle n'avait pas progressé quant à d'autres options.

— Je n'ai rien pu décrocher avant le 10 janvier. Les deux gastro-entérologues redevables à Cameron sont en vacances, et étant donné que l'état de Lily n'est pas considéré comme trop sérieux, personne ne veut compresser son emploi du temps pour la prendre.

— Je suis sûr que ton père la prendrait, lui, remarqua Lucas. Je comprends ton problème, mais à l'époque tu avais dix-huit ans et tu étais seule. Aujourd'hui, je suis là, avec toi, et si tu imagines que je ne participerai pas à la vie de Lily, détrompe-toi. Je compte bien être présent, au contraire. Et, d'une façon ou d'une autre, je m'assurerai qu'elle soit sérieusement prise en main et qu'elle bénéficie d'un traitement adéquat. Si elle est atteinte de cœliaquie, il faudra éliminer le gluten de son régime ordinaire, mais seule la biopsie nous en donnera la confirmation. On nous a adressés à ton père. Si tu le souhaites, je peux aller le voir sans toi.

Elle était déjà arrivée à la même conclusion.

Elle secoua la tête en soupirant.

— Non. Je l'emmènerai moi-même. Elle aura besoin de moi.

— C'est aussi ma fille. A ce propos, quand allons-nous le lui dire ?

— Ça pourrait attendre les vacances ? Elle a déjà beaucoup de choses à intégrer, et je pense que ce sera mieux pour elle si elle a du temps pour y penser.

— D'accord. Mais seulement jusqu'à la fin de l'année scolaire. C'est vendredi, non ?

— Oui.

— Je vous inviterai toutes les deux à dîner vendredi, alors, dit Lucas en lui tenant la porte ouverte. J'aimerais pouvoir en parler à mes parents avant Noël. Je pensais retourner en Australie à la fin de la saison de ski et emmener Lily.

« Emmener Lily » ?

Jess vit des papillons danser devant ses yeux.

Pas question de lui abandonner Lily, ne serait-ce que provisoirement ! En six ans, elles ne s'étaient jamais quittées, et elle était prête à se battre pour la garder.

Serrant les poings, elle se dressa de toute sa hauteur.

— Non.

Lucas haussa les sourcils, la tête inclinée.

— Comment ça, *non* ?

— J'ai quitté Moose River il y a sept ans, complètement déprimée et enceinte, dit-elle d'une voix calme mais ferme. Je regrette de ne pas t'avoir retrouvé. Je regrette que tu ne m'aies jamais envoyé ces lettres et que tu aies manqué six ans de sa vie. Je regrette d'avoir été stupide, mais il n'est pas question que tu me l'enlèves. J'ai perdu mon frère, ma mère et mon père. Lily est tout ce qu'il me reste. Alors, ne compte pas m'en priver.

— Je n'ai jamais dit que tu étais stupide, objecta-t-il en lui saisissant le bras pour l'entraîner vers le canapé de la réception.

Il s'assit à côté d'elle, et ce n'est que lorsqu'il posa la main sur son genou qu'elle cessa de trembler.

— Tu as parcouru tout ce chemin seule, Jess, et tu peux être fière de ce que tu as accompli avec Lily. Bien sûr, j'aurais préféré ne pas avoir manqué toutes ces années avec elle, mais je sais que je ne peux m'en prendre qu'à moi. Et je te rassure, jamais je ne chercherai à te l'enlever. J'aimerais simplement la présenter à ma famille, et si je l'emmène, ce ne serait que pour des vacances, rien de plus. Ma vie est à Moose River, désormais. C'est ici que je travaille, et c'est ici qu'est ma fille. En fait, j'ai oublié de dire que je t'incluais dans le voyage.

— Oh ! C'est vrai ?

Elle en était si soulagée qu'elle se sentait au bord des larmes. Ses émotions étaient exacerbées, depuis quelques jours…

— Même après ce que j'ai fait ?

— Ce qui est fait est fait, répondit Lucas avec une moue fataliste. A présent, Lily est notre priorité, nous devons tout faire pour qu'elle soit heureuse et se sente en sécurité. Quant à sa santé, nous prendrons les mesures nécessaires. Es-tu prête à l'emmener voir le Dr Johnson ?

— Oui, répondit-elle sans hésitation.

Pour Lily et Lucas, elle se réconcilierait avec son père. Elle n'avait pas le choix. Elle avait été seul maître à bord de sa vie depuis sept ans, mais il semblait à présent que le destin en reprenait le contrôle. A moins que ce destin n'ait pour nom Lucas White…

Jess avait repoussé le fatidique coup de téléphone jusqu'au lendemain. Il lui semblait si étrange d'appeler son père après six ans de silence pour lui demander une faveur. Mais, ainsi que l'avait souligné Lucas, le temps était venu de surmonter son entêtement.

Par chance, ce fut la secrétaire qui répondit, et ce fut à elle qu'elle débita le discours qu'elle avait répété au préalable. Elle venait à peine de raccrocher, un peu soulagée, quand un coup bref retentit à la porte, qui s'ouvrit sur Cameron.

— Jess, est-ce que Lily est partie en excursion avec l'école aujourd'hui ?

— Oui, pourquoi ?

— Il y a eu un incident avec les télécabines, mais pas de panique, tout le monde va bien.

Elle bondit malgré tout de sa chaise.

— Quel genre d'incident ?

— Encore une fois, tout le monde va bien. Une télécabine est tombée en panne, et un groupe d'enfants est coincé dedans. Une équipe de sauveteurs professionnels est sur place. Je préférais vous avertir. Si vous souhaitez y aller, n'hésitez pas.

Paniquée, elle enfila son bonnet et son manteau, et elle sortait en courant du bâtiment quand elle tomba presque dans les bras de Lucas qui venait en sens inverse.

— Que fais-tu ici ?

Et puis, elle comprit aussitôt.

— Tu es au courant pour…

— Oui. Apparemment, il n'y a pas de blessés, mais les gosses ont entre six et sept ans, et j'ai tout de suite pensé que Lily pouvait être parmi eux. Je peux t'y accompagner, si tu veux. J'ai emprunté une motoneige, ce sera plus rapide.

Sans même réfléchir, elle prit les lunettes de neige qu'il lui tendait, le suivit en bas des marches puis monta derrière lui sur l'engin. Elle s'accrocha à sa taille en se serrant contre son dos, et de le sentir aussi solide et musclé, elle eut le sentiment, presque une certitude, que rien de mal ne pourrait lui arriver. Oui, peut-être réussiraient-ils à construire ensemble quelque chose de solide.

En quelques minutes, ils parvinrent sur les lieux de l'incident, et elle reconnut parmi le groupe rassemblé autour d'un des pylônes des parents d'élèves de la classe de Lily.

Quand Lucas éteignit le moteur de la motoneige, elle fut surprise par le silence qui régnait. Elle s'était attendue à entendre l'équipe de secours s'activer, mais tout le monde restait là sans bouger, comme paralysé par l'indécision.

Elle enleva ses lunettes pour mieux voir. Ils se trouvaient près d'un ravin, et en suivant le câble des yeux, elle aperçut deux télécabines qui lui parurent bien trop proches l'une de l'autre.

— Pourquoi ne se passe-t-il rien ? demanda-t-elle à Lucas.

— Aucune idée. Ne bouge pas, je vais me renseigner.

Il revint à peine trois minutes plus tard avec Fleur et son mari, Nathan. Les yeux rouges de Fleur disaient clairement qu'elle avait pleuré.

Aussitôt, Jess l'attira dans ses bras.

— Où sont les filles ?

Fleur tendit la main vers le ravin où, apparemment, les deux télécabines s'étaient télescopées.

— Là. Dans une des deux.

— Oh non !

— Les filles vont bien, la rassura aussitôt Lucas. L'instructrice qui est avec elles utilise son portable pour communiquer avec le sol. Personne n'est sérieusement blessé, il y a juste quelques bosses. La deuxième cabine ne s'est pas décrochée, mais l'accès est difficile.

Jess relâcha Fleur pour se tourner vers lui.

— Quand pourra-t-on les sortir de là ?

— Ça va prendre un moment, mais on y arrivera. Pour l'instant, les cabines sont stables, et c'est l'essentiel.

— Pour l'instant ? répéta Jess, angoissée. Et comment ça a pu arriver, d'abord ?

— Apparemment, le frein de secours a été activé par erreur, ce qui a provoqué le déraillement d'une cabine, qui a alors glissé sur le deuxième câble pour finalement s'accrocher à celle qui la suivait. C'est ce qui l'a jusqu'à présent empêchée de tomber. Mais c'est l'endroit où ça s'est produit qui pose problème. Ils envisagent de fixer un autre câble de pylône en pylône pour permettre à l'équipe d'intervention d'accéder par au-dessus aux cabines qu'ils doivent sécuriser. Ensuite, ils utiliseront des harnais et des civières pour redescendre tout le monde.

Jess ferma les yeux, prise de vertige.

L'idée que Lily soit là-haut, en danger et terrifiée, lui était insupportable.

Lucas la prit par les épaules pour l'attirer contre lui.

Encore heureux qu'il soit là ! Quoi qu'il arrive, elle savait qu'elle pouvait compter sur lui. Il le lui avait promis, et elle se sentit poussée à lui offrir quelque chose en retour.

— Si Lily s'en sort sans problème, tu pourras me demander ce que tu veux, dit-elle en rivant son regard au sien. Et nous lui dirons la vérité dès ce soir.

Lucas détestait se sentir inutile. Il avait demandé à un employé du Chalet de porter des sandwichs et des boissons chaudes à l'équipe de secours, mais c'était à peu près tout ce qu'il pouvait faire, et l'inactivité lui pesait. Sa fille était piégée dans une de ces cabines, et il ne pouvait rien pour elle. Fleur et Nathan étaient allés chercher quelque chose à manger, le laissant seul avec Jess qui avait refusé de rejoindre les autres parents.

L'intervention était d'une lenteur désespérante. Ils étaient sur place depuis plus de deux heures, et pour couronner le tout, il faisait un froid glacial. Pourtant, aucun des parents ne bougeait. Des couvertures leur avaient été apportées, mais le vent s'engouffrait dans le ravin où il faisait se balancer les cabines. Heureusement, l'équipe de secours était parvenue à les sécuriser à temps. Au moins le ciel était-il dégagé et aucune chute de neige n'était prévue, ce qui était une bonne chose.

— Tu ne veux pas t'asseoir un peu ? suggéra Jess.

— J'ai du mal à rester en place. Je ne supporte pas d'être là à ne rien faire alors que tout le monde s'active.

— Tu ne fais pas rien, tu me soutiens, lui dit-elle en lui tendant la main. C'est important pour moi, tu sais...

Elle l'attira sur la motoneige, et il s'assit près d'elle, le bras sur ses épaules. Aussitôt, il se sentit quelque peu apaisé.

— Parle-moi de Lily.

Il s'habituait tout juste à l'idée d'être père. Avoir une petite fille, c'était une lourde responsabilité, bien sûr, mais il avait hâte de découvrir les changements que cela apporterait dans sa vie. Même si tout ne serait pas aisé, c'était évident. En attendant, il devait en apprendre autant que possible sur Lily afin de la connaître mieux.

— Elle tient beaucoup de toi, dit Jess, répondant sans le savoir aux questions qu'il s'apprêtait à lui poser. Ne serait-ce que sur des skis, elle a ce sens de l'équilibre, comme toi, et une intrépidité qui me donne parfois des sueurs froides. Et tu as remarqué qu'elle a ton nez ?

— Je suis heureux de lui avoir transmis certains traits. C'est incontestablement ta fille, mais ça fait plaisir de savoir que j'y ai tout de même participé un peu...

— Plus qu'un peu, même. Ses yeux changent de couleur suivant le temps, comme les tiens. Elle raffole du poulet rôti, comme toi, elle vénère son koala. Sa couleur préférée est le bleu, elle adore chanter...

Jess s'interrompit pour regarder passer l'équipe de secours en tenue jaune vif, ainsi que la patrouille de ski et les ambulanciers portant les civières et les kits de premiers secours.

Il se leva et lui tendit la main.

— Viens, ils vont commencer l'évacuation.

La cabine qui avait déraillé fut la première à être ouverte, et bientôt, Lily put les rejoindre.

Jess fondit en larmes en la serrant dans ses bras.

— Mon petit ange... Ça va ? Tu n'as pas eu trop peur ?

— Nan ! s'exclama Lily, ravie. C'était super !

— Apparemment, elle n'a pas l'air traumatisée, remarqua-t-il avec un sourire, secrètement soulagé.

Après avoir essuyé ses joues mouillées, Jess glissa les doigts dans les cheveux de sa fille.

— Hé... Tu as une vilaine bosse, ici. Tu es sûre que ça va ?

— J'étais devant la vitre quand l'autre cabine, elle a tamponné la nôtre, expliqua Lily, et je m'ai cogné la tête. Ça a fait un gros bruit, et on est tous tombés par terre.

Des autoneiges étaient arrivées pour transporter les enfants au centre médical, où une équipe était prête à les prendre en charge. Jess grimpa avec Lily dans un véhicule, et Lucas enfourcha sa motoneige. Il les retrouva ensuite au cabinet médical.

— Elle continue à parler ? dit-il en voyant Lily s'agiter dans un groupe de fillettes de son âge pendant que, un gobelet de chocolat chaud à la main, elles attendaient d'être vues par le médecin.

— Tu penses… Après une aventure comme celle-ci, elle n'est pas près de se taire ! plaisanta Jess. Elle tient incontestablement de son père.

En souriant, il la prit par le bras.

— Tu pourras l'amener au Chalet quand ce sera fini ici ? J'aimerais lui parler dès ce soir.

Il la vit hésiter.

— Je ne sais pas… Tu ne penses pas que sa journée a déjà été bien chargée ?

— Je veux faire partie de sa vie, Jess, et je veux commencer aujourd'hui même. J'ai déjà perdu trop d'années. Et elle a assez de force pour faire face. Regarde comme elle surmonte ce qui vient de se passer ! Alors, ça aussi, elle le surmontera. En plus, c'est une bonne nouvelle, non ?

Il retint son souffle alors que Jess réfléchissait, les yeux sur leur fille. Finalement, elle hocha la tête.

— D'accord. Je vais la ramener à la maison pour lui faire prendre un bon bain, et nous viendrons te retrouver après.

— Lily, ta maman et moi avons quelque chose à te dire, annonça Lucas.

Lily, la main sur l'encolure de Banjo, s'immobilisa une seconde.

Jess avait suggéré que l'écurie serait appropriée pour cette révélation, et il n'avait pu qu'approuver : Lily s'y sentait bien, et au moins ne seraient-ils pas obligés de rester gauchement assis sur un canapé.

— Tu sais que je t'ai toujours dit que tu étais faite de pleins de morceaux différents ? commença Jess sur un ton manifestement ému.

— Oui, comme un oritrinque.

— Un ornithorynque, exactement. Beaucoup de morceaux viennent de moi, mais d'autres sont différents. Et ces parties-là viennent de ton papa.

Lily fronça les sourcils.

— J'ai pas de papa.

— Tout le monde en a un, ma puce. C'est juste que je l'avais perdu et qu'il m'a fallu longtemps pour le retrouver.

— Et il est gentil ?

— *Très* gentil.

Et Lucas, devant l'amour qu'il vit dans le regard de Jess, sut que son rêve allait enfin se réaliser.

— Tu crois qu'il m'aimera bien ? demanda Lily avec une inquiétude qui l'émut.

— Il t'adorera, je le sais. Mais je crois qu'il va te le dire lui-même...

— Où il est ?

— Ici, Lily. Je suis ici, lui dit-il. C'est moi, ton papa.

Elle le regarda fixement quelques secondes.

— C'est vrai ? demanda-t-elle finalement, tout bas.

— Oui, c'est vrai. Et je suis le papa le plus heureux du monde d'avoir une petite fille comme toi.

Il lui ouvrit les bras, Lily vint s'accrocher à son cou et presser son petit visage contre le sien, et toutes ses appréhensions s'envolèrent, balayées par une joie indescriptible.

Toutefois, comme il rencontrait le regard de Jess, il put voir, au-delà de son sourire, une brillance particulière.

Des larmes...

Accepterait-elle vraiment de partager Lily ?

Lucas regardait sa fille qui s'était endormie après le dîner sur le canapé de sa suite, la tête sur les genoux de Jess et son koala serré contre elle.

— Elle est si belle, dit-il, ému. Nous avons fait un vrai petit chef-d'œuvre. Et je n'en reviens pas qu'elle m'ait accepté aussi aisément.

— Elle te trouve fantastique.

— Tu crois ?

— Bien sûr. Tu as un cheval et une calèche... Que pourrait-elle rêver de plus ? ironisa gentiment Jess.

Il sentit son cœur se gonfler d'amour pour elle et pour leur fille. Sa famille.

A propos de famille…

— Tu as parlé à ton père ?

— Non, mais j'ai eu sa secrétaire ce matin. Elle a pu caser Lily pour la biopsie le mercredi avant Noël.

— Mais lui, tu ne l'as pas eu ?

— Non, je n'ai pas pu. De toute façon, l'avoir au téléphone ne me semble pas adéquat. Je ne sais pas comment faire. Je ne veux pas non plus lui parler pour la première fois en six ans juste avant l'endoscopie de Lily, mais je n'ai plus beaucoup de temps et…

— Tu y verras plus clair à tête reposée, dit-il alors qu'elle étouffait un bâillement. La nuit porte conseil, c'est bien connu, et la solution finira par venir. Pourquoi ne passeriez-vous pas la nuit ici ? Inutile de réveiller Lily pour rentrer chez toi. Tu n'as qu'à prendre mon lit.

— Merci, mais donne-moi simplement une couverture, je vais dormir devant le feu. Je veux rester près d'elle au cas où elle se réveillerait tout de même. Elle risquerait d'être perturbée de se retrouver dans un endroit qu'elle ne connaît pas bien. Surtout après cette journée mouvementée.

— OK. Je vais la porter dans mon lit, alors. Je prendrai le canapé.

Après qu'il l'eut installée, tous les deux restèrent un instant à la regarder dormir.

— Merci de m'avoir offert ce cadeau, Gigi. Et d'avoir été assez forte pour faire ce qui a dû être un choix difficile. Tu veux bien la partager avec moi, maintenant ?

— Bien sûr. L'élever seule n'a jamais été une volonté de ma part. Mais nous allons avoir d'autres décisions à prendre, tous les deux…

— C'est certain. Mais pas ce soir. Pour aujourd'hui, je crois que ça suffira…, soupira-t-il en souriant. Et j'ai encore une requête : je veux aussi faire partie de ta vie.

— Nous sommes liés par Lily, désormais.

— Je veux plus. Je veux connaître avec toi une relation qui aille au-delà de celle de parents. Je te veux, toi.

— Moi ? Après ce que j'ai fait ?

— Gigi… Tout ce que j'ai accompli l'a été pour toi. Et c'est pour toi aussi que je suis revenu. Inutile de s'appesantir sur le passé. Chacun a eu un rôle à jouer — ton père, toi, moi — mais à quoi bon regarder en arrière ? Ça ne change rien à mes sentiments pour toi et pour Lily. Ce qu'il faut, à présent, c'est nous tourner vers le futur. Nous avons le reste de notre vie pour rattraper le temps perdu.

— Tu le penses vraiment ?

— Oui. Et toi ? Est-ce que tu as d'autres projets ?

La lueur dans les yeux de Jess et le sourire qui lui étira légèrement les lèvres lorsqu'elle secoua la tête réveillèrent le désir à fleur de peau qu'il ressentait dès qu'il était près d'elle. Il se fit alors la promesse de veiller sur elle et sur Lily, si elle l'y autorisait. Pour cela, il était prêt à tout pour la convaincre. Prêt à la charmer et à l'aimer jusqu'à ce qu'elle accepte de se donner à lui corps et âme.

11

Son père l'attendait au Crystal Chalet ! Lucas avait proposé à Jess de lui organiser un rendez-vous avec lui, mais elle n'avait pas pensé que cela se ferait aussi vite, et son cœur battait fort alors qu'elle s'approchait de la porte de la suite.

— Tout se passera bien, Gigi, lui murmura Lucas. Je reste dans le couloir au cas où tu aurais besoin de moi. Cette fois, je ne te laisserai pas tomber.

Son ton rassurant lui donna le courage de tourner la poignée.

— Papa ?

Il se leva aussitôt et se tourna vers elle.

Il était toujours aussi grand et mince, mais ses cheveux étaient plus gris désormais. Elle avait manqué son soixantième anniversaire. Pourquoi ?

Parce qu'elle était têtue. Et même butée.

Mais il lui ouvrait les bras, et elle courut aussitôt s'y réfugier sans pouvoir contenir ses larmes.

— C'est si bon de te voir, ma chérie.

— Pour moi aussi, papa. Maman est là ?

— Non. Elle ne savait pas trop comment ça se passerait entre nous. Des fois que nous nous écharperions, plaisanta-t-il. Mais ne t'inquiète pas, ce n'est que le premier pas, bientôt nous serons de nouveau une famille. Avant tout, je veux te montrer quelque chose…

Il sortit son portefeuille de sa poche et l'ouvrit pour elle.

Il avait toujours eu une photo de Stephen et d'elle, mais une autre s'y était ajoutée : une photo de Lily et d'elle que Kristie avait prise le jour des six ans de sa fille.

— Où l'as-tu eue ? demanda-t-elle, surprise.

— Kristie me l'a donnée quand je le lui ai demandé. C'est elle qui m'a maintenu relié à vous toutes ces années. Je ne supportais pas l'idée de t'avoir perdue pour toujours.

Elle-même, déterminée à lui prouver qu'elle était capable de se débrouiller seule, avait systématiquement renvoyé ses lettres et ses chèques. Et pourtant, durant tout ce temps, il avait suivi les progrès de Lily sans jamais perdre l'espoir de les revoir, elle et sa fille.

— Je regrette, papa. Je m'en veux aujourd'hui de t'avoir maintenu à distance.

Il sourit, visiblement ému, puis l'attira contre lui.

— Merci, Jessie. Tu crois qu'on pourrait prendre un nouveau départ, tous les deux ?

— Et même tous les trois. Tu veux dire bonjour à ta petite-fille ?

— Maintenant ? Elle est ici ?

— Oui. Lucas est dans le couloir, il va aller la chercher.

— Oh. Alors, pourquoi ne pas me présenter Lucas, pendant que tu y es ? Après tout, je lui dois un grand merci pour t'avoir ramenée dans ma vie.

— D'accord. Donne-moi une minute.

Lucas l'attendait comme promis, et elle se jeta dans ses bras.

— Hé ! Apparemment, ça s'est bien passé !

— Oui. Grâce à toi. Il veut rencontrer Lily.

— C'est bien. J'ai déjà demandé à Sofia de l'amener.

— Et toi aussi, il veut te connaître.

— Oh... Là, tout de suite ?

— Oui. Viens.

Lui prenant la main, elle l'entraîna avec elle dans la suite.

— Papa, je te présente Lucas White. Lucas, mon père, Stuart Johnson, dit-elle, non sans appréhension.

Au bout d'un instant de silence entre les deux hommes, son père tendit finalement une main que Lucas saisit.

— Je suis heureux de vous rencontrer officiellement, monsieur Johnson, dit ce dernier.

La poignée de main qu'ils échangèrent était moins tendue qu'elle ne l'avait craint, et elle relâcha le souffle qu'elle avait contenu sans s'en rendre compte.

— Moi aussi. Et je pense vous devoir des excuses. J'ai porté un jugement bien trop hâtif sur vous, et cela m'a valu de perdre pendant des années ma fille et ma petite-fille. Merci de me les avoir ramenées.

— Je tiens à vous assurer que j'ai l'intention de rattraper moi aussi le temps perdu et d'assumer toutes mes responsabilités envers elles deux, ajouta Lucas en attirant Jess contre lui.

A cet instant, elle s'autorisa à croire que tout se passerait bien. Avec Lucas à ses côtés, tout semblait désormais possible. Son caractère farouchement indépendant et entêté l'avait éloignée de tous, mais Lucas était de nouveau dans sa vie, ainsi que son père et sans doute même bientôt sa mère. Elle le savait à présent, Lily et elle ne seraient plus jamais seules.

Qui sait ? Peut-être allait-elle enfin connaître le bonheur ?

Jess, en tenue stérile, était assise au pied de la table d'opération tandis que son père se préparait pour la biopsie de Lily. Celle-ci était déjà endormie, et sitôt que l'anesthésiste donna silencieusement le feu vert à Stuart, celui-ci inséra dans l'œsophage de Lily un tube flexible équipé d'une minuscule caméra qu'il fit glisser à travers l'estomac jusqu'à l'intestin grêle. Stuart examina la muqueuse intestinale et prit cinq ou six échantillons en différents points.

Jess suivait l'intervention sur le moniteur au-dessus de leurs têtes.

— Que cherches-tu, exactement ? demanda-t-elle.

Surtout pour entendre la voix de son père et se convaincre qu'il était bien de retour dans sa vie.

— Une éventuelle atrophie des villosités ou une inflammation des muqueuses. Le pathologiste attend les échantillons, et nous serons ainsi rapidement fixés.

La procédure ne prit qu'une quinzaine de minutes. Il n'y avait plus qu'à attendre le résultat.

Ce qu'elle fit en restant avec Lucas auprès de Lily dans la salle de réveil, où Stuart faisait de fréquents passages.

— J'ai les résultats, annonça-t-il enfin à travers son masque. Les villosités sont émoussées, ce qui indique une atrophie partielle, et on note une présence accrue de lymphocytes, ainsi que quelques autres modifications qui concordent avec l'inflammation, ce qui correspond à un stade 3 de la classification de Marsh.

— Qu'est-ce que ça veut dire ?

— Que Lily est bien atteinte de la maladie cœliaque.

— Et j'aurais dû m'en inquiéter plus tôt ?

Elle se sentait déjà coupable, mais son père secoua la tête.

— D'après son dossier, les symptômes qu'elle a jusqu'ici manifestés étaient trop faibles pour indiquer quoi que ce soit. C'est généralement une pathologie héréditaire, et c'est seulement en découvrant les antécédents de Lucas qu'on a pu chercher dans cette direction. La cœliaquie peut être aisément maîtrisée en surveillant son régime. Une fois que le gluten en aura disparu, les villosités et l'intestin se rétabliront. Ça devrait prendre entre trois et six mois. Je vais vous organiser des rendez-vous avec un diététicien et avec un conseiller. Tout se passera bien, Jessie, ne t'inquiète surtout pas. Maintenant, il faut que je vous laisse, on m'attend pour une intervention. Ça va aller ?

Elle saisit la main de Lucas avant de sourire à son père.

— Oui. On va s'en sortir.

De plus, elle continuait de reconstruire sa relation avec ses parents avec l'aide de Lucas : ce dernier les avait invités au Crystal Chalet pour le déjeuner de Noël ainsi que Kristie, son oncle et sa tante. Tout le monde semblait prêt à tirer un trait sur le passé. Il y avait des années qu'ils n'avaient pas partagé un repas de Noël familial, et elle était aussi excitée que Lily à cette perspective.

En ce matin de Noël, Lily s'était levée de bonne heure et en pleine forme. Sa biopsie n'avait eu aucun effet secondaire, et elle avait accepté sans sourciller d'apprendre qu'elle souffrait de cœliaquie. Jess avait le net sentiment qu'elle était même ravie de savoir qu'elle en avait hérité de son père.

Sur l'insistance de Lucas, elles avaient passé la nuit de Noël chez lui.

— Le Père Noël, il est venu avec les cadeaux? demanda Lily en bondissant sur le lit.

— Viens, on va voir si papa est réveillé.

Lucas les attendait dans le salon. Après l'avoir embrassé, Lily répéta sa question.

— J'ai l'impression d'avoir vu devant la cheminée un gros paquet qui n'était pas là hier, répondit-il avec un grand sourire. Tu veux qu'on aille vérifier ensemble?

Moins de deux minutes plus tard, Lily déchirait en hâte le papier enveloppant la superbe maison de poupée qu'elle avait admirée une semaine plus tôt dans la vitrine d'un magasin.

Après que la petite fille eut observé avec émerveillement tous les meubles miniatures qui s'y trouvaient, Lucas lui tendit une petite boîte où elle découvrit une calèche rouge comme celle du Crystal Chalet, à laquelle était attelée la réplique exacte de Banjo.

— Oh... Banjo! s'exclama Lily, les yeux brillant de joie.

— Et maintenant, Lily, au tour de papa, annonça Jess.

Lily donna un paquet à son père avant d'aller jouer, et Jess observa Lucas alors qu'il découvrait l'album des photos de Lily depuis sa naissance et jusqu'à son sixième anniversaire. Ensemble, ils parcoururent la courte vie de Lily — sa première dent, son premier Noël, son premier jour d'école...

— C'est un très beau cadeau, Gigi, dit-il en refermant l'album. Merci.

— Ce n'est pas fini.

Intrigué, il prit l'enveloppe qu'elle lui tendait, l'ouvrit et en sortit un document.

— C'est son certificat de naissance. Je l'ai fait rectifier.

Elle lui montra la ligne du père, où l'on pouvait lire « Lucas White ».

— Tu n'aurais pas pu me faire plus plaisir, dit-il, visiblement ému. A ton tour, maintenant. Lily, on offre notre surprise à maman?

Aussitôt, Lily plongea sous le sapin pour en sortir un petit paquet enrubanné que Lucas déposa ensuite dans sa paume.

— Gigi, je t'aimais il y a sept ans, et je t'aime toujours. Et j'aime Lily. Mon plus cher désir est que nous formions une famille. Jess Johnson, acceptes-tu de devenir ma femme?

Elle sentit ses yeux s'emplir de larmes.

— Oh non, pleure pas, maman ! s'écria Lily, atterrée.

— Ce n'est rien, ma puce. Ce sont des larmes de joie, la rassura-t-elle avant de lever les yeux vers Lucas. Tu as été mon unique amour, Lucas, et je t'ai aimé dès notre premier baiser. Alors, oui, je veux t'épouser.

Lily poussa un cri de joie en tapant des mains, et tous deux l'attirèrent dans leur étreinte.

Puis Jess ouvrit la petite boîte blanche et y découvrit dans un écrin de velours grenat une bague en or sertie de minuscules diamants.

— Je promets de vous protéger, Lily et toi, aussi longtemps que vous voudrez de moi. Et de vous aimer. Toujours.

Il lui glissa l'anneau au doigt avant de l'embrasser.

— Elle lui plaît, hein ? remarqua Lily.

Il approuva en lui ébouriffant tendrement les cheveux.

— Je crois qu'on a fait le bon choix.

— Tu étais au courant ? s'étonna Jess en regardant sa fille.

— Elle m'a aidé à la choisir, oui. Elle est presque aussi douée que toi pour garder un secret, ajouta Lucas, amusé.

— Plus de secrets entre nous, maintenant. Promis.

Lily tira alors sur sa manche.

— Et quand est-ce que j'aurai ma petite sœur ?

Jess sourit sans quitter Lucas des yeux.

— On fera de notre mieux, ma puce.

Épilogue

Jess, allongée sur une serviette sous le chaud soleil de l'automne austral, regardait Lucas donner une leçon de surf à Lily.

A la façon dont elle répondait aux instructions de son père, il était clair qu'elle avait un don naturel pour ce sport. Il y avait un mois qu'ils étaient en Australie, et elle admira la belle teinte brune qu'avait prise le corps musclé de Lucas.

— Lily s'amuse comme une folle, remarqua-t-elle un instant plus tard alors qu'il se penchait pour l'embrasser.

— Et elle est douée.

— Elle tient de son père — et donc de mon mari.

Ils avaient convolé trois mois plus tôt à Moose River, et ils avaient fêté leur union par une seconde cérémonie avec la famille de Lucas.

— Heureuse ? demanda-t-il.

— Fabuleusement, répondit-elle. Et comme j'ai promis de ne jamais rien te cacher, j'ai quelque chose à t'annoncer...

— Oh ? Une bonne nouvelle ?

— Oui. Du moins, j'espère qu'elle le sera pour toi aussi. Tu sais que Lily m'a demandé une petite sœur pour Noël...

— Et tu voudrais qu'on lui en offre une ?

— Il ou elle est déjà en route.

— Quoi ? Tu es enceinte ? Elle lui prit la main pour la poser sur son ventre.

— Eh oui. Et le bébé devrait arriver une semaine avant Noël. Alors, le cadeau de Lily est tout trouvé, cette année.

— C'est une merveilleuse nouvelle, Gigi ! Tu n'aurais pas pu me faire un plus beau cadeau.

— Tout ce que tu as manqué pour Lily, tu vas le vivre cette fois avec sa petite sœur ou son petit frère. Qu'en penses-tu ?

— J'en pense que...

Lucas n'acheva pas sa phrase, mais son baiser fut une réponse tout ce qu'il y avait de plus clair.

Un excellent départ pour le premier jour de cette vie de pur bonheur qui les attendait.

d

Traduction française de
BARBARA BRISTOL

HARLEQUIN

Titre original :
THE BABY WHO SAVED DR CYNICAL

Ce roman a déjà été publié en 2020.

1

Pour Stéphanie, la décision était douloureuse. Si elle voulait éviter un procès à l'hôpital et sauver trois millions de dollars, elle devait sacrifier la réputation du Dr Jason Drake.

Elle cédait en cela aux revendications d'une famille qui invoquait à tort une erreur médicale ayant entraîné la mort.

En tant que chef du département de recherche pédiatrique, elle acceptait que seul le Dr Jason Drake soit mis en cause. Ainsi, aucune faute ne serait retenue contre le Sheffield Memorial Hospital et le versement de dommages et intérêts serait évité.

Dévisageant les avocats de l'hôpital, qui faisaient cercle dans son bureau, Stéphanie protesta néanmoins une dernière fois.

— Il était impossible de garder ce malheureux bébé en vie. Le Dr Drake a fait plus qu'il ne devait. Il est resté trois jours et trois nuits auprès du petit Isaac pour tenter de le sauver.

— Vous prenez pourtant la bonne décision, docteur Montclair, lui assura un des avocats. Un procureur habile aurait tiré des larmes aux jurés et au tribunal en moins de trois minutes. Pour finir, nous aurions peut-être eu gain de cause, mais c'était une folie d'exposer plus longtemps le Sheffield Memorial à une publicité négative. Et si jamais le Dr Drake avait été appelé à la barre, qui sait où nous auraient conduits ses façons abruptes !

A son corps défendant, Stéphanie acquiesça. Jason était un médecin fantastique — l'un des meilleurs qui soit — mais il ne prenait pas de gants quand il avait à s'exprimer.

— Il y a peut-être une autre solution, suggéra-t-elle. Que j'endosse, moi, la responsabilité.

— Ce n'est pas une bonne idée, docteur Montclair ! s'écria l'un des juristes. Le discrédit rejaillirait sur l'ensemble du département. Le conseil d'administration vous désapprouverait et il aurait bien raison.

Cette histoire avait été un crève-cœur. Le département de néonatalité, en accord avec celui de recherche pédiatrique, avait tout fait pour sauver le prématuré. En vain.

Le fait que les parents du petit Isaac — une top-model en vogue et son mari manager — aient été célèbres n'arrangeait rien. Egarés par le chagrin, ils avaient menacé de mobiliser la presse et de déclencher un scandale si le Sheffield Memorial ne sanctionnait pas celui qu'ils estimaient coupable de la mort de leur bébé.

Stéphanie comprenait leur souffrance, bien sûr. Depuis quelques semaines, elle savait qu'elle attendait un enfant. A la pensée de perdre la vie minuscule qu'elle portait en elle, elle sentait des ondes d'angoisse la parcourir.

Mais, en dépit des efforts de chacun, les malheureux parents ne voulaient rien entendre.

La réputation de l'hôpital était menacée. Si les généreux donateurs qui le faisaient vivre retiraient leur soutien financier, le Sheffield Memorial, hôpital privé dédié à la recherche et à l'enseignement, devrait fermer ses portes.

Le Dr Wilkins fit chorus avec les avocats.

— Stéphanie, dit-il fermement, pensez à l'intérêt général. Faire porter la responsabilité au Dr Drake est la meilleure solution. Jason a ses défauts, mais c'est un chercheur exceptionnel. Sa réputation est trop brillante pour être durablement entachée par un incident de parcours. Et nous payons un sacré paquet pour assurer ses éventuelles fautes professionnelles.

Trésorier du conseil d'administration, Wilkins était aussi un vieil ami de la famille. Il avait vu naître Stéphanie et connaissait son talon d'Achille.

— Nos sponsors menacent de se retirer, reprit-il. Faute de moyens, nous devrons refuser l'admission d'enfants malades. Que deviendront-ils sans nos soins ?

C'était l'argument décisif. Réprimant une dernière hésitation, Stéphanie apposa sa signature sur la ligne destinée à cet effet. Soulagés, les avocats se levèrent et vinrent lui serrer la main.

Une main qu'elle irait laver le plus tôt possible...

Les avocats sortirent. Mais le Dr Wilkins resta en arrière.

— Les membres du conseil d'administration et moi-même redoutions que votre relation personnelle avec le Dr Drake n'influence votre décision, dit-il à Stéphanie. Ils seront heureux d'apprendre que vous n'avez pas hésité à faire passer le Sheffield Memorial avant le reste.

Stéphanie avait l'habitude qu'on lui rappelle ses devoirs à l'égard de l'hôpital. Le Sheffield portait le nom de son arrière-grand-mère maternelle. Et, un jour, c'est elle qui le dirigerait.

Dans sa famille, il y avait des médecins des deux côtés. Sa mère était cardiologue, son père endocrinologue. Tous deux siégeaient au conseil d'administration de l'hôpital. Stéphanie travaillait nuit et jour pour se montrer deux fois plus performante que les autres chefs de département et prouver qu'elle n'avait pas usurpé sa situation.

Elle espérait que ses collègues le reconnaissaient. D'autant qu'elle les soulageait d'un grand poids en étant la seule capable de supporter Jason Drake...

— Rassurez le conseil d'administration, dit-elle à Wilkins. Je ne ferai jamais courir un risque à l'hôpital pour des raisons personnelles.

Elle eut une légère hésitation avant de poursuivre. Mais quelle importance, après tout ! Tout le service était déjà au courant...

— J'ai rompu avec le Dr Drake.

— Cela fera plaisir à la direction, répondit Wilkins.

Parlait-il de sa loyauté à l'égard de l'hôpital ou de sa rupture avec le Dr Drake ? Qu'importe... Même si elle avait trahi Jason et contribué à salir sa réputation, Stéphanie était sûre d'avoir pris la bonne décision.

Mais alors, pourquoi se sentait-elle si mal dans sa peau ?...

Au même moment, elle eut un haut-le-cœur. Comme si le bébé protestait en elle contre la façon dont sa maman avait maltraité son papa… Le marché qu'elle venait de conclure lui laissait décidément un goût bien amer.

Au moment d'entrer dans la chambre de la petite patiente, Stéphanie vit que Jason y était déjà. Elle s'arrêta pour rassembler ses esprits.

D'après l'accord qu'elle venait d'accepter, elle devait contrôler Jason dans tous les cas qu'il suivrait au cours des six prochains mois.

Heureusement, la mauvaise publicité faite au Sheffield Memorial avait réduit le nombre des patients ! Sinon, comment aurait-elle assumé cette nouvelle tâche en plus de ses responsabilités ? Depuis qu'elle était à la tête du département, il était rare qu'elle suive un cas.

Médecin senior, Jason était responsable de l'équipe médicale, sous l'autorité de Stéphanie.

Passionné par son métier, il était indifférent à tout le reste et se moquait bien des questions administratives. Aussi Stéphanie espérait-elle que l'accord conclu ne le toucherait pas quand il en serait informé.

Selon son habitude, Jason portait une tenue de chirurgien alors que les autres médecins portaient une blouse blanche sur leurs vêtements. Le pantalon retenu à la taille par un cordon et la chemise légère ne cachaient rien de la haute silhouette athlétique, musclée par la randonnée et le rafting.

Il sembla à Stéphanie qu'il avait besoin d'une bonne coupe de cheveux. Son épaisse chevelure couleur de blé mûr était aussi indisciplinée que sa parole ! Combien de fois, dans leurs moments de tendresse, avait-elle passé ses doigts dans les mèches rebelles !

Au début de leur liaison, ils avaient été d'accord pour ne pas s'engager. Stéphanie voulait poursuivre son ascension dans le monde médical. Distant mais sensuel, Jason était exactement ce qu'il lui fallait.

Comme Jason se montrait réticent à parler de lui, de ses racines, de son passé, cela avait aidé Stéphanie à ne pas s'attacher — c'était du moins ce qu'elle s'était dit dans les premiers temps. Pourtant, peu à peu, elle s'était mise à rêver d'autre chose. A s'imaginer qu'un lien plus solide pourrait se créer entre eux.

Mais il y avait eu ce fameux soir où, une fois de plus — une fois de trop —, il n'avait pas daigné se libérer pour elle. Elle n'était pas assez importante à ses yeux pour qu'il dérange ses projets quand il en avait.

Tomber amoureuse de lui était la faute à ne pas commettre ! D'autant que lui non plus ne serait pas tombé amoureux d'elle. Jason n'était pas homme à céder au sentiment...

Il était devenu clair pour Stéphanie qu'ils ne pouvaient avoir un avenir commun. Même pour le bien du bébé. Elle avait préféré rompre.

Mais, maintenant, elle en était à trois mois et demi de grossesse. Elle ne pourrait plus cacher très longtemps son état. Elle devait parler à Jason du bébé. Il avait le droit de savoir, même si elle n'attendait rien de lui.

A moins que, contre toute attente, il ne révèle l'étoffe d'un père.

Jason jura entre ses dents. C'était bien là le type de cas qu'il détestait. La gosse n'avait pas quatre ans, mais il lisait dans ses yeux trop grands levés sur lui qu'elle l'implorait d'apaiser sa douleur. D'après le dossier qu'il feuilletait, la fillette avait déjà subi plus d'examens que la plupart des gens en une vie. La pauvre gosse semblait à bout.

Du calme. On ne soigne personne avec de la compassion.

Il y avait eu le petit Isaac. Et maintenant cette pauvre enfant.

En plus, c'était aujourd'hui l'anniversaire de la mort de son frère...

Il ne fallait pas qu'il cède à la sensibilité. Rien de pire pour un médecin.

Il avait besoin d'un bon dérivatif.

Une nuit dans les bras de Stéphanie, par exemple. Voilà qui lui ferait du bien. A elle aussi, d'ailleurs. Jason avait d'autres motifs de fierté que ses succès en médecine...

Il ne comprenait pas pourquoi elle avait rompu. Un dîner annulé, et alors ? Il n'y avait pas de quoi faire un drame.

D'autant que l'un et l'autre refusaient de s'engager. Leurs

carrières étaient trop importantes pour laisser la place à quelque chose de sérieux. Cela lui convenait parfaitement, car jamais plus il ne ferait l'erreur de tomber amoureux. Il l'avait juré sur la tombe de son frère.

Pourtant, depuis sa rupture avec Stéphanie, les soirées et les nuits semblaient étrangement longues à Jason. Comme si, pour la première fois, il ressentait un sentiment de solitude...

Il adressa à la mère de l'enfant un bref signe de tête.

— Nous avons les résultats des examens, lui dit-il. Ce n'est pas une sclérose en plaques.

Le regard de la mère était aussi implorant que celui de l'enfant.

— Mais alors, de quoi s'agit-il ? demanda-t-elle d'une voix tremblante.

Tout en parlant, Jason comparait les traits de la mère à ceux de l'enfant, cherchant les indices d'un éventuel mal héréditaire. Tout pouvait contribuer à son diagnostic.

Rien à chercher par contre du côté du père, qui ne faisait plus partie du tableau. Comment cet homme pouvait-il se regarder dans la glace après avoir abandonné son propre enfant ? Surtout un enfant affligé d'un tel handicap...

— Nous excluons toute forme de dystrophie musculaire, poursuivit-il. Les prélèvements d'ADN musculaire nous éclaireront peut-être. Je ne pratiquerai un test de conduction nerveuse que si cela est indispensable. C'est un examen pénible et je pense que Maggie en a assez supporté.

Il ne pourrait faire l'économie de cet examen, il le savait. Mais, après tous ceux que la petite avait subis, il préférait laisser planer le doute. Décidément, il devenait trop sensible. Ce n'était pas bon. Ni pour lui ni pour ses patients.

Il entendit des pas résonner derrière lui.

Stéphanie. Il aurait reconnu sa démarche entre mille. Un pas ferme, confiant et assuré. Plein de détermination, comme tout ce qu'elle faisait ! C'était l'une des choses que Jason admirait chez elle. Avec les courbes de son corps, ses cheveux, son parfum. En fait, il admirait et approuvait tout d'elle. Excepté sa décision de rompre avec lui...

La longue chevelure brune et soyeuse de Stéphanie était comme toujours retenue en une queue-de-cheval accrochée très bas. Cela faisait maintenant quatre semaines et deux jours que Jason n'avait plus dénoué cette chevelure pour y enfouir son visage. Comme il aimait tant à le faire...

Mais, en se penchant un peu, il pourrait poser sa bouche sur celle de Stéphanie, qui, juchée sur les hauts talons qu'elle affectionnait, lui arrivait au menton...

— Je vais suivre ce cas avec vous, docteur Drake, annonça-t-elle.

— C'est vous le patron, répondit-il.

En fait, il n'y avait ni homme ni femme à qui il reconnût cette qualité. Il avait un but dans la vie. Arracher les gens aux griffes terribles de la mort. Et cela n'avait rien à voir avec des règlements administratifs ou avec la hiérarchie.

Il reconnaissait pourtant que Stéphanie excellait dans son rôle de chef du département — mener de front l'organisation du service, le fonctionnement interne, les questions financières. Avoir quelqu'un comme elle aux commandes lui permettait de se consacrer à ses patients.

En la voyant si près de lui, Jason trouva à Stéphanie quelque chose de changé. Un regard plus profond ? Des traits plus épanouis ? Un éclat particulier ? Elle semblait avoir pris un peu de poids, encore qu'il n'était pas facile de s'en apercevoir sous sa blouse d'hôpital.

Aussi attentive à la petite patiente qu'à sa mère, Stéphanie se présenta.

— Je suis le Dr Montclair, leur dit-elle.

— Appelez-moi Anne, et voici Maggie, répondit la maman de la fillette en lui tendant la main.

Stéphanie s'accroupit pour capter le regard de l'enfant.

— Comment te sens-tu aujourd'hui, Maggie ?

Le regard fixé loin derrière Stéphanie, la pauvre petite suçotait la main de sa poupée.

— Je vais écouter ton cœur, expliqua Stéphanie en sortant le stéthoscope de la poche de sa blouse et en le fixant à son cou.

La règle au Sheffield était que chacun des médecins penchés sur un même cas fasse son propre examen et compare son diagnostic à celui de ses collègues. C'était la clé de la réputation de l'hôpital en matière d'enseignement et de recherche.

Malgré le ton enjoué et les gestes mesurés de Stéphanie, Maggie se rejeta en arrière avec de petits cris plaintifs.

— Elle ne se laisse faire que par le Dr Drake, fit remarquer sa mère.

— Tu veux bien que j'écoute d'abord le cœur de ta maman ? demanda Stéphanie pour amadouer la petite fille.

Maggie secoua furieusement la tête.

— Et si le Dr Montclair écoutait le cœur du Dr Drake ? suggéra Anne en caressant les cheveux de sa fille.

— C'est une bonne idée. Donnons le bon exemple à Maggie, s'empressa de répondre Stéphanie en fixant le stéthoscope à ses oreilles et en faisant signe du doigt à Jason de s'approcher.

Jason sentit un frisson courir sur sa peau. Pour la première fois depuis leur rupture, il allait sentir sur son corps les mains de Stéphanie…

— Ne bougez plus, docteur Drake, et respirez profondément, lui commanda froidement celle-ci.

Quand elle lui posa la main sur la poitrine, la mince épaisseur de tissu dont il était revêtu fut un rempart dérisoire. C'était comme si une étincelle crépitait en lui et l'électrisait. Il eut beau faire des efforts désespérés pour contrôler son rythme cardiaque, il échoua lamentablement. Les battements de son cœur étaient si forts qu'ils lui résonnaient jusqu'aux oreilles.

Il surprit une vive inquiétude dans le regard de Stéphanie. Sans faire de commentaire, elle se tourna vers Maggie.

— A ton tour.

A part une grimace, la petite fille n'opposa cette fois aucune résistance.

— Et maintenant je vais prendre votre pouls, docteur Drake, déclara Stéphanie en tendant la main vers le poignet de Jason.

La paume douce et tiède de Stéphanie se referma sur son poignet, ses doigts allaient et venaient sur sa peau à la recherche des battements de la veine. Difficile de lui cacher qu'ils étaient très irréguliers…

— Merci, docteur Drake.

L'air impassible, Stéphanie se tourna vers Maggie, dont le regard se portait sur un point éloigné de la pièce.

— A toi, Maggie. Veux-tu me donner ton bras ?

Au grand étonnement de Jason, la petite fille tendit son poignet. C'était la première fois depuis son hospitalisation qu'elle n'opposait pas de résistance. Surprenant un tressaillement de sa mère, il vit que cela l'alertait elle aussi.

— Merci, Maggie, lui dit Stéphanie quand elle eut pris son pouls et relâché le bras que l'enfant se hâta de cacher sous les couvertures.

— Nous allons maintenant contrôler les oreilles et les yeux. Docteur Drake, voulez-vous vous asseoir ? reprit-elle en désignant la chaise à côté du lit.

Jason obtempéra mais quelque chose attira son attention et l'aida cette fois à maîtriser son trouble. Avec force contorsions, Maggie s'était tournée sur le côté et observait la scène à travers les barreaux du lit. Donc elle pouvait replier ses jambes et effectuer une rotation sur elle-même. Alors pourquoi ne pourrait-elle pas marcher ? Qu'en déduire pour l'évolution de ses capacités motrices ?

— Les oreilles d'abord, fit Stéphanie en se penchant vers Jason.

Jason sentit le toucher délicat de Stéphanie sur le lobe de son oreille et son souffle tiède sur son cou tandis qu'il voyait sa poitrine se rapprocher dangereusement de son visage. Au fond de lui, un être primitif lui criait d'empoigner Stéphanie à bras-le-corps, de la jeter sur son épaule et de l'emporter sans autre forme de procès. Mais son devoir était de penser à Maggie. Les poings serrés, les mains moites, il imposa silence à ses pulsions.

— Cet examen n'est pas du tout désagréable, n'est-ce pas, docteur Drake ? demanda Stéphanie d'une voix suave.

— Non, pas du tout, parvint-il à lâcher bien qu'il se sentît au comble du supplice.

— Alors voyons vos yeux.

Cette fois, il lui serait impossible de dissimuler la dilatation de ses pupilles — simple effet physiologique de son désir.

L'examen minutieux de Stéphanie lui donnait envie de fuir, mais, une main posée sur son épaule, elle le retenait fermement. Elle ne desserra son étreinte qu'une fois satisfaite de l'examen.

Les nerfs plus tendus que les cordes d'une guitare, Jason put enfin se laisser aller contre le dos de sa chaise. Stéphanie ne se montrait pas plus émue que s'ils étaient de simples collègues. Pourtant, ils avaient été des amants passionnés, il l'avait fait gémir sous ses caresses, ils avaient partagé des nuits d'ivresse et la vaisselle du petit déjeuner...

Pourquoi avait-elle rompu ? Qu'avait-il fait de mal à part annuler un dîner ? Le devoir seul l'avait retenu. Elle-même avait été élevée dans une famille de médecins. Elle pouvait comprendre. Il devait y avoir autre chose.

— A toi maintenant, Maggie, dit Stéphanie en se dirigeant vers le lit.

L'enfant protesta avec des grognements et en battant l'air de la main qui ne tenait pas la poupée. Mais, dès que Jason eut saisi cette main au vol pour l'immobiliser, elle se tint tranquille. Le regard fixé sur le mur derrière sa mère, elle laissa Stéphanie diriger un faisceau lumineux vers ses yeux.

— Voilà, c'est fini, fit cette dernière en rangeant la petite torche dans la poche de sa blouse. Tu es une petite fille très courageuse, Maggie.

A son nom, la petite laissa glisser son regard vers Stéphanie. Extirpant soudain la poupée de ses draps, elle la brandit d'un geste confiant.

Evitant soigneusement la main qui avait été mâchouillée, Stephanie prit la poupée dans ses bras avec autant d'égards que si c'était un bébé et la berça avant de la recoucher précautionneusement à côté de Maggie.

— Merci, Maggie, je reviendrai te voir.

Stéphanie ferait une très bonne mère.

Interloqué d'avoir eu une telle pensée, Jason se leva d'un bond. C'était bien la première fois qu'il associait dans son esprit la maternité et Stéphanie Montclair !

Elle avait un travail qui ne lui laissait aucun répit, un emploi du temps qui débordait, comment aurait-elle pu caser des enfants au milieu de tout ça ? Sans oublier un petit détail : il faudrait un père.

Pourquoi se sentait-il tout à coup l'envie irrésistible de se porter volontaire ? Comme si cela ne lui suffisait pas de s'attendrir sur ses patients, voilà qu'il se mettait à rêvasser ! Il le savait pourtant, qu'il n'était pas fait pour la famille. Son passé prouvait qu'il faisait plus de mal que de bien dans ce domaine. Il devenait urgent qu'il prenne quelques jours de repos.

— La réunion du service démarre dans cinq minutes, rappela-t-il en se dirigeant vers la porte pour inciter Stéphanie à le suivre.

— S'il y a quoi que ce soit que mon équipe ou moi-même puissions faire pour améliorer votre séjour, n'hésitez pas à me le faire savoir, dit celle-ci à la mère de Maggie.

Jason fut frappé d'entendre Stéphanie parler sur le ton d'une réceptionniste d'hôtel de luxe. Etait-elle à ce point inquiète de la désertion des patients ? Sans doute. Le Sheffield était un héritage de famille. Elle était prête à tout pour le succès et la prospérité de l'hôpital. Elle aurait été capable d'envoyer le personnel médical déposer le soir des bonbons sur les oreillers des patients !

Comment l'en blâmer ? Il aurait sans doute fait de même s'il avait eu un tel héritage. Mais les hommes comme lui n'ont rien à préserver et ne possèdent qu'un seul droit, celui de se taire. Quant à son *véritable* héritage, mieux valait le passer sous silence.

Dès qu'ils furent dans le couloir, Stéphanie s'arrêta net et lui posa la main sur le bras. A ce contact, il se sentit vibrer de la tête aux pieds.

— Avant de parler de la gosse, lui dit-elle, parlons de toi. Ton rythme cardiaque est beaucoup trop rapide et ta pression sanguine trop élevée. Fais un bilan complet.

— Je vais très bien.

— C'est un ordre. Nous avons assez de soucis avec la presse pour ne pas voir un de nos médecins s'effondrer raide mort au milieu du hall.

— Merci de ta sollicitude, répliqua-t-il avec ironie en s'éloignant rapidement, des fourmillements sur la peau là où elle avait posé la main.

Stéphanie se retint de s'élancer à la suite de Jason et de l'attirer contre elle. La chaleur de son corps lui manquait terriblement, de même que l'impression de paix et de sécurité qu'elle ressentait près de lui. Mais il lui avait trop souvent prouvé que c'était une fausse impression...

Même pour un rendez-vous à dîner, elle ne pouvait compter sur lui. Alors, qu'attendre de plus ?

Elle pressa le pas. Elle n'avait pas besoin d'un homme comme lui. Et son bébé non plus.

Tout à coup, une sensation de fatigue mêlée de nausée l'envahit. Comme si elle avait un poids sur les épaules et aux pieds des semelles de plomb. Rien d'anormal. Sa gynéco l'avait prévenue. Cela passerait bientôt. Elle était une vraie Montclair, elle tiendrait le coup.

Il était d'ailleurs grand temps qu'elle informe ses parents de son état...

Conformistes comme ils l'étaient, ils ne seraient pas enchantés de l'annonce d'un bébé non programmé. Non seulement elle n'était pas mariée, mais en plus elle était *médecin*. Elle était censée savoir comment ne pas tomber enceinte ! Mais un accident peut toujours arriver — même quand on est médecin.

Et c'était un très heureux accident, même si elle en avait d'abord douté. Ce bébé, elle l'aimait déjà follement.

Ses parents et grands-parents, elle l'espérait, feraient vite de même. Une fois passé le choc de voir leur chère petite fille célibataire enceinte, les Montclair et les Sheffield seraient transportés de joie à l'idée d'avoir un héritier pour perpétuer le nom de la famille.

Ainsi, son enfant grandirait entouré d'amour. Peu importe ce qu'on dirait ou penserait de ses origines. Il serait son enfant et le centre de son univers. Il aurait tout et ne manquerait de rien. A part d'un père...

— Stéphanie, tu es sûre que ça va ? demanda Jason au moment d'entrer dans la salle de réunion.

— Parfaitement bien, rétorqua-t-elle sèchement.

— Tu es toute pâle, fit-il en lui caressant la joue de son pouce. Et tu sembles ailleurs...

— J'ai plus d'un souci en tête ! dit-elle, agacée de son geste d'intimité.

— Le procès ?

— Je ne peux pas te parler du procès pour l'instant.

Pas avant que les membres du conseil d'administration n'aient contresigné la décision qu'elle avait prise. Cela se passerait le soir même, à l'occasion de la grande réception annuelle du Fonds de donation Sheffield-Montclair. Il était prévu que les membres du conseil s'éclipsent discrètement pour signer le document qui salirait la réputation de Jason.

Il était trop tard pour revenir en arrière…

Elle devait tenir bon.

A travers les stores à demi baissés de la salle de réunion, Stéphanie pouvait voir l'équipe rassemblée.

— On nous attend, dit-elle.

L'instant où elle aurait le pénible devoir de révéler à Jason comment l'hôpital auquel il consacrait sa vie l'avait trahi se présenterait toujours trop tôt.

Certes, il serait généreusement dédommagé de son sacrifice involontaire. Mais Jason n'agissait pas pour de l'argent. Il agissait par passion. Une passion qu'elle était la seule à discerner derrière la dureté et la brutalité qu'il affichait.

— Après toi, dit Jason en lui ouvrant la porte

En passant devant lui, Stéphanie vit danser au fond de ses yeux gris la petite flamme vite réprimée du désir. Aussitôt, elle sentit crépiter en elle une étincelle qui pourrait devenir très vite un brasier ardent. Ils étaient si bien quand ils étaient ensemble !

Mais là aussi, il était trop tard pour revenir en arrière.

2

Le Dr Riser et le Dr Phillips, déjà installés à la table de réunion, avaient des tasses de café devant eux. Sachant que Stéphanie préférait le thé, Jason mit de l'eau à bouillir.

— Il fait chaud ici, vous ne trouvez pas ? demanda la jeune femme en se débarrassant de sa blouse.

— Laisse-moi t'aider, fit Jason en s'approchant précipitamment, guidé davantage par le désir d'un contact avec elle que par la courtoisie.

Elle se dégagea d'un mouvement d'épaule et suspendit elle-même sa blouse au portemanteau, révélant sa silhouette.

Sous le strict chemisier et la jupe droite, ses courbes semblèrent à Jason plus voluptueuses que jamais, attisant le désir qu'elle lui inspirait.

En s'asseyant, elle chaussa ses lunettes sur le bout de son nez et le fixa par-dessus les verres. Cela lui donnait un petit air terriblement excitant. Le faisait-elle exprès pour l'aguicher ? Si oui, c'était bon signe, mais il en doutait sérieusement.

Depuis le message de rupture qu'elle avait laissé sur son répondeur deux semaines auparavant, Stéphanie avait rejeté toutes ses tentatives de rapprochement.

— Non, merci, pas d'excitant, fit-elle en repoussant la tasse de thé qu'il avait posée devant elle. Fais-nous un point sur l'état de la petite Maggie.

Se levant, il se dirigea vers le tableau qui listait les différents types de scléroses, leurs symptômes et leurs possibles diagnostics.

— Cette enfant est au-dessous de la moyenne pour la taille et le poids. Tonus musculaire faible, retard de croissance, carence de la parole, mais un bon appétit et pas de fièvre. Ce qui est étonnant, c'est qu'elle a marché normalement durant un an et demi mais semble maintenant avoir oublié. Qu'en pensez-vous, docteur Montclair ?

Stéphanie pianotait sur la table. Un geste instinctif quand elle réfléchissait.

— Ses fonctions vitales sont bonnes, dit-elle, et conformes à la norme. La paume de sa main est chaude, ni moite ni froide. Elle manque de force et de prise. Ses ongles sont délicats. Et elle a les plus longs cils que j'aie jamais vus chez une enfant de son âge...

Bon sang... Pourquoi mentionner les ongles et les cils ? Stéphanie parlait de cette enfant avec une sentimentalité que Jason ne lui connaissait pas. Un soupçon se forma dans son esprit.

Sortait-elle avec quelqu'un d'autre ?

Concentre-toi plutôt sur le sujet.

— Quelqu'un a-t-il quelque chose à ajouter ? lança-t-il à son équipe.

— Je trouve qu'elle fait une fixation anormale sur sa poupée qu'elle mâchouille sans arrêt, fit remarquer le Dr Phillips.

Le Dr Phillips était la plus jeune de l'équipe. La plus bavarde aussi, mais son expertise en toxicologie était inégalable.

Le Dr Riser, neurochirurgien, approuva. Depuis quelque temps, au grand agacement de Jason, il jouait les perroquets au lieu d'exposer des idées personnelles. Jason avait composé son équipe avec le plus grand soin, mais les meilleures équipes s'érodent. En outre, Riser, dont le salaire était tenu secret, lui avait été imposé par le conseil d'administration.

Un pneumologue complétait normalement l'équipe, mais il n'était pas là aujourd'hui. Des obligations personnelles, avait-il prétexté. Un entretien d'embauche, prétendaient les bruits de couloir.

La réplique de Stéphanie au Dr Phillips fusa.

— A la place de cette enfant, vous ne feriez pas une fixation sur votre jouet favori, vous ? Quand on est entouré d'étrangers, on est bien content de se raccrocher à son univers familier, vous ne croyez pas ?

Une fois de plus, Jason admira la capacité de Stéphanie à envisager l'aspect humain d'un cas

Néanmoins, il rebondit sur l'observation du Dr Phillips.

— Avez-vous remarqué que Maggie mâchouille aussi la manche de sa chemise de nuit ou le bord de sa couverture ? Donc, ce qu'elle veut, ce n'est pas sa poupée. C'est mettre quelque chose dans sa bouche.

Phillips et Riser opinèrent de la tête. Jason leur jeta un regard furieux. On n'avance à rien avec des gens qui disent oui à tout et se dispensent de penser !

Ajoutant « mastication obsessionnelle » à la liste des symptômes, Jason désigna le mot « autiste ».

— Et ça, qu'en pensez-vous ?

— La gamine, *effectivement*, ne parle pas et ne regarde personne en face, dit le Dr Phillips. Ce sont des signes d'autisme.

— La première fois que je me suis approché d'elle, elle a hurlé, ajouta Jason. A-t-elle fait la même chose avec vous ?

— Elle vous trouve peut-être antipathique, Jason ! Vous connaissez ces contes de bonne femme, où les enfants et les chiens flairent instinctivement les bons et les mauvais ! fit le Dr Riser en éclatant de rire, aussitôt imité par le Dr Phillips.

Jason s'abstint de réagir. Il était urgent de repenser la composition de son équipe.

— C'est tout le contraire, coupa sèchement Stéphanie. Maggie n'accepte d'être touchée que par le Dr Drake.

Riser et Phillips se turent instantanément. Jason se sentit reconnaissant à l'égard de Stéphanie. Mais avait-elle voulu lui témoigner sa solidarité ou juste recadrer le débat ?

Tapotant la table de son stylo, elle poursuivit.

— L'absence de parole traduit aussi une déficience auditive. Ce qui peut expliquer pourquoi elle ne regarde pas les personnes qui s'adressent à elle. Si elle souffre d'une surdité partielle, elle n'entend pas d'où vient le son.

— Pourtant, Drake a mis au point une méthode imparable

pour contrôler à la fois l'audition et les réflexes, fit Riser avec un sourire narquois.

— C'est-à-dire ? interrogea Stéphanie, les sourcils froncés dans l'attente de ce qui allait suivre.

— Drake s'est faufilé derrière le lit et a brusquement laissé tomber un plateau. Maggie a fait un bond et s'est retournée pour voir d'où venait le bruit. La mère était hors d'elle, j'ai cru qu'elle allait gifler Drake !

Riser s'adossa à sa chaise et se tourna vers Jason.

— Vous ne feriez pas un bon père, Drake ! Cette femme semblait prête à porter plainte. Comme si on avait besoin de ça avec le procès en cours !

Jason vit du chagrin apparaître sur le visage de Stéphanie. Bizarre qu'un procès lui cause autant de peine…

— Vivement que les avocats trouvent une solution, s'écria le Dr Phillips. La crédibilité de l'hôpital est en train de se perdre.

Elle avait raison, hélas. Jason n'avait jamais eu aussi peu de patients depuis qu'il était au Sheffield.

— C'est surtout notre département qui en souffre, fit remarquer Riser. J'ai entendu dire que vous donniez un coup de main aux urgences pour vous occuper, Drake. Si vous voulez, je peux dire un mot en votre faveur aux services spécialisés.

Jason traita par le mépris la provocation de Riser.

— Bien aimable, merci. J'ai refusé leurs propositions.

Diplômé en pédiatrie, en médecine interne et en chirurgie, Jason était sollicité à peu près à tous les étages de l'hôpital. On se plaignait de son caractère rebelle, mais on était bien content de l'appeler à la rescousse pour sauver les patients…

Depuis son internat dans un hôpital des quartiers déshérités, les urgences n'avaient plus de secret pour lui. Aussi avait-il accepté de donner un coup de main à son vieux copain, le Dr Mike Tyler, chef du département des urgences.

Mais c'était insuffisant pour l'occuper. Il souffrait du manque d'activité et surtout de l'absence de cas difficiles à résoudre.

Cela ne l'aidait pas à surmonter la perte du petit Isaac.

Le réflexe naturel de Jason était de se jeter dans le travail. Et, ces derniers temps, dans les bras de Stéphanie… Cela aussi lui était refusé, désormais. Enfin, pour l'instant… De même que la désertion des patients, leur brouille ne saurait être que passagère.

Car, entre Stéphanie et lui, l'entente était totale. Ils s'accordaient intellectuellement aussi bien que physiquement. Ils riaient d'obscures plaisanteries qui n'amusaient qu'eux, appréciaient les mêmes films, raffolaient des mêmes plats, et étaient en permanence sur la même longueur d'ondes. Stéphanie le comprenait *vraiment*. Et lui comprenait *vraiment* Stéphanie.

C'était la première fois qu'il connaissait une telle harmonie avec quelqu'un. Si seulement elle avait laissé une chance à leur couple…

Leur couple ? Le mot était un peu fort. Il fut surpris qu'il lui soit venu spontanément à l'esprit.

— Revenons à Maggie, dit-il. Qui a quelque chose à ajouter ?

Stéphanie eut un mouvement des épaules, comme pour chasser des soucis trop pesants.

— Il y a peut-être un problème de dégénérescence maculaire, dit-elle. Avez-vous examiné sa vue ? Si elle n'a qu'une vision périphérique, cela peut expliquer le manque de contact visuel.

— Possible, fit Jason.

Comme elle était brillante ! Comme il aimait travailler avec elle !

Aimait ? Encore un mot un peu fort. L'amour ne faisait pas partie du programme.

— Je vais faire effectuer un test de la vision, dit-il, se ralliant à la suggestion de Stéphanie. Autre chose ?

A ce moment, le téléphone du Dr Phillips émit un signal.

— Je dois y aller, on m'attend, déclara-t-elle.

Ce fut au tour du téléphone du Dr Riser, qui bafouilla une excuse en regardant sa montre.

— Un rendez-vous, fit-il.

Deux signaux téléphoniques ? A midi pile ?

Jason flaira un coup monté. A l'évidence, Phillips et Riser ne voulaient pas être privés de leur pause-déjeuner…

Voilà une chose qu'il ne pouvait pas comprendre ! C'est vrai, il demandait beaucoup à son équipe. Travailler avec lui impliquait un engagement et un dévouement illimités. Quoi de plus normal ? Manquer un repas de temps à autre faisait partie du métier.

Pendant que Riser et Phillips s'éclipsaient, Stéphanie se leva mais ne fit pas un mouvement pour sortir.

— Docteur Drake, dit-elle, pouvons-nous nous parler ?

« Docteur Drake » ? Elle ne l'appelait ainsi qu'en présence des patients. Ou par jeu, dans des circonstances très intimes...

— Bien sûr, répondit-il en allant fermer la porte.

Elle voulait sans doute lui pardonner le dîner annulé de l'autre week-end. Il était temps.

— Les rumeurs se propagent vite dans l'hôpital, dit-elle. Je te demande de garder confidentiel ce que je vais te dire.

Les espoirs de Jason s'effondrèrent.

— Stéphanie, ce qui se passe entre nous...

— Cette conversation est strictement professionnelle, docteur Drake.

Une expression fugitive — de la tristesse ? — traversa le regard de Stéphanie pendant qu'elle parlait.

— Le pneumologue n'assistait pas à la réunion car il m'a envoyé sa démission. Je souhaite avoir ton avis sur quelques candidats avant de les contacter.

Soudain gagnée par la lassitude, Stéphanie soupira. Menacé par le scandale, le Sheffield se révélait hélas moins attractif pour les médecins. Elle espérait que le sacrifice involontaire de Jason ferait taire la rumeur. On le saurait demain.

— Parfait, répondit Jason avec un sourire sarcastique. Repérons les candidats qui inventeraient des rendez-vous pour échapper aux réunions du service. Nous en avons déjà deux comme ça.

— Les faux appels du Dr Phillips et du Dr Riser étaient puérils, renchérit Stéphanie. Je leur ai pourtant conseillé de t'avouer franchement qu'ils ne se sentent pas en forme quand ils sautent le déjeuner. Mais tu les impressionnes.

— Je les impressionne ? Et pourquoi ?

— Ils te trouvent dur et froid.

— Je suis juste concentré sur ce que je fais.

— Personne ne le conteste, Jason. Mais tu es trop concentré sur ce que tu fais — pas assez sur les autres.

Dans son métier, Jason se servait de sa dureté comme d'un bouclier, Stéphanie le savait. Dans sa vie privée aussi, malheureusement...

Or, elle avait besoin d'autre chose. Besoin d'un homme capable de lui ouvrir son cœur et pas seulement d'un homme intelligent et sensuel...

— Mais *toi,* tu n'as pas l'air impressionnée face à moi, lui lança-t-il.

Elle rit, mais il y avait de l'amertume dans son rire.

— J'ai de qui tenir. N'oublie pas qui sont mes parents. Le Dr William Montclair est célèbre pour sa volonté d'acier. Et ma mère a du caractère.

Jason balaya d'un geste de la main l'évocation du redoutable Dr William Montclair et de son épouse, le brillant Dr Clarice Sheffield-Montclair.

— Nous sommes si bien ensemble, Stéphanie, murmura-t-il.

Comment aurait-elle pu dire le contraire ? Une fois de plus, l'odeur de la peau de Jason, la chaleur de son corps, le ton de sa voix la firent vibrer au plus profond de son être. Instinctivement, son corps se tendit vers lui.

Jason semblait guetter le moindre mouvement de sa part, comme un félin prêt à bondir.

La bouche sèche, elle passa sa langue sur ses lèvres...

Rester seule avec Jason dans cette pièce était dangereux. Il agissait sur elle comme une drogue. L'euphorie était complète quand elle était dans ses bras. Loin de lui, elle avait l'impression d'être en manque.

— Jason, je souhaite que nous nous en tenions à des relations professionnelles à l'hôpital.

— Et à des relations inexistantes à l'extérieur ! s'exclama-t-il. Pourquoi me chasses-tu de ta vie ? T'ai-je offensée ?

— Non.

Il avait offensé à peu près tout le monde à l'hôpital, mais pas elle ! Il était égoïste, têtu, dominateur et sans aucun tact, mais elle le comprenait. Ses défauts, elle se sentait capable de les surmonter. Mais elle ne pouvait accepter son incapacité à lui ouvrir son cœur, son incapacité à la faire passer, au moins une fois, avant le reste.

— Est-ce à cause du dîner manqué ? Mais je t'ai expliqué qu'il me fallait étudier ce soir-là les résultats du labo pour étayer un diagnostic. Je n'ai rien fait de mal.

Il ne faisait jamais rien de mal, sauf être lui-même ! Et rien de bien non plus — sauf dans la chambre à coucher...

— Ce n'était pas le premier dîner ni la première sortie manqués, Jason ! Il y en a eu des dizaines. Tu as toujours refusé de m'accompagner quand je te le demandais.

Le soir où il avait annulé leur dîner — un dîner où elle avait projeté de lui dire, pour le bébé — avait été la goutte d'eau qui avait fait déborder le vase.

Quand elle avait jeté ses petits plats à la poubelle, soufflé les bougies et troqué son déshabillé pour sa vieille robe de chambre de flanelle, elle avait senti s'envoler ses illusions. Blottie sur le canapé, elle n'avait pu s'empêcher de l'attendre. Mais, au fond d'elle-même, elle savait qu'il ne viendrait pas.

Etait-ce la vie qu'elle voulait pour son bébé s'ils se mariaient ? Toujours attendre que Jason daigne rentrer à la maison ?

C'était ce qu'elle-même avait vécu avec ses propres parents... Jamais elle n'imposerait cela à son enfant. Elle serait toujours là pour lui.

Comment y arriverait-elle, c'était une autre histoire. Mais elle se débrouillerait pour trouver un équilibre entre l'hôpital et la maison.

Elle jeta un regard pensif à Jason. Il n'avait rien du père de famille idéal et la fixait en levant un sourcil sarcastique.

— Tu me rejettes parce que j'ai voulu échapper à une ou deux soirées de gala, c'est ça ? Mais je préfère l'exercice de la médecine aux pitreries de la vie en société, moi ! La servilité *n'est pas* ce que j'ai appris pendant mes études de médecine, figure-toi !

Il cachait sa blessure derrière son agressivité.

— Cela n'a rien à voir avec quelques réceptions, Jason...

— Je ne comprends pas, Stéphanie... *Vraiment* pas.

— J'ai besoin d'autre chose, Jason, fit-elle en tendant les mains vers lui, mais en se ressaisissant rapidement pour ne pas le toucher.

Stupéfait, Jason la regarda un instant sans comprendre. *Elle voulait autre chose* ! Quelle autre chose ?

Depuis le début, il était entendu qu'il n'était pas question de relation sérieuse entre eux. Il était marié avec sa profession, il était prêt à l'admettre. Si elle lui demandait autre chose qu'une forme d'amitié augmentée des agréments du lit, elle rompait leur pacte.

Stéphanie restait silencieuse, tandis que les souvenirs de la nuit qu'ils avaient passée dans la cabane de Jason, au milieu des montagnes, affluaient à son esprit.

Ils s'étaient étendus sous l'auvent, les yeux perdus dans les étoiles. C'est quand il avait pris sa main qu'elle avait compris. Compris que ce contact ne lui donnait pas seulement des frissons sur la peau mais faisait vibrer son âme. Compris qu'à travers leurs mains jointes la vie et l'amour irriguaient leurs cœurs, n'en faisant plus qu'un.

Compris que Jason prenait en elle une place que jamais personne n'avait occupée. Une place faite pour lui depuis toujours.

Elle avait alors eu l'espoir fugitif que leur relation pourrait avoir un avenir.

Mais élever un enfant requiert un engagement plus intense que des années d'étude de médecine. Et la vie est avare en *happy ends*...

C'est pourquoi elle avait jugé préférable de rompre avec lui, même si elle en avait eu le cœur brisé. Elle aurait pu supporter les hauts et les bas d'une relation chaotique. Mais comment imposer à un enfant de vivre dans le chagrin et la frustration ?

Malgré tout, il fallait bien qu'elle parle du bébé à Jason...

Mieux valait le faire tout de suite, puisque, par extraordinaire, il lui prêtait toute son attention.

— Jason, j'ai besoin de...

Il lui fit signe de s'interrompre.

Son téléphone venait de sonner.

— Ici, Drake, répondit-il sans perdre de temps en civilités. Non, docteur, vous ne me dérangez pas, au contraire. Nous avons eu assez de mal à nous joindre.

En parlant à son interlocuteur, il regardait fixement Stéphanie sans la voir. Une fois de plus, elle passait après ses occupations professionnelles.

Etait-ce trop, de lui demander la première place ? De la demander pour leur enfant, même pour une minute ?

Oui. C'était *trop* lui demander. Se consacrer à la fois à la médecine et à une relation personnelle dépassait les capacités de Jason. Elle devait s'y résigner.

Elle attrapa sa blouse, luttant pour enfiler la manche. Il avait été si empressé tout à l'heure à l'en débarrasser ! Maintenant, il ne la regardait même plus. Elle sortit, refermant silencieusement la porte de la salle derrière elle.

Avait-il seulement remarqué qu'elle n'était plus là ?

3

La main crispée sur le téléphone, Jason faisait des efforts surhumains pour ne pas courir après Stéphanie, la serrer dans ses bras et ne plus jamais la laisser partir.

— Docteur Drake, êtes-vous toujours en ligne ? s'enquit le médecin qui l'appelait de la clinique Mayo.

Revenant au cas exposé, Jason enchaîna.

— Oui, oui, je vous écoute. Il s'agit peut-être d'une réaction au gluten, qui peut prendre plusieurs formes. Certaines semblent correspondre aux symptômes de votre patient, même si les analyses ne sont pas formelles sur une allergie.

J'ai besoin de...

Qu'avait-elle voulu dire ? De quoi avait-elle besoin ? Jason savait traiter les maux, pas les émotions. Stéphanie le savait. Elle le connaissait mieux qu'il ne se connaissait lui-même. Comment pourrait-il répondre à sa demande, même s'il se promettait d'essayer ?

Tout avait pourtant commencé si naturellement entre eux...

Un soir tard, ils avaient continué à travailler sur un cas difficile, alors que le reste de l'équipe avait quitté l'hôpital.

L'ambiance était décontractée. Stéphanie avait envoyé promener ses chaussures et remplacé ses verres de contact par des lunettes. Remarquant que Jason avait la nuque contractée à force de se pencher sur l'écran de l'ordinateur, elle avait proposé de le masser pour chasser la douleur.

Au lieu de relâcher ses tensions, le massage avait électrisé Jason.

Incapables de se concentrer davantage, ils s'étaient dit bonsoir et avaient décidé de rentrer chez eux.

Mais le sort s'en était mêlé...

Alors que, sur le parking, Jason fixait son casque sur sa tête avant d'enfourcher sa moto, Stéphanie était passée à côté de lui dans sa petite voiture de sport rouge. Au même moment, la brume du soir s'était transformée en une pluie drue et serrée.

— Un petit tour ? avait-elle lancé en s'arrêtant à sa hauteur.

— Pourquoi pas ? avait-il répondu.

Il avait espéré que ce serait plus qu'un tour. Espoir comblé dès qu'il fut monté dans la petite voiture.

— Chez moi ou chez vous ? avait-elle demandé d'une voix suave.

La scène semblait sortie d'un film noir des années cinquante...

Une fois chez elle, Stéphanie avait fait la cuisine — si l'on peut appeler ça comme ça. Elle avait mis au four des lasagnes dans leur papier d'aluminium et tendu à Jason une bouteille de chianti et un tire-bouchon. Puis elle s'était installée sur le canapé.

Le vin débouché, Jason s'était approché d'elle et lui avait enlevé l'un après l'autre ses escarpins à hauts talons, promenant lentement ses doigts sur la cambrure de son pied et sur ses chevilles. Sous la caresse de son pouce, Stéphanie avait doucement gémi, se renversant en arrière, les reins arqués, les seins tendus.

Il avait prolongé sa caresse jusqu'à ce que, haletante, elle pousse de brefs soupirs. Cela avait décuplé tous ses sens. Il aurait fait n'importe quoi pour voir briller les yeux de Stéphanie !

Quand elle lui avait effleuré la poitrine de ses mains fines, il s'était senti submergé par le désir. S'enhardissant à la dévêtir, il avait défait son corsage, ébloui par la découverte de sa gorge à la peau nacrée. Au moment où il atteignait la ficelle de son string, Stéphanie, d'abord timide sous ses caresses, s'était mise à le débarrasser fiévreusement de sa chemise et de sa ceinture. Puis, s'abandonnant, elle avait répondu avec passion à son étreinte.

Ereintés après s'être donnés l'un à l'autre, encore et encore, ils avaient dévoré, le vin aidant, les lasagnes complètement desséchées. Et il n'avait jamais dormi aussi paisiblement que cette nuit-là, dans les bras de Stéphanie.

C'est ainsi que tout avait commencé.

Entre eux, il ne pouvait y avoir de nuages. Parfait exemple d'un couple sous pression, ils aimaient se retrouver de temps à autre, savouraient leur entente amoureuse et trouvaient normal que leur vie commune se réduise aux nuits passées ensemble.

Très vite cependant, Jason avait compris que Stéphanie n'était pas une femme qu'un homme peut traiter à la légère. Elle était un trésor dont il était le seul à connaître les secrets les mieux cachés — jusqu'au petit string coquin qu'elle portait sous ses jupes et pantalons bien ajustés.

Ces secrets, était-il encore le seul à les connaître ? Que signifiait le nouvel éclat dont elle rayonnait doucement ? Sortait-elle déjà avec quelqu'un d'autre ?

C'était peu vraisemblable. Etant donné la vitesse avec laquelle les potins circulaient dans l'hôpital, il le saurait déjà.

Il savait qu'elle endurait une pression sévère avec le procès. Mais cette agitation finirait bien par retomber. Il suffisait d'être patient. Et Stéphanie était digne de patience !

D'ici là, il se noierait dans le travail.

Vibrant d'impatience à la pensée des cas à résoudre, il regagna son bureau, alluma son ordinateur et fit défiler les fichiers sur son écran. Une fois de plus, il passa en revue la liste des symptômes de Maggie, traquant le moindre signe.

Dans ses veines coulait une euphorie qui ressemblait à la fièvre du chasseur. Oui, c'était là son but dans la vie. Résoudre les énigmes de la médecine. Venir à bout des cas difficiles. Il était fait pour ça. Tout le reste était secondaire.

Pourquoi alors, était-il distrait par l'image de Stéphanie, étendue et offerte, lui souriant, nue dans son lit ?

Une fois à l'abri dans son bureau, Stéphanie laissa ses épaules s'affaisser. Comment capter l'attention de Jason ?

Faudrait-il lui envoyer un SMS pour lui parler du bébé ?

A moins qu'elle ne lui dise rien. S'il n'avait pas deviné, c'était qu'il ne voulait pas savoir…

Appuyant sur la touche de l'Interphone, elle appela sa secrétaire.

— Marcy, a-t-on livré ma robe ?

— Oui, je vous l'apporte.

Frappant un coup léger à la porte, Marcy fit son entrée, portant une housse à bout de bras.

— La couturière vous présente ses excuses, dit-elle. Elle n'a pas eu le temps de faire les retouches.

— Je m'en doutais, répondit Stéphanie en soupirant. Je vais devoir porter la robe comme elle est.

C'était sa faute. Voilà un moment qu'elle aurait dû vérifier sa garde-robe. Mais c'était seulement la veille, en essayant sa robe de cocktail, qu'elle avait réalisé à quel point sa silhouette avait changé.

— Je peux la voir ? demanda Marcy.

— Si vous voulez, répondit Stéphanie en faisant glisser le Zip de la housse.

C'était une robe rouge à paillettes, laissant le dos et les épaules nus. Elle l'avait achetée pour un gala de l'Independence Day. A présent, elle lui moulait la poitrine et les hanches. Cela lui donnait une silhouette vintage à la Marilyn Monroe tout à fait inédite.

— Waouh ! vous allez faire sensation ! s'écria Marcy en découvrant la robe.

Stéphanie s'attendait en effet à en surprendre plus d'un, dans cette toilette plus clinquante que ses tenues habituelles. N'étant pas accompagnée, il lui faudrait affronter seule les regards. Bonne occasion de mettre à l'épreuve son assurance et de s'habituer à sa condition de célibataire. Elle était bien décidée à ne *plus* sortir avec *personne* avant longtemps ! Elle n'avait pas besoin d'apparaître au bras d'un homme pour se sentir sûre d'elle.

— Je l'ai achetée il y a deux mois pour la grande soirée de l'Independence Day et, finalement, je n'y suis pas allée. Mais ce soir, avec notre célèbre top-model et ses amis dans l'assistance, elle sera tout à fait appropriée.

Quand Stéphanie avait choisi cette robe, elle avait imaginé le regard plein de désir de Jason sur ses épaules et son décolleté. Pour fêter l'Independence Day, une réception habillée avait été organisée sur le toit en terrasse du plus élégant hôtel de Denver, avec dîner, bal et vue imprenable sur le feu d'artifice. Stéphanie avait prévu d'y inviter Jason.

Pure folie de sa part ! Quand elle l'invitait à une soirée, il se décommandait ou avait mieux à faire.

— Le Dr Drake sera ébloui quand il vous verra ! s'écria Marcy.

— Qu'est-ce qui vous fait croire qu'il sera là ?

Embarrassée, Marcy se mit à bafouiller.

— Le Dr Drake a retenu une place à côté de vous à la table d'honneur, il y a deux semaines. J'ai vu son nom sur la liste.

— Vous en êtes sûre, Marcy ? Les bals et les galas ne sont pas le passe-temps favori du Dr Drake. Je suis sûre qu'il n'a jamais porté un smoking de sa vie.

— Il n'a pas besoin de smoking, fit Marcy avec un sourire extasié. La tenue de chirurgien lui va si bien !

Pour cacher son trouble à l'évocation de la prestance de Jason, Stéphanie se détourna.

— Merci d'avoir apporté la robe, Marcy.

En refermant la housse, elle ne put s'empêcher de rêver à la main de Jason sur son dos au moment où il aurait dégrafé la robe.

Lui-même aurait porté le smoking avec sa désinvolture habituelle, le nœud papillon négligemment dénoué autour de son cou, les boutons de perle de la chemise entrouverts sur son torse puissant... Il aurait été irrésistible, avec la même allure de mauvais garçon sublime que dans les vieux T-shirts et les jeans hors d'usage qu'il affectionnait et qui collaient parfaitement à sa nature rebelle. Les longues heures qu'il passait à escalader les montagnes et à faire du canyoning dans les rapides l'avaient doté d'un corps d'athlète.

Dans un moment de passion, Stéphanie lui avait demandé de l'emmener un jour avec lui.

Quand il lui avait proposé une escapade en montagne pour l'Independence Day, elle avait renoncé à lui parler de la soirée de gala et avait troqué ses stilettos contre des bottes de randonnée. Ils avaient mangé des hamburgers grillés au feu de bois, écouté le chant des oiseaux de nuit, puis contemplé les étoiles qui scintillaient dans un ciel violet. Rien n'avait jamais semblé aussi beau à Stéphanie.

C'était au cours de ce week-end que le bébé avait été conçu.

Hélas, c'était là que les fantasmes cédaient la place à la réalité...

Cet enfant ne grandirait pas dans une famille traditionnelle. C'était à elle seule d'assurer son bonheur, se dit-elle en resserrant dans un geste de protection ses bras autour de son ventre.

Après une heure de travail, Jason descendit aux urgences. Son ami Mike serait sûrement de bon conseil. Il n'y avait qu'à lui qu'il pouvait parler à cœur ouvert.

Ils avaient partagé le même logement durant leurs études de médecine et leur internat. Aucun d'eux n'était un grand bavard, mais ces années de cohabitation avaient fait de Mike le meilleur ami de Jason. C'était d'ailleurs Mike qui l'avait initié à la randonnée et au rafting.

Mike était maintenant à la tête du département des urgences, dont l'agitation lui convenait, tandis que Jason préférait la complexité de la recherche. Ils avaient fait du chemin depuis les années où, complètement fauchés, ils portaient en hiver le même manteau à tour de rôle...

L'année précédente, Mike s'était marié avec une femme pleine de charme et d'esprit, déjà mère de deux filles et d'un garçon. Elle avait donné naissance à leur fils huit semaines auparavant.

Et Mike semblait maîtriser tout cela très bien.

Jason le trouva penché sur l'index profondément entaillé d'un apprenti cuisiner à qui il faisait une piqûre antitétanique et des points de suture. Il attendit qu'il eût terminé pour engager la conversation.

— Es-tu libre pour une randonnée ce week-end ? J'aimerais te parler...

— Impossible ! J'accompagne la petite de cinq ans à un anniversaire. Les parents boiront un verre pendant que les enfants s'amuseront. Eh oui, mon vieux ! la paternité impose des sacrifices !

Il fit mine de soupirer mais ses yeux étincelaient de bonheur. S'imaginer en train de papoter au goûter d'anniversaire d'une gamine de cinq ans fit à Jason froid dans le dos.

— Puisque nous sommes seuls dans la salle d'attente, reprit Mike, dis-moi ce qui te tracasse.

Après un moment d'hésitation, Jason se lança.

— Voilà… Quand une femme vous dit qu'elle attend « autre chose », qu'est-ce que cela signifie ?

— Serais-tu en train de me parler du Dr Montclair ?

— Oui. De qui d'autre ? répliqua Jason, préférant ignorer le petit sourire en coin de Mike.

— Mon vieux, les mecs ne savent pas toujours comment s'y prendre avec les femmes. Viens à la maison dimanche. Caroline est de bon conseil.

— Caroline ne m'aime pas.

— Elle ne t'en veut plus, assura Mike en lui tapant sur l'épaule. Mais ce n'est pas très délicat de reprocher à une femme enceinte de se bourrer de chocolat, même si c'est vrai. Elles sont fragiles, tu sais, quand elles approchent du terme.

Une infirmière fit irruption.

— Docteur Tyler, un patient pour vous.

Resté seul, Jason ne se sentait guère plus avancé. Une escapade à la montagne, voilà ce qu'il lui fallait. Cela l'aiderait à libérer son esprit.

Par prudence, il ne partait jamais seul en randonnée. Il fallait que quelqu'un puisse donner l'alerte, en cas d'accident. L'espace d'une seconde, il fut tenté de prendre ce risque. Puis il se ressaisit : ce serait trop bête de se retrouver coincé à flanc de montagne, avec la jambe brisée. *Avec le cœur brisé.*

Non ! *Pas le cœur brisé.* Cela voudrait dire qu'il était tombé amoureux de Stéphanie. Et il s'était promis de ne plus jamais être amoureux.

Le téléphone de Stéphanie sonna, affichant le numéro de Jason. Il était plutôt homme à vous parler en face. Intriguée, elle décrocha.

— Allô ?

— Stéphanie, quand tu m'as dit que tu avais besoin…

Au bout du fil, Jason marqua une pause avant de reprendre d'une voix brusque.

— De quoi as-tu besoin exactement, Stéphanie ?

Que lui répondre ?

J'ai besoin que tu m'ouvres ton cœur ? Besoin que tu m'aimes ? Besoin que tu me réserves la première place dans ta vie ?

Au lieu de cela, elle prit sa voix de chef du département.

— J'ai besoin que tu suives une formation au comportement.

— Une quoi ?

— Une formation à la sensibilité, si tu préfères.

— Pourquoi ?

— Une autre plainte a été déposée contre toi.

Stéphanie se félicita mentalement de son self-control.

— Et alors ? demanda Jason.

— L'hôpital doit être vigilant sur ces questions, surtout depuis le procès. Cette formation est obligatoire.

— Qui s'est plaint cette fois ?

— Mme Canover. Elle dit que tu as été grossier à son égard.

— C'est bien possible ! Mme Canover étant ce qu'elle est, je ne le regrette pas.

— Jason, nous avons souvent parlé de ça ! Notre comportement fait partie des soins que nous prodiguons.

— Eh bien, ce n'est pas comme ça que je vois mon job. Mon job est de trouver le problème et de le résoudre. Est-ce que le fils de Mme Canover a eu une rechute ? Des difficultés respiratoires ? Une crise ? De la fièvre ?

— Non. Rien de tout cela. Son fils se remet très bien.

— Alors de quoi se plaint-elle ?

— Il paraît que tu lui as dit d'aller au diable avec ses violettes d'Afrique et de ne plus pourrir la vie de ses enfants.

— Sais-tu de quoi tu parles ? Cette femme refusait de se débarrasser de ses fichues violettes primées dans des concours. Elle préférait que j'applique à son gosse de trois ans un traitement antiallergique de cheval. Qu'aurais-tu dit, à ma place ?

Au fond d'elle-même, Stéphanie ne lui donnait pas tort. Mais sa grand-mère lui avait appris qu'il y a toujours une façon courtoise de dire les choses.

— Je ne sais pas ce que je lui aurais dit, mais sûrement pas qu'elle était bonne à être empotée avec ses violettes. Va à cette formation !

— Qui prendra soin de mes patients pendant que je serai coincé dans une salle de classe à me faire chapitrer par un imbécile qui ne sait pas ce que c'est qu'un diagnostic ou une maladie ?

— Je t'ai inscrit pour ce week-end, puisque tu n'es pas de garde.

— J'ai d'autres projets pour le week-end.

Des projets ? Avec une femme ? Aussitôt, Stéphanie sentit une onde de jalousie la parcourir, faisant battre le sang à ses tempes.

C'est mauvais pour le bébé, se dit-elle, respirant profondément.

— Des projets avec toi, poursuivit Jason, de cette voix profonde qui la troublait tant. Montons à ma cabane. Nous n'y sommes pas retournés depuis l'Independence Day. Je te ferai des lasagnes.

— Je te rappelle que tout est fini entre nous.

— Mais nous pouvons rester amis.

— C'est une ruse pour me ramener dans ton lit, avoue-le, s'écria Stéphanie, soulagée malgré elle.

— Peut-être, reconnut-il. Mais avoue que c'est fantastique entre nous !

— Jason...

— Stéphanie, tu as apparemment beaucoup de soucis. Un bon moment tous les deux, loin de tes obligations, t'aidera à relativiser. Un verre de vin et du rire sous les étoiles !

Cela suffisait d'une fois, se dit Stéphanie, le cœur serré.

— Il y a des choses plus importantes dans la vie que les bons moments, Jason.

Enlevant ses lunettes, elle s'essuya les yeux du revers de la main.

— Je t'enverrai un mail avec les détails de la formation.

Stéphanie passa le reste de l'après-midi à lire les dossiers établis par Jason sur ses patients. Des dossiers détaillés, argumentés. Avant tout, objectifs. Jason ne pliait jamais les faits pour servir ses hypothèses. Il analysait les fausses pistes avec la même franchise que les bonnes. C'était une lecture passionnante. Jason était vraiment un médecin et un chercheur brillant !

Captivée, Stéphanie ne vit pas passer le temps jusqu'à ce que Marcy l'appelle dans l'Interphone.

— J'ai fini pour aujourd'hui. Je vous apporte votre courrier avant de partir ?

— Oui, s'il vous plaît, répondit Stéphanie en regardant sa montre, étonnée qu'il soit déjà si tard.

Après un coup discret à la porte, Marcy entra et posa le courrier devant Stéphanie, qui y jeta un regard distrait.

— Quelque chose de particulier ? demanda-t-elle.

— Non. En obstétrique, le Dr Sim veut vous voir. Faut-il lui demander à quel sujet ?

— Non, c'est inutile.

On saurait bien assez tôt la raison de ses rendez-vous avec le Dr Sim. Ce soir, le bébé était encore son secret.

— Autre chose ?

— Une nouvelle plainte en interne contre le Dr Drake.

— Encore ! Cela peut-il attendre demain ?

— Je le pense. Il y a aussi un appel du secrétariat particulier de votre mère. Elle demande s'il faut vous envoyer ce soir la voiture et le chauffeur.

Sur le point de refuser, Stéphanie réalisa soudain à quel point elle était moralement et physiquement épuisée. Pourquoi prendre sa propre voiture et passer chez elle pour se refaire une beauté ? Elle avait ce qu'il fallait pour se maquiller sur place et elle rassemblerait sa queue-de-cheval en un petit chignon de danseuse sur le haut de la tête.

Elle gagnerait ainsi de précieuses minutes pour dormir un peu.

— Dites oui pour la voiture, fit-elle à Marcy, et mettez mon téléphone sur répondeur.

Baissant la lumière après le départ de Marcy, elle envoya promener ses chaussures et s'allongea sur le canapé. Un signal de l'ordinateur annonça l'arrivée d'un mail. Elle verrait plus tard ! Elle n'était pas comme ses parents ni comme Jason. Elle savait gérer ses priorités, elle ! Pour l'instant, c'était de faire un petit somme.

Au moment où elle sombrait dans le sommeil, la porte de son bureau s'ouvrit à la volée, livrant le passage à Jason, qui la referma en la faisant claquer brutalement derrière lui.

— Quand avais-tu l'intention de me le dire ? proféra-t-il d'une voix étranglée.

Il avait un visage bouleversé qu'elle ne lui avait jamais vu.

Se redressant trop vite, elle se sentit chanceler.

Il la prenait au dépourvu… Il fallait qu'elle rassemble ses esprits. Comment lui confirmer la nouvelle sans se troubler ?

— Calme-toi, Jason. Je ne te demande rien. Tu n'auras aucune obligation. Je me chargerai de tout, je ferai tout…

— Tu ne crois pas que tu en as déjà fait assez comme ça ? hurla-t-il en brandissant une feuille imprimée. Et ma réputation, qu'en as-tu fait ?

— Que veux-tu dire ? fit-elle en se levant tout à fait.

Chancelante et les pieds nus, elle se sentait en situation d'infériorité. Mais elle avança résolument vers lui et lui arracha l'e-mail des mains. Un coup d'œil lui révéla qu'il émanait du service juridique de l'hôpital et qu'il informait toutes les parties concernées de l'accord qui avait été conclu.

— Oh !… fut sa seule réaction.

— « Oh » ? fit-il en la singeant et en serrant si fort le dossier d'une chaise que ses jointures blêmirent. Tu crois vraiment que c'est à cause d'une négligence de ma part que ce bébé est mort ?

— Non, bien sûr que non.

— Alors pourquoi, Stéphanie ? Pourquoi faire de moi le bouc émissaire ?

— Pour protéger l'hôpital.

Elle avait beau se tenir droite face à lui, il la dominait de toute sa taille. Elle se sentait terriblement vulnérable.

— Le Sheffield Memorial ne s'en serait pas remis si ces gens célèbres avaient déclenché un cirque médiatique comme ils menaçaient de le faire, expliqua-t-elle. Nos avocats ont estimé que, même en gagnant le procès — ce qui était loin d'être sûr —, nous n'aurions pas gagné dans l'opinion publique. Et cela aurait signifié la perte des donations et des subventions, l'abandon de la recherche, la défection des patients.

Stéphanie reprit son souffle avant de continuer.

— Il y a déjà moins de patients, tu le sais. Les parents d'Isaac ont accepté de renoncer au procès si une enquête interne sanctionnait officiellement le médecin responsable.

— Je vais être sanctionné ? Bravo ! De quelle façon ?

— A partir de maintenant, je vais superviser personnellement tous les cas que tu suis.

Il se tut un instant, la toisant avec une colère qui la fit frémir.

— On n'attend que moi à la clinique Mayo. Je suis invité depuis longtemps à les rejoindre. C'est peut-être le moment d'accepter leur offre.

— Pourquoi ne l'as-tu pas déjà fait ?

Après tout, il sortirait de sa vie... N'était-ce pas ce qu'elle voulait ?

— Je pensais avoir ici tout ce que je pouvais désirer.

Pensait-il à elle en disant cela ? Ou seulement au Sheffield Memorial ? Mais le Sheffield avait besoin de Jason. Et elle n'avait qu'un devoir, le retenir.

Et leur bébé dans tout ça ? Trouvant cette pensée déplacée, Stéphanie la repoussa. Jamais elle ne se servirait de son enfant comme d'un moyen de chantage à l'égard de Jason.

— Que me caches-tu d'autre au sujet de cet accord ? poursuivit Jason d'un ton agressif. Dois-je attendre un nouvel e-mail pour être informé ?

— Rien qui te concerne. Nous avons accepté d'investir de grosses sommes dans la recherche en néonatalité.

Elle désigna la robe de cocktail pendue dans sa housse.

— Mes parents organisent ce soir un dîner de collecte de fonds pour la création de la Little Isaac Commemorative Foundation.

— Mais voilà des semaines que cette réception a été planifiée !

— Tu as raison. C'est en principe la réception annuelle de collecte du Fonds Sheffield-Montclair en faveur de l'hôpital. Mais il y a un changement. Pendant la première manche des négociations, mes parents ont accepté de reverser les fonds levés ce soir à la Little Isaac Foundation.

— Pourquoi a-t-il fallu si longtemps pour conclure cet accord ?

— Parce que cela a été un cas de conscience pour moi de te livrer en sacrifice.

— Ravi de l'apprendre !

Tournant le dos à Stéphanie, Jason regarda par la fenêtre.

— Maintenant, ma réputation est souillée et je suis condamné à travailler sous ta surveillance.

— Jason, je t'assure que, pour sauver l'hôpital, je ne pouvais pas faire autrement. Pardonne-moi si j'ai été indélicate.

— « Indélicate » ? Mais j'ai toujours su à quoi m'en tenir à ton sujet, Stéphanie.

Il la transperça d'un regard impitoyable.

— Tu viens de me prouver que j'avais raison là où j'espérais me tromper, lâcha-t-il avant de sortir aussi violemment qu'il était entré.

Depuis le temps qu'elle espérait le voir céder à l'émotion, elle était servie. Mais la souffrance et la déception de Jason seraient encore plus difficiles à supporter que sa dureté.

Jason fixa son casque sur sa tête, ferma son blouson de cuir et enfourcha sa moto. En se faufilant à travers les embouteillages, il pensait avec amertume à quel point il s'était trompé. Il n'aurait jamais pensé qu'il comptait si peu pour Stéphanie.

Elle, elle avait tellement compté pour lui !

Mais, à y réfléchir, *en quoi exactement* avait-elle compté pour lui ?

Oh ! Et puis il ne voulait plus y penser ! Plus maintenant. Plus jamais.

La seule chose à quoi il voulait penser était sa cabane au milieu des montagnes. Son refuge absolu contre le monde. C'était là qu'il devait aller. Il allait rouler comme un fou jusqu'à ce qu'il y soit et, même s'il n'avait personne avec lui pour donner l'alarme en cas de pépin, il courrait les sentiers jusqu'à ce qu'il tombe de fatigue et soit hors d'état de penser.

Un seul obstacle à ce projet. Faire cinq heures de route aller-retour l'empêcherait d'être au bureau demain aux premières heures de la matinée. Et il devait absolument être là pour les résultats des examens de Maggie.

Tant pis pour la montagne. Un bon footing autour de chez lui ferait l'affaire.

Une demi-heure plus tard, ayant enfilé la tenue adéquate, il partait à petites foulées sur le trottoir, libérant le cours de ses pensées.

Qu'il soit un bon médecin ne faisait aucun doute. L'un des meilleurs certainement. Le meilleur peut-être.

Son département, hélas, enregistrait davantage d'issues fatales que tout le Sheffield Memorial.

Tout le monde dans l'hôpital, jusqu'aux gardiens, savait pourquoi. Il était le médecin de la dernière chance. Le recours des cas désespérés. Quand les autres médecins avaient échoué, quand ils ne savaient plus quoi tenter, vers qui dirigeait-on le patient ? Vers le Dr Drake.

Chaque fois, le défi du combat à remporter contre la maladie et la mort le stimulait. Mais, quand il échouait, c'était à lui de faire face.

Cela avait été le cas lors de la mort du petit Isaac. Seulement, cette fois, l'hôpital ne s'était pas battu pour lui.

Stéphanie non plus.

Cette fois, elle l'avait trahi. Entre sa réputation et celle du Sheffield Memorial, elle n'avait pas hésité.

Certes, il souffrait de la trahison de Stéphanie. Mais il souffrait peut-être plus de son échec face à la mort...

En fait, il devait des remerciements à Stéphanie pour avoir rompu ! Il pouvait enfin revenir à son unique vocation — sauver des vies.

La façon pressante dont les médecins de la clinique Mayo l'invitaient à les rejoindre prouvait sa valeur et sa réputation. Pourtant, il n'avait jamais envisagé de quitter le Sheffield Memorial.

A cause de Stéphanie, bien sûr. Elle le subjuguait...

Pourrait-il encore travailler pour elle, après ce qui venait de se passer ?

Cela lui semblait aussi difficile que de renoncer à elle...

Ralentissant le pas, il regagna son duplex.

Une douche rapide, un dîner commandé par téléphone et il terminerait la soirée en lisant le roman d'espionnage qu'il avait commencé la veille.

Mais, bon sang ! où avait-il la tête ?

Le mois dernier, il avait déboursé mille cinq cents dollars pour avoir ce soir une place à la table des Montclair et partager leur homard et leur filet mignon.

Allant droit à sa penderie, il décrocha le smoking qu'il avait fait faire sur mesures pour l'occasion.

Ce soir, il en aurait pour son argent.

En bonne chair, peut-être pas. Mais comme élément perturbateur, sûrement.

4

Stéphanie retenait le Dr Wilkins derrière un palmier en pot, le dominant d'une tête grâce à ses hauts talons. Cela la mettait en position de supériorité, même si Wilkins avait le nez au niveau de son décolleté, plus généreux qu'il n'avait jamais été.

— Un e-mail ? Vous lui avez envoyé un *e-mail* ? martelait-elle en le menaçant sans s'en rendre compte d'une branche de céleri saisie dans un panier de crudités.

Cette conversation aurait été plus facile en tête à tête dans son bureau, mais elle ne pouvait retenir son indignation.

— Que faites-vous de la plus élémentaire courtoisie ? poursuivit-elle au comble de la fureur. Vous auriez pu m'avertir avant d'envoyer ce message. Je lui aurais annoncé personnellement l'accord conclu.

— J'ai essayé de vous appeler, Stéphanie, mais votre secrétaire m'a dit que vous ne vouliez pas être dérangée.

— Etait-ce une raison pour informer par e-mail la Terre entière ?

— Les parents d'Isaac sont présents ce soir. Il m'a semblé préférable pour tout le monde d'annoncer avant la soirée qu'ils avaient obtenu satisfaction.

— Préférable pour tout le monde ? Ou plus confortable pour vous ? Et le Dr Drake ? Avez-vous pensé une seule seconde à ce que *lui* peut ressentir ?

— Drake ? Ressentir quelque chose ? fit Wilkins avec un rire sarcastique.

Sans remarquer l'effort surhumain que faisait Stéphanie pour se contenir, il poursuivit.

— Si tout cela l'ennuie tellement, nous pouvons mettre une bonne somme d'argent dans la balance. L'argent efface tous les problèmes.

Stéphanie lui désigna le couple vedette de la soirée, la célèbre top-model et son manager de mari, les parents du petit Isaac. Ils se tenaient au milieu de la foule des invités, l'air absent, un sourire de commande sur le visage.

— Regardez-les. Est-ce leur avis ?

Respirant profondément pour retrouver son calme, elle surprit le regard égrillard de Wilkins sur sa poitrine haletante et sentit redoubler sa fureur.

— Si ça peut apaiser votre conscience, donnez donc un pourboire à Jason ! dit-elle avec mépris.

Percevant un silence subit dans la salle, elle se demanda si elle avait haussé le ton sans s'en apercevoir. Un rapide coup d'œil lui révéla que l'assistance avait le regard braqué vers l'escalier qui descendait à la salle de réception.

Sur la plus haute marche, toisant les convives, se tenait le Dr Jason Drake...

En haut de l'escalier, Jason s'était arrêté pour observer la foule élégante qui se pressait sur le sol de marbre. Le lieu évoquait la scène de bal de Cendrillon. Mais l'ambiance était mondaine et guindée.

Les plus grosses fortunes de la ville étaient là, venues soutenir de leurs dons la famille Montclair-Sheffield. Hommes politiques, chefs d'entreprise, médecins — tous accompagnés de leurs épouses, qui se tenaient à leur bras ou papotaient entre elles. La salle offrait à la vue de Jason un parterre de smokings identiques au sien et de robes du soir aux teintes pastel rehaussées de bijoux. Quelques personnes, sans doute les invités du couple de célébrités, tranchaient par leurs tenues voyantes et de bruyants éclats de rire destinés à attirer l'attention des médias présents.

— Le Dr Jason Drake, annonça le valet de pied, faisant taire immédiatement toutes les conversations.

Les regards tournés vers Jason semblaient le soupeser et le juger. Les avocats de l'hôpital se tenaient à l'abri d'une plante verte comme s'ils écoutaient aux portes, chuchotant entre eux derrière leurs verres et ne perdant pas une miette de la scène.

Les conversations reprirent aussi vite qu'elles s'étaient arrêtées, mais Jason avait eu le temps de mesurer la désapprobation et l'hostilité qui l'accueillaient.

Pour toute réponse, il se redressa de toute sa taille. Il avait dans sa poche un billet très coûteux pour cette soirée. Il l'avait payé et avait le droit d'être là comme tout un chacun.

Dans la foule, il aperçut plusieurs médecins et quelques membres du conseil d'administration. Un seul d'entre eux leva son verre vers lui en signe de salut. Jason lui montra d'un léger signe de tête qu'il appréciait son geste.

Ayant descendu l'escalier, il traversa la salle, cherchant à repérer l'open-bar. Il était résolu à *ne pas* chercher Stéphanie. Il n'avait pas besoin d'elle. Il était le Dr Jason Drake, un brillant médecin, et il était ici dans son droit.

Soudain, ce fut comme si un rubis étincelait de tous ses feux au milieu d'un parterre de fleurs fanées, attirant irrésistiblement son regard.

Stéphanie...

Elle lui tournait le dos, dans une robe à paillettes rouges.

Une robe qui lui laissait le dos nu jusqu'à la taille.

Comment ne pas imaginer qu'il laissait courir ses doigts sur la peau nacrée, qu'elle gémissait de plaisir, et qu'il retrouvait entre ses bras une félicité qu'elle était la seule à lui procurer ?

Le voyant venir par-dessus l'épaule de Stéphanie, Wilkins eut une mimique de stupéfaction qui la fit se retourner.

Visiblement saisie d'apercevoir Jason, elle réussit à lui adresser de la tête un salut indifférent, tandis qu'il continuait son chemin vers le bar.

— Que désirez-vous, monsieur ? lui demanda le barman, qui devait être la seule personne de la soirée à ne pas le regarder de travers.

— Un whisky.

Jason buvait rarement. Boire trouble votre jugement et compromet vos diagnostics. Il tiendrait le verre à la main jusqu'à ce que le dîner soit servi, cela lui donnerait une contenance.

— Sec, votre whisky, monsieur ?

— Pourquoi pas ?

Peu familier des réceptions mondaines, Jason laissa un pourboire sur le bar, s'attirant un regard de sympathie de la part du barman.

Quand il se retourna, son sang ne fit qu'un tour.

Le père de Stéphanie, l'impressionnant Dr William Montclair, se dirigeait vers lui d'un pas décidé.

Instinctivement, Jason porta la main à sa poche pour montrer qu'il avait son billet. Mais le Dr Montclair avait déjà posé la main sur son épaule, la serrant d'une poigne de fer.

Sur la défensive, Jason fit un pas en arrière. Assener un coup de poing dans la figure d'un éminent médecin, hôte de cette brillante soirée, n'améliorerait pas sa réputation déjà bien écornée…

— Je tiens à vous remercier personnellement, Jason, de représenter votre équipe à cette soirée.

Si l'ahurissement de Jason fut perceptible au redoutable Dr Montclair, celui-ci n'en montra rien.

— Tout le monde sait, et pas seulement à Denver, que vous êtes un médecin hors pair. C'est une chance pour nous de vous avoir au Sheffield Memorial. Le conseil d'administration vous est reconnaissant d'avoir accepté la façon dont vous avez été si mal traité — par nous et par eux, fit-il en désignant de la tête le groupe de juristes occupés à reluquer une starlette qui descendait le grand escalier.

— Docteur Montclair, je…

— Je vous en prie, appelez-moi William.

Le Dr Montclair tendit son verre au barman pour qu'il le remplisse et revint à Jason.

— Je veux vous remercier aussi en tant que père. Votre attitude a permis à ma fille de supporter cette terrible épreuve. Je vous en voue un respect et une gratitude infinis. Continuez à la ménager. Vous êtes un type bien, fils.

Jason n'avait pas besoin de compliments pour savoir qu'il était un brillant médecin. Mais que quelqu'un l'appelle « fils », même si c'était une façon de parler, avait de quoi le dérouter.

— Puisque vous en parlez, Stéphanie et moi, commença-t-il, nous ne...

Avec un regard par-dessus son épaule, Montclair l'interrompit.

— La voici justement. Je vous laisse.

Quand Stéphanie entra dans son champ de vision, Jason sentit un frisson courir sur sa peau. Et quand elle s'approcha de lui, il eut l'impression de revivre, comme un homme longtemps privé d'oxygène.

— Tu es venu, Jason ?

Etait-ce un reproche ? Ou de la surprise ?

— Trouvons un coin tranquille pour parler, dit-elle.

Lui prenant la main, elle l'entraîna. Peut-être avait-elle changé d'avis sur leur rupture. Peut-être un miracle allait-il se produire. Il chercha un indice dans son regard, mais n'y vit que de la tension et du souci.

— Viens par ici, Jason.

Sans résister, il la suivit derrière la tenture qui dissimulait l'estrade où l'orchestre jouerait après le dîner. Sa robe mettait son corps merveilleusement en valeur. Il se sentit torturé par l'envie de la prendre dans ses bras.

Arrivée au milieu de l'estrade, Stéphanie s'arrêta.

— Pourquoi es-tu venu ? demanda-t-elle sèchement.

— Quand j'ai aperçu cette robe dans ton bureau, j'ai eu envie d'en voir davantage.

— Tu n'avais pas l'air de t'en soucier quand tu as fait irruption dans mon bureau.

— J'étais fou de rage.

— Et maintenant ?

— Je suis fou de désir...

Cédant à son impulsion, il lui posa la main sur l'épaule et la laissa descendre jusqu'à son coude, encouragé par le trouble qu'il voyait naître dans ses yeux. Mais elle s'écarta avec vivacité, frottant son bras comme pour effacer la trace de sa caresse.

— Tu n'as rien à faire ici.

— C'est tout ce que tu trouves à me dire après avoir essayé pendant des mois de m'entraîner dans un de ces cirques mondains ?

— Je voulais que nous y allions *ensemble*, Jason. Ce soir, tu es venu seul.

Pour dissimuler sa nervosité, il fit tourner son verre entre ses deux mains.

— Pourquoi refuses-tu notre rupture ? reprit Stéphanie.

— Parce que tu as oublié de me dire que tu étais enceinte.

Stupéfait, il réalisait ce qu'il venait de dire. Pourquoi avait-il mis si longtemps à admettre que Stéphanie attendait un enfant ? Etait-ce un déni ?

Pendant un instant, ce fut comme si le monde avait cessé de tourner. Stéphanie restait plus figée qu'une statue de glace. Dans le silence, Jason n'entendait que les battements de son propre cœur.

— Qu'est-ce qui te permet de croire que je suis enceinte ? répliqua-t-elle.

— Inutile d'être un médecin pour s'en apercevoir !

Il l'examinait du regard.

— Tu n'as jamais eu de plus beaux seins. Ronds et épanouis. Sont-ils douloureux ?

Il lui sourit.

— Depuis combien de temps, Stéphanie ?

— Comme si tu ne le savais pas, dit-elle, les épaules subitement affaissées. Un petit incident de préservatif sans conséquence. C'est ce que tu as prétendu. Eh bien si ! il y a eu des conséquences.

Saisissant son verre qu'il avait posé sur la chaise de la harpiste, Jason le vida d'un trait. Tous les moyens étaient bons pour tenir tête à Stéphanie.

Ses hauts talons claquant sur le plancher de l'estrade, elle allait et venait nerveusement, sa jupe fendue laissant entrevoir ses longues jambes fuselées.

En Jason, c'était le médecin qui l'emporta.

— Tu devrais porter des souliers plats, Stéphanie. Les talons exercent une pression sur la colonne vertébrale quand le fœtus se développe.

— Ce n'est pas un fœtus ! C'est un bébé !

— Je veux juste dire que...

— Tu ne peux pas laisser tomber pour une fois ton jargon médical et te conduire comme un être humain ? C'est un petit garçon ou une petite fille. Un enfant... Une personne... Pas seulement des cellules qui se multiplient. C'est un bébé, Jason. Essaie de le dire. *Un bébé*. Allez, répète.

— Un bébé... Voilà. Tu es contente, Stéphanie ?

Fébrile, elle tournait en rond, semblant sur le point de s'en aller, mais elle finit par s'immobiliser. Seul le micro les séparait. Jason s'éclaircit la gorge. C'était le moment de tenter sa chance.

— Montons à ma cabane ce week-end, Stéphanie. Nous parlerons du bébé.

— Je n'irai nulle part avec toi. Je te rappelle que nous avons rompu.

— *Tu* as rompu. J'étais heureux de notre relation, moi.

— C'est trop tard, Jason.

— Tout ça parce que j'ai annulé un dîner ?

— Parce que tu as annulé *beaucoup* de dîners, de réceptions, de sorties au cinéma, de câlins sur le canapé devant la télé ! Parce que tu annulais presque tous nos projets ! La seule chose que tu n'aies jamais annulée était une occasion de partager mon lit...

Dans ses yeux, il y avait de la colère mais aussi une blessure.

— Je ne resterai pas avec toi, parce que je ne peux pas compter sur toi, lâcha-t-elle.

— Je suis médecin, Stéphanie. Tu sais ce que cela signifie. Tu es toi-même médecin et fille de médecins. Les gens n'ont pas d'heure pour tomber malades, nous sommes à leur service.

— Je connais la chanson, merci. Les malades d'abord ! fit-elle, les yeux brillant de larmes. J'ai entendu cette rengaine toute ma vie. Mon plus ancien souvenir est celui de mon premier jour d'école. Papa et maman m'avaient promis de prendre leur petit déjeuner avec moi, de m'accompagner au jardin d'enfants et de revenir me chercher pour aller choisir mon cartable. Au lieu de ça, sais-tu ce qui s'est passé ?

Il s'en doutait.

— Le bipeur de maman a résonné. Ensuite celui de papa. Des patients. Même alors, je savais que mes parents étaient plus indispensables à d'autres qu'à moi-même, et que c'était de l'égoïsme de ma part si je leur en voulais.

Elle avait les yeux pleins de larmes.

— Ensuite, poursuivit-elle, il y a eu la première représentation de mon cours de danse, ma première boum, ma remise de diplôme. Ils ne venaient pas et, quand ils venaient, j'étais dans la terreur de les voir se lever et partir.

— Mais, Stéphanie, c'est le lot des médecins. C'est notre vie.

— Mais nous pouvons prétendre à autre chose !

— « Autre chose » ?

Que voulait-elle dire, bon sang, avec cette « autre chose » ? Il voulut s'approcher d'elle mais elle recula de deux pas. Seul le violoncelle l'empêchait de mettre davantage de distance entre eux.

— Stéphanie, fit-il d'une voix sourde, je connais la douleur de grandir sans père. Je ne veux pas infliger le même sort à mon enfant.

— Mais tu feras toujours passer ton enfant en second !

Désemparé, Jason cherchait que répondre, quand il la vit regarder fixement quelque chose derrière lui, le visage décomposé.

— Jason, tu ferais mieux de t'en aller, murmura-t-elle.

Faisant volte-face, il se trouva nez à nez avec le top-model qui était la reine de la soirée. Vêtue d'un fourreau de lamé argent, elle avait retrouvé la silhouette filiforme, le visage émacié et les joues creuses qui faisaient son succès dans les pages des magazines. Ses ongles rouge sang étaient plantés comme des griffes dans le bras de son mari.

— Comment osez-vous paraître à *ma* soirée ? C'est par votre faute que nous avons perdu notre bébé, dit-elle d'une voix sifflante.

Elle jouait son personnage, mais Jason savait ce qu'il y avait derrière. Il l'avait vue sans maquillage, en larmes et se tordant de douleur et d'angoisse. Pourtant, seule une phrase apprise pendant un séminaire de formation lui vint à l'esprit.

— Je compatis sincèrement à votre peine, dit-il.

Ce couple ne pourrait jamais avoir d'autre enfant, en dépit de tout l'argent qu'il dépenserait pour ça. Jason le savait.

— Vous compatissez ? C'est tout ce que vous trouvez à dire, alors que vous avez tué mon enfant ?

Stéphanie se glissa entre eux, au grand soulagement de Jason, persuadé qu'elle saurait trouver les mots apaisants. Mais ce ne fut pas le cas.

— Ce *n'est pas* le Dr Drake qui est responsable de la mort de votre bébé.

Elle parlait avec véhémence.

— Vos imprudences, vos régimes, vos cachotteries sur votre précédente grossesse, voilà les raisons de la mort de votre bébé. Si vous aviez été franche, nous aurions pu pallier le facteur rhésus négatif. Si vous aviez écouté votre gynécologue, qui vous conseillait de prendre du poids et de vous reposer, votre bébé aurait eu des chances de s'en tirer. Votre grossesse était de toute façon à risques.

— Pourquoi ne m'as-tu rien dit de tout ça ? fit son mari, qui paraissait en plein désarroi. Tu as eu un enfant avant le nôtre ?

La malheureuse ne jouait plus. Ses épaules trop minces s'étaient mises à trembler.

— J'étais jeune. C'était il y a longtemps.

Jason posa calmement sa main sur l'épaule du mari.

— Fichez-lui la paix, mon vieux. Vous voyez bien qu'elle n'en peut plus, dit-il d'un ton conciliant, à la surprise du couple et de Stéphanie.

Au même moment, le barman glissa sa tête dans le rideau, attirant l'attention de Jason et montrant du doigt le micro.

— Faites attention... Il est branché.

5

Stéphanie fut saisie de panique. Elle venait de révéler ses griefs à une foule persuadée que sa famille était parfaite — et qu'elle-même était une fille parfaite. Tous connaissaient maintenant sa rancune contre ses parents.

— Du calme, lui dit Jason en l'entourant de son bras.

— Emmène-moi loin d'ici, murmura-t-elle, sentant que ses jambes lui manquaient.

Jason se tourna vers le barman.

— Y a-t-il une sortie de secours ? lui demanda-t-il.

— Oui. La porte derrière vous mène au parking.

Stéphanie remarqua à peine que Jason l'avait soulevée dans ses bras et la portait à l'extérieur. Le couple de célébrités leur emboîta le pas et disparut dès que leur chauffeur eut avancé leur limousine.

— Je n'avais pas réalisé que les parents d'Isaac seraient là. Ce n'était peut-être pas une bonne idée de venir, déclara Jason.

— En effet, répondit Stéphanie.

Elle pensa à ses parents, que la fuite des hôtes d'honneur de la soirée avait dû mettre dans un embarras terrible. Elle n'osait imaginer le chagrin qu'elle leur avait causé par ses révélations malencontreuses…

La portant toujours dans ses bras, Jason parcourut du regard les voitures luxueuses qui occupaient le parking.

— Où est ta voiture ? demanda-t-il.

— Maman m'avait envoyé sa voiture et son chauffeur.

— Alors, te voici condamnée à faire de la moto, dit Jason en l'emportant à grandes enjambées loin du lieu du désastre.

— Pose-moi. Je peux marcher !

— Nous y sommes presque.

Contournant une limousine, Jason s'arrêta devant sa moto.

— Tu vas tenir le coup ? demanda-t-il en la déposant avec précaution, sans cesser de la serrer contre lui.

A l'idée de prendre la fuite, en croupe sur la moto de Jason, Stéphanie ne put retenir un fou rire nerveux qui se termina en claquements de dents.

— J'ai froid ! gémit-elle.

— C'est que tu es sous le choc, fit-il en enlevant sa veste et en l'aidant à passer les manches.

Voyant qu'elle se débattait avec le casque qu'il lui tendait pour y faire tenir ses cheveux, Jason enleva soigneusement les épingles de son chignon. Elle sentit qu'il nouait ensuite ses longs cheveux sur sa nuque plus rapidement qu'elle ne l'aurait fait elle-même.

— Tu es doué, fit-elle.

— L'expérience.

— Tu fais ça souvent ? lança-t-elle, taquinée par la jalousie malgré les circonstances.

Jason eut un sourire évasif. Inutile de lui expliquer qu'il avait tressé chaque matin les cheveux de trois petites filles dans une famille d'accueil...

C'était la première fois que Stéphanie faisait de la moto. Elle sentait sur son visage la sensation grisante du vent et sous elle les pulsations du moteur. Jason allait de plus en plus vite. Les lumières s'évanouissaient dans la nuit sur leur passage. Elle se sentait revivre et le chemin lui parut trop court.

Mai, quand Jason coupa le moteur dans le parking de son immeuble, elle crut entendre résonner dans le silence l'écho de ses propres paroles. Elle avait hurlé à la face de l'assistance sa rancune et ses terreurs d'enfant. Encore heureux qu'elle n'ait pas raconté son pire cauchemar, celui où elle voyait ses parents se précipiter à l'hôpital, l'abandonnant dans la grande maison déserte, avec personne pour s'occuper d'elle.

Ce soir, elle avait réagi comme si elle avait encore six ans et demi.

Qu'allait-on penser d'elle ?

Elle allait prendre exemple sur Jason et se moquer de ce que les gens pensaient…

Elle le laissa prendre l'ascenseur avec elle. Mais, en arrivant à sa porte, elle reprit le contrôle d'elle-même et l'arrêta d'un geste.

— Je n'ai besoin de personne, dit-elle en enlevant sa veste pour la lui rendre.

— Stéphanie, nous devons parler.

— Voilà qui est nouveau ! Je n'attends plus de toi que deux choses. Que tu fasses un bilan médical et que tu suives demain la formation au comportement.

Sans lui laisser le temps de répondre, elle pénétra chez elle. Mais, au moment de refermer la porte, elle sentit le sol se dérober sous ses pieds.

— J'ai la tête qui tourne…, murmura-t-elle en tendant la main vers lui.

Puis elle eut l'impression de sombrer dans un puits sans fond, réalisant vaguement que deux bras solides la retenaient dans sa chute.

Une fois Stéphanie étendue sur le sol, Jason vit au battement de ses paupières qu'elle revenait à elle. Elle était très pâle, mais son pouls recommençait à battre normalement.

Elle lui sembla si vulnérable, si différente de la Stéphanie intrépide qu'il connaissait, qu'il eut envie de la serrer dans ses bras. Mais ce n'était pas le moment de la brusquer.

— Que m'est-il arrivé ? demanda-t-elle en essayant de se relever.

Il posa une main ferme sur son épaule, la contraignant à rester allongée.

La pensée que tout était sa faute le taraudait. Dans un moment de passion, il avait oublié la prudence la plus élémentaire. Et maintenant elle était enceinte.

Jason n'avait pas besoin de connaître son père pour savoir qu'il ne valait guère mieux que lui. Tel père, tel fils…

Refoulant ses réflexions, il revint à Stéphanie, maintenant sa main hâlée sur son épaule nue.

— Ne bouge pas, lui dit-il. Tu t'es évanouie.

— Tu m'as empêchée de tomber ?

Il acquiesça de la tête.

— Merci, murmura-t-elle.

Elle avait visiblement oublié que, pendant sa chute, elle avait saisi la main de Jason, la pressant contre son cœur, tandis que de l'autre main elle semblait protéger son bébé. Leur bébé...

— Comment te sens-tu maintenant ? demanda-t-il, inquiet.

— Mieux, répondit-elle, suffisamment remise pour soutenir son regard.

Retrouvant ses réflexes de médecin, Jason saisit le poignet de Stéphanie pour lui prendre le pouls.

— As-tu fait de l'hypoglycémie récemment ? As-tu eu d'autres syncopes, des problèmes de tension, de perte d'équilibre ?

— Tu n'es pas mon médecin, Jason, tempêta Stéphanie. J'ai un médecin.

— Que suis-je exactement pour toi, Stéphanie ?

— Que veux-tu être pour moi, Jason ? répondit-elle en le regardant droit dans les yeux.

— Ton amant.

— Pourquoi ? Parce que tu aimes faire l'amour avec moi ? Ou parce que tu m'aimes ?

Faire l'amour avec Stéphanie ? Jason ne connaissait rien de plus excitant. Le plaisir sans limites qu'il ressentait dans ses bras rendait le monde plus beau, plus brillant... sa pensée plus claire, plus aiguisée..., ses capacités professionnelles plus performantes, plus éclatantes.

Mais aimer Stéphanie ? Non ! Plus jamais il n'aimerait une femme. Même Stéphanie. Une seule fois dans sa vie, il s'était risqué à aimer. Erreur de jeunesse. Aimer le rendait irresponsable. Rien de pire pour un médecin. Les mauvaises décisions peuvent être mortelles pour les gens.

L'exemple de son frère en témoignait, hélas...

Heureusement, Stéphanie ne pensait plus à sa question. Elle s'agitait sur le sol avec une grimace de douleur.

— Aide-moi à me relever, Jason. J'ai mal au dos.

— Laisse-moi d'abord t'enlever tes chaussures, sinon tu finiras par tomber du haut de ces talons vertigineux !

Il lui caressa doucement les chevilles et sentit Stéphanie frémir sous ses doigts. Comme pour mettre un terme à ce contact, elle se redressa.

En dépit de son envie de la prendre dans ses bras, Jason l'aida à se mettre sur pied. Mais, enivré par son parfum, il ne put lutter plus longtemps.

— Laisse-moi défaire ta robe, lui murmura-t-il à l'oreille. J'en meurs d'envie depuis le début de la soirée.

Plein d'espoir, il la vit sur le point de s'abandonner. Mais, soudain, elle chancela.

Où avait-il la tête ? Il fallait qu'il lui donne du sucre avant qu'elle ne fasse de l'hypoglycémie et s'évanouisse de nouveau ! Qu'il se rappelle qu'elle était enceinte…

De *son* enfant…

Cela lui semblait tellement irréel…

— Je vais passer la nuit ici pour te surveiller, déclara-t-il d'un ton péremptoire. C'est plus raisonnable.

Stéphanie le dévisagea, troublée. Il avait cessé d'être un amant passionné pour redevenir un médecin dénué d'émotion. Jamais il ne fendrait l'armure — même avec elle.

— Si tu veux, répondit-elle.

C'était en effet plus raisonnable, car elle se sentait encore faible. Mais c'était dangereux, car il la troublait. Elle devait à tout prix refouler son attirance pour lui…

— Dégrafe ma robe, lui demanda-t-elle avec froideur en se retournant.

Elle s'exposait à une terrible tentation. Mais elle devait absolument se mettre à l'épreuve.

Jason fit glisser la fermeture Eclair le long de son dos nu. Quand elle sentit la chaleur de ses mains effleurer sa peau, elle sut qu'elle avait perdu.

Quand elle se tourna vers Jason, fébrile, elle vit du désir dans ses yeux.

Lui aussi avait perdu.

Il la désirait autant qu'elle le désirait.

Egalité…

— J'ai faim, dit-elle. Tu as promis de me nourrir…

— Va te changer pendant que je prépare le dîner, dit-il, la voix nouée.

Repoussant ses limites, Stéphanie s'approcha et laissa courir ses doigts sur les boutons de perle de la chemise de Jason.

— Quelque chose d'épicé, s'il te plaît !

Tournant les talons, elle s'éloigna, ignorant résolument le regard brûlant dont il la suivait.

Le score était pour elle…

6

Une fois dans sa chambre, sûre que Jason ne la voyait pas, Stéphanie céda à l'abattement.

Jason n'éprouvait pour elle qu'une attraction physique. Or, elle avait besoin d'autre chose. Besoin de se sentir aimée autant que désirée.

Son enfant aussi aurait besoin d'amour. Mais Jason ne semblait pas disposé à faire plus pour lui que le reconnaître.

Elle eut à peine la force de se démaquiller et de remplacer ses verres de contact par des lunettes. Machinalement, elle enfila son T-shirt préféré et un vieux jogging. Quant à sa robe, inutile de la ranger. Elle lui rappellerait toujours une soirée maudite.

Des arômes délicieux en provenance de la cuisine apaisèrent ses idées noires. Qu'avait pu inventer Jason, face à un garde-manger à peu près vide ?

Piquée par la curiosité, elle se hâta et découvrit avec surprise que Jason avait recouvert la table d'une jolie nappe et mis le couvert avec la porcelaine, l'argenterie et les verres de cristal hérités de son arrière-grand-mère. Au centre de la table, une bougie blanche dans un chandelier d'argent voisinait de façon incongrue avec le sel et le poivre de cuisine.

Face à cette table raffinée, elle-même se sentit incongrue dans son vieux T-shirt. Mais passer un déshabillé aurait été jouer avec le feu.

D'ailleurs, quelle importance ? Il n'y aurait plus jamais rien entre Jason et elle. Une fois la rupture consommée, elle élèverait seule son enfant et tout serait plus simple.

Une onde de tristesse l'envahit à cette pensée. Pour se donner du courage, elle fit appel aux principes de bonne éducation des Montclair.

— Comme c'est joli et comme cela sent bon ! dit-elle en personne bien élevée. Merci, Jason.

— Nous avons quelque chose d'heureux à célébrer, répondit-il, les mâchoires crispées.

— Cela te rend heureux, *toi* ? demanda-t-elle en lui lançant un regard dubitatif.

Les épaules raides, il ressemblait davantage à un homme prêt au sacrifice qu'à un futur père comblé.

— Je suis prêt à assumer mes responsabilités, répondit-il comme s'il relevait un défi.

Trop fatiguée pour un nouveau conflit après une journée pareille, Stéphanie détourna les yeux vers la table.

Une omelette appétissante, fourrée de crevettes roses et parsemée de fines herbes, n'attendait que son bon plaisir, voisinant avec des toasts largement recouverts de fromage à la crème et de marmelade d'oranges — son péché mignon. Dans les verres de cristal pétillait un liquide ambré.

— Du ginger ale, expliqua Jason d'un ton d'excuse. C'est tout ce que j'ai trouvé. Voilà un dîner qui ressemble à un petit déjeuner !

— C'est parfait, répondit-elle en levant son verre comme il le faisait.

— A notre enfant ! dit-il en trébuchant sur les mots.

La gorge nouée, Stéphanie parvint à boire une gorgée.

Le dîner se déroula dans un lourd silence. S'il n'avait pas été aussi délectable, Stéphanie aurait été incapable d'avaler une bouchée. Dès qu'elle eut terminé, elle se leva avec précipitation.

— Tu t'es occupé du repas, je m'occupe de débarrasser, déclara-t-elle.

C'était leur habitude, depuis leur premier dîner ensemble.

— Non, je vais le faire, s'écria-t-il en la devançant, les assiettes à la main.

— Ce n'est pas juste que tu fasses tout.

— Ce qui n'est pas juste, c'est que je t'aie fait un bébé sans l'avoir programmé.

Il semblait le regretter. Elle ne regrettait rien, elle.

— Je suis enceinte, pas impotente.

— Tu t'es évanouie.

Venant à elle, il la regarda dans les yeux.

Stéphanie chercha de la chaleur dans ce regard. Elle n'y vit que de la détermination.

— Je m'occuperai de toi, Stéphanie. De toi et du bébé.

Il disait sûrement cela par sens du devoir. Mais elle n'avait que faire de devoir pour son enfant ! Ce qu'elle voulait pour lui, c'était un climat d'amour et de tendresse.

A ce moment, le portable de Jason, posé sur le buffet, vibra. Il tourna aussitôt les yeux, visiblement taraudé par le souci de consulter le message.

— Jason, je suis capable de m'occuper de moi et du bébé. Et, maintenant, va voir qui t'a appelé puisque tu en meurs d'envie.

Elle n'avait pas fini sa phrase qu'il avait bondi vers son téléphone.

— J'en ai pour une seconde !

Le temps qu'il termine sa conversation, Stéphanie avait débarrassé la table, lavé et essuyé la vaisselle, plié la nappe et les serviettes et soufflé la bougie. Quand il raccrocha enfin, elle était assise dans le canapé, faisant semblant de lire un magazine. Tout ce qu'elle souhaitait était qu'il s'en aille au plus vite.

Mais il vint s'asseoir à côté d'elle, entourant ses épaules de son bras. Aussitôt, elle sentit le bien-être la gagner…

— Je reste ici ce soir, je ne veux pas te laisser seule, déclara-t-il comme pour justifier son installation sur le canapé.

Sans laisser à Stéphanie le temps de réagir, il poursuivit.

— C'était le Dr Phillips. Comme elle n'arrivait pas à te joindre, elle m'a appelé.

Stéphanie se rappela soudain qu'elle avait oublié sa pochette couverte de sequins rouges sur la banquette arrière de la voiture de sa mère. C'est là qu'était son téléphone !

— Comment sait-elle que tu es chez moi ? s'écria-t-elle, sur la défensive.

— Au Sheffield, les nouvelles se propagent plus vite qu'un virus dans un hôpital de jour ! répondit Jason d'un ton taquin.

Mais il reprit son sérieux.

— Rassure-toi ! Phillips ne sait pas que je suis ici ! Elle voulait mon accord à défaut du tien avant de faire pratiquer une IRM et une chirurgie. Simple problème administratif. En tant que médecin senior, je lui ai donné mon autorisation. Le problème est réglé, tu n'as pas à t'en faire.

— Tu aurais pu me passer la communication ! s'écria Stéphanie, contrariée.

— Tout le monde à l'hôpital aurait su que nous sommes de nouveau ensemble.

— Mais nous ne sommes pas ensemble !

Blottie entre ses bras, sans aucune envie de s'en échapper, elle réalisa que cette déclaration sonnait étrangement faux.

— Stéphanie, tu portes mon enfant. Cela nous lie. Pour toujours. Il est temps de considérer notre couple avec des yeux d'adultes.

— Notre couple... C'est un mot nouveau dans ton vocabulaire ?

— Oui, répondit-il en souriant.

Mais c'était un sourire machinal. Son regard était soucieux et son front creusé de rides.

— Stéphanie, demanda-t-il, que penses-tu vraiment de l'arrivée de ce bébé ?

C'était comme si elle n'avait attendu que cette question. Les mots, longtemps contenus, jaillirent de ses lèvres.

— Au début, j'ai paniqué. L'idée d'avoir un bébé m'a affolée. Pour moi, tu n'étais qu'une aventure.

Les joues en feu à cause de cette confession, elle s'interrompit un instant. Mais elle devait être honnête avec lui.

— Je te considérais comme une sorte de récompense pour ma réussite dans ma profession, où...

— Où quoi, Stéphanie ?

Où elle ne cessait de se dépasser pour se sentir digne de ses parents. Sans être sûre d'y parvenir un jour !

— Où je ne pensais qu'à ma carrière, dit-elle pour simplifier. J'ai voulu penser un peu à moi. Me donner le droit au plaisir. Avoir du bon temps.

Excepté les chevaliers servants qui l'escortaient pour la forme dans ses obligations mondaines, elle n'était pas sortie avec beaucoup d'hommes — mais il n'était pas utile que Jason le sache.

— En somme, j'ai été pour toi un passe-temps ?

— Non ! Pas du tout !

Honteuse de sa mauvaise foi, elle hocha piteusement la tête.

— D'une certaine façon, si.

Prenant une mèche des longs cheveux de Stéphanie entre ses doigts, Jason la tortilla d'un air pensif.

— Cela ne me dérange pas, dit-il enfin. Quoi qu'il en soit, lors de la nuit dans ma cabane, j'aurais dû faire plus attention.

— Non, Jason. C'était à nous deux de faire attention. Je sais comment éviter une grossesse, y compris par la pilule du lendemain. Ce n'est pas un hasard si je ne l'ai pas prise. L'effet de mon subconscient, sans doute !

— Et maintenant, Stéphanie ?

— Un bébé ne faisait pas partie de mes projets. Désormais, mes projets ne sont plus les mêmes. J'en ai de meilleurs. Avec un enfant à élever et beaucoup d'amour à lui donner.

Elle porta la main à son ventre. A présent, tout le monde savait qu'elle était enceinte. Elle n'aurait plus besoin de refréner ce geste instinctif lorsqu'elle serait en public.

— Je ne peux plus imaginer ma vie sans mon enfant.

— *Notre* enfant, Stéphanie. Nous sommes ses parents. Responsables tous les deux. Je sais que tu n'as pas besoin de moi financièrement, mais je tiens à participer à son éducation.

— Un enfant a besoin d'autre chose que d'argent, Jason. La meilleure nourrice ne remplace pas les parents. Les parents doivent être toujours présents.

— C'est impossible ! Tu te vois abandonner ta carrière pour tourner en rond autour d'un berceau vingt-quatre heures sur vingt-quatre ? Et toutes les fois où tu es de garde ?

Ces questions, Stéphanie les retournait dans sa tête depuis le premier test de grossesse.

— Mon enfant passera avant le reste. Je ne me précipiterai pas dès que le téléphone sonnera.

— Tu insinues que c'est ce que je ferais, moi ?

— Tes habitudes indiquent que oui, Jason.

A cette évocation, Stéphanie sentit la rancune se réveiller en elle.

— Combien de fois ai-je fini de dîner seule au restaurant pendant que tu appelais un taxi ? Combien de films as-tu quittés avant la fin ? Je ne parle pas des pièces de théâtre ou des concerts auxquels nous n'avons jamais assisté, parce que tu aurais fait scandale en sortant en plein milieu ! Même lorsqu'il y a à l'hôpital des équipes fiables, tu te précipites dès que ton téléphone sonne...

Guettant un signe de contrition de la part de Jason, elle ne vit sur son visage qu'une expression fermée.

Elle était capable, elle, de comprendre qu'il se protégeait. Mais un enfant le pourrait-il ? Elle ne voulait pas que son enfant ait l'impression de compter pour rien.

— Le coup de fil de tout à l'heure était pour toi, pas pour moi, rétorqua Jason avec du défi dans la voix. Suppose que tu aies répondu. Suppose que cela ait été une question de vie ou de mort. Qu'aurais-tu fait, Stéphanie ?

Elle avait encore cinq mois et demi devant elle pour résoudre ce type de problème. Pour l'instant, elle n'avait aucune solution.

Pendant qu'elle cherchait comment riposter, Jason lui saisit le poignet.

— Ton pouls bat trop vite. Changeons de sujet.

— A moins que tu ne partes.

— Pas ce soir.

Se levant, il alla s'installer dans un fauteuil, s'empara de la télécommande et surfa sur les chaînes de télévision jusqu'à ce qu'il ait trouvé un documentaire sur les rapides.

— Ce programme te plaît-il ? demanda-t-il aussi calmement que s'il n'y avait aucune tension entre eux.

Abasourdie, elle le regarda fixement. Comment pouvait-il refouler ainsi ses émotions ? A moins qu'il n'éprouve jamais aucune émotion. A part le désir sexuel.

Pourtant, la vue de Jason, bien calé dans son fauteuil devant la télévision, lui donnait un sentiment de sécurité. Même si elle savait que ce sentiment était trompeur...

Elle reprit le magazine qu'elle avait abandonné, bien décidée à montrer à Jason qu'elle n'avait pas besoin de lui. Les mots se mirent à danser devant ses yeux. Elle ferma ses paupières un instant. Elle reprendrait sa lecture plus tard... L'obscurité était si reposante derrière ses paupières closes. Détendue, elle se laissa aller...

Tournant la tête sur son oreiller, il lui sembla que le parfum musqué de Jason s'en dégageait.

Avait-il dormi là ?

Stéphanie eut le vague souvenir de s'être agitée quand il l'avait portée sur le lit. Avec les deux bras autour d'elle, la serrant fort pour l'empêcher de trembler...

Les rayons du soleil inondaient la chambre, à présent — preuve qu'elle avait dormi jusqu'à près de midi.

Quand donc avait-elle dormi pour la dernière fois aussi bien et aussi longtemps ?

Cela lui revint. C'était pendant la croisière de trois semaines que ses parents lui avaient offerte pour sa réussite à un examen de médecine.

Une croisière où elle s'était sentie si seule, car elle n'était entourée que de couples...

La veille, la présence de Jason avait effacé le sentiment de solitude qui depuis toujours emplissait son cœur. Mais, ce matin, Jason n'était plus là. Et la solitude était de retour.

Apercevant sur la table de nuit une note griffonnée, elle saisit ses lunettes pour la lire.

« Ton petit déjeuner est prêt dans le frigo.

Comment Jason pouvait-il se montrer tour à tour tellement insensible et si prévenant ?

Dans le réfrigérateur, une coupe emplie de framboises et de mûres fraîches était posée près d'un bol de fromage blanc couronné de céréales. Il était donc descendu à la boutique bio faire des courses.

En smoking, de bon matin, il avait dû faire sensation…

Souriant faiblement, elle s'obligea à manger.

Elle aurait besoin de toutes ses forces pour affronter les conséquences de sa confession publique.

7

Installé au fond de la salle de cours pour la séance de formation au comportement, Jason essayait loyalement de s'y intéresser. Mais ses pensées étaient ailleurs.

Il se flattait de savoir s'adapter aux événements. Pourtant cette histoire de paternité le laissait désemparé.

Un enfant... Pas n'importe quel enfant ! Son enfant.

N'ayant aucun sens de la famille, il n'avait pas prévu de devenir un jour père. Pourquoi imposer ses carences à un enfant ?

Mais à présent, aussi indigne qu'il fût du rôle, il ferait son maximum pour être le meilleur père possible. En espérant que le maximum dont il était capable soit suffisant...

Conforté par ces bonnes résolutions, il prêta de nouveau attention au cours.

— Maintenant, disait le formateur, nous allons faire un exercice qui vous permettra d'analyser votre état d'esprit.

D'un clic, il fit apparaître une nouvelle page sur l'écran de la salle de conférences.

— Voici une liste d'émotions. Entourez d'un cercle celles que vous ressentez en ce moment. Barrez les autres. Faites-le spontanément, sans vous interroger.

Jason parcourut la liste du regard.

« Heureux. Furieux. Surpris. Craintif. Désemparé. Angoissé. Contrarié. »

En un clin d'œil, il entoura tous les mots. Sauf deux.

« Furieux » et « contrarié ».

La veille, ce sont les seuls qu'il aurait conservés.

Il était stupéfiant de voir qu'un enfant, des mois avant sa naissance, avait le pouvoir de changer votre vie à ce point ! Et cela en une soirée !

— Maintenant, réfléchissez aux mots que vous avez entourés. Reflètent-ils vraiment vos sentiments ?

Le conférencier s'exprimait d'un ton blasé comme s'il n'avait lui-même aucun problème.

— A présent, quels changements aimeriez-vous apporter à votre vie ? Définissez trois objectifs. Des phrases courtes suffiront.

Des changements, Jason en affrontait suffisamment depuis la veille pour en inventer d'autres !

Dix fois depuis qu'il avait quitté Stéphanie, il avait été tenté de l'appeler, mais il avait résisté, reposant chaque fois son téléphone.

Que lui aurait-il dit ?

Je suis désarçonné, surpris, extasié, terrifié — entourez d'un cercle les mots justes ! — comme je ne l'ai jamais été.

Même ce conférencier suffisant n'aurait pas su trouver les mots justes.

— Tout le monde a terminé ? demanda justement celui-ci.

Non, je commence, fut tenté de répondre Jason. Il allait avoir un enfant. Pour lui, tout commençait.

— A présent, déclara le conférencier, nous allons faire un jeu de rôles. Tournez-vous vers la personne qui se trouve à côté de vous.

A sa grande surprise, Jason vit que Mike se trouvait là. Quand et pourquoi s'était-il glissé dans la salle ?

— Que fais-tu ici ?

— Je suis entré par hasard.

— Trouve autre chose !

— Il paraît que la soirée d'hier a été rude ? demanda Mike sans relever le sarcasme.

— J'en ai connu de meilleures. Les rumeurs circulent déjà ?

— Alors... c'est vrai ?

— Quoi ?

— Que le Dr Stéphanie Montclair attend un enfant de toi ?

— Oui, c'est vrai, répondit Jason, surpris de se sentir aussi fier.

— Félicitations, fit Mike en lui tapant sur l'épaule. Tu vas connaître les joies de la paternité.

Une onde de joie et d'ivresse parcourut Jason. Exactement comme s'il venait d'escalader une montagne et se trouvait la tête dans les nuages. Mais il retomba vite sur terre en se rappelant que Stéphanie ne voulait pas qu'il se mêle de la vie du bébé.

— Stéphanie veut l'élever seule. Elle est persuadée que je ferais plus de mal que de bien à cet enfant.

— Tu arriveras bien à la convaincre.

— Et si elle avait raison ?

Mike parut chercher ses mots.

— Mes gosses t'adorent, Jason, dit-il enfin. Tous les gosses soignés dans ton département t'adorent. Ils sentent ta force, ton souci de leur bien-être. Ces qualités se développeront encore dès que tu tiendras ton enfant dans tes bras.

— Mon passé dit tout le contraire.

— Tu n'as jamais eu d'enfants !

— Disons que j'ai joué un rôle de père. Cela n'a pas été une réussite.

— Je te connais depuis longtemps, Jason. Que s'est-il passé quand tu avais une dizaine d'années, dont tu ne veux jamais parler ?

Comme Jason restait silencieux, Mike revint à la charge.

— Tous les enfants méritent d'avoir un père. Ne renonce pas au tien avant même qu'il soit né.

De nouveau, Jason se sentit submergé par le sentiment d'abandon qui avait pesé sur lui toute sa vie. Ses propres parents l'avaient rejeté. Stéphanie le rejetait.

Se penchant vers lui, Mike baissa la voix pour ne pas se faire remarquer du formateur qui pérorait de plus belle.

— Salut, vieux. Je me sauve. Je dois acheter une poupée et des cadeaux avant le goûter d'anniversaire. Appelle-moi si tu as besoin de parler. Je serai toujours là pour toi.

Perplexe, Jason se demanda pourquoi il n'avait jamais réalisé la force de l'amitié de Mike. Etait-ce une preuve supplémentaire de son inaptitude à la communication ?

Quand le cours fut enfin fini, il saisit au vol un confrère dans le couloir et insista pour se faire examiner. Sa tension, son rythme cardiaque, tout était parfait. Stéphanie serait contente qu'il lui ait obéi. Et qu'il soit en bonne santé ! A condition qu'elle s'en soucie encore...

Après quelques courses, il se demanda comment occuper le reste du week-end. Heureusement, il avait toujours chez lui de gros travaux à effectuer. Cela l'aiderait à chasser les soucis de sa tête.

Pourtant, le dimanche soir, malgré les heures passées sur son toit à consolider les tuiles et à réparer les gouttières, le sommeil le fuyait désespérément. Jusqu'au matin, le tic-tac de la pendule ne lui fit grâce d'aucune minute.

Exaspéré, il mit sa tête sous l'oreiller...

Cela le protégeait du jour naissant, mais pas des décisions à prendre.

Puisque Stéphanie lui facilitait la sortie, l'une d'elles mûrissait dans son esprit...

Pour Stéphanie, le week-end avait été plein d'émotion. Ses parents avaient accepté ses excuses avec une bonne grâce inespérée. Cela avait été un choc pour eux de réaliser que, sous ses allures sages et studieuses, leur enfant avait caché tant de détresse. Elle-même avait compris qu'ils l'aimaient plus qu'elle ne le pensait.

Cela lui donnait des forces pour affronter, en ce lundi matin, ce qui serait sans doute l'une des pires journées de sa vie.

Qu'avait fait Jason pendant le week-end ? Elle avait bondi chaque fois que le téléphone avait sonné. Mais il n'avait pas appelé.

Garant son élégante petite voiture dans son box, à côté de la moto de Jason, elle s'aperçut qu'elle s'en extrayait avec moins de dignité au fur et à mesure que son tour de taille augmentait. Sa tenue au chic classique, une robe tunique bleu marine qu'elle avait rehaussée d'un collier de perles, était la seule de sa garde-robe qui dissimulait encore son état.

Mais qu'avait-elle à cacher puisque tout le monde était au courant ? Elle avait eu une aventure avec Jason Drake et il lui avait fait un enfant.

Voilà ce qu'on murmurerait dans son dos. Les cancans iraient bon train sur son incapacité à conduire sa propre vie. On se demanderait si elle était à la hauteur de ses responsabilités ou si elle était arrivée à son poste parce qu'elle était « la fille de ».

Redressant le menton, se forçant à sourire, elle se dirigea vers son bureau. Elle prouverait qu'elle devait tout à son travail, comme elle l'avait toujours fait. Le doute qui l'assaillait était dû aux hormones. Un bon conseil de sa mère : toujours attribuer la faute aux hormones...

Sans prêter attention à la curiosité qui brillait dans les yeux de Marcy, elle s'assit à son bureau. Un paquet en forme de boîte à chaussures accompagné d'une carte l'attendait.

« Pour le bébé. »

C'était l'écriture de Jason.

A l'intérieur, une paire de ravissantes ballerines, rouge vif et jaune paille.

Elle eut un mouvement d'humeur. De quoi Jason se mêlait-il ?

Mais pourquoi ne pas essayer les ballerines ?

C'était exactement sa pointure. Dès qu'elle se mit à marcher, le mal de dos qui la taraudait s'estompa. Elle allait les garder aux pieds jusqu'à l'heure du déjeuner. Elle irait ensuite s'acheter elle-même une paire de ballerines, et renverrait celles-ci à Jason.

Il ne fallait pas qu'il s'imagine qu'en acceptant ses cadeaux elle se soumettait à ses diktats.

Plongée dans les dossiers du jour, elle s'interrogea de nouveau sur le sort réservé à Jason au Sheffield Memorial. Elle n'aurait jamais pensé qu'il se montrerait aussi affecté. La solution qui lui avait semblé parfaite sur le moment lui paraissait maintenant terriblement injuste.

La voix de Marcy dans l'Interphone interrompit ses pensées.

— Docteur Montclair ? On vous demande d'urgence dans la chambre de Maggie Malone.

En approchant, Stéphanie fut alertée par des cris perçants en provenance de la chambre de l'enfant. Elle dut écarter le groupe compact formé à son chevet par l'infirmière de garde, un interne et le Dr Riser, pour parvenir jusqu'à Jason.

Tel un général au milieu d'une bataille, le ton impérieux, il donnait ses instructions.

— La priorité est de faire baisser sa température. Tout de suite. Débarrassez-la de cet amoncellement de vêtements et enveloppez-la dans une couverture de survie. J'ai dit « tout de suite ».

Impatienté, il arracha Maggie aux bras de sa mère. Il la débarrassa prestement de l'épaisse chemise de flanelle, des chaussettes et du bonnet de laine qui l'affublaient, et l'enveloppa dans la couverture de survie que Stéphanie lui tendait.

— Que faites-vous ? s'écria le Dr Riser en se précipitant pour tenter de lui enlever Maggie, qui, fatiguée d'être manipulée, criait de plus belle.

— Je fais ce qu'il faut faire, rétorqua Jason, impassible.

Au son de sa voix calme et profonde, les cris de l'enfant cessèrent immédiatement.

— Vous faites n'importe quoi ! rétorqua le Dr Riser en désignant les vêtements éparpillés sur le sol. C'est vous qui avez demandé qu'on la couvre suffisamment pour la faire transpirer !

— Parce que sa mère a été incapable de me répondre sur la capacité de sa fille à transpirer, assena Jason en lançant un regard furieux à Anne, qui, bouleversée, se tenait dans un coin en se tordant les mains.

Stéphanie fit la grimace. Une fois de plus, Jason s'en prenait aux parents des jeunes patients. Pourtant, depuis plus d'une semaine, la pauvre femme était restée nuit et jour au chevet de sa fille.

A l'évidence, Jason avait besoin, pour formuler son diagnostic, d'indications sur la tendance à transpirer de l'enfant. Mais il aurait pu s'exprimer avec un minimum de tact !

Soucieuse de calmer le jeu, Stéphanie posa son bras sur celui du Dr Riser.

— Laissez, docteur Riser. C'est le Dr Drake qui suit ce cas.

Le moniteur indiquait que la température de Maggie s'abaissait progressivement. Jason dénoua les bras de la petite fille, qui s'accrochait à lui, et lui tendit sa poupée, dont elle se mit aussitôt à sucer une main.

Puis il sortit de la pièce sans un regard pour personne. Au lieu de le suivre, Stéphanie s'attarda pour apaiser les esprits. Son département n'avait pas besoin d'une nouvelle plainte.

— Excusez le Dr Drake, dit-elle à Anne. Il est parfois brutal, mais c'est un de nos meilleurs médecins.

— Docteur Montclair, si l'hôpital passait moins de temps à critiquer le Dr Drake et un peu plus à reconnaître ses qualités, ce serait mieux pour tout le monde.

Abasourdie de voir cette femme effacée prendre la défense de Jason, Stéphanie resta muette.

Se retournant après avoir bordé tendrement la petite dans son lit, Anne, le visage soudain durci, l'interpella.

— Le Dr Drake est le premier médecin qui ne se contente pas de nous tapoter la tête et de passer au patient suivant parce qu'il n'a pas trouvé ce qui ne va pas. C'est scandaleux qu'il ne soit pas considéré à sa juste valeur dans son propre hôpital.

— Je vous assure que le Sheffield Memorial a beaucoup de considération pour le Dr Drake.

— Pas d'après ce que je vois. Il paraît qu'il ne peut rien faire sans votre accord. Et le Dr Riser a osé contester ses méthodes devant un interne ! Il y a des problèmes dans votre équipe, docteur Montclair, mais pas avec le Dr Drake. Je le comprendrais s'il quittait le Sheffield Memorial.

— Le Dr Drake n'a pas l'intention de partir, rétorqua Stéphanie, le cœur lui manquant à cette perspective.

Pourtant n'était-ce pas ce qu'elle souhaitait ?

— Et pourquoi resterait-il ? lança Anne. Si j'étais le Dr Drake, je chercherais quelqu'un qui croit en moi et me respecte. Au lieu de ça, on dirait que vous cherchez à le pousser dehors. Est-ce à cause du bébé ?

— Le bébé ? s'écria Stéphanie en portant instinctivement la main à son ventre. Bien sûr que non !

Mais si Anne disait vrai ? Depuis leur nuit sous les étoiles, la nuit où le bébé avait été conçu et où elle avait compris qu'elle était amoureuse, Stéphanie n'avait cessé de repousser Jason…

Comme ça, ce n'est pas lui qui m'abandonnera le premier.

— J'ai lu tous les articles sur le bébé des célébrités, poursuivit Anne. Tout prouve que ce n'est pas la faute du Dr Drake.

C'était donc de ce bébé-là qu'elle parlait…

— Le Dr Drake a mis son cœur et son âme à sauver cette petite vie, s'empressa de répondre Stéphanie. Mais il y a des drames inévitables, hélas !

— On voit bien que le Dr Drake préférerait renoncer à la vie plutôt qu'à la médecine, renchérit Anne. Comment pouvez-vous accabler un homme qui apporte à son métier une telle passion ?

Il n'y avait pas qu'à son métier que Jason mettait de la passion. Stéphanie le revit, penché amoureusement au-dessus d'elle...

— C'est vrai, Anne, soupira-t-elle. On peut dire que la passion est le trait dominant du Dr Drake.

— Le Dr Drake ne renonce jamais, dit Anne, qui semblait se radoucir. Il y met tout son cœur.

Pourtant combien de fois Jason avait-il été traité de sans-cœur par tout l'hôpital ? Certes, les médecins doivent parfois se montrer durs pour être efficaces, mais Jason allait trop loin dans cette voie.

— Je suis désolée de m'être emportée, dit soudain Anne en se laissant tomber dans le fauteuil à côté du lit. C'est aujourd'hui l'anniversaire de mon divorce. Vous ne pouvez pas savoir comme il est dur d'élever seule son enfant.

— Excusez-moi, le devoir m'appelle, répondit Stéphanie en se dirigeant, l'esprit troublé, vers la porte.

Au fond d'elle-même, elle était contrariée d'avoir vu Anne prendre la défense de Jason, C'était à elle, et à elle seule, de défendre Jason...

Celui-ci l'attendait dans la salle des médecins en buvant un café.

— Du thé ? lui proposa-t-il.

— Oui, merci.

Il mit l'eau à bouillir et choisit un sachet dans la boîte à thé.

— Un thé déthéiné ! fit-il sans lui demander son avis et en jetant les yeux sur les ballerines qu'elle avait toujours aux pieds.

Regrettant de les avoir essayées, Stéphanie préféra attaquer.

— Laissons nos vies privées à la porte de l'hôpital, Jason. Je n'ai pas l'intention de crier sur tous les toits que je suis enceinte.

— Trop tard ! C'est ce que tu as fait vendredi soir ! dit-il en fixant son ventre. Je ne veux pas renier mon enfant, Stéphanie.

— Et moi, je ne veux pas que tout le monde s'imagine que tu retires des avantages de notre relation.

— Quels avantages, Stéphanie ? fit-il avec un rire grinçant.

L'attitude de Riser montre bien que je suis *persona non grata* au Sheffield Memorial.

— Riser a eu tort de contester ta décision devant des patients et un interne. Je vais y mettre bon ordre.

Il fallait qu'elle règle une fois pour toutes le cas du Dr Riser, un bon médecin, mais dont la jalousie à l'égard de Jason prenait trop souvent le pas sur une saine compétition professionnelle.

— Je règle mes problèmes moi-même, répliqua Jason, les mâchoires serrées.

— Jason, tu es médecin senior, mais le chef du département, c'est moi. Je m'occuperai du Dr Riser.

— Comme tu t'es occupée de la plainte en justice ? Merci bien !

Stéphanie vit qu'il crispait ses mains sur sa tasse de café.

— Est-ce toi, reprit-il, qui as fait suspendre au labo les examens que j'ai demandés ? Qui as fait bloquer mes prescriptions à la pharmacie ? Est-ce que toutes mes prérogatives sont supprimées ?

— Pas supprimées. Soumises à ma signature.

— Où est la différence ?

Jason poussa la tasse de thé vers Stéphanie, en faisant déborder le thé brûlant sur la surface de la table.

— Rends-moi mes prérogatives.

— Jason, tu sais bien que c'est impossible.

— Nous savons tous que ce procès est une comédie.

— J'ai engagé ma signature. Je dois la respecter.

Il marcha jusqu'à la fenêtre, lui tournant le dos.

— Tu m'as privé de mes outils de travail.

Au bord des larmes, Stéphanie sentit sa voix se briser. Fichues hormones.

— Jason, qu'importent tes prérogatives. Tu es tellement brillant...

— Si seulement c'était vrai ! répondit-il en se dirigeant vers le tableau qui retraçait ses investigations sur le cas de Maggie.

Il prit un marqueur et entoura « incapacité de transpirer » sur la liste qu'il avait annotée plus d'une douzaine de fois au cours des derniers jours.

— Nous pouvons éliminer toutes les formes de dystrophie musculaire, dit-il. Trop de symptômes ne collent pas. Il faut faire des tests ADN.

— Ces tests sont très coûteux. Je vais demander à Marcy de vérifier s'ils sont couverts par l'assurance.

— Parce que Marcy doit approuver mes décisions, elle aussi ?

Il montra du doigt un épais dossier sur la table.

— Maggie et sa mère ont une assurance personnelle qui prendra ces examens en charge.

Stéphanie ne répondit pas tout de suite. Et si elle avait juste voulu préserver jusqu'à la dernière miette de son pouvoir ? Honteuse, elle se ravisa.

— Je vais veiller à ce que ces tests soient effectués, Jason.

Au lieu de répondre, il consulta sa montre.

— C'est l'heure du déjeuner, dit-il.

— J'ai pris un solide petit déjeuner. Je n'ai pas faim.

— Il te faut des repas réguliers, Stéphanie. Fini le grignotage. Tu dois nourrir notre enfant.

Notre enfant. Elle devait se faire à l'idée qu'elle était liée à Jason pour toujours.

Et si elle cessait de le rejeter ?

— On déjeune ensemble ? proposa-t-elle.

— J'ai d'autres projets, répondit-il en se dirigeant vers la porte. Des projets personnels. Je ne serai pas là cet après-midi.

Il referma la porte derrière lui, la laissant seule et désemparée.

8

Quand Jason mit sa moto au parking le lendemain matin, la petite voiture de sport de Stéphanie était déjà dans son box. C'était la première fois qu'il arrivait à l'hôpital après elle. Il n'avait pas entendu sonner son réveil, mais il ne regrettait pas le marathon auquel il avait participé la veille.

Courir lui avait fait le plus grand bien. Il avait dormi d'une traite, sans rêver de la femme qui le trouvait bon à partager son lit mais pas son enfant…

Sur l'écran de son ordinateur, un Post-it de la main de Stéphanie était scotché en évidence.

C'était une invitation comminatoire à passer la voir. Oh ! dans le style policé des Montclair ! « Quand tu aurais un instant », avait-elle ajouté.

Justement, il n'avait pas un instant.

Sa priorité, c'était Maggie.

Après quarante-cinq minutes d'investigations téléphoniques, il localisa enfin, au Mount Sinaï Medical Center de New York, l'expert en chromosomes ADN qu'il cherchait.

Comme celui-ci était en réunion, Jason laissa un message. Il ressentit ensuite un grand soulagement. Ce contact l'aiderait à déterminer le mal dont souffrait Maggie.

Les hauts et les bas d'un diagnostic mettaient toujours sa patience à rude épreuve. Mais la perspective de la victoire finale lui servait d'aiguillon.

Les échecs hélas n'en étaient que plus douloureux…

Répondant alors à la convocation de Stéphanie, il se rendit au bureau de la jeune femme, où il dut attendre, assis sur une chaise, qu'elle sorte du cabinet de toilette qui faisait de son bureau une véritable petite suite.

Pendant qu'il patientait, l'offre de la clinique Mayo occupait son esprit. Elle était flatteuse. Il pourrait peut-être la concilier avec ses futurs devoirs de père. Cela méritait réflexion.

A sa colère contre Stéphanie se mêlait à présent de la compréhension. Le Sheffield Memorial était tout pour elle. Dans le procès, elle avait pris sa décision en fonction des intérêts de l'hôpital. Comment aurait-il agi à sa place ? S'il rejoignait la clinique Mayo, il aurait à faire de tels choix.

Du petit cabinet de toilette provenaient des hoquets, suivis de bruits d'eau et de brossage de dents. Stéphanie en sortit pourtant avec son élégance et sa grâce habituelles.

— Tu as dépassé le troisième mois, ne put-il s'empêcher de déclarer quand elle se fut assise dans son fauteuil. Les nausées devraient diminuer. Sinon, il te faut un traitement.

— Crois bien que je me passerais de nausées si je le pouvais, répondit-elle en le fusillant du regard comme s'il était directement responsable de son état.

Ce qui d'ailleurs n'était pas totalement faux...

— Désolé, Stéphanie. Je me sens moi-même un peu barbouillé...

— Le syndrome de la couvade, lança-t-elle en chaussant ses lunettes sur le bout de son nez, un geste qui mettait toujours Jason en émoi.

Malgré son teint pâle et ses yeux cernés de future maman, elle lui semblait plus attirante que jamais.

— Certains hommes ressentent la couvade quand leurs femmes sont enceintes, poursuivit-elle avec un regard moqueur. Attends-toi à une prise de poids, des fringales et des nausées... Pour l'instant, sers-nous donc un peu de thé au gingembre !

Renonçant à protester, Jason se dirigea vers la bouilloire. Le regard de Stéphanie se porta alors sur la pile de dossiers qu'il avait posés à côté de sa chaise.

Un document à en-tête de la clinique Mayo s'en échappait.

Un document ressemblant à s'y méprendre à un formulaire de recrutement...

Comment se faisait-il que Jason ne lui en ait pas parlé ?

En même temps, pourquoi l'aurait-il fait ? Elle n'avait rien fait pour l'y encourager...

Brûlant de se rassurer, elle lui effleura la main quand il lui tendit sa tasse de thé. Il ne broncha pas, mais elle sentit qu'il partageait son trouble. Entre eux, le courant magnétique, intact, circulait toujours...

— Je t'ai convoqué pour parler d'un cas délicat, dit-elle comme si de rien n'était. Celui d'Amelia Barker, seize ans, qui semble souffrir de boulimie.

Tandis qu'elle enlevait ses lunettes et se massait les tempes, Jason l'interrompit.

— Tu as la migraine ? Veux-tu que je dénoue tes cheveux et te fasse un massage ?

De nouveau, elle avait face à elle le Jason attentif et prévenant. Luttant contre l'envie de se blottir dans ses bras, elle poursuivit l'exposé du cas.

— Le psy d'Amelia assure que tout se passe dans sa tête.

— Traiter des lubies d'adolescente ne m'intéresse pas. Envoie-la en hôpital de jour.

— Impossible. Elle nous est envoyée par un fonds de bienfaisance donateur du Sheffield-Montclair. J'ai promis de m'occuper d'elle. Jette au moins un coup d'œil au dossier. Il comporte des éléments contradictoires.

Se saisissant du dossier, Jason le parcourut. Stéphanie vit s'éveiller sa curiosité au fil de la lecture.

— Très intéressant, en effet, dit-il en levant la tête, le regard brillant.

Une fois de plus, elle se sentit emplie d'admiration pour lui. Jason assimilait les informations avec une rapidité folle. Elle y aurait passé deux fois plus de temps.

— Il faut que j'examine Amelia pour vérifier certaines choses. Allons-y.

Dans le couloir, Stéphanie l'arrêta en posant sa main sur son bras. Elle sentit aussitôt le fluide mystérieux circuler entre eux. Mais elle parvint à se concentrer sur le cas d'Amelia.

— Attends, Jason. Ce n'est déjà pas facile d'être une fille de seize ans. En plus, Amelia est une enfant de l'assistance publique.

— Je sais. Je l'ai vu dans le dossier.

— Il n'y a pas tout dans le dossier. Elle vient d'être transférée d'une institution à une famille d'accueil. Un couple âgé, persuadé que l'assistante sociale, le psychologue et le pédiatre se trompent et que ce n'est pas de la boulimie mais une maladie grave. Cela les tracasse.

— Tu veux dire que c'est une famille contrariée d'accueillir dans son foyer de la mauvaise marchandise ?

— Au contraire. Ce couple s'intéresse sincèrement à Amelia. Mais la mère adoptive prétend qu'elle a un sixième sens pour ces choses-là. Il y a beaucoup trop de sentiment autour de ce cas, Jason. C'est pourquoi tu es le meilleur médecin pour le traiter.

— Parce que je suis incapable de sentiment ? Message reçu, merci, Stéphanie.

— Je ne suis pas très diplomate aujourd'hui, reconnut-elle, essayant de se rattraper.

— Ne t'en fais pas. Je m'assume comme je suis.

— Essaie quand même d'être délicat avec Amelia. Les filles de cet âge sont fragiles. A plus forte raison avec un passé difficile.

— Je n'ai jamais été dans la peau d'une fille. Pour le reste, ça va, je connais.

Perplexe, Stéphanie se demanda ce qu'il voulait dire. Elle connaissait si peu de choses sur cet homme qui avait partagé son lit.

L'accompagnant auprès d'Amelia, elle vit que celle-ci se recroquevillait à leur approche, comme pour se protéger.

Stéphanie pensa à l'absence de sa mère à son cours de danse quand elle avait douze ans. Quelle broutille à côté de cette enfance privée de foyer ! Amelia, elle, avait toujours été ballottée, sans attaches.

Jason s'assit sur la chaise à côté du lit pour se trouver au niveau du regard d'Amelia. C'était une technique qu'il avait apprise à Stéphanie lorsqu'il était entré au Sheffield Memorial. *Personne n'aime qu'on lui parle de haut — même les enfants.* Stéphanie n'y avait jamais pensé auparavant.

— Pourquoi es-tu hospitalisée, Amelia ?

— Parce que ça les inquiète que j'ai maigri, murmura-t-elle.

— Je vais contrôler tes fonctions vitales, Amelia. Nous le faisons pour tout nouvel entrant, expliqua Jason. Rythme cardiaque, poumons, audition, vision. Comme nous sommes un hôpital universitaire et de recherche, chaque médecin le fait à son tour, pour que nous comparions nos diagnostics. Le Dr Montclair fera la même chose après moi. D'accord ?

Amelia lança à Stéphanie un regard méfiant.

— C'est une nouvelle ? demanda-t-elle.

— Non. C'est ma patronne... Tu en as de la chance ! Deux sommités du service pour toi toute seule !

Loin de se montrer rassurée, Amelia ouvrit des yeux affolés.

— Pourquoi ? C'est grave, ce que j'ai ?

Jason se rembrunit.

— Je n'en sais rien encore. C'est pourquoi je dois t'examiner.

Stéphanie se mordit la lèvre. C'était bien là Jason ! Il aurait pu se montrer plus réconfortant. Mais elle se garda d'intervenir.

— Tu veux bien que je t'ausculte ? demanda-t-il à Amelia.

En dépit de son mouvement de tête affirmatif, elle eut un mouvement de recul quand Jason posa la main sur son épaule.

Jason jeta un bref coup d'œil à Stéphanie, qui lui répondit d'un signe de tête qu'elle aussi avait perçu la réaction d'Amelia.

Quand elle travaillait avec Jason, il lui semblait qu'ils étaient deux danseurs dont les pas s'emboîtaient parfaitement. Une telle entente entre médecins était exceptionnelle. Que ferait-elle s'il partait ?

Quand Jason demanda à Amelia de relever ses cheveux pour examiner ses oreilles, elle le fit à contrecœur, révélant sur son cou un large bleu virant au jaune.

Terminant son contrôle sans piper mot, Jason céda la place à Stéphanie.

— Au tour du Dr Monclair, dit-il. Elle va te poser quelques questions en t'examinant. Si tu veux que je sorte pour vous laisser bavarder entre filles, dis-le-moi.

Recevant le message cinq sur cinq, Stéphanie comprit qu'il la chargeait de faire parler Amelia. Expédiant son examen, elle en vint au fait.

— Je vois un gros bleu sur ton cou, Amelia. Qu'est-ce que c'est ? demanda-t-elle comme si elle y attachait peu d'importance.

En même temps, elle faisait mine de se concentrer sur l'oreille gauche d'Amelia pour lui laisser la possibilité de répondre sans la regarder.

Encore un « truc » infaillible appris de Jason. Au moment où elle allait peut-être le perdre, elle réalisait qu'elle avait appris énormément de lui.

Il était exceptionnel dans sa relation aux patients !

Que n'en était-il de même dans ses relations personnelles...

Quand Stéphanie passa à l'oreille droite, Amelia n'avait toujours rien dit sur son bleu.

— Je vous laisse papoter toutes les deux, déclara Jason en se dirigeant vers la porte.

— Non ! s'écria Amelia. Restez !

A l'évidence, il avait créé avec elle le même lien qu'avec les très jeunes enfants, qui se sentaient d'instinct en confiance avec lui.

— Alors, dis-moi tout, Amelia, demanda-t-il en revenant sur ses pas. Comment ce bleu est-il arrivé sur ton cou ? Une explication qui a mal tourné ?

— Je me suis bagarrée.

— A l'école ?

— Non. Au foyer. Une nouvelle a voulu le lit près de la fenêtre, mais c'était mon lit. Alors on s'est battues, lâcha-t-elle.

Se battre pour conserver son lit ? Stéphanie n'en revenait pas.

— Si tu l'avais dit à la directrice du foyer, elle aurait réglé le problème, déclara-t-elle d'un ton sentencieux.

Les yeux écarquillés, Jason et Amelia la dévisagèrent comme si elle avait parlé chinois.

— Ça ne se passe pas toujours comme ça, docteur Montclair ! lui dit Jason avec un sourire condescendant.

Il se tourna vers Amelia.

— Et maintenant tu as ton lit ?

— Depuis que j'ai quitté le foyer, j'ai une chambre pour moi toute seule.

— Bravo ! s'exclama Jason comme s'il félicitait Amelia d'avoir gagné le gros lot.

La voyant détendue, il la questionna à brûle-pourpoint.

— Amelia, fais-tu quelque chose pour perdre du poids ? Prends-tu des laxatifs ? Te fais-tu vomir ?

Amelia le défia du regard.

— Je leur ai dit que non. Mais ils ne veulent pas me croire.

— Moi, je te crois.

— Et pourquoi ?

— Parce que ta nouvelle mère adoptive te croit. Et qu'elle ne se trompe jamais.

Stéphanie trouvait les propos de Jason surprenants. Essayait-il d'embobiner Amelia ? Ce n'était pourtant pas son genre.

— Mais *le fait est* que tu es trop maigre pour ta taille, poursuivit Jason.

Amelia acquiesça de la tête.

— Cela te rend vulnérable aux microbes et aux virus. Tu es dans des foyers d'accueil depuis assez longtemps pour savoir que si tu ne prends pas soin de toi-même, personne ne le fera à ta place. Est-ce que je me trompe ?

A l'âge d'Amelia, Stéphanie n'avait pas à se préoccuper de sa santé. Dès qu'elle éternuait ou qu'elle manquait de sommeil pour avoir veillé sur ses devoirs, ses parents se chargeaient d'y remédier. Peut-être avaient-ils été plus attentifs à son égard qu'elle n'avait voulu le reconnaître.

Jason sembla se plonger dans la lecture du dossier d'Amelia. Pourtant, Stéphanie savait qu'il l'avait mémorisé.

— Je découvre que tu joues au basket-ball, Amelia. Comme le Dr Montclair à ton âge. Tu dois être favorisée par ta taille.

Comprenant que Jason cherchait à valoriser Amelia, Stéphanie saisit la balle au bond.

— J'étais la plus grande de l'école. Moi aussi, ma taille me favorisait.

Elle se sentait toujours électrisée par l'entente tacite qui régnait entre Jason et elle. Elle le fut encore davantage par le sourire dont il la gratifia. Comme une adolescente enamourée...

— Et vous, docteur Drake, vous pratiquiez quel sport quand vous étiez enfant ? demanda Amelia, qui semblait sortir de sa coquille face au charisme de Jason.

— Aucun sport, répondit-il, le regard voilé de tristesse. J'ai changé si souvent d'école dans mon enfance que je n'ai jamais eu le temps de m'intégrer à une équipe.

— C'est pas de chance. Vous auriez été génial !

Le culte du héros qu'il suscitait chez ses patients agissait de nouveau. Stéphanie était plus résolue que jamais à tout faire pour qu'un aussi bon médecin ne quitte pas le Sheffield. L'hôpital avait besoin de lui.

Elle aussi avait besoin de lui.

Pour l'instant, estimant visiblement qu'Amelia était apprivoisée, il passait à une autre phase de la consultation. Avec son opiniâtreté et son instinct habituels, il traquait la nature du mal.

— Amelia, d'après ton dossier, tu as perdu plus de neuf kilos depuis l'été dernier. C'est exact ?

— Ouais.

— Que s'est-il passé l'été dernier ? Tu as campé ? Bu la tasse dans un lac ? Changé de nourriture ?

— Au camp de vacances, il y a eu une Journée des cultures du monde. On nous a servi de drôles de choses, dit-elle avec une grimace rétrospective. Mais personne n'a été malade.

— Il se peut que tu sois tombée sur une portion avariée et que, en plus, tu aies été à ce moment-là affaiblie par une infection. Ta sinusite chronique par exemple.

— Peut-être. Mais j'ai tellement de crises de sinusite que je n'y fais même plus attention.

— Tu dois faire attention à ta santé, Amelia, et demander de l'aide quand tu en as besoin. Nous avons tous besoin d'aide à certains moments.

Stéphanie en resta interloquée. Jason ferait bien d'appliquer ce principe à lui-même. Elle ne l'avait jamais entendu demander quoi que ce soit, et encore moins de l'aide.

— Je vais palper ton abdomen, Amelia.

Sentant que Jason et elle étaient toujours parfaitement synchrones, Stéphanie se pencha vers l'adolescente.

— Je vais t'aider à t'allonger, lui dit-elle en souriant pour prévenir sa résistance. Le Dr Drake va vérifier si ton ventre est dur ou gonflé. Tu lui diras s'il te fait mal.

Comme Jason, elle enfila des gants de latex. Les yeux dans le vide, uniquement concentré sur ce que ses mains lui révélaient, Jason s'attarda au niveau du foie.

— Là, tu as mal ?

— Un peu.

— A vous, docteur Montclair, fit Jason.

Quand elle palpa à son tour le foie, elle échangea avec Jason un regard de connivence. Elle aussi sentait une anomalie.

— Amelia, le Dr Monclair et moi-même allons comparer nos observations avant de prendre des décisions.

— C'est grave ? demanda de nouveau Amelia.

— Je ne le sais pas encore, répondit Jason en regardant l'adolescente droit dans les yeux. Mais, quoi que ce soit, je le traiterai.

— Je vous crois.

Et voilà, se dit Stéphanie. En moins de vingt minutes, Jason avait gagné la confiance d'une gosse qui ne faisait confiance à personne. Amelia n'aurait pas cru à un sourire forcé ou à des paroles enjôleuses. Mais elle croyait en Jason.

Oui, il fallait à tout prix qu'elle empêche Jason de partir.

9

— Rien à voir avec de la boulimie, déclara Jason, pensif, quand ils se retrouvèrent dans le bureau de Stéphanie.

— C'est mon avis aussi.

— Je pense à un abcès au foie. Il faut faire une coloscopie et une biopsie du foie.

— Une coloscopie ? Tu ne seras plus le médecin favori de cette pauvre gosse. Tu as vu qu'Amelia présente tous les symptômes révélant des problèmes d'attachement ? dit-elle en tapotant le dossier. Lis toi-même : « Evite les personnes qui prennent soin d'elle, refuse leur réconfort ou leur avis, fuit le contact. » Maintenant qu'elle accepte de l'aide, évitons de la décourager. Des examens moins agressifs suffiront.

Personne mieux que Jason ne connaissait la théorie de l'attachement, qui lie le développement affectif et social d'un enfant à ses relations avec les personnes qui prennent soin de lui entre six mois et deux ans.

Comment Stéphanie aurait-elle pu deviner qu'on avait diagnostiqué chez son propre frère les mêmes problèmes d'attachement que ceux d'Amelia ?

Les services sociaux adorent vous attribuer une étiquette...

Lui-même — à l'âge de six ans à peine — avait été étiqueté comme souffrant d'« attachement désorganisé », au motif qu'il avait endossé le rôle de père à la fois pour son petit frère et auprès de sa propre mère. C'était pour cette raison que, cet été-là, on les avait pour la première fois séparés de leur mère.

Qui peut se vanter d'avoir eu une enfance facile ? songea-t-il, le cœur serré.

— La coloscopie est nécessaire.

Il savait trop ce que cela coûtait d'être négligent.

— Tu ne penses pas à des parasites intestinaux, comme la giardiase, ou à des amibes ?

— Si. Amelia est tombée malade au camp d'été après la journée des cultures du monde, où des nourritures exotiques ont été servies.

— Mais pourquoi est-elle la seule à en avoir souffert ?

Jason appréciait que Stéphanie le pousse dans ses retranchements quand il faisait un diagnostic. Elle l'obligeait à aller plus loin, à approfondir sa réflexion.

— La fièvre se déclare en général à partir d'une infection annexe. La sinusite pour Amelia. En fait, il faudrait soumettre au même examen tous ceux qui ont participé à cette journée.

— Coloscopie générale ! Voilà qui va enchanter ces bienheureux campeurs !

Jason ne put retenir un sourire.

— Heureusement, dit-il en reprenant son sérieux, les antibiotiques que prend Amelia pour sa sinusite ont permis d'atténuer cette nouvelle infection.

— Je vais demander au labo de programmer les examens d'Amelia en priorité, déclara Stéphanie.

— Tiens-moi au courant, dit Jason en consultant sa montre. Je descends voir comment se passe la rééducation de Maggie.

— Des problèmes ?

— Non, mais je veux encore tout vérifier, dit-il, soudain soucieux.

Pourquoi ne pouvait-il se défaire de l'impression qu'il ne réussirait pas à guérir la petite fille ?

— Maggie a de la chance de t'avoir comme médecin, Jason, répondit Stéphanie comme si elle lisait dans ses pensées.

— Merci, murmura-t-il.

Plus que jamais, il avait besoin de la confiance de Stéphanie. Amelia lui avait rappelé trop de mauvais souvenirs.

Les nouveaux parents d'Amelia étaient impatients de la ramener chez eux. Pour qu'elle s'acclimate au plus vite à sa nouvelle maison, expliquèrent-ils à Stéphanie.

D'emblée, Stéphanie fut séduite par ce vieux ménage. Depuis plus de trente ans, les Robertson ouvraient leur foyer et leur cœur à des enfants à l'abandon, y compris les adolescents dont plus personne ne voulait.

— Tous les enfants ont besoin d'amour, déclara avec un sourire la mère adoptive d'Amelia. Mon mari et moi n'avons pas eu la chance d'en mettre au monde. En accueillir est devenu notre vocation. Aussi forte que celle d'un médecin.

Encore émue des propos de Mme Robertson, Stéphanie se dirigea vers la chambre d'Amelia. Elle la trouva pendue aux lèvres de Jason.

— Il faut prendre ton mal en patience, Amelia, lui disait-il. Tu seras bientôt débarrassée de tes parasites et de ton abcès au foie. Si les symptômes reviennent, tu dois en parler à tes parents adoptifs. Ce sont des gens bien. Fais-leur confiance. Je compte sur toi ?

— D'accord, répondit Amelia avec une bonne volonté qui prouvait que la réussite de Jason était complète.

En quittant la chambre, Jason frôla l'épaule de Stéphanie, suscitant en elle l'envie folle d'un baiser. Simple histoire d'hormones, se dit-elle, en se tournant vers Amelia.

— Tes parents sont là. Ils viennent te chercher.

Au même moment, on entendit M. Robertson pousser dans le couloir une exclamation de stupeur.

— Jason ? Jason Drake ?

Se retournant, Stéphanie vit qu'il donnait à Jason de chaleureuses bourrades tandis que sa femme l'étreignait avec émotion.

— Cela fait un sacré bout de temps ! dit Jason.

— Laisse-nous te regarder. Te voilà un brillant docteur. Un garçon intelligent comme toi, ça ne m'étonne pas. Tu te rappelles, Helen, comme il était toujours à s'occuper des petits ?

— Si je me rappelle ! Je connais deux personnes qui seront bien contentes de savoir que nous t'avons retrouvé, Jason ! On peut te joindre comment ?

De plus en plus stupéfaite, Stéphanie vit Jason sortir une carte de sa poche et y griffonner quelque chose.

— Voici mon portable personnel. Appelez-moi.

Son portable personnel ? Il ne le donnait jamais ! Moins d'une demi-douzaine de personnes le connaissaient.

— C'est si bon de te voir, Jason !

Cette fois, c'était M. Davidson qui le serrait contre son cœur. Et Jason l'étreignait à son tour…

— On t'appellera bientôt, fiston.

— Je l'espère, répondit Jason en s'éloignant.

Stéphanie se demanda ce qu'elle savait vraiment de Jason et de sa vie d'avant l'hôpital.

Quand elle avait senti grandir son attachement pour lui, elle l'avait questionné. Chaque fois, Jason lui avait répondu d'un baiser langoureux. Et le désir avait été plus fort que la curiosité.

Elle allait peut-être le perdre, et elle ne savait toujours pas qui il était.

— Docteur Montclair, pouvons-nous entrer ? demanda Mme Robertson en lui touchant légèrement l'épaule. Nous aimerions bien voir notre fille.

Par un effort de volonté qui lui sembla surhumain, Stéphanie se retint de supplier les Robertson de lui parler de Jason.

Après tout, elle n'avait besoin de personne.

A elle de découvrir qui était Jason. Et, cette fois, il n'y aurait pas de baiser langoureux pour l'empêcher de le connaître enfin.

Comment allait-elle s'y prendre pour avoir une vraie conversation avec Jason ?

La question trottait dans la tête de Stéphanie pendant la réunion du comité de rénovation de l'hôpital. Un généreux donateur — qui avait un ami sculpteur — proposait de faire édifier dans le hall un buste en bronze du grand-père de Stéphanie.

Quelle était l'importance d'un buste en bronze face à l'éclosion de la vie ? Demain serait un grand jour. Sa première échographie. Elle verrait son bébé, enfin ! Mais elle en savait toujours aussi peu sur le passé mystérieux du père de son enfant…

Parcourant du regard l'assemblée, uniquement masculine, elle se leva.

— Messieurs, dit-elle, alliant à son habitude l'autorité et la diplomatie, ce débat mérite réflexion. Remettons notre décision à la semaine prochaine.

La faim la tenaillait. De retour dans son bureau, l'envie d'une pizza à la pâte croustillante sous une couche de poivrons rouges et épicés devint irrésistible.

En passant sa commande par téléphone, elle eut une idée.

Pourquoi remettre à plus tard son enquête sur Jason ?

Précisant sa commande, elle demanda qu'on lui livre la plus grande pizza possible pour deux personnes. L'ayant reçue, elle prit sa voiture et se mit en route.

Pourvu que Jason soit chez lui...

Elle n'y était jamais allée. Que faisait-il des rares moments où il ne travaillait pas ? Avant leur rupture, c'est avec elle qu'il les passait. Mais maintenant ?

Traversant des faubourgs inconnus, elle se demanda quelles familles habitaient là.

Elle-même vivait dans un immeuble de standing, idéal pour une femme médecin célibataire, débordée de travail — mais sans le moindre espace vert ni la moindre allée alentour pour une poussette ou un tricycle. Son appartement avait été aménagé par un décorateur, qui avait disposé avec art des objets de famille. Au-dessus de la cheminée, les portraits de ses ancêtres lui souriaient.

Il lui faudrait peut-être déménager.

La demeure de Jason conviendrait-elle à une famille — leur famille ? Que dévoilerait-elle sur lui ?

En fait, Jason ne lui avait jamais parlé de sa famille. Leur aventure se révélant moins passagère que prévu, il était temps qu'elle en sache plus.

Le quartier où vivait Jason lui parut singulièrement délabré. Soudain, comme des fleurs des champs au milieu d'une étendue de mauvaises herbes, apparurent deux maisons jumelles fraîchement repeintes de couleurs gaies, entourées de haies bien taillées.

C'était l'adresse de Jason.

Munie du carton à pizza, Stéphanie se dirigea vers la porte.

Son coup de sonnette resta sans réponse.

Jason n'était pas là.

Résignée à l'attendre malgré la nuit tombante, elle s'installa dans sa voiture et se mit à picorer les poivrons sur la pizza, quand le bruit d'une moto lui fit brusquement lever la tête. Depuis qu'elle avait dix ans, elle était éblouie par les garçons qui chevauchaient une moto. Mais aucun ne lui avait paru aussi dangereusement séduisant que Jason quand elle le vit s'avancer vers elle, en jean et T-shirt, son casque encore sur la tête.

Stupéfait de la voir, il se pencha vers la portière de la voiture.

— Stéphanie ! Que fais-tu là ?

— J'apporte le dîner !

Secrètement ravie de le voir désorienté, elle lui tendit la pizza dans son carton et le suivit. Devant la porte d'entrée, il se retourna brusquement.

— Qu'est-ce qui ne va pas, Stéphanie ?

— Ma première fringale ! J'ai trouvé normal de la partager avec toi...

En parlant, elle se sentit envahie d'un sentiment d'euphorie qui la submergea. Comment avait-elle pu envisager de se séparer de Jason, de l'écarter de sa vie et de celle de son enfant ? D'un geste instinctif, elle tendit la main vers lui et la posa sur son torse, aussitôt gagnée par sa chaleur à travers le léger T-shirt.

— Entrons, fit-il.

Il ouvrit la porte de la maison sur un living-room net et confortable, mais de dimensions réduites, si bien que tout semblait démesuré, l'écran de télévision, les deux fauteuils de cuir inclinables et le canapé entourant une table basse. Le coin cuisine était impeccable et juste assez grand pour qu'une personne s'y sente à l'aise.

A part la pile de livres sur l'éducation des enfants entassés à côté de l'un des fauteuils, c'était l'intérieur d'un parfait célibataire.

— Je n'ai pas de table de salle à manger, déclara Jason sur un ton d'excuse. J'ai l'habitude de dîner en regardant la télé. Installe-toi où tu veux.

Sans hésiter, Stéphanie choisit le canapé.

C'était ainsi qu'ils s'installaient chez elle, laissant leurs genoux se frôler, leurs mains se joindre. En feraient-ils de même ici, favorisant les confidences qu'elle espérait ?

Quand Jason eut dressé le couvert sur la table, ils attaquèrent la pizza. Dès la première bouchée, le bipeur des urgences résonna.

Quand Jason eut raccroché après une longue conversation, il revint s'asseoir près d'elle sur le canapé.

— Je prends les appels de Mike ce soir, expliqua-t-il. Il est à la fête de l'école de ses gosses. Le jeune médecin de garde a besoin d'être épaulé. Ne t'étonne pas si nous sommes de nouveau interrompus.

Ce soir, le but de Stéphanie était que Jason lui ouvre son cœur. Pour arriver à ses fins, elle devait se montrer conciliante.

— C'est bien normal, dit-elle. Ce que je ne veux pas, c'est n'être pour toi qu'une parenthèse entre deux cas à résoudre. J'ai besoin de compter pour toi, Jason.

— Mais tu n'as besoin de personne, Stéphanie ! Tu te suffis à toi-même ! Tu es autonome, sûre de toi. Tu le fais assez sentir.

— C'est terrible, ce que tu me dis.

— Tu peux le prendre comme un compliment.

— Non, c'est terrible, Jason, parce que c'est vrai, fit-elle en s'adossant au canapé. J'ai passé toute ma vie à essayer de me convaincre que je n'avais besoin de personne. Résultat, j'ai convaincu tout le monde, sauf moi !

Saisissant la main de Jason, elle la posa sur son ventre.

— Aujourd'hui, j'ai senti le bébé remuer.

— Vraiment ? N'est-ce pas trop tôt ?

Les yeux emplis d'inquiétude, il posa sa grande main ferme sur le ventre de Stéphanie et la promena lentement, guettant le moindre mouvement.

Pendant un instant, elle sentit qu'ils étaient à l'unisson, à l'écoute du plus léger signe de leur enfant. Mais, soudain, le téléphone vibra. Ils sursautèrent comme deux adolescents surpris à s'embrasser dans les foins.

Voyant Jason se précipiter sur le téléphone, Stéphanie soupira et prit une part de pizza.

La sonnette de l'entrée retentit alors.

Absorbé par sa conversation, Jason fit signe à Stéphanie d'aller ouvrir. Surprise, elle se trouva nez à nez avec un jeune homme inconnu. N'était-ce pas là l'occasion de découvrir l'univers de Jason ?

Engageant la conversation avec l'inconnu, elle apprit que c'était le voisin venu payer son loyer. D'abord étonnée, elle apprit que Jason était le propriétaire des maisons jumelles où il louait pour un prix dérisoire des logements à des étudiants en médecine peu fortunés. Et qu'il ne ménageait pas sa peine pour réparer leur plomberie défectueuse ou leur faire réviser leurs examens...

De toute évidence, Jason était plus généreux que les donateurs du Fonds Sheffield-Montclair, qui se contentaient d'envoyer un chèque aux soirées de collecte de fonds !

Qu'allait-elle encore découvrir sur lui ?...

En attendant, elle pouvait toujours profiter de l'instant présent, songea-t-elle en regagnant le canapé, où Jason la rejoignit presque aussitôt.

Pendant qu'ils dévoraient la pizza à belles dents, elle le fit rire en lui mimant les discussions du comité des travaux de rénovation. Comme cela lui avait manqué de ne plus rire avec lui...

— C'est demain ma première échographie, dit-elle après un silence. J'ai rendez-vous à 14 heures avec le Dr Sim. Tu peux venir si tu veux.

Elle n'avait pas prévu de lui en parler. Mais, au fond d'elle-même, elle souhaitait partager ce moment avec lui.

— Je veux bien, dit-il d'une voix soudain bourrue, en se renversant sur le canapé comme s'il était groggy. Merci Stéphanie, je viendrai.

Je viendrai.

Refrénant une bouffée de joie, Stéphanie se mordilla les lèvres.

Je viendrai, si je n'ai rien de plus urgent à faire.

Mais n'était-ce pas normal ? Il était médecin, après tout. D'ailleurs, la sonnerie du téléphone retentit de nouveau. Cette fois, dès la conversation terminée, Jason se planta devant elle.

— Je dois y aller, déclara-t-il.

Son masque dur, impénétrable, montrait qu'il serait intraitable, quoi qu'elle dise.

— Je comprends, Jason. Je ne te demande pas de choisir entre la médecine et moi. Juste de trouver un équilibre.

— Si tu avais compris ça plus tôt, les choses auraient été plus faciles entre nous.

— Cet enfant me transforme, dit-elle en riant. Mais il faudra qu'un jour tu me parles de ta propre enfance.

— Il n'y a pas grand-chose à dire de mon enfance, répondit-il avec un geste évasif.

En parlant, il l'enveloppait d'un regard insistant qui s'attarda sur son décolleté.

— Tu n'as pas besoin de te transformer davantage, je te trouve terriblement à mon goût comme tu es, ajouta-t-il de sa voix la plus sensuelle.

Parcourue d'un long frisson sous l'effet de cette voix caressante, Stéphanie sentit qu'elle perdait ses moyens. C'était toujours la même chose avec lui ! Dès qu'elle abordait un sujet personnel, il s'arrangeait pour la troubler.

— J'aimerais bien savoir qui tu es vraiment ! soupira-t-elle tandis qu'ils sortaient de la maison et se dirigeaient vers sa voiture.

Sans répondre, il posa une main sur son épaule et la laissa descendre le long de son dos.

— Je vais te suivre à moto jusque chez toi pour être sûr que tu arrives à bon port.

Non seulement elle n'avait pas réussi à en savoir plus sur le père de son enfant, mais maintenant elle brûlait de désir pour lui.

Piquée, elle se drapa dans sa dignité.

— Inutile. Je suis capable de rentrer toute seule chez moi. A demain.

— Tu vois bien que tu veux te suffire à toi-même ! Je te suivrai quand même, ajouta-t-il en mettant son casque.

Stéphanie ne répondit pas. Elle se sentait protégée quand il était là...

En conduisant, elle regarda dans le rétroviseur plus que de besoin.

C'était exactement ce qu'elle ne voulait pas faire de sa vie. Regarder derrière elle, se demandant ce qu'elle avait manqué.

Elle allait se battre. Pour lui, pour elle et pour leur enfant.

10

Pour la première fois depuis trois mois, Stéphanie s'était réveillée en pleine forme. A près de midi, elle n'avait encore éprouvé aucun malaise.

Soudain, le parfum de Jason, qui venait d'entrer dans son bureau, flotta autour d'elle. Elle lui avait demandé de passer voir les CV pour le recrutement du nouveau pneumologue.

Il avala un café serré mais ne semblait pas affecté par la nuit qu'il avait passée aux urgences, à seconder un jeune médecin. On avait beau se plaindre dans tout le Sheffield de la dureté de Jason, on était bien content de le trouver quand on avait besoin de quelqu'un de sûr.

Regardant par-dessus son épaule les CV étalés sur le bureau, il se mit distraitement à lui masser la nuque de ses pouces. Elle ne put s'empêcher de soupirer d'aise.

Un toussotement discret à la porte mit malheureusement fin à ce moment d'intimité.

— Navrée de vous déranger, dit le Dr Phillips. C'est au sujet de la visioconférence qui se déroulera à 14 heures. Votre participation est décisive, docteur Drake. L'étude que vous préconisez a toutes les chances d'être acceptée dans le programme de sponsoring de la clinique Mayo et d'obtenir son cofinancement.

Résignée, Stéphanie attendit la réponse de Jason. Entre la visioconférence et sa première échographie, il n'hésiterait pas une seconde.

Mais il secoua négativement la tête.

— Désolé, docteur Phillips, je ne suis pas libre à 14 heures.

— Votre présence est essentielle, docteur Drake. Nous emporterons à coup sûr ce financement si vous participez à cette réunion. Dites-lui, docteur Montclair, que c'est pour le bien de l'hôpital !

Stéphanie regarda Jason, impassible. Elle lui laisserait le choix…

— C'est au Dr Drake de décider, dit-elle.

Jason sembla hésiter.

— Impossible, docteur Phillips, dit-il enfin. J'ai un engagement familial. Demandez au Dr Riser, il est compétent dans ce domaine.

— C'était vous l'homme de la situation ! répliqua le Dr Phillips, en le scrutant comme elle l'aurait fait d'un virus inconnu dans l'œil de son microscope. J'espère que vous ne le regretterez pas.

Dès qu'elle fut sortie, Stéphanie se leva.

— Moi aussi, j'espère que tu ne le regretteras pas, dit-elle à Jason en s'approchant de lui.

— Je vais voir mon enfant pour la première fois. Qu'y a-t-il de plus important ?

Stéphanie sentit l'étincelle de l'espoir crépiter en elle. Un avenir avec Jason était peut-être possible, après tout.

Mais Jason était déjà plongé dans les documents laissés par le Dr Phillips.

Dans son regard, il y avait du regret.

Mieux valait ne pas confondre une étincelle avec une lueur trop brillante…

Voyant qu'il était près de 14 heures, Jason interrompit sa conversation téléphonique avec le spécialiste des anomalies chromosomiques du Mount Sinaï Medical Center.

Il était sûr maintenant d'être sur la bonne piste pour Maggie.

Mais il voulait assister à l'échographie.

Dans le hall, le Dr Riser le heurta en passant.

— Excusez-moi, Drake. On m'attend à une visioconférence. Je vous emmènerais bien avec moi, mais c'est sur invitation personnelle.

— Une autre fois ! répliqua Jason.

Riser ne perdait rien pour attendre. Il lui clouerait le bec plus tard.

Pour l'instant, Jason ne pensait qu'à son premier rendez-vous avec son enfant.

Et à s'orienter dans l'hôpital…

Il n'était jamais allé au service d'obstétrique, qui se trouvait dans un nouveau bâtiment, accessible par un long couloir et un tapis roulant.

Il était 14 heures moins une. Piaffant sur le tapis roulant, Jason maudissait les gens qui y traînaient comme si c'était un lieu de flânerie, l'empêchant d'avancer. Excédé, il prit finalement appui sur la rambarde et la franchit d'un bond. Emporté par son élan, il faillit dépasser le bureau du Dr Sim. Quand il en franchit la porte, il était 14 heures passées de deux minutes.

— Où est le Dr Montclair ? demanda-t-il, haletant, à la secrétaire.

— Bonjour, docteur Drake. Avez-vous rendez-vous avec le Dr Sim ?

— Non. J'accompagne le Dr Montclair.

— Attendez un instant, s'il vous plaît.

— Mais le Dr Montclair m'attend ! s'écria-t-il en tentant de forcer le passage.

— Le respect du patient avant tout, répliqua fermement la secrétaire en l'arrêtant de la main. Je vais lui demander l'autorisation de vous laisser passer.

Jason grinça des dents. Il ne pouvait décidément rien faire sans l'autorisation de Stéphanie.

La clinique Mayo lui faisait des propositions de plus en plus pressantes. S'il les acceptait, il aurait son propre département de recherche, sa propre équipe.

Il n'aurait plus à demander l'autorisation de personne.

Mais cela signifiait s'éloigner de son enfant. Et de Stéphanie…

— Le Dr Montclair dit que vous pouvez entrer, docteur Drake.

Jason avait vu des centaines de patients couchés sur des tables d'examen. Cela déclenchait aussitôt en lui le processus mental du diagnostic. Mais, quand il vit Stéphanie, couchée sur la table, revêtue d'une blouse d'hôpital, il se sentit incapable de penser à quoi que ce soit.

— Tu es venu, s'écria-t-elle en se redressant sur ses coudes, sans qu'il comprenne si c'était de surprise ou de soulagement.

— Bien sûr que je suis venu !

La radiologue et le Dr Sim entrèrent derrière lui. Le Dr Sim le salua d'un bref mouvement de tête.

— Docteur Drake, fit-elle.

Entouré de femmes, Jason eut soudain l'étrange impression de ne pas être à sa place. Une impression qui le poursuivait depuis son enfance.

S'il avait son propre laboratoire de recherche, il se sentirait enfin à sa place.

La radiologue étala du gel sur le ventre de Stéphanie et inclina l'écran de façon à ce qu'ils puissent tous le voir. Jason réalisa qu'il enlaçait ses doigts à ceux de Stéphanie et qu'elle les serrait très fort.

Peu à peu, l'image se précisa sur l'écran.

Et il apparut…

Son enfant. Une part de lui-même, qui vivait et respirait.

— Regarde, Jason. Notre bébé est tellement… tellement…, balbutia Stéphanie, le visage couvert de larmes.

Se penchant vers elle, il essuya ses larmes avec son pouce, puis avec ses lèvres. Une boule lui nouait la gorge. Il sentait croître dans son cœur un instinct de protection.

— Cherchez-vous quelque chose de spécial ? demanda-t-il au Dr Sim.

— Non. Tout paraît normal. Les phalanges. Les organes. Mais c'est un bébé pudique. Je ne vois pas si c'est une fille ou un garçon. A ce stade, c'est difficile.

Sans lâcher la main de Stéphanie, Jason se penchait autant qu'il le pouvait vers le moniteur. Hormis pendant son internat, il n'avait guère pratiqué l'obstétrique et cherchait désespérément les bonnes questions.

— Je vous ferai remettre des clichés de l'échographie, dit le Dr Sim. La première photo de votre bébé !

A ces mots, Stéphanie fondit en larmes.

— Je deviens une vraie fontaine !

Emu, Jason lui pressa doucement la main.

— Docteur Drake, lui dit le Dr Sim, laissons le Dr Montclair se rhabiller tranquillement. Venez avec moi dans mon bureau. J'ai besoin de connaître vos antécédents familiaux.

Ces mots firent à Jason l'effet d'un choc en pleine poitrine.

En suivant le Dr Sim, il réalisait que son enfant allait hériter de son patrimoine génétique autant que de celui de Stéphanie.

Malheureusement, le sien n'était pas très clair...

Mais pour le bien de *son* enfant, il devait tout révéler au Dr Sim. Peut-être, en se dépêchant, aurait-il le temps de le faire avant que Stéphanie ne les rejoigne.

Ainsi, il n'aurait pas à subir son regard pendant sa confession.

Restée seule, Stéphanie laissa échapper un long soupir. Elle était encore troublée par l'échographie. Et par Jason. Au fond, elle en savait toujours aussi peu sur le père de son enfant. Pourtant, elle l'avait senti si proche d'elle face à la première image du bébé...

Chaque enfant a besoin d'un père. Et elle, *elle avait besoin de Jason*. Besoin de Jason pour lui tenir la main. Pour essuyer ses larmes. Pour partager la vie de leur enfant.

Pour partager *sa* vie. A jamais.

Elle aspirait à un futur où elle sentirait nuit après nuit les bras de Jason autour d'elle et son souffle contre son cou.

Elle avait envie de lui autant qu'une femme peut avoir envie d'un homme. Envie de lui dans sa vie. Envie de lui dans son lit. Envie qu'il lui emprisonne dans les mains ses seins, qu'il en prenne entre ses lèvres la pointe sensible. Envie de l'entendre dire qu'elle était plus belle que jamais et qu'il l'aimait...

Mais l'aimait-il ?

Il ne le lui avait jamais dit.

Elle non plus ne le lui avait jamais dit.

Pourtant, elle le désirait avec son cœur, autant qu'avec sa tête et son corps.

Prenant ses vêtements, elle se hâta de s'habiller et jeta un coup d'œil au miroir. Ses nouvelles ballerines rouges, sa marinière et son rang de perles lui assuraient une élégance classique malgré sa poitrine tendue et sa taille épaissie. Dans quelques semaines, elle ne pourrait plus dissimuler sa grossesse. Mais, maintenant qu'elle avait vu son bébé, elle avait envie de crier son bonheur au monde entier !

D'autant que, derrière la porte, elle avait enfin à portée de main le moyen de tout savoir sur le père de son enfant…

Pour affermir son courage, elle noua ses cheveux en queue-de-cheval et passa un peu de gloss sur ses lèvres.

Puis elle poussa la porte du bureau du Dr Sim. Celle-ci était en conversation avec Jason, un questionnaire entre les mains.

Stéphanie s'adressa directement à elle.

— Docteur Sim, je voudrais avoir un entretien privé avec Jason.

— Bien sûr. Installez-vous et prenez votre temps. Je dois voir mes infirmières. Docteur Drake, servez-vous du café. J'ai entendu dire que vous avez eu une nuit difficile aux urgences.

— Je vous en prie, appelez-moi Jason.

Etonnée, Stéphanie haussa les sourcils. Décidément, Jason s'humanisait. Quand elle l'avait recruté, elle avait dû attendre cinq mois pour être autorisée à l'appeler par son prénom.

Dès qu'ils furent seuls, elle s'empara du questionnaire sur le bureau du Dr Sim.

— Voici qui va enfin me permettre d'en savoir plus sur toi, Jason. C'est moi qui vais te poser ces questions.

Comme s'il avait reçu une décharge électrique, Jason se crispa sur son fauteuil, agrippant les accoudoirs des deux mains.

Son histoire était-elle donc si terrible ?

Les premières questions apprirent à Stéphanie que le second prénom de Jason était Alexander et qu'il était plus jeune qu'elle de huit mois.

— J'ai toujours eu un faible pour les femmes âgées, lança-t-il.

Enhardie par son humour, Stéphanie poursuivit.

— Y a-t-il des maladies héréditaires du côté de ta mère ou de ton père ? Tension, diabète, cancer ? Tu dois cocher la case correspondante, lui dit-elle en tendant le formulaire.

Sans y jeter un coup d'œil, Jason repoussa le document.

— Je n'en sais rien. J'ai rarement rencontré ma mère, et elle n'était pas en état de me parler de sa santé.

Il regarda Stéphanie droit dans les yeux.

— Il y a de la maladie mentale du côté de ma mère, Stéphanie. C'est dû à la drogue et à l'alcool plus qu'à des dispositions génétiques.

Il parlait d'un ton neutre, mais les jointures de ses doigts devenaient blêmes à force de se crisper dans le fauteuil.

Au bord des larmes, Stéphanie prit sur elle pour continuer.

— Je suis désolée, Jason. Est-elle internée ?

— J'avais dix-huit ans quand je l'ai vue pour la dernière fois. Elle vivait dans la rue.

Impressionnée, Stéphanie n'osa pas lui prendre la main.

— Tu vivais avec ton père ?

— Non, tout seul.

Avec douceur, elle poursuivit.

— Ton père a-t-il des problèmes de santé ?

— Je n'ai jamais connu mon père. D'ailleurs, ma mère ne savait pas très bien qui c'était.

Et elle qui déplorait de ne pas avoir eu un père plus présent ! Jason, lui, ne savait même pas le nom du sien… Désemparée, bien qu'elle l'ait fait souvent en consultation, Stéphanie écrivit « Inconnu » en face de la mention du père.

— Jason, as-tu des frères et sœurs ?

— Un frère. Vraisemblablement un demi-frère.

Il en parlait comme s'il évoquait une chose dramatique. Pourtant, Stéphanie avait toujours rêvé d'avoir un frère ou une sœur. Tout à coup, elle se voyait entourée d'une grande famille. Au moins trois enfants, peut-être quatre…

— Comment va-t-il ?

— Il est mort.

— C'est terrible, Jason. De quoi est-il mort ?

— Commotion cérébrale après un coup reçu en faisant du sport. Il était dans le coma quand je l'ai emmené à l'hôpital. Il ne s'est pas réveillé.

Sa voix ne trahissait aucune émotion, mais son regard était plein de détresse. Stéphanie sentit son cœur chavirer.

— Quel âge avais-tu quand c'est arrivé ?

— Dix-huit ans. J'ai dû courir les rues pour trouver ma mère et la faire venir aux funérailles. Ensuite, je ne l'ai plus jamais revue.

— Pourquoi n'est-elle pas restée ?

— Elle ne restait nulle part.

Il se tut, serrant les lèvres.

— Quel âge avait ton frère ? demanda Stéphanie après un silence.

— Quatorze ans.

— As-tu de la famille ? Quelqu'un à contacter en cas d'urgence ?

— Personne.

Ainsi, à part elle, personne ne se souciait de Jason, de savoir s'il était vivant ou mort...

Comme s'il lisait dans ses pensées, Jason continua.

— Il y a bien un couple. J'ai retrouvé leur trace par les parents d'Amelia. Des pasteurs. Ils nous ont recueillis, mon frère et moi, pendant près de treize mois. C'est l'endroit où je suis resté le plus longtemps.

— Pourquoi cela n'a-t-il pas duré ?

— Ils ont été envoyés en poste dans un autre Etat. Ils voulaient nous adopter et nous emmener avec eux. J'avais presque quinze ans. C'était une chance inespérée. Mais il fallait le consentement de ma mère. Elle l'a refusé.

— Même pour votre bien ?

— Elle a prétendu qu'elle ne renoncerait pas à ses droits sur ses enfants. Pourtant, elle ne prenait jamais de nos nouvelles.

Jason sortit de sa poche un papier et regarda les coordonnées qui y étaient inscrites.

— Il y a des années de cela. Ils nous ont probablement oubliés.

— On ne peut oublier quelqu'un comme toi, Jason, dit-elle en souriant à travers ses larmes.

Dans l'encadrement de la porte, le Dr Sim fit son apparition et leur tendit à chacun une enveloppe.

— Voici les clichés. Je vous enverrai le CD par mail.

Jason examina longuement les clichés de leur enfant avant de les remettre dans leur enveloppe avec d'infinies précautions.

— Merci, dit-il d'une voix sourde.

Voyant que le Dr Sim regardait le questionnaire, il lui sourit.

— Je n'ai pas beaucoup d'informations à vous donner, docteur Sim.

— Chacun de nous fait de son mieux avec ce qu'il a, Jason. Puis-je vous dire que vous faites plus que de votre mieux ?

Jason baissa la tête, comme s'il était gêné par le compliment.

Mais, relevant brusquement le menton, il la regarda en face avec, dans ses yeux gris, la lueur habituelle de défi et de provocation.

— Pas si mal, en effet, dit-il.

Maintenant, Stéphanie comprenait l'intensité de ce regard. C'était le regard d'un survivant.

11

Jason vivait là l'un des pires moments de sa vie.

Après ses révélations sur sa lourde hérédité, Stéphanie ne pouvait que le chasser, pour le bien de son enfant et d'elle-même.

Mais, à son grand étonnement, Stéphanie et le Dr Sim le contemplaient comme s'il était un héros pourfendeur de dragons.

Il n'avait pourtant rien fait de remarquable, même s'il trouvait miraculeux d'être pour quelque chose dans la fabrication d'un nouveau petit être. Il se sentait empli de force et de fierté à cette idée.

Mais, dans l'immédiat, il avait à veiller sur la santé de Stéphanie.

— Voyez-vous quelque chose de préoccupant dans le cas de Stéphanie ? demanda-t-il au Dr Sim.

Celle-ci avait un air soucieux qui ne lui avait pas échappé.

— Il y a de petites choses que nous devons surveiller, répondit-elle calmement en passant à Jason le résultat des examens.

Elle se tourna vers Stéphanie.

— Vous devez faire attention à votre tension, Stéphanie. Réduire votre stress est pour vous aussi difficile que d'arrêter de respirer, mais essayez quand même. C'est le moment ou jamais de vous dorloter. Faites-vous plaisir. Marchez, flânez. Allez tous les deux au cinéma. Jason, faites-lui à l'occasion un massage du dos.

Le Dr Sim les enveloppa de son regard.

— Je recommande aussi du sexe. Pour beaucoup de femmes, rien n'est plus bénéfique.

— En effet, renchérit Jason de son ton le plus professionnel alors que son esprit s'évadait de façon plus personnelle.

Il jeta un regard de côté à Stéphanie. Elle était un peu pâle, les mains serrées sur son ventre, un masque d'inquiétude sur le visage. A quoi pensait-elle ? A ce qu'il venait de révéler ? Et encore, elle ne connaissait pas le pire. Elle savait pourquoi son frère était mort. Mais pas comment. Quand elle l'apprendrait, elle ne voudrait certainement plus de lui.

Il lui prit la main, qui était glacée. Elle sembla hésiter un moment, puis elle mêla ses doigts aux siens.

— Est-ce une grossesse à risques ? demanda-t-elle, la voix tremblante.

Tous deux savaient que le Dr Sim en viendrait maintenant aux choses sérieuses. Celle-ci prit un visage plus grave.

— A la limite. Dans une ou deux semaines, nous ferons de nouveaux contrôles. Jason, il faut que vous contrôliez la tension et le cœur de Stéphanie plusieurs fois par jour. Voici les niveaux qu'elle ne doit pas dépasser. Si c'est le cas, Stéphanie, interrompez ce que vous êtes en train de faire et allongez-vous, les pieds surélevés. Si la tension monte trop, ce sera un repos drastique.

— Je devrai rester couchée ?

— Je cherche à éviter ça. Mais je ne plaisante pas avec la nécessité de faire baisser votre tension. Votre hypertension m'inquiète. Compris ?

— Compris.

— Je compte sur vous, Jason, pour être vigilant et faire régner le calme autour de Stéphanie.

— Bien sûr, répondit Jason, qui préféra ignorer le petit rire incrédule de Stéphanie.

Quand ils quittèrent le bureau du Dr Sim, il se retint de la soulever dans ses bras pour la porter comme une porcelaine délicate. Déjà, Stéphanie s'élançait dans le couloir d'un pas vif, faisant claquer sur le carrelage les semelles de ses ballerines. C'était la façon dont tout le monde marchait dans l'hôpital, pour rattraper le temps perdu dans les interminables couloirs.

— Holà, docteur Montclair, pas si vite ! s'écria-t-il.

Conscient de son devoir de vigilance, il posa une main protectrice sur le bras de Stéphanie et s'efforça de parler d'une voix lente et mesurée.

— Marchons lentement pour pouvoir discuter tranquillement.

— Arrête un peu, Jason. Je ne suis pas une enfant. C'est déjà compliqué de ne plus contrôler son corps. N'aggrave pas les choses. Parle normalement, s'il te plaît.

Dépité de voir échouer sa tentative, il changea de tactique.

— Si on allait chez toi ? Je te préparerai un bon petit dîner.

— Ajoute un massage du dos à ta proposition et j'accepte.

S'approchant de lui, elle posa une main sur son bras.

— Ne m'en veux pas si je m'énerve. Je suis un peu angoissée.

— A propos de ton hypertension ?

— Parler de mon hypertension va faire monter ma tension !

Retrouvant leur complicité, ils éclatèrent de rire et se regardèrent longuement.

— Je sens que je vais te faire le meilleur massage du dos de ta vie, dit-il, heureux de la voir retrouver ses couleurs.

— Sentir tes mains sur moi ne fera peut-être pas baisser ma tension, répliqua Stéphanie avec un regard malicieux.

Jason aurait pu répondre bien des choses, mais une question le taraudait.

— Stéphanie, es-tu vraiment d'accord pour ce bébé ?

— Que veux-tu dire ?

Ils étaient arrivés devant les ascenseurs, mais aucun d'eux ne pressait le bouton d'appel.

— Je sais que tu ne te sentais pas prête.

— Jason, si on attendait d'être prêt pour faire des bébés, la race humaine serait en voie d'extinction.

Elle leva les yeux pour rencontrer son regard.

— Il ne pouvait rien m'arriver de mieux que ce bébé, Jason.

— A moi aussi, murmura-t-il.

C'était la première fois que Stéphanie surprenait de la tendresse dans la voix de Jason. Lui effleurant la main, elle se sentit frémir. Ce n'était pas du désir. C'était une sensation nouvelle…

En sortant de l'ascenseur, ils prirent chacun la direction de leur bureau. Se retournant pour le voir encore, Stéphanie s'aperçut qu'il faisait de même.

Pourquoi y avait-il de la mélancolie dans le regard qu'il posait sur elle ?

Elle soupira. Ce bébé, Jason non plus ne l'avait pas demandé. Mais il était trop chevaleresque pour se dérober. Dans un monde idéal, ce serait l'amour et non le sens du devoir qui le retiendrait.

Ce soir, elle lui ferait avouer qu'il l'aimait… Car il l'aimait, même s'il ne voulait pas le reconnaître.

En attendant, elle devait redevenir la directrice du département de recherche pédiatrique. D'ailleurs, le Dr Phillips l'attendait avec impatience.

— Je viens vous rendre compte de la visioconférence.

— Comment s'est-elle passée ?

— Magnifiquement ! Notre projet a de bonnes chances d'être retenu.

Elle sembla hésiter avant de poursuivre.

— Après la conférence, j'ai eu une conversation téléphonique privée avec le sponsor de la clinique Mayo. Il m'a dit une chose qui m'a étonnée. Il m'a demandé si l'absence du Dr Drake à la présentation du projet du Sheffield signifiait qu'il rejoindrait bientôt les services de recherche de la clinique Mayo.

Le Dr Phillips se tut comme si elle attendait une réponse de Stéphanie.

— Quand je lui ai demandé ce qu'il voulait dire, poursuivit-elle, il a semblé gêné. Il m'a dit que l'annonce était peut-être prématurée. Y comprenez-vous quelque chose ?

Débaucher des médecins était une pratique courante, Stéphanie le savait bien. On leur promettait de l'argent, des facilités et des honneurs — parfois à la mesure de leur ego davantage que de leurs compétences. Elle-même avait débauché Jason d'un grand hôpital en lui accordant son autonomie, le titre de médecin senior et sa propre équipe au sein du département.

Restée seule, elle se sentit gagnée par la lassitude.

Jason pensait-il qu'il était plus indispensable à la clinique Mayo qu'au Sheffield Memorial ? Plus qu'à elle-même ?

Si c'était le cas, elle devait à tout prix le détromper.

Dès le moment où il avait vu les images de l'échographie, Jason avait ressenti un amour irrésistible pour son enfant.

Mais un père comme lui ne serait pas un cadeau. Il était trop renfermé, trop sauvage.

Un enfant a besoin de marques d'amour et d'affection. La plupart des gens savent faire ça d'instinct. Pas lui. Peut-être avait-il hérité cela de sa mère.

Heureusement, son enfant ne connaîtrait pas l'insécurité qu'il avait connue, *lui*. Son enfant grandirait dans une famille soudée. Celle de Stéphanie.

Quant à lui, il valait mieux qu'il parte. C'était la seule chose à faire pour le bien de son enfant. Mais, avant cela, il voulait passer une dernière nuit dans les bras de Stéphanie.

Pour s'en souvenir toute sa vie…

Quand Stéphanie rentra chez elle le soir, il était déjà là, à l'attendre. Il mettait la dernière main au dîner en faisant frire des oignons.

— Mmm ! Cela sent bon ! fit-elle, l'air radieux.

— Merci.

Elle semblait rayonner de sérénité et de bonheur. Jamais elle n'avait été aussi belle.

Ni aussi attirante.

Jason la dévorait des yeux. Leurs nuits de passion lui revenaient à la mémoire. Il brûlait de la serrer contre lui, de dénouer la longue chevelure soyeuse et d'y enfouir son visage pour en respirer le parfum.

— Tu deviens un parfait homme d'intérieur, dit-elle en désignant le torchon qu'il avait jeté sur son épaule.

— Méfie-toi ! Sous les habits de l'agneau peut se cacher un loup…

— J'adore les loups ! En particulier les loups vêtus d'un T-shirt délavé, d'un jean râpé et des bottes usées du parfait motard !

Elle lui décocha un de ses sourires charmeurs qui avaient fait sa conquête.

— Tu es le fantasme idéal de toutes les femmes !

Le ton de Stéphanie était léger. Mais, dans ses yeux, il y avait de l'espoir. L'espoir de quelque chose de plus entre eux.

C'était exactement ce que Jason ne voulait pas voir.

Il se détourna pour emplir deux assiettes.

— Si nous dînions ? suggéra-t-il, le cœur serré.

La réaction de défense de Jason n'avait pas étonné Stéphanie. Après ses révélations dans le bureau du Dr Sim, il devait se sentir mis à nu. Dans le monde d'où il venait, cela était synonyme de danger.

A elle de passer outre.

— Je pense que nous devrions suivre les recommandations du Dr Sim, dit-elle quand ils se retrouvèrent dans le canapé après dîner.

— Lesquelles ?

— Concernant le sexe.

Elle ne récolta qu'un regard inquisiteur.

— Pourquoi ?

Il semblait à Stéphanie qu'elle faisait de la microchirurgie. Un faux mouvement avec le scalpel et ce serait le désastre.

— Parce que j'en ai besoin, Jason.

Et toi aussi tu en as besoin, fut-elle tentée d'ajouter. Mais elle s'en garda. Jason ne pouvait admettre avoir besoin de quelque chose. Pour lui, c'était une marque de faiblesse. Et son enfance lui avait appris qu'il n'y a pas de place pour les faibles.

— C'est peut-être de l'égoïsme, Jason, mais, ce soir, j'ai très envie de faire l'amour.

Il soupira comme s'il se résignait à une défaite.

— Pourquoi pas ?

— Merci pour ton enthousiasme. Tu peux te rattraper en m'offrant une nuit inoubliable.

Elle vit la passion briller dans le regard de Jason tandis qu'il la fixait intensément. Mais il hésitait.

— Es-tu en état de supporter une nuit inoubliable ?

— Cela m'est recommandé par la faculté...

Sans lui laisser le temps de réagir, elle le prit par la main et l'entraîna vers le tapis en fourrure devant la cheminée où brûlait une bûche — un tapis qu'elle avait acheté un jour spécialement pour eux.

Remontant lentement le T-shirt de Jason, elle le fit passer par-dessus sa tête et promena doucement ses mains sur les bras et le torse musclés. Il eut un gémissement qui devint plus rauque quand elle posa ses lèvres à la base de son cou, là où battait une veine.

— Caresse-moi, Jason.

— Stéphanie..., murmura-t-il en posant ses lèvres sur les siennes pour un long baiser.

Submergée d'amour, Stéphanie se laissa aller contre lui. Mais soudain, à sa grande surprise, il s'écarta, la saisit aux épaules et la regarda intensément au fond des yeux. Comme pour graver à jamais son regard dans sa mémoire...

— Ma robe, murmura-t-elle, désemparée. Aide-moi à l'enlever.

Avant qu'elle ait fini de parler, la robe était tombée au sol.

— Comme tu es belle ! murmura Jason en parcourant de ses deux mains les courbes de son corps.

Incapable de parler, elle lui sourit en rougissant.

— Je te désire encore plus quand je te fais rougir, dit-il en lui caressant la joue de son pouce.

C'était comme s'ils se découvraient. Debout devant le feu, ils exploraient leurs corps comme si c'était la première fois, se débarrassant l'un l'autre de leurs vêtements, avec douceur d'abord, puis avec une fièvre grandissante. Le souffle court devant le corps mince et athlétique de Jason, Stéphanie eut un mouvement de recul.

— Je me sens affreuse ! s'écria-t-elle en écartant les mains de Jason, qui s'attardaient sur ses hanches et sur les nouvelles rondeurs de son ventre.

— Tu es la plus superbe des femmes, murmura-t-il à son oreille d'une voix étranglée.

Se laissant tomber à ses genoux, il lui embrassa tendrement le ventre.

— Merci pour notre enfant, Stéphanie.

Gagnée par un sentiment de plénitude, comme si son enfant en elle la rassurait, Stéphanie enfouit ses mains dans la chevelure de Jason.

— Tu as les jambes les plus longues, les plus sublimes, que j'aie jamais vues, dit-il en les caressant doucement.

S'agenouillant à son tour, Stéphanie gémit quand il prit dans ses mains ses seins gonflés et les couvrit de baisers. Les caresses de Jason allaient jusqu'à son cœur. Maintenant, elle en était sûre, elle l'aimait. Etroitement enlacés, ils se laissèrent rouler sur la fourrure, oubliant tout, sauf le plaisir qu'ils se donnaient.

— Stéphanie ? demanda Jason avec inquiétude en voyant des larmes sur son visage alors que, apaisés de s'être donnés entièrement, ils restaient étendus dans les bras l'un de l'autre.

— Ce sont des larmes de bonheur, dit-elle.

Elle se blottit plus étroitement contre lui. L'instant aurait été parfait si Jason lui avait murmuré des mots d'amour. Mais ne venait-il pas de lui prouver qu'il l'aimait ? Pourtant, elle avait besoin qu'il le lui dise. Peut-être était-ce à elle de faire le premier pas. Elle rassembla tout son courage.

— Jason, je...

Se redressant souplement pour s'asseoir, il l'interrompit d'un geste de la main.

— Je sais, Stéphanie. Tu as raison. Il est tard.

Une douche glacée n'aurait pas causé à Stéphanie un plus grand choc.

D'un mouvement rapide qui fit jouer tous les muscles de son corps, Jason bondit et ramassa ses vêtements. Un instant plus tard, il sortait de la salle de bains, l'allure impeccable et le regard neutre, comme s'il ne s'était rien passé entre eux.

— Accompagne-moi jusqu'à la porte pour fermer à clé derrière moi, dit-il.

Essayant de rassembler ses idées, Stéphanie ne trouva le courage de parler qu'au moment où Jason franchissait le seuil.

— Jason..., je t'aime !

Il se retourna, blanc comme un linge.

— Merci, dit-il en refermant la porte derrière lui.

12

« Merci » ?

C'était trop fort. Heureusement que le Dr Sim n'était pas là avec ses histoires d'hypertension. Stéphanie était sûre d'avoir dépassé le niveau autorisé dans des proportions astronomiques.

Elle était folle d'avoir déclaré à Jason qu'elle l'aimait !

Qu'avait-elle espéré ? Un conte de fées ? Une déclaration enflammée ? Il avait réagi comme elle aurait dû le prévoir. Selon sa nature.

Elle se sentait stupide. Et tellement seule…

Elle s'était fiée à son imagination. En quelques jours, elle était passée de la certitude d'élever seule son enfant à l'espoir de fonder une vraie famille. Mais additionner un papa, une maman et un bébé ne fait pas forcément trois.

Oui, elle aimait Jason Drake. Mais il ne lui avait jamais promis autre chose que du plaisir, et, quand il avait su pour le bébé, de faire son devoir.

Les larmes aux yeux, elle se dirigea vers sa chambre. Elle passerait le reste de la nuit à renoncer à ses rêves, à réorganiser sa vie personnelle et surtout à faire sortir Jason Drake du tableau.

En espérant qu'elle ne se retrouve pas au petit matin avec un cœur en miettes… D'ailleurs, comment se conduirait-elle face à lui le lendemain ? Et tous les autres jours ?

Une seule solution : faire comme si cette soirée n'avait jamais existé et se montrer plus professionnelle que jamais.

Mais cela était plus facile à dire qu'à faire.

Le lendemain, quand Jason se présenta à la porte de son bureau, Stéphanie continua à consulter ses mails, le temps de se composer un visage.

— Puis-je t'interrompre un instant ? finit-il par demander.

Il avait l'air épuisé et semblait avoir perdu toute son énergie. Mais, dès qu'elle posa les yeux sur lui, il redressa les épaules et prit un air martial. Sa façon habituelle d'affronter le monde.

— Stéphanie, à propos de la nuit dernière...

— Je ne sais pas de quoi vous parlez, docteur Drake. Pour moi, il ne s'est rien passé. Pour vous non plus, j'espère.

Il eut un vague signe d'approbation et laissa tomber une enveloppe sur le bureau.

— Ma démission. Je rejoins la clinique Mayo.

Stéphanie eut l'impression de recevoir un coup de poignard dans le cœur. Seules des années de pratique professionnelle lui permirent de rester impassible.

— La clinique Mayo est une bonne opportunité pour un brillant médecin comme vous. Le Sheffield préférerait vous garder, docteur Drake, mais vous devez suivre votre voie.

— Je ne serai pas loin. A portée de téléphone pour toi et notre enfant.

Le regard perdu dans le vide, il soupira lourdement.

— Je ne peux pas t'aimer, Stéphanie.

La gorge nouée, elle se sentit incapable de répondre.

— Je peux faire un mois de préavis, reprit Jason. Cela laissera le temps de me trouver un remplaçant.

— Ne te laisse pas retenir par tes obligations à notre égard. Je réglerai les problèmes, répondit-elle d'une voix absente.

La scène lui semblait tellement irréelle qu'elle se demandait si c'était bien elle qui était concernée.

— Voici les résultats des tests pour Maggie, dit-il comme s'il n'était question entre eux que du suivi des cas en cours. Son mal est de naissance. Cette fois, je ne peux défaire ce que la nature a fait.

Visiblement, Jason vivait cela comme un échec personnel et avait l'air profondément abattu.

Surprise de le voir perdre sa superbe, Stéphanie eut le réflexe d'aller vers lui pour le réconforter. Mais c'était la dernière chose à faire.

— Veux-tu que je parle à Anne ? demanda-t-elle.

— Non, je le ferai. Elle attend dans une salle de consultation. J'ai juste besoin de ta signature pour clore le dossier.

C'est tout ce qu'elle était pour lui désormais ? La personne en charge des procédures administratives ? Elle se sentit le cœur brisé de voir leur relation se terminer ainsi.

— Jason, je voudrais aller voir Anne avec toi.

— Comme tu veux.

Sans échanger un mot, ils gagnèrent la salle de consultation où Anne et Maggie les attendaient. A leur entrée, Anne sembla lire la vérité sur leur visage. Vérifiant d'un coup d'œil que sa fille continuait à regarder les dinosaures à la télévision, elle se leva.

— Les résultats sont mauvais, docteur Drake ?

Jason semblait aussi dépourvu d'émotion que le buste en bronze du grand-père de Stéphanie.

— Maggie est atteinte du syndrome de Phelan-McDermid. Dès sa conception, il y a eu une carence de gènes à l'extrémité du vingt-deuxième chromosome. C'est une maladie rare et compliquée à diagnostiquer. Elle a été décelée sur moins de cent enfants dans le monde. Aussi est-il difficile de prévoir son évolution.

— Alors, c'est incurable ?

— Oui. Incurable. Mais j'ai consulté mes collègues du Mount Sinaï Center de New York. Ils ont une équipe qui fait de la recherche sur ce syndrome. Maggie peut en bénéficier.

— Combien cela coûtera-t-il, docteur Drake ? Sans les donations du Fonds Maggie-Malone et votre généreuse contribution personnelle, nous n'aurions pas pu rester ici aussi longtemps.

— Cette recherche est financée par le gouvernement et par des fondations privées. Bénéficier de ce programme ne vous coûtera rien. C'est actuellement ce que la communauté médicale peut offrir de mieux. Maggie sera prise en charge dans la journée. Vous pourrez reprendre un travail.

— Quels seront les effets du traitement ? Maggie va-t-elle guérir ?

— Non. C'est un défaut de naissance, pas une maladie. Les antibiotiques ou la chirurgie n'y peuvent rien. Tout ce qui peut être offert est un accompagnement. Je sais que ce n'est pas ce que vous voudriez entendre.

Comme pour accentuer la détresse de sa mère, Maggie tendit les bras vers elle pour qu'elle la prenne dans ses bras. Stéphanie remarqua qu'Anne était frêle. Comment ferait-elle quand Maggie grandirait ?

Comment fait-on, quand on est seule pour élever son enfant, avec personne sur qui s'appuyer ?

Témoignant de sa force de caractère, Anne sourit malgré les mauvaises nouvelles et blottit sa fille dans ses bras aussi confortablement qu'elle le put.

— Docteur Drake, vous avez ma reconnaissance éternelle pour la façon dont vous vous êtes occupé non seulement de Maggie, mais aussi de moi. Vous avez beaucoup facilité notre séjour ici.

— Merci. Ce n'est pas ce qu'on me dit d'habitude. Excusez-moi, je regarde qui m'appelle, dit-il en consultant son téléphone, qui s'était mis à vibrer.

Cette façon de les quitter ne semblait lui poser aucun problème. Il tapota la joue de Maggie.

— Salut, bout de chou, prends soin de toi.

Mais Maggie se tourna et lui tendit les bras. Alors, Jason la prit et la serra contre lui. Par-dessus la tête de Maggie, Stéphanie surprit son regard.

Dans ce regard, il y avait du désespoir…

Fermant les yeux, Jason serra Maggie un peu plus fort. Puis il la déposa sur un siège à côté de sa mère.

— Au revoir et bonne chance, dit-il à Anne avec une poignée de main toute professionnelle.

Puis, tournant les talons, il sortit.

D'un mouvement impulsif, Anne étreignit Stéphanie.

— Merci de ce que vous avez fait pour nous, docteur Montclair. Maintenant, prenez soin du Dr Drake. Il a besoin de vous.

Anne avait définitivement bâti un roman autour du médecin de sa fille. Mais Stéphanie savait bien, elle, que le Dr Drake n'avait pas besoin d'elle.

Les semaines suivantes, Stéphanie travailla en automate. Elle s'était mise d'accord avec la clinique Mayo pour que le Dr Drake reste au Sheffield jusqu'à l'arrivée d'un remplaçant. Elle poursuivait activement ses recherches pour en trouver un.

Personne ne sera capable de remplacer Jason, lui répétaient son cœur et les CV qu'elle examinait.

Quand elle le croisait dans les couloirs, il montrait un visage absent, comme si, dans sa tête, il était déjà parti. A part demander au Dr Phillips de prendre la tension de Stéphanie trois fois par jour, il n'avait témoigné pour elle aucune marque d'intérêt.

Un mercredi pourtant, en plein milieu d'une semaine particulièrement chargée, le téléphone de Stéphanie sonna au moment où elle s'apprêtait à rentrer chez elle pour s'allonger, les pieds en l'air. C'était Jason.

— Stéphanie, j'ai besoin de toi aux urgences.

Il avait besoin d'elle ?

Cela était surprenant.

Elle n'avait plus que quelques jours à supporter la situation. Le lundi suivant, Jason prendrait l'avion pour aller signer son contrat avec la clinique Mayo. Elle pourrait enfin le chasser de sa tête. Et un jour peut-être de son cœur.

Dans le hall, elle fut étonnée d'apercevoir les parents d'Amelia. Blottis dans un coin, se tenant par la main, ils semblaient profondément angoissés.

Aux urgences, elle trouva Jason penché sur Amelia, son regard gris plus concentré que jamais. Il la salua d'un signe de tête, sans distraire son attention de sa patiente.

— On nous a ramené Amelia. Sans doute une péritonite, à la suite de l'éclatement d'un abcès amibien au foie, lança-t-il brièvement. Il faut faire une échographie pour vérifier et une prise de sang pour voir s'il y a une infection.

Stéphanie vint se placer auprès de lui de façon à ne pas gêner ses mouvements tout en étant prête à répondre à ses demandes. Leurs mouvements s'étaient toujours parfaitement accordés dans leur vie professionnelle. Comme dans leur vie sexuelle. Si seulement il en avait été de même dans la vie tout court...

Tenant le bras d'Amelia, qui se débattit quand l'infirmière

voulut faire la prise de sang et poser une perfusion pour des antalgiques, Stéphanie fut une fois de plus admirative devant l'attitude de Jason.

— Tu peux supporter ça, Amelia, dit-il, tu *vas* le faire.

Dès que l'injection eut calmé sa douleur, l'adolescente sembla chercher quelque chose du regard.

— Ils sont où ? demanda-t-elle d'une voix faible.

— De qui parles-tu, Amelia ? s'enquit Stéphanie.

Pour Jason, la question ne se posait pas. Il connaissait, lui, la difficulté de nommer des gens qui n'ont pas une place bien définie dans votre vie. Des gens que l'on désigne des années durant en disant « ils »...

— Ses parents adoptifs, dit-il.

— Je les ai vus dans le hall.

— Ils sont là ? demanda faiblement Amelia.

— Oui, Amelia, ils sont là.

Le visage de la jeune fille se détendit.

— Tant mieux. Je ne veux pas mourir seule.

Jason resta silencieux. Il aurait voulu se montrer rassurant, mais il ne voulait pas mentir. L'état d'Amelia était critique.

— Tu n'es pas seule, Amelia, dit Stéphanie avec douceur en s'approchant d'elle. Il y a deux personnes dans le couloir qui t'aiment beaucoup. Et il y a des gens ici pour s'occuper de toi.

Jason se sentit soulagé. Stéphanie trouvait toujours les mots justes. Comme ils se complétaient bien ! Un regret l'effleura. Mais il avait autre chose à faire que céder à l'émotion. Chaque instant rapprochait Amelia de la mort. Mais tout en Jason se *refusait* à laisser mourir cette gosse. Elle avait droit à la vie, à l'amour, à un métier, à une famille. A toutes ces choses que son frère n'avait pas eues.

— Je veux leur parler, lâcha Amelia dans un souffle. Je veux leur dire que je... que je les aime...

Jason lança un bref regard à Stéphanie. Il sut aussitôt qu'elle avait capté le message. *Il faut laisser parler Amelia.*

— J'aurais dû faire ce que vous m'aviez dit, docteur Drake, poursuivit Amelia avec un soupir. Quand j'ai eu mal au côté droit, j'aurais dû leur dire. Mais je ne savais pas avec quels mots.

— Parfois, on a du mal à trouver les mots, dit Jason. Mais ils connaissent les gens comme nous. Ils comprennent.

Bon sang ! « Les gens comme nous » ! L'expression lui avait échappé. *Surveille-toi, Drake !*

— Raconte-nous comment cela s'est déclenché, Amelia.

— C'est en jouant au basket. Ma première partie dans ma nouvelle école. Les filles, je les connaissais pas. J'ai reçu un coup de coude. Par accident… enfin, je crois.

Sa voix devint si faible que Jason dut tendre l'oreille.

— Qu'est-ce que j'ai, docteur Drake ?

— Ton abcès au foie a éclaté. Le pus se répand dans ton abdomen. Je vais te faire tout de suite une ponction et tu te sentiras beaucoup mieux.

— J'aurai mal ?

— Moins que maintenant. Fais-moi confiance.

— Je vous fais confiance, docteur Drake. Ils m'ont parlé de vous.

« Ils… Ils… » Toujours « ils ». Jason savait qu'il fallait des mois, voire des années à des enfants placés pour se situer par rapport à leurs parents d'accueil.

— Que t'ont dit tes parents adoptifs sur le Dr Drake ? demanda Stéphanie.

— Que c'était le gamin le plus doué qu'ils avaient jamais vu. Un gamin doué à faire peur.

— Il est encore doué à faire peur. Ça donne d'excellents médecins ! fit remarquer Stéphanie.

Trop occupé par la ponction pour changer le cours de la conversation, Jason n'était pas dupe. Stéphanie profitait de la situation pour enquêter sur lui.

« Doué à faire peur… »

Elle n'avait pas fini de lui ressortir ça à l'avenir !

Subitement, Jason revint à la réalité. Il n'y avait *plus d'avenir* pour eux ! Son bagage d'enfant abandonné était trop lourd pour une vie de famille.

— Qu'ont-ils dit d'autre, Amelia ? demanda Stéphanie.

— Que tout le monde adorait le frère du Dr Drake. Toujours à rire et à plaisanter. L'opposé du Dr Drake.

Le bavardage d'Amelia prouvait au moins que la ponction et

les calmants apaisaient sa douleur. *C'est toujours ça*, se dit Jason, que la conversation entre Amelia et Stéphanie mettait mal à l'aise.

Mais, après tout, ce qui le concernait n'avait aucune importance. Il était en train de se battre pour Amelia.

Et perdre la bataille signifiait la mort.

Pendant un ou deux jours, les antibiotiques allaient guerroyer contre l'infection.

Lui avait fait ce qu'il devait.

Il n'avait plus qu'à attendre.

13

Stéphanie se rendit dans l'unité de soins intensifs où Amelia avait été transférée. La jeune fille dormait. Le pronostic semblait contre elle, mais cette gamine avait un tempérament de lutteuse. Grâce à Jason, ses parents avaient été autorisés à rester à son chevet.

Le frère de Jason avait eu lui aussi un accident de sport et il en était mort. Dans quelles conditions exactement ? Quelle blessure Jason en avait-il gardée ? Pourquoi avait-il, comme Amelia, du mal à trouver les mots ?

Il devait se sentir seul, dans son bureau, à attendre des nouvelles de la malade. C'était seul aussi qu'il avait attendu des nouvelles de son frère. Cette fois, Stéphanie ne le laisserait pas seul. Il avait besoin d'*elle*.

Et elle, elle avait besoin de comprendre.

La porte du bureau de Jason était fermée, mais le son tonitruant du hard rock transperçait les murs. Stéphanie frappa à la porte et attendit.

Pas de réponse. Pas étonnant, avec ce volume sonore. Résolument, elle entra. Aussitôt, il leva les yeux, comme s'il avait deviné sa présence.

Je ne peux pas t'aimer, lui avait-il annoncé. Non pas *je ne t'aime pas*. Mais *je ne peux pas t'aimer*. Elle était déterminée à découvrir pourquoi.

Il baissa la musique et se leva.

— Que veux-tu, Stéphanie ?

— Je veux en savoir plus sur ton frère.

— Pourquoi ?

La meilleure façon de le faire parler était d'invoquer le bien de leur enfant.

— Veux-tu que ton enfant soit aussi ignorant de ses racines que toi, Jason ? Je ne connais même pas le prénom de ton frère.

— Tony. Diminutif d'Antony.

— J'aimerais connaître son visage. As-tu une photo ?

— Non, dit-il, le regard fermé. Ballottés comme nous l'étions, on perd ces choses-là.

Il passa sa main sur son front.

— J'ai du mal aujourd'hui à me rappeler son visage. J'aurais pourtant juré que je ne l'oublierais jamais.

Avec précaution, Stéphanie risqua la question qui lui brûlait les lèvres.

— Comment est-il mort, Jason ?

— Je l'ai tué.

Quelle douleur dans sa voix ! Quelle sincérité !

— Comment ça ?

— Je ne l'ai pas aimé assez. Je l'ai négligé. Et il en est mort. Voilà.

Il martelait les mots et n'avait visiblement qu'une envie, qu'elle s'en aille et qu'elle le laisse tranquille. Mais Stéphanie était d'une étoffe plus coriace.

— Jason, qu'y avait-il sur le compte rendu médical ?

— Commotion cérébrale après un choc. Je te l'ai déjà dit...

L'évocation de ce drame semblait crucifier Jason. Mais elle poursuivit.

— Dans quelles circonstances exactes est-il mort ?

Jason se dirigea vers la fenêtre, comme s'il pouvait y observer le passé.

— A la suite d'une partie de base-ball avec l'équipe de son école. Après un coup à la tempe, il est resté inconscient quelques minutes, mais il a pu finir la partie.

— Le capitaine de l'équipe aurait dû l'envoyer aux urgences.

— C'était à moi de le faire. Il m'a raconté l'accident à son retour chez nous. Mais, ce soir-là, ma petite amie fêtait ses vingt et un ans. Il m'a dit qu'il avait juste mal à la tête et a insisté pour que j'y aille. Je l'ai laissé sur le canapé devant la télé. C'est là que je l'ai trouvé en rentrant le lendemain matin. Dans le coma.

— Il avait quatorze ans. Tu n'étais pas beaucoup plus âgé.

— Assez âgé pour quitter les foyers d'accueil. Je venais d'avoir dix-huit ans. Je terminais ma scolarité et gagnais un peu d'argent comme serveur le soir. Comme je partageais un appartement avec deux autres types, j'avais pu obtenir la garde de Tony. J'étais responsable de lui...

Il regarda Stéphanie dans les yeux.

— Ça te suffit comme histoires de famille, ou veux-tu extirper d'autres squelettes du placard ?

Portant sa main à son ventre, Stéphanie s'encouragea à continuer. C'était capital. Pour eux trois.

— Quel a été le rôle de ta petite amie dans tout ça ?

Jason resta silencieux si longtemps qu'elle pensa qu'il ne l'avait pas entendue.

— Quand Tony est rentré à la maison avec sa blessure, j'aurais dû rester avec lui. Mais ma petite amie m'a dit que si je l'aimais, je devais venir à son anniversaire. Je l'aimais — du moins, je le croyais. Alors j'ai laissé mon frère. Pour un rendez-vous amoureux...

— Tu étais tellement jeune, Jason. Tu ne pouvais pas savoir.

— Si. J'aurais dû rester libre de mon jugement. Ne pas céder au sentiment. C'est drôle comme l'amour peut devenir de la haine... Cette fille, je l'ai haïe. Pendant que mon frère mourait sur un vieux canapé pourri, je faisais l'amour avec elle dans son lit à fanfreluches.

S'asseyant près de Stéphanie, il lui saisit la main, mais la repoussa aussitôt.

— Voilà pourquoi je ne peux pas t'aimer. Parce que je ne veux pas laisser les sentiments prendre le pas sur mon jugement.

— Tu renonces aux sentiments ?

— Non, mais je veux les dominer.

— C'est pourquoi tu refuses de m'aimer ? Tu préfères me laisser *seule*, avec mes soucis, mon job, mon enfant ?

— Je serai toujours là pour toi et pour notre enfant.

— Parce que tu répondras au téléphone quand je t'appellerai ?

Mais, quand deux personnes ont une vraie relation, elles partagent leur fardeau au jour le jour ! Je suis forte, Jason, je peux t'aider à porter ton fardeau comme tu peux m'aider à porter le mien.

De toutes ses forces, elle voulait effacer la culpabilité qui rongeait Jason depuis des années et qui l'empêchait de vivre et d'aimer...

— Jason, as-tu les mêmes sentiments pour moi que pour ta petite amie de l'époque ? Dis-moi la vérité.

— Ce que je ressens pour toi est bien plus fort.

— Et ton enfant, veux-tu le priver de ton amour ?

Il sembla soudain à Stéphanie que Tony lui soufflait à l'oreille les mots justes.

— Jason, ton frère t'aimait et voulait que tu rencontres une femme qui t'aime. C'est pourquoi il t'a encouragé à aller rejoindre ta petite amie. En refusant l'amour, tu insultes sa mémoire. Je t'aime, Jason Drake. Et tu m'aimes aussi, pourquoi le nier ?

Il resta silencieux.

— Peu importe si tu ne trouves pas les mots, ajouta-t-elle. Je les ai prononcés pour nous.

Pendant un instant, elle crut l'avoir touché. Mais il la considéra de son regard impitoyable de médecin.

— Tu as l'air fatiguée, Stéphanie. Tu devrais rentrer te reposer.

Il ne céderait donc *jamais* ! Elle lui prit la main.

— Je ne peux pas me reposer loin de toi, dit-elle. Je vais rester ici et dormir un peu. J'ai besoin de toi, Jason. Soutiens-moi et je te soutiendrai.

Allongé de son mieux auprès de Stéphanie sur le canapé de son bureau, juste assez large pour une personne, Jason la regardait dormir, étonné de se sentir détendu par sa seule présence.

Et si elle avait raison ?

En dépit des zones d'ombre qu'il avait en lui, Stéphanie l'aimait d'un amour inconditionnel. Elle lui offrait ce dont il n'avait jamais osé rêver, une famille.

En se demandant ce que l'on éprouve à s'endormir chaque soir auprès de la femme qui vous aime, il sombra dans le sommeil.

Soudain, le téléphone sonna.

— Ici, Drake, dit-il en décrochant.

Tout à fait réveillé, il écouta attentivement. Puis il se tourna vers Stéphanie, qui guettait son regard. Avec elle, il ne serait plus jamais seul…

— Amelia est sauvée, lui dit-il.

Le visage de Stéphanie s'illumina.

— C'est toi qui l'as sauvée, Jason.

Tout à coup, elle sembla vaciller et ses traits s'altérèrent.

— Stéphanie ! Qu'est-ce qui ne va pas ?

— Rien. Un vertige. J'ai dû me lever trop vite.

— Assieds-toi. Je vais chercher un fauteuil roulant et t'emmener chez le Dr Sim.

Elle lui saisit la main.

— Téléphone pour un fauteuil roulant mais ne me laisse pas seule. Sans toi, je me sens perdue, Jason.

Il s'assit à côté d'elle, la gorge nouée.

— Moi aussi, je me sens perdu sans toi, Stéphanie.

14

— A présent, Stéphanie, je vous *ordonne* de prendre quelques jours de repos, déclara fermement le Dr Sim. Avec votre hypertension, vous frôlez la pré-éclampsie. Et, à trente-deux semaines à peine, c'est trop tôt pour déclencher le travail.

Cela n'arrangeait pas Stéphanie de s'arrêter, bien sûr. Mais le bébé avant tout.

— Je vais m'organiser, dit-elle en soupirant.

— Il faut quelqu'un pour veiller sur vous, poursuivit le Dr Sim.

— Je m'en charge, déclara Jason.

— Mais tu as rendez-vous lundi à la clinique Mayo ! s'écria Stéphanie, sidérée.

— Tu es plus importante pour moi que la clinique Mayo, répondit-il en posant sa main sur le ventre de Stéphanie.

A ce moment, le bébé remua. Stéphanie ne put retenir un sourire devant l'expression ravie de Jason.

— Je vais appeler Mike pour qu'il me retire de la rotation aux urgences, dit-il.

— C'est parfait, approuva le Dr Sim. Vous pourrez prendre plusieurs fois par jour la tension de Stéphanie, comme cela.

— J'aurais dû insister hier soir pour qu'elle ne reste pas avec moi, fit Jason d'un air contrit. Si elle s'était reposée…

Le Dr Sim l'interrompit.

— Vous êtes un médecin brillant, docteur Drake. Mais vous ne pouvez pas tout maîtriser.

— On m'a déjà dit ça, répondit-il avec un regard en coin vers

Stéphanie, qui aurait volontiers embrassé le Dr Sim pour avoir si bien dit ce qu'il fallait.

— Je règle quelques détails et je rentre chez moi… chez *nous*, dit Stéphanie pour clore l'entretien.

Avec son efficacité habituelle, elle eut tout réglé en moins d'une heure et était prête à quitter l'hôpital.

La fidèle Marcy lui promit de l'appeler en cas d'urgence… et promit parallèlement à Jason de n'appeler qu'une fois les urgences réglées.

Mais, une fois à la maison, midi n'avait pas sonné que tous deux s'ennuyaient ferme. L'excitation de l'hôpital leur manquait. Télé, bouquins, jeux de cartes, même l'aménagement de la chambre du bébé, rien n'y fit.

— Jason, s'écria soudain Stéphanie, si nous montions à ta cabane ? C'est le seul endroit où je peux me laisser aller sans devenir enragée !

— C'est trop risqué ! A la montagne, nous sommes à deux heures et demie de route du Dr Sim.

— Et si le Dr Sim nous donne son accord ? A part ma tension, quels sont les risques ? Je t'en prie, Jason ! Appelons le Dr Sim.

Jason protesta encore un peu. Mais le Dr Sim ayant donné son accord, ils se mirent en route à 16 heures.

A 16 h 30, Jason faisait déjà demi-tour.

— Franchement, Stéphanie, ce n'est pas une bonne idée. Rentrons à la maison et occupons-nous de la chambre du bébé.

Surprise de la tension qui émanait de sa voix, Stéphanie n'osa protester.

— Comme tu veux.

Partagée entre une profonde déception et l'envie de ne pas contrarier Jason, elle resta silencieuse pendant le reste du trajet.

Une fois chez eux, ils cherchèrent à tromper leur ennui. Jason, sous la direction de Stéphanie, changea trois fois de place un lourd buffet avant de le remettre finalement à sa place initiale.

A la nuit tombante, Stéphanie sentit une contraction.

— C'est trop tôt ! fit-elle, paniquée. Jason, j'ai peur.

A son grand étonnement, il lui répondit avec une franchise désarmante.

— Moi aussi, j'ai peur, Stéphanie.

Enfin, il laissait libre cours à ses émotions.

— Si nous partageons notre peur, Jason, nous pouvons tout partager.

— Avant toi, je n'ai pas partagé grand-chose, Stéphanie.

— Partager est la plus belle chose au monde, tu ne trouves pas ?

— Avec la bonne personne, oui.

Elle lui sourit, heureuse de l'entendre prononcer ces mots tendres.

— Masse mon dos pendant que nous mesurons le temps des contractions.

— Ce sont peut-être les fausses contractions de Braxton-Hicks, dit-il, le regard plein d'espoir, tandis qu'elle se relaxait sous ses doigts.

— Non, je sens que je commence à perdre les eaux.

— J'appelle une ambulance, dit-il en composant précipitamment le 911.

— Avez-vous quelques connaissances en médecine ? répondit une voix impersonnelle au bout du téléphone dont il avait actionné le haut-parleur.

— *Je suis* médecin.

— Excellent ! L'équipe paramédicale arrive tout de suite.

Stéphanie s'efforça d'adresser à Jason un sourire confiant, mais une contraction la terrassa.

— Ne pousse pas. Respire. Essaie de te détendre.

Etait-il devenu fou ?

— Me détendre ? Combien d'accouchements as-tu faits, docteur Drake ?

Aucun, mais Jason ne savait comment le lui avouer.

Voyant qu'elle souffrait davantage, il l'aida à s'allonger par terre sur une couverture. Il ne devait surtout pas céder à la panique. Stéphanie avait besoin de lui.

— J'ai mal, dit-elle.

La voix étranglée par les larmes et les yeux agrandis par la douleur, elle s'accrochait désespérément à sa main. L'inquiétude saisit Jason à la gorge quand il vit qu'elle perdait du sang.

Que se passerait-il s'il la perdait ? Il venait à peine de comprendre qu'il possédait un trésor... « Vous ne pouvez pas tout maîtriser », lui avait dit le Dr Sim...

— Le bébé arrive, Jason. Le bébé arrive. Tu prendras soin de lui ?

Les larmes coulaient sur les joues de Stéphanie.

— Je prendrai soin de vous deux.

Courant dans l'appartement, il rassembla un matériel de fortune. Le couteau le plus aiguisé. Du fil dentaire pour couper le cordon. Toutes les serviettes de l'armoire à linge. Il avait conscience de faire n'importe quoi...

— C'est trop tôt, répétait Stéphanie en perdant de plus en plus de sang.

Malgré son angoisse, Jason tentait de la raisonner.

— Tu es presque à sept mois et ton hypertension a permis au bébé de se développer plus vite.... Ce ne sera plus long... Pousse fort la prochaine fois, ma chérie !

Il avait dit « ma chérie »...

Encouragée par ces mots qu'elle avait tant attendus, Stéphanie poussa de plus en plus fort. Le sang ruisselait le long de ses cuisses.

— Jason, je n'en peux plus.

— Ensemble, cette fois. Prête ? Pousse !

— Ahhhhhhhh !

Plus vite que prévu, Jason vit alors émerger la tête du bébé, puis une épaule et l'autre...

Bouleversé, il prit l'enfant minuscule dans ses bras.

— Stéphanie, nous avons une petite fille. Regarde comme elle est belle...

Agenouillé près de Stéphanie, il posa leur fille sur son ventre. Etait-ce l'émotion qui lui faisait bourdonner les oreilles de façon stridente ?

Il réalisa soudain que c'était la sonnette de la porte.

Il alla ouvrir à l'équipe médicale, un homme et une femme qui se ruèrent dans la pièce.

— Nous arrivons après la bataille ! s'écria la femme.

Elle échangea avec son collègue un regard inquiet.

— Il faut emmener la maman et le bébé au plus vite à l'hôpital. Monsieur, votre petite fille sera plus au chaud à même votre peau.

Nous vous envelopperons tous les deux dans une couverture de survie.

S'étant résolu à laisser l'équipe donner les premiers soins, Jason enleva son T-shirt et prit sa fille contre son cœur, pendant qu'on les enveloppait d'une couverture et que Stéphanie était installée sur un brancard.

A l'hôpital, tout se déroula très vite. Le Dr Sim prit en charge Stéphanie et conseilla à Jason d'accompagner le bébé en néonatalité. La famille était déjà séparée ! Désemparé, Jason fut heureux de voir accourir Mike.

— Tu les as sauvées, Jason, Toutes les deux. Sans toi, elles seraient mortes.

— Stéphanie est toute ma vie. Pourquoi ai-je autant de mal à le lui dire ?

— Alors, vieux, ne gâche pas cette chance ! lui lança Mike avec une bourrade sur l'épaule.

Comment pourrait-il gâcher une chance pareille ? Que pouvait-il désormais leur arriver ? se demanda Jason quand ils furent enfin réunis tous les trois, lui, le bébé et la femme qu'il aimait, dans la chambre de Stéphanie.

— Regarde, dit Stéphanie en prenant sa fille dans ses bras. Elle veut téter ! Si petite, elle sait déjà ce qu'il lui faut ! Elle est douée à faire peur, comme son père !

— Et indépendante comme sa mère !

— Remets-la dans son berceau. Je vais dormir un peu.

Jusqu'à présent, tout le monde s'était occupé de sa fille, sauf lui ! Dès qu'il vit Stéphanie endormie, Jason ne résista pas. Il était enfin libre d'examiner son bébé sous toutes les coutures. Penché sur le berceau, il observa avec soin sa bouche, son nez, ses oreilles…

Il ne s'attendait pas à connaître alors la plus grande angoisse de sa vie.

Tout à coup, il vit que le bébé ne respirait plus. En proie à la panique, il sentit qu'il ne maîtrisait plus rien. Mais ses réflexes reprirent rapidement le dessus. Il saisit l'enfant dans son berceau et lui tapota la plante des pieds.

Prenant une profonde inspiration de ses poumons minuscules,

la petite fille se blottit contre la large poitrine de son père. Poitrine contre poitrine, ils respirèrent chacun à leur rythme…

— Apnée et bradycardie ! diagnostiqua le Dr Rivers, quelques minutes plus tard. Cela arrive à beaucoup de bébés nés à trente-deux semaines. Leurs poumons oublient quelques instants de respirer et leur cœur de battre !

— Mais ce n'est pas n'importe quel bébé ! C'est *mon* bébé ! s'exclama Jason.

— Cette petite fille n'est évidemment pas comme les autres, répondit avec diplomatie le Dr Rivers. D'ailleurs, son rythme cardiaque et son souffle se stabilisent dès qu'elle est contre la poitrine de son papa.

Gagné par un sentiment de fierté, Jason sourit à Stéphanie, qui couvait des yeux leur enfant.

— Je vois deux solutions, poursuivit le Dr Rivers. Un traitement ou les bras de son père.

Dans le regard que Stéphanie lança à Jason, il n'y avait pas trace d'un doute.

— Qu'en penses-tu, Jason ? lui demanda-t-elle doucement. La médecine ou l'amour ?

— Quelle question ! répondit-il avec un haussement d'épaules.

Le jour même, Jason s'installa dans le département de néonatalité, où il dormit chaque nuit, s'habituant à tourner d'une seule main les pages des livres qu'il lisait, tandis qu'il serrait de l'autre sa fille contre son cœur. Quand Stéphanie la nourrissait, il posait sa large main sur le dos du bébé, ne cessant de lui parler, faute de quoi le bébé s'arrêtait de téter.

— Posez-la de temps en temps, Jason ! lui dit un jour le Dr Rivers. Nous *devons* voir comment cette petite respire toute seule.

La première fois qu'il s'y risqua, Jason sentit le cœur lui manquer à la vue du petit visage soudain tout bleu. C'était comme si on lui arrachait une part de lui-même. Mais Stéphanie était là pour l'encourager — tout près de lui.

— Nous y arriverons, Jason. Ensemble, nous y arriverons, murmura-t-elle, l'aidant à dominer son émotion.

Les premiers visiteurs de la petite fille furent ses grands-parents, William et Clarice Montclair.

— Allez-vous vous décider à donner un prénom à notre petite-fille ? s'exclama la mère de Stéphanie. Nous ne pouvons continuer à dire « le bébé ». En outre, je dois faire broder ses initiales sur son linge.

— C'est sa maman qui choisira le prénom, répondit Jason avec un regard à Stéphanie.

Du moment que sa fille allait bien, peu lui importait le prénom. Enfin, pas tout à fait…

Ne l'appelle pas Clarice comme ta mère…, implora-t-il silencieusement.

Stéphanie lui adressa un sourire radieux.

— Elle se prénommera Antonia. Mais nous l'appellerons Tonie.

— Mais enfin, Stéphanie, il n'y a pas d'Antonia de mon côté ni du côté de ton père ! s'écria sa mère, visiblement outrée.

— Du côté du père de Jason, si, répliqua Stéphanie.

Inquiète, elle jeta un regard vers lui. Pourvu qu'il soit heureux de son choix…

Il semblait impassible. Mais son regard était brouillé par l'émotion.

— Tonie, répéta-t-il d'une voix rauque. Merci, Stéphanie.

Trois semaines plus tard, le pédiatre déclarait Tonie définitivement hors de danger.

Quand ils furent installés dans la voiture avec leur enfant, Stéphanie se pencha à l'oreille de Jason.

— D'abord, tu m'as sauvé la vie, murmura-t-elle. Et ensuite celle de notre bébé. Tu es mon héros.

Jason aurait-il pu se sentir plus fier ? Les deux femmes de sa vie avaient besoin de lui. *Sa famille* avait besoin de lui.

— J'avais si peur de te perdre ! répondit-il, ému. Je t'aime, Stéphanie, je t'aime.

Enfin, il l'avait dit…

Stéphanie resserra son étreinte.

— Quand j'ai voulu monter à la cabane, tu ne t'es pas laissé influencer. Et, pourtant, tu m'aimes. Tu vois bien que l'amour ne fait pas faire que des bêtises...

— Donc, par amour, je peux te demander de m'épouser ? Qu'en dis-tu ?

Il se pencha vers elle et lui donna un tendre et long baiser.

— Oui ! Cent fois oui ! répondit Stéphanie, submergée de bonheur.

Un gazouillis sur le siège arrière les fit se retourner.

— Stéphanie, mon amour, rentrons à la maison avec notre famille.